國家出版基金項目

# 歷代唐詩珍稀選本彙編

（唐宋金元卷）

⑭

詹福瑞　陳紅彦　主編

松陵集

鳳凰出版社

**圖書在版編目（CIP）數據**

松陵集／詹福瑞，陳紅彦主編. -- 南京：鳳凰出版社，2025. 3. --（歷代唐詩珍稀選本彙編）.-- ISBN 978-7-5506-4396-3

Ⅰ. I222.742

中國國家版本館CIP數據核字第2025QP0315號

書　　名　松陵集
主　　編　詹福瑞　陳紅彦
責任編輯　李相東　姜　嵩
裝幀設計　姜　嵩
責任監製　程明嬌
出版發行　鳳凰出版社（原江蘇古籍出版社）
　　　　　發行部電話025-83223462
出版社地址　江蘇省南京市中央路165號，郵編：210009
照　　排　南京新華豐製版有限公司
印　　刷　金壇古籍印刷廠有限公司
　　　　　江蘇省金壇市晨風路186號，郵編：213200
開　　本　718 毫米×1005 毫米　1/16
印　　張　173.5
版　　次　2025年3月第1版
印　　次　2025年3月第1次印刷
標準書號　ISBN 978-7-5506-4396-3
定　　價　960.00圓（全五册）

# 目次

# 松陵集

國家圖書館藏明弘治十五年劉濟民刻本

# 松陵集序

前進士皮　日休　撰

詩有六義其一曰比比者定物之情狀也則必謂之才才之備者於聖為六藝在賢為聲詩噫春秋之後頌聲亡寢降及漢氏詩道若作然二雅之風委而不興矣在詩有三言四言五言六言七言九言之作三言者曰振振鷺鷺于飛是也五言者曰誰謂雀無角何以穿我屋是也六言者曰我姑酌彼金罍是也七言者曰交交黄鳥止于桑是也九言者曰泂酌彼行潦挹彼注

兹是也蓋古詩率以四言為本而漢氏方以五
言七言為之也其句亦出於毛詩五言者李陵
曰携手上河梁是也七言者漢武曰日月星辰
和四時是也爾後盛於建安建安以降江左君
臣得以浮艷之然詩之六義微矣逮及吾唐開
元之世易其體為律焉始切於儷偶拘於聲勢
然詩云見憫既多受侮不少其對也工矣尭典
曰聲依永律和聲其為律也甚矣由漢及唐詩
之道盡矣吾又不知千祀之後詩之道止於斯
而已邪後有變而作者予不得以知之夫才之

備者猶天地之氣乎氣者止乎一也分而為四
時其為春則煦枯發枿如育如護百蘤融冶酣
人肌骨其為夏則赫曦朝升天地如窒草焦木
渴若燎毛髮其為秋則涼飅高瞥若露天骨景
爽夕清神不蔽形其為冬則霜陣一捷萬物昔
率雲沮日慘若憚天責夫如是豈拘於一甙亦
變之而已人之有才者不變則已苟變之豈異
於是乎故才之用也廣之為滄溟細之為溝竇
高之為山嶽碎之為瓦礫美之為西子惡之為
敦洽壯之為武賁弱之為處女大則八荒之外

不可窮小則一毫之末不可見苟其才如是復
能善用之則庖丁之牛慶之輪郢之斤不足謂
其神解也意古之士窮達必形於謌詠苟欲見
乎志非文不能宣也於是爲其詞詞之作固不
能獨善必須人以成之昔周公爲詩以貽成王
吉甫作頌以贈申伯詩之訓贈其來尚矣後每
爲詩必多以斯爲事咸通七年今兵部令狐員
外在淮南今中書舍人弘農公守毗陵日休皆
以詞獲幸悉蒙以所製命之和各盈編軸亦有
名其首者十年大司諫清河公出牧於吳日休

為部從事居一月有進士陸龜蒙字魯望者以
其業見造凡數編其才之變真天地之氣也近
代稱温飛卿李義山為之最俾陸生參之於〈未〉知
其孰為之後先也太玄曰稽其門闢其戶眼其
鍵然後乃應況其不者乎予遂以詞誘之果復
之不移刻由是風雨晦冥蓬蒿翳薈未嘗不以
其應而為事苟其詞之來食則輟之而自飫寢
則聞之而必驚凡一年為往體各九十三首今
體各一百九十三首雜體各三十八首聯句問
答十有八篇在其外合之凡六百五十八首南

陽廣文潤卿隴西侍御德師或旅泊之際善其
所為皆以詞致師詞之不多去之速也大司諫
清河公有作或命之和亦著焉其餘則吳中名
士又得三十首除詩外有序十九首總録之得
十通載詩六百八十五首漢書曰古者諸侯卿
大夫交以鄰國以微言相感當揖讓之時必稱
詩以喻其志蓋以別賢不肖也予之與生道義
志氣窮達是非莫不見於是士君子或為之覽
賢不肖可不別乎茲噫古之將有交綏而退者
今生之於予豈是耶生既編其詞請於予曰爾

有文當為我序詩道兼十通以名之日休曰諾由是為之序松江吳之望也別名曰松陵請目之曰松陵集

古杉陵令之吳江予同年濟寧劉君濟民來為邑令謂是集為其邑故物而人未之見授儒士盧雍校勘捐俸刻之予觀唐詩人多尚次韻至元白而益盛其萃而成編則有漢上題襟斷金及是三集按皮氏自序謂一歲之中詩凡六百五十八首其富如此則又題襟斷金之所無者況其遊燕題詠類多吳中之

作後之希賢懷古者將於是乎攷古吳人所
當寶也劉君為政不滅古人其刻是集豈直
私于一邑蓋將公之天下者也弘治壬戌九
月二日前進士吳都穆記

松陵集卷第一 往體詩一十二首

讀襄陽耆舊傳因作詩五百言寄皮襲美 鄉貢進士陸龜蒙

漢皋古来雄山水天下秀高當軫翼分化作英髦囿景秦之前人灰滅不可究自從宋生賢特立冠耆舊離騷既日月九辯即列宿卓哉悲秋辭合在風雅右龐公樂幽隱辟聘無所就秖愛鹿門泉泠泠倚巖漱孔明卧龍者潛伏躬耕耨忽遭玄德雲遂起鱗角鬭三胡節皆峻二習名亦茂其餘文武家相望如斥候緬思齊梁降寂

寞寡清霄凝融爲漪瀾復結作瑩琇不知粹和
氣有得方大授將生皮夫子上帝可其奏弁包
數公才用以殿厥後嘗聞兒童歲嬉戲陳俎豆
積漸開詞源一派分萬流先崇丘旦室大懼隳
結構次補荀孟垣所貴亡鑄漏仰瞻三皇道幾
虱在宇宙却視五伯圖股掌弄孩幼或能醯髖
髀或與翼雞鷇或喜掉直舌或樂斬斜脰或耨
鉏翳薈或整理錯謬或如百千騎合沓原野狩
又如曉江平風死波不皺幽理力須掘遺落貴
必購乃於文學中十倍猗頓富囊之向咸鎬焉

重遲步驟專場射策時縛虎當羿彀歸来把通
籍且作高堂壽未足逞戈矛誰云被文繡從知
偶東下帆影拂吳岫物象悲摧藏精靈畏雕鏤
伊予抱沈疾顑頷守圭竇方推洪範疇更念太
玄首去聲陳詩採風俗學古窮篆籀朝朝貫薪米
往往逢責詬既被鄰里輕亦為妻子陋持冠適
甌越敢怨不得售窘若曬沙魚悲如哭霜狖唯
君枉車轍以遂海上臭披襟兩相對半夜忽白
晝執熱濯清風忘憂飲醇酎驅為文翰侶鶩皁
參驥廐有時諧宮商自喜真邂逅道孤情易苦

語直詩還瘦藻匠如見訓終身置懷袖
魯望讀襄陽耆舊傳見贈五百言過褒
庸材靡有稱是然襄陽耆舊事歷歷在目
夫耆舊傳所未載者漢陽王則宗社元
勳孟浩然則文章大匠予次而賛之因
而寄答亦詩人無言不訓之義也次韻
皮日休
漢水碧於天南荆廓然秀盧羅遵古俗鄢郢迷
昔囿幽奇無得狀巉絶不能究興替忽矣新山
川悄然舊班班生造士一一應玄宿巴庸乃嶮

岨屈景寔豪右是非既自分涇渭不相就粤自
靈均来清才若天漱偉哉洞上隱卓爾隆中耨
始將糜鹿狎遂與麒麟鬬萬乘不可謁千鍾固
非茂爰從景升死境上多兵候（堠）檀溪試戈船峴
嶺屯貝冑寂寞數百年質唯包礫琇上玄賞唐
德生賢命之授是為漢陽王帝曰俞爾奏巨德
聳神鬼宏才轢前後勢端唯金莖質古乃玉豆
行葉蔭大椿詞源吐洪流六成清廟音一柱明
堂構在昔房陵遷圓穹正中漏緊王揭然出上
下拓宇宙俯視三事者騃騃若童幼低摧護中

興若鳳視其轂遇險必伸足逢誅将引脰既正
北極尊遂治衆星謬重聞章陵幸再見岐陽狩
日似新刮膜天如重熨皺易政疾似欵求賢甚
於購化之未朞年民安而國富翼衞兩舜趨鈞
陳十堯驟忽然遺相印如羿御其彀姦倖却乗
釁播遷遂終夀遺廟屹峰崿功名紛組繡開元
文物盛孟子生荆岫斯文縱奇巧秦璽新雕鏤
甘窮卧牛衣受辱對狗竇思變如易文才逼似
玄首祕於龍宫室怪於卽天篆籀知者競欲戴嫉
者或将后任達且百觚遂為當時陋既作才鬼

終恐為仙籍售予生三賢未得作升木猶兼濟
與獨善俱敢懷其莫江漢稱炳靈克明嗣清晝
繼彼欲為三如醽如醇酎既見陸夫子驚心却
伏虎既結彼世外交遇之於邂逅兩鶴思競閒雙
松格爭瘦唯恐別仙才漣漣涕襟袖

魯望昨以五百言見貽過有褒美內揣
庸陋彌增愧悚因成一千言上述吾唐
文物之盛次叙相得之懽亦迭和之微
旨也　　　　　　日休

三辰至精氣生自蒼頡前粤從有文字精氣銖

於縣所以楊墨後文詞縱横顛元狩富材術建
安儼莽賢厥祀四百餘作者如排穿五馬渡江
日羣魚食蒲年大風蕩天地萬陣黄髯須蠮縱有
命世才不如一空拳後至陳隋世得之拘且緛
太浮如瀲灩太細如蚔蝝太亂如靡靡太輕如
芊芊流之為酌醬變之為遊畋百足雖云衆不
救殺馬蛯君臣作降虜北走如獼猴所以文字
妖致其國朝還吾唐革其弊取士将科縣文星
下為人洪秀寮於緶大開紫宸扉來者皆詳延
日晏朝不罷龍姿儼𨏥𨏥音田吕氏春秋云天子𨏥𨏥於馬周道

反由是秦法悛射洪陳子昂其聲亦喧闐惜哉
不得時將奮猶拘攣玉壘李太白銅隄孟浩然
李寬包堪輿孟澹擬漪漣埋骨採石壙留神鹿
門埏俾其羈旅死實覺天地孱猶與子美思不
盡如轉輇音詮縱為三十車一字不可捐既作風
雅主遂司歌詠權誰知耒陽土埋卻真神仙當
於李杜際名輩或泝沿良御非異馬由弓非他
弦其物無同異其人有媸妍自開元至今宗匠
紛如煙爽若沆瀣英高如崑崙巔百家嚚浮說
諸子率寓篇築之為京觀解之為牲牷各持天

地維率意東西競抵元化首争扼真宰咽或
作制誥藪或爲宮體淵或堪被金石或可投花
鈿或爲輿隸唱或被兒童憐鳥曌虜亦寫雞林
夷争傳披揭覆載樞捭闔神異鏈力撤尾閭立
鬼軋大塊旋降氣或若虹耀影或如蘉萬象蒼
復痡百靈瘠且癃謂乎數十公筆若明堂椽其
中有擬者不絶當如縱齊驅不讓策並駕或爭
駢所以吾唐風直將三代甄被此文物盛由乎
聲詩宣採被風人謠輶軒輕似鷇麌者固不捨
鄙者亦爲銓其中有鑒戒一一堪雕鐫乙夜以

觀之吾君無斁焉遂命大司樂度之如星躔播
於樂府中俾為萬代蠲吹彼圓丘竹誦茲清廟
絃不惟娛列祖兼可格上玄粵予何為者生自
江海壖騃騃自髮角不甘耕一壥諸昆指倉庫
謂我死道邊何為不力農稽古真可嗚遂與襏
襫着兼之籉笠全風吹蔓草花颭颭盈荒田老
牛瞪不行力弱誰能鞭乃將耒與耜並換槧與
鉛閱彼圖籍肆致之千百編携將入蘇嶺鹿門別名不
就無出緣堆書塞低屋添硯涸小泉對燈任髻
爇憑案從肘研茍無切玉刀難除指上胼爾来

五寒暑試藝稱精專旨黎道未著文教如欲騫
其中有聲病於我如誕譂（音天蟬語不正貌）是敢驅頹波歸
之於大川其文如可用不敢佞與便明水在藁
秸大羹臨豆籩將来示時人禦逾吾饞涎亦或
尚華縟亦曾為便嬛亦能制灝灝亦解攻翩翩
唯思逢陣敵與彼爭後先避兵入句吳窮悴秪
自跧平原陸夫子投刺来蹁躚開卷讀數行為
之加敬虔忽窮一兩首反顧唯曲拳始来遺巾
幗乃敢排戈鋋或為拔幟走或遭劘壘還不能
收亂轍豈暇重為簒鞬然未三北亦可輸千鍰

丑專反尚書云賾罪千鍰向來說文士爾汝名可聯聖人病没世不患窮而顛我未九品位君無一囊錢相逢得何事兩籠詶唱牋無顏解媮合底事居冗負方知萬鍾祿不博五湖船夷險但明月死生應白蓮吟餘凭几飲釣罷隈蓑眠終拋峴山業相共此留連

龔美先輩以龜蒙所獻五百言既蒙見和復示榮唱至於千字提獎之重蔑有稱實再抒鄙懷用伸詶謝　龜蒙

洪範分九疇轉成天下規河圖孕八卦煥作玄

中奇先開否臧源次築經緯基粤若魯聖出正
當周德衰越疆必載質歷國將扶危諸侯恣屈
強王室方陵遲歌鳳時不偶獲麟心益悲始嗟
吾道窮竟使空言垂首賛五十易又删三百詩
遂令篇籍光可並日月姿向非筆削功未必無
瑕疵迨至夫子殁微言散如枝所宗既不同所
得亦異宜名法在深刻虚玄致希夷自從戰伐
來一派從衡馳寒谷生艷木沸潭結流澌鷩奔
失壯士好惡隨纖兒嬴氏并六合勢尊丞相斯
加于挾書律盡取坑焚之南勒會稽頌北恢胡

亥陋猶懷徧巡狩不暇親維持及漢文景後鴻
生方鋹攙簸揚堯舜風反作三代吹飄飆四百
載左右為藩籬鄴下曹父子獵賢甚熊羆發論
若霞駮（魏文帝著典論有論文一篇）裁詩如錦摛徐王應劉輩頭角
咸相衰或有妙絕賞或為獨步推或許潤色美
或嫌詆訶凝倏以中利病且非混醇醨雅當乎
魏文嚴矣哉陳思不肯少選妄恐貽後世嗤吾
祖仗才力（士衡文賦）革車蒙虎皮手持一白旄直向文
場麾輕（去聲）若脫鉗鈦豁如抽屐屩精鋼不足利
驟褭何勞追大可皁山岳微堪析毫釐十體兒

負贅百家咸起痿爭入鬼神與不容天地私不
篇邁華藻萬古無孑遺刻鵠尚未已彫龍奮而
爲（劉勰有文心彫龍）劉生吐英辯上下窮高卑下臻宋與齊
上指軒從羲豈但標八索殆將包兩儀人謠洞
野老騷怨明湘纍立本以致詰驅宏來抵巇清
如朔雪嚴緩若春煙飄或欲開戶牖或將飾纓
緌雖非倚天劒亦是囊中錐皆由內史意致得
東莞詞梁元盡索虜後主終亡隋哀音但浮脆
豈望分雄雌吾唐揖讓初陛列森蛩夔作頌媲
吉甫直言過祖伊明皇踐中日墨客肩參差岳

淨秀擢削海寒光陸離皆能取穴鳳盡擬乘雲
螭邇來二十祀後造相追隨予生落其下亦值
文明時少小不好弄逡巡奉弓箕雖然若貧賤
未省親嚅唲秋倚抱風桂曉烹承露葵窮年只
敗袍積日無晨炊遠訪賣藥客閒尋捕魚師歸
来畫編上得以含情窺抗韻吟比雅覃思念梲
櫳因知昭明前剖石呈清琪又嗟昭明後敗葉
埋芳蕤縱有月旦評未能天下知徒為強貔豹
不免參狐狸誰蹇行地足誰抽刺天鬐誰作河
畔草誰為洞中芝誰若靈圉䖘誰猶清廟犧誰

輕如舉毛誰密如凝脂誰比蜀嚴靜誰方巴賨
貲誰能釣抃鼇誰能灼神龜誰背如水火誰同
若埴簏誰可作梁棟誰敢驅谷蠡音麗黎用此常不
快無人動交鈹空銷病裹骨枉白愁中髭歷門
先生才大小無不怡就彼六籍內說詩直解頤
顧我迷未遠開懷瀆其疑初開鑿本源漸乃跳
旁支邃古派汎濫皇朝光赫曦揣摩是非際一
一如襟期李杜氣不易孟陳節難移信知君子
言可並神明著枯腐尚求律膏肓猶謁醫况將
太牢味見啗逋懸飢今来置家地正枕吳江湄

餌薄鈎不曲跫然守空坻嘿坐無影響唯君款

茅茨抽書亂籤帙酌茗煩甌犧或伴補缺砌或

偕詣荒祠孤筇倚烟蔓細木橫風潏觸雨妨扉

屨臨流泥江蘺既狎野人調甘為豪士訾不敢

負建皷唯憂掉降旗希君念餘勇挽袖登文陴

吳中苦雨因書一百韻寄魯望

日休

全吳臨巨溟百里到滬瀆海物競駢羅水怪爭

滲漉狂蜃吐其氣千尋勃然蹙一刷半天墨架

為欹危屋怒鯨瞪相向吹浪山轂轂倏忽腥杳

冥須臾坼崖谷帝命有嚴程慈物敢潛伏噓之
為玄雲彌亘千萬幅直撥倚天紉又建橫海纛
化之為暴雨滚滚射平陸如将月窟寫似把天
河撲著樹勝戟支中人過箭鏃龍光倏閃照虬
角搦掙觸此時一千里平下天台瀑雷公恣其
志礹磾裂電目瞁破霹靂車折却三四輻雨工
避罪者必在蚊睫宿狂發鏗訇音不得懈怠傑
頃刻勢稍止尚自傾藪蔌不敢履洿處恐蹋爛
地軸自爾凡十日茫然晦林麓只是遇滂沲少
曾逢霢霂伊予之廨宇古製拙卜築頹簷倒菌

黄破砌頑莎緑只有方丈居其中踏且跼朽處
或似醉漏時又如沃堦前平泛濫墻下深趚趚
唯堪着簦笠復可乘舺艪雞犬並淋漓兒童但
咿噢勃勃生濕氣人人牢於鍋鬚眉漬將斷肝
膈蒸欲熟當庭死蘭芷四垣盛蒼菉解帙展斷
書拂牀安壞櫝跳梁老蛙黽直向牀前浴蹲前
但相聒似把白丁辱空厨方欲炊漬米未離箘
新蒸濕不着白晝須焚燭汗来既已濘買魚不
獲鱐竟未成麥饘安能得粱肉更有陸先生荒
林抱窮蹙壞宅四五舍病篠三兩束盖簷低碍

首鮮地滑漣足注欲透迻承鹿濕雞庇㕑籭低摧
在圭賫索漠抛偏㲖手指既已胼肌膚又將瘯
一苞勢欲陊將撑乏寸木盡日欠束薪經時無
斗粟蠨蛸將入甑鬑蜞已臨鍑音腹說文云如釜而大口嬌兒未
十歲枵然自啼哭一錢買粔敉數里走病僕破
碎舊鶴籠狼籍晚蠶簇千卷素書外此外無餘
蓄着屩紵衣裂戴次紗帽醭惡陰潛過午未及
烹葵菽吳中銅臭戶七萬沸如臛齏止甘蟹鰖
侈惟僭車服皆希尉吏旨盡怕里胥錄低眉事
庸奴鬧顏納金玉唯到陸先生不能分一斛先

生之志氣薄漢如鴻鵠遇善必擊踸見才輒馳
逐廉不受一芥其餘安可黷如何鄉里輩見之
乃蝟縮粤予苦心者師仰但踖踧受易既可注
請玄又堪卜百家皆搜蕩六藝盡翻覆似餧見
太牢如迷遇華燭半年得詶唱一日屢往復三
秀閒稂莠九成雜巴濮奔命既不暇乞降但相
續吟詩口吻嚅把筆指節瘃君才既不窮吾道
由是篤所益諒弘多厥交過親族相逢似丹漆
相望如朓朒論業敢並驅量分合繼躅相遠始
兩日忡忡想華褥出門泥漫恚恨無直轅輂十

錢賃一輪逢上鳴斛觫赤脚枕書帙訪予穿詰
曲入門且抵掌大噱時碌碌滋淋既浹旬無乃
害九穀予惟餓不死得非道之福手中捉詩卷
語快還共讀解帶似歸来脫巾若沐浴踈如松
間篁野甚麋對鹿行譚弄書籤卧詰枕基局呼
童具盤飧擷衣換雞鶩或蒸一升麻或煠兩把
菊用以閱幽竒豈能資口腹十分煎臯盧半榼
挽酃醁高談繄無盡畫漏何太促我公大司諫
一切從民欲梅潤侵束杖和氣生空獄而民當
斯時不覺有煩溽念澇為之災拜神再三告太

陰霍然收天地一澄肅熻炙既芬芬威儀乃翌
翌音木須權元化柄用拯中夏酷我願薦先生左
右輔司牧兹雨何足云唯思舉顏歐

奉詶襲美先輩吳中苦雨一百韻見寄

龜蒙

微生參最靈天與意緒拙人皆機巧求百徑無
一達家為唐臣來奕世唯稷卨只垂清白風凛
凛自貽厥龜蒙家五代祖六代祖皇朝繼在台輔猶殘賜書在編簡苦斷絶
其間忠孝字萬古光不滅孱孫誠曹昧有志常
搰搰敢云嗣良弓但欲終守節喧譁不入耳讒

佞不挂舌仰詠堯舜言俯遵周孔轍所貪既仁
義豈暇理生活縱有舊田園抛来亦蕪没因之
成否塞十載真契闊凍餠一襜褕飢腸少糠籺
甘心付天壤委分任迴斡笠澤卧孫雲桐江釣
明月盈筐盛芡芰滿釜煑鱸鱖酒幟風外攲茶
槍露中擷（江南謂茶芽未展者曰槍已展者曰旗也）歌謡非大雅捃摭爲小説
上可捕董荃傍堪毗牙蘖（龜蒙嘗著稗說三卷）方當賣罾罩盡
以易紙札蹤跡尚吳門夢魂先魏闕尋聞天子
詔赫怒誅叛卒宵旰憫烝黎謨明問征伐王師
雖繼下賊壘未即拔此時淮海波半是生人血

霜戈驅少壯敗屋棄羸耄踐蹋比塵埃焚燒同
蒿秸吾皇自神聖執事皆間傑射策亦何爲春
卿遂聊輟伊予將貢技未有恥可刷却問漁樵
津重耕煙雨墢諸侯急兵食冗贅方剪截不可
抱詞章巡門事干謁歸來闔蓬樓壁立空豎褐
煖手抱孤煙披書向殘雪幽憂和憤懣忽愁自
驚蹶文兮乏寸毫武也無尺鐵平生所韜蓄到
死不開豁念此令人悲翕然生內熱加之被皸
瘃況復久藜糲既爲霜露侵一臥增百疾筋骸
將束縛腠理如菙撻初謂抵狂貙又疑當毒蝎

江南多事鬼巫覡連甌粤可口是妖訛恣情專
賞罰良醫只備位藥肆成虛設而我正萎瘵安
能致訶咄椒蘭任芳苾精糲從羅列醆斝既屢
傾錢刀亦隨蓺兼之瀆財賄不止行諂竊天地
如有知徵妖豈逃殺其時心力憒益使氣息惙
永夜更呻吟空林但皮骨君來贅賢牧野鶴聊
簪笏謂我同光塵心中有溟渤輪蹄相獸䦨
遺無虛月首到春鴻濛猶殘病根荄看花雖眼
暈見酒忘肺渴隱几還自怡逢盧亦争喝抽毫
更唱和劒戟相摩戛何大不包羅何微不挑刮

今來值霖雨晝夜無暫歇雜若碎淵淪高如破
轇轕何勞鼉吼岸詎要鸛鳴垤秪意江海飜更
愁山岳裂初驚蚩尤陣虎豹爭搏噬又疑伍胥
濤蛟蜃相䃂㧌千家濛瀑練忽似好披拂萬瓦
垂玉繩如堪取縈結况予居低下本是蛙蚓窟
邇來增號呼得以恣唐突先夸屋舍好又恃頭
角凸厚地雖直方身能徧穿穴常參莊辯裏亦
造揚玄末偃仰縱無機形容且相忽低頭增嘆
咤到口復咽嗢沮洳漬琴書莓苔染巾襪解衣
换倉粟秕稗猶未脫飢烏屢窺臨泥童苦春師

或聞秋稼穡太半沈澎汃耕父蠹齊民農夫思
旱魃吾觀天之意未必洪水割且要雩飛龍又
圖滋跛鼈三吳明太守左右皆儒哲有力即扶
危懐仁過救暍㢘門皮夫子氣調貞俊逸截海
上雲鷹橫天下鸛鶴文壇如命將可以持玉鉞
不獨扆羲軒便當城老佛顧予為山者所得才
簣撮譬如飾箭材尚欠鏃與筈閒將歙皃唱強
倚帝子瑟幸得遠瀟湘不然嗟賈屈開緘窺寳
肆璣貝光比櫛朗詠衝繅懸陶匏響鏗擣古来
愁霖賦不是不清越非君頓挫才沴氣難摧折

馳情扣虛寂力盡無所掇不足謝徽音秪令凋
鬢髮

初夏即事寄魯望　日休

夏景恬且曠遠人疾初平黃鳥語方熟紫桐陰
正清廨宇有幽處私遊無定程歸來閉雙關亦
忘枯與榮土室作深谷蘚垣爲干城𢧐杉突杝
架迸篸支檐楹片石共坐穩病鶴同喜晴癭木
四五器筇杖一兩莖泉爲葛天味松作羲皇聲
或看名畫徹或吟閒詩成忽枕素琴睡時把仙
書行自然寡儔侶莫訝更紛爭具區包地髓震

澤含天英粤從三讓来後造紛然生顧予客兹
地薄我皆為俘唯有陸夫子盡力提客御各負
出俗才俱懷超世情駐我一棧車啜君數藜羹
敲門若我訪倒屣欣逢迎胡餅蒸甚熟貊盤舉
尤輕茗脆不禁炙酒肥或難傾掃除就藤下移
榻尋虛明唯共陸夫子醉與天壤并

奉詶襲美先輩初夏見寄次韻

龜蒙

積雨晦皐圃門前烟水平蘋蘅增遥吹枕席分
餘清村旆詫酒美賒来滿鐙程未必減宣子何

羨謝公榮借宅去人遠敗牆連古城愁鴟占枯
枿野鼠趨前楹昨日雲破損晚林先覺晴幽篁
倚微照碧粉含疎莖蠹簡有遺字痍琴無泛聲
蠶寒蠒尚薄燕喜雛新成覽物正攙思得君初
夏行誠明復散誕化匠安能爭海浪刷三島天
風吹六英洪崖領玉節坐使虛音生吾祖傲洛
客因言幾爲傖末裔寔漁者敢懷干墨卿唯思
釣璜老遂得持竿情何須乞鶴炙豈在斟羊羹
畦蔬與甕醁便可相攜迎蟠木几甚曲筍皮冠
且輕閒心放羈靮醉脚從欹傾一逕有餘遠一

窓有餘明秦皇苦不達天下何足弁

二遊詩并序　　日休

吳之士有恩王府參軍徐修矩者守世書萬卷優游自適余假其書數千卷未一年悉償夙志酣飫經史或日晏忘飲食次有前涇縣尉任晦者其居有深林曲沼危亭幽砌余並次以見之或退公之暇必造以息焉林泉隱事恣用研詠大凡遊於二君宅無浹旬之間因作詩以留贈目之曰二遊兼寄陸魯望

徐詩

東莞爲著姓奕代皆雋喆強學取科第名聲盡
孤揭自爲方州來清操稱凛冽唯寫墳籍多必
云清俸絶宣毫利若風刻紙光於月札吏指欲
腁萬通排未闋樓船若夏屋欲載如埕塿轉徙
入吴都縱横礙門闌縹囊輕似霧緗帙殷於血
以此爲基構將斯用貽厥重於通侯印貴却金
師節我愛叅卿道承家能介潔潮田五萬步草
屋十餘椽微宦不能去歸來坐如刖保兹萬卷
書守慎如羈紲念我曾苦心相逢無間别引之
看秘寶任得窮披閲軸閒翠鈿剥籤古紅牙折

帙解帶芸香卷開和桂屑枕兼石鋒刄榻共松
瘡癤一卧寂無諠數編看盡徹或攜歸解宇或
把穿林檝挐過太湖風抱宿支硎雪如斯其未星
紀悉得分毫末翦翳除幽僻籔瀦蕩玄微窟學海
正狂波孑頭向中頽烏沒反聖人患不學垂誡尤爲
切苟昧古與今何殊瘖共瞶五骨反昔之慕經史有
以傭筆札何況遇斯文借之不曾輟吾衣任穀
纑吾食甘糠覈其道苟可光斯文那自伐何竹
青堪殺何蒲重好截如能盈兼兩便足訓飢渴
有此競苟榮闠之兼可噦東皐耨煙雨南嶺提

薇蕨何以謝徐君公車不聞設

任詩

任君恣高放斯道能寡合一宅閒林泉終身遠囂雜嘗聞佐浩穰散性多偬偺上五盍反下音沓不着事貌　欻爾解其綬遺之如棄㲉歸來鄉黨內却與親朋洽開溪未讓丁列第方稱甲入門約百步古木聲霎㝉䖉檻小山皷斜廊怪石夾白蓮倚欄楯翠鳥緣簾押地勢似五瀉巖形若三峽猿眠但膃肭鳬食時啑㗱撥荇下文竿結藤縈桂檝門留𧿹樹客壁倚栽花鍤度歲止褐衣經旬唯白帢多

君方閉戸顧我能倒屣請題在茅棟留坐於石
榻魂從清景遹衣任煙霞裛堦墀龜任上枕席
鷗方狎沼似頗黎鏡當中見魚眨杯杓悉杉瘤
盤筵盡荷葉間斟不置罰閒弈無爭劫閒日不
整冠閒風無用箑以斯為思慮吾道寧瘦苶衮
衣競維縩鼓吹爭鞺鞈欲者解擠排　者能詰
讘權豪暫翻覆刑禍相塡壓此時一圭竇不肯
饒閶闔有第可棲息有書可漁獵吾欲與任君
終身以斯愜

## 奉和二遊詩　龜蒙

徐詩

嘗聞四書曰經史子集焉若非天祿中此事無由全自從秦火來歷代逢迍邅漢祖入關日蕭何爲政年盡力取圖籍遂持天下權中興延嘉時教化澴相宣立石刻五經置於太學前賊莽亂王室君臣如轉圜洛陽且煨燼載籍宜爲煙逮晉武革命生民纔息肩惠懷亟寘昧戎羯俄腥羶已覺天地閉競爲東南遷日既不暇給墳索何由專爾後國脆弱人多尚虛玄任學者得謗清言者爲賢直至沈范輩（沈約范雲皆藏書數萬卷）始家藏簡

編御府有不足仍令就之傳梁元渚宫日盡取
如蚳蟓兵威忽破碎焚爇無遺篇近者隋後主
搜羅勢駢闐寶函軼玉軸彩翠明霞鮮伊唐受
命初載史聲連延砥柱不我助驚波澒淪漣遂
令因去書半在餘浮泉貞觀購亡逸蓬瀛漸周
旋炅然東壁光與月爭流天偉矣開元中王道
直平平八萬五千卷一一皆塗鉛案開元麗正殿書録云人間
盛傳寫海内奔窮研自云西齋書有過東皐田
吾聞徐氏子奕世皆才賢因知遺孫謀不在黄
金錢插架幾萬軸森森若戈鋋風吹籤牌聲滿

室聲鏗然佳哉鹿門子好問如除瘠脩來叅卿
處遂得叅卿憐開懷展厨簏唯在性所便素業
已千仞今爲峻雲巔雄才舊百派相近浮日川
君苞王佐圖縱步凌陶甄他時著報德誰在叅
卿先

任詩

吳之辟彊園在昔勝槩敵前聞當脩竹後說紛
怪石竟陵子陸羽翫月詩云辟彊舊林園怪石紛相向風煙慘無主載祀將六百草
色與行人誰能問遺迹不知清景在盡付任君
宅却是五湖光偷來傍簷隙出門向城路車馬

聲轆轢入門望亭隈水木氣岑寂雙檣繞曲岸
勢若行無極十步一危梁乍疑當絶壁池容瀉
而古樹意蒼然僻魚驚尾半紅鳥下衣全碧斜
來島嶼隱恍若瀟湘隔雨静挂殘絲煙消有餘
脉揭來任公子擺落名利役雖將禄代耕頗愛
巾隨策秋籠支遁鶴夜榻戴顒客説史足爲師
譚禪差作伯君多鹿門思到此情偃適偶蔭桂
堪帷縱吟苔可席顧予眞任誕雅遂中心獲但
喜醉還醒豈知玄尚白甘閒在雞口不貴封龍
額即此自怡神何勞謝公屐
第一卷終

松陵集卷第二　往體詩二十八首

追和虎丘寺清遠道士詩幷序

日休

聖人爲春秋凡諸侯有告則書無告則不書葢所以懲其僞而敦其實也夫怪之與神雖曰不言在傳則書之者亦撫其實而爲之也若然者神之與怪果安邪噫聖賢有不得其志者則必垂之於言也大則爲經誥小則爲謌詠葢不信於當時則取愬於後世抑鬼神有生不得其志者死亦然邪若憑而宜之則石言乎晉物叫于

宋是也若夢而辨之則良夫有昆吾之歌聲伯
有瓊瑰之謠是也自茲已後人倫不修神藻益
熾在君人者悟之則爲瑞逆之則爲妖其冥諷
昧刺時出於世者則與驩人狎客往往敵於忽
微焉虎丘山有清遠道士詩一首其所稱自殷
周而歷秦漢迄于近代抑二千年末以鬼神自
謂亦神怪之甚者格之以清健飾之以後麗一
句一字若奮若搏彼建安詞人儻在不得居其
右矣顏太師魯公愛之不暇遂刻於巖際弁有
繼作李太尉衛公欽清遠之高致慕魯公之素

尚又次而和之顔之叙事也與李之屬思也麗
並一時之寡和又幽獨君詩二首亦甚奇愴予
嗜古者觀而樂之因總而爲和答幽獨君一篇
不知孰氏之作其詞古而悲亦存于篇末太玄
曰大無方易無時然後爲鬼神也噫清遠道士
果鬼神乎抑道家者流乎抑隱君子乎詞則已
矣人則吾不知也

清遠道士同沈恭子遊虎丘寺有作

我本長殷周遭罹歷秦漢四瀆與五岳名山盡
幽竄及此衆區中始有近峯翫近峯何鬱鬱平

湖渺瀰漫吟撓川之隂步上山之岸山川共澄
澈光彩交凌亂白雲翁欲歸青松忽消半客去
川島靜人來山鳥散谷深中見日崖幽曉非旦
闔子盛遊遨風流足詞翰嘉兹好松石一言常
累歎勿謂予鬼神欣君共幽讃

刻清遠道士詩因而繼作

顏太師魯公

不到東西寺于今五十春揭來從舊賞林壑宛
相親吳子多藏日秦皇厭勝辰劒池穿萬仞盤
石坐千人金氣騰爲虎琴臺化若神登壇仰生

一捨宅嘆珣琨中嶺分雙樹迴巒絶四鄰窺臨
江海接崇飾四時新客有神仙者於兹雅麗陳
名高清遠峽文聚斗牛津跡異心寧間聲同質
豈均悠然千載後知我揖光塵

追和太師魯公刻清遠道士詩

李太尉衛公

茂苑有靈峯嗟予未遊觀藏山在平陸壞谷爲
高岸岡繞數仞牆巖潛千丈幹乃知造化意迴
斡資奇翫鏐騰昔虎踞劒没常龍煥潭黛入海
底崟岑聳霄半層巒未昇日哀狖寧知旦緑篠

夏凝陰碧林秋不換寘摟既窈窕迴望何蕭散川暎嵐氣收江春雜英亂逸人綴清藻前哲留篇翰共扣哀玉音皆舒文繡段難追彥回賞褚彥回斗爛凡人所稱常過其實唯見虎丘則過其所聞徒起興公嘆一夕如再升含毫星

追和清遠道士詩兼次本韻

日休

成道自衰周避世窮炎漢荊杞雖云梗煙霞尚容竄茲岑信靈異吾懷愜流翫石澁古鐵銈嵐重輕埃漫松膏膩幽徑蘋沫著孤岸諸蘿幄幕

暗衆鳥陶匏亂巖罅地中心海光天一半玄猿
行列歸白雲次第散蟾蜍生夕景沆瀣餘清旦
風日採幽什墨客學靈翰嗟予慕斯文一詠復
三歎顯晦雖不同兹吟粗堪讃

同前亦次本韻　　　　龜蒙

一代先後賢聲容劇河漢况兹邁古士復壓蒼
崖竄辰經幾十萬邈與靈壽觀海嶽尚推移都
鄙固蕪漫高僧下高閣獨鳥没遠岸嘯初風雨
來吟餘鐘唄亂如何鍊精䰟萬祀忽欲半寧爲
斷臂憂肯作秋柏散吾聞鄷宫内日月自昏旦

左右修文郎縱橫洒篇翰斯人久冥漠得不垂慨歎庶或有神交相從重與讀

補沈恭子詩并序　　龜蒙

按清遠道士詩題中有沈恭子同遊既爲神怪之儔得非姓氏諡爲恭子乎一作若趙宣子韓獻子之類邪恭子美諡也而詩中有風流詞翰之稱豈獨唱而不和者歟疑闕其文以爲恭子之恨乃作一章存於編中亦補亡之義也

詩

靈質貫軒昊遐年越商周自然失遠裔安得怨

寡儔我亦小國亂易名慙見優雖非放曠懷雅奉逍遥遊携手桂枝下屬詞山之幽風雨一以過林麓颯然秋落日倚石壁天寒登古丘荒泉已無夕敗葉翳不流亂翠缺月隱衰紅清露愁覽物性未逸反爲情所囚異才偶絶境佳藻窮冥搜虛傾寂寞音敢作雜珮訓

幽獨君詩 二首

幽明雖異路平昔忝工文欲知潛昧處山北有孤墳

高松多悲風蕭蕭清且哀南山接幽壠幽壠空

崔嵬白日徒昭昭不照長夜甚臺雖知生者樂魂

魄安能廻況復念所親慟哭心肝摧慟哭更何

言哀哉復哀哉

答幽獨君

神仙不可學形化空遊魂白日非我朝青松爲

我門雖復隔幽顯猶知念子孫何以遣悲惋萬

物歸其根寄語世上人莫厭臨芳樽莊生問枯

骨三樂成虛言

追和幽獨君詩次韻　日休

念爾風雅魄幽咽猶能文空令傷魂鳥啼破山

邊墳
恨劇但埋土聲幽難放哀墳古春自晚愁緒空
崔嵬白楊老無花枯根侵夜臺天高有時裂川
去可詩迴雙睫不能濡六藏無可摧不聞搴蓬
事何必深悲哉

同前次韻　龜蒙
靈氣獨不死尚能成綺文如何孤窆裏猶自讀

三墳
落日送萬古秋聲含七哀枯株不蕭瑟枝幹虚
崔嵬伊昔臨大道歌鍾醉高臺臺今已平地秖

有春風迴明月白草死積陰荒隴摧聖賢亦如
此慟絶眞悠哉

讀黃帝陰符經寄鹿門子　龜蒙

清晨整冠坐朗詠三百言備識天地意獻詞犯
乾坤何事不隱德降靈生軒轅口銜造化斧鑿
破機關門五賊忽迸逸萬物爭崩奔虛施神仙
要莫救華池源但學戰勝術相高甲兵屯龍蛇
競起陸鬬血浮中原成湯與周武反覆更爲尊
下及秦漢得瀆弄兵亦煩姦強自林據仁弱無
枝蹲狂喉恣吞噬逸翼爭飛翻家家伺天發不

肯匡溺昏生民墜塗炭比屋爲寃魂秖爲讀此書大樸難久存微臣與軒轅亦是萬世孫未能窮意義豈敢求瑕痕曾亦愛兩句可與賢達論生者死之根死者生之根方寸了十字萬化皆胚渾身外更何事眼前徒自喧黄河但東注不見歸崑崙書短苦夜永勸君傾一罇

奉和讀陰符經見寄　日休

三百八十言出自伊祁氏上以生神仙次云立仁義玄機一以發五賊紛然起結爲日月精融作天地髓不測似陰陽難名若神鬼得之昇高

天失之沈厚地具荄雲不老大塊烟霞委自顓
項以降賊爲聖人軌堯乃一庶人得之賊帝摯
摯見其德尊脫身授其位舜惟一鰥民冗冗作
什器得之賊帝堯白丁作天子禹本刑人後以
功繼其嗣得之賊帝舜用以平洚水自禹及文
武天機隨䏏弛姬公樹其綱賊之爲聖智聲詩
川競大禮樂山爭峙爰從幽厲餘宸極若孩稚
九伯眞犬彘諸侯實虎兕五星合其耀白日下
闞里由是生聖人於焉當亂紀黄帝之五賊拾
之若靑紫高揮春秋筆不可刋一字賊子虐甚

斲𣃔臣痛於箠至今千餘年蚩蚩受其賜時代
更復改刑政崩且陊予將賊其道所動多訛毀
叔孫與臧倉賢聖多如此如何黃帝機吾得多
坎躓縱失生前禄亦多身後利我欲賊其名垂
之千萬祀

初夏遊楞伽精舍　日休

越舼輕似萍漾漾出烟郭人聲漸疎曠天氣忽
寥廓伊予惬斯志有似劀瘵瘼遇勝卽夷猶逢
幽且淹泊俄然棹深處虛無倚巖崿霜毫一道
人引我登龍閣當中見壽象欲禮光紛箔珠幡

時相鏗恐是諸天樂樹杪見觚稜林端逢楮堊
千尋井猶在萬祀靈不涸下通蛟人道水色黮
而惡欲照六藏驚將窺百骸愕竭去山南嶺其
險如邛筰悠然放吾輿欲把青天摸紫藤垂罥
珥紅葯縣纓絡蘚厚滑似縈峯尖利如鍔斯須
到絕頂似愈漸離爟一片太湖光只驚天漢落
梅風脫綸帽乳水透芒屩嵐姿與波彩不動渾
相著既不暇供應將何以酬酢却來穿竹徑似
入清油幕穴恐水君開龕如鬼工鑿窮幽入玆
院前楯臨巨壑遺畫龍奴獰殘香蟲篆薄褫魂

窺玉鏡澄虛闃金鐸雲態共縈留鳥言相許諾
古木勢如虺近之恐相螫怒泉聲似激聞之意
爭博時禽倏已嘿衆籟蕭然作遂令不羇性戀
此如纏縛念彼上人者將生付寂寞曾無膚撓
事肯把心源度胡爲儒家流汲汲勤且恪沐猴
本不冠未是謀生錯言行旣異調棲遲亦同託
願力儻不遺請作華林鶴

奉和初夏遊楞伽精舍次韻　龜蒙

吳都涵汀洲碧液浸郡郭微雨蕩春醉上下一

清廓奇蹤欲探討靈物先瘵瘼飄然蘭葉丹旋
倚烟霞泊吟譚亂鶯樠雺罧雜巘崿纖情不可
逃洪筆難暫閣豈知楞伽會乃在山水箔金仙
著書日世界名極樂薝蔔冠諸香琉璃代華堊
禽言經不輟象口川寧涸萬善峻爲城巉巉扞
羣惡清晨欲登造安得無自愕險穴駭坤牢高
蘿桂天笮池容潛相向蛟怪如可摸碏蔽石髓
根蒲差水心鍔嵐侵岑摩髻日照後覘絡仰首
乍眩旋迴眸更煇㸌篧簷端凝去聲飛羽磴外浮碧
落到迴解風襟臨幽濯雲厲麈機性非便靜境

心所著自取海鷗知何煩尸祝酢峯園震澤岸
翠浪舞綃幕瀲灩豈堯遭峨峨非禹鑿潛聽鐘
梵處别有松桂聲靄靄重燈不光泉寒網猶薄僮
能躡孤刹鳥慣親擬鐸服道身可遺乞閒心已
諸人間亦何事萬態相毒螫戰壘競高深儒衣
謾褒博宣尼名位達未必春秋作管氏包伯圖
須人解其縛伊予采樵者蓬藋方索莫近得風
雅情聊將聖賢度多君富道采識度兩清恪詎
寵生滅詞肯敎夷亘錯未爲堯舜用且向烟霞
託我亦擺塵埃他年附鴻鶴

公齋四詠　日休

小松

婆娑只三尺，移來白雲徑。亭亭向空意，已解凌遼夐。葉健似虬鬚，枝脆如鶴脛。清音猶未成，紺彩空不定。陰圓小芝蓋，鱗澀脩荷柄。先愁被鷃搶，預恐遭蝸病。結根幸得地，且免離離映。磥砢不難遇，在保晚成性。一日造明堂，爲君當畢命。

小桂

一子落天上，生此青壁枝。欻從山之幽，劚斷雲根移。勁挺隱珪質，盤珊緹油姿。葉彩碧髓融，花

狀白毫毿毿層立翠節偃蹇槮青螭影澹雪霽
後香泛風和時吾祖在月窟孤貞能見怡頤老
君子地不敢辭喧畀

新竹

笠澤多異竹移之植後楹一架三百本綠沈森
冥冥圓緊珊瑚節釤利翡翠翎儼若青帝仗矗
如紫姑屏槭槭微風度漠漠輕靄生如神語鈞
天似樂奏洞庭一戮九藏冷再聞百骸醒有根
可以執有篟音福竹譜云竹實也可以馨頤㝔君子操不敢先
凋零

## 鶴屏

三幅吹空縠，孰寫仙禽狀。氄耳側似聽（相鶴經云：氄耳則聽聦遠），赤精矌如望（露眼赤精則眎遠）。引吭看雲勢，翹足臨池樣。頗似近蓐席，還如入方丈。盡日空不鳴，窮年但相向。未許子晉乘，難敎道林放。貌既合羽儀，骨亦符法相。願廾君子堂，不必思崑閬。

## 奉和公齋四詠次韻　　龜蒙

### 小松

擢秀逋客巖，遺根飛鳥徑。因求飾清閟，遂得辭危夐。貞同柏有心，立若珠無脛。枝形短未怪，鬛數差難定名山記云松有兩鬣三鬣七鬣者言如馬鬣形也言粒者非況密三天風方遵四時柄那興培塿嘆免答鄰里病徵霜靜可分片月踈堪映奇當虎頭筆韻叶通明性會拂陽烏留掄材膺帝命

小桂

諷賦輕八植擅名方一枝才高不滿意更自寒山移宛宛別雲態蒼蒼出塵姿烟歸助華杪雪點迎芳㽔青條坐可結白日如奔螭諒無劉音鷟翦鬱憂即是蕭森時洛浦雖有蔭騷人聊自怡終爲濟川檝豈在論高卑

## 新竹

別塢破苔蘚，巖城樹軒楹。恭聞稟璇璣，化質離青冥。竹，璇璣玉精，受氣於玄軒之宿。色可定雞脛，實堪招鳳翎。立窺五嶺秀，坐對三都屏。晴月窈窕入，曙烟霏微生。昔者尚借宅，況來處賓庭。金罍縱傾倒，碧露還鮮醒。若非抱苦節，何以偶惟馨。徐觀稚龍出，更賦錦苞零。

## 鶴屏

時人重花屏，獨即胎化狀。叢毛練分彩，踈節節相望。八公相鶴經云：大毛落，叢毛生，其色如雪。又云：高脚踈節則多跛也。曾無氈氄態，頗得連軒

樣勢擬搶高尋身猶在函丈如憂雞鶩鬭似憶
烟霞向塵世任縱横霜襟自閒放空資明遠思
不待浮丘相何由振玉衣一舉棲瀛閬

覽皮先輩盛製因作十韻以寄用伸歎
仰　　　　　　　　前進士崔璐

河嶽挺靈異星辰精氣殊在人爲英哲與國作
禎符襄陽得奇士俊邁眞龍駒勇果魯仲由文
賦蜀相如渾浩江海廣葩華桃李敷小言入無
間大言塞空虚幾人遊赤水夫子得玄珠鬼神
爭奥祕天地借洪鑪旣有曾參行仍兼君子儒

吾知上帝意將使居黃樞好把千金體須爲萬姓謨

奉詶次韻　　日休

伊余幼且賤所稟自以殊弱歲謬知道有心匡皇符意超海上鷹運踊轅下駒縱性作古文所爲皆自如但恐才格劣敢誇詞彩敷句句考事實篇篇窮玄虛誰能變羊質競不獲驪珠粤有造化手曾開天地鑪文章鄴下秀氣貌淹中儒展我此志業期君持中樞蒼生眼穿望勿作磻溪謨

奉和因贈至一百四十言　龜蒙

孔聖鑄顔事垂之千載餘其間王道乖化作荆榛墟天必授賢哲爲時攻翦除軻雄骨已朽百氏徒趑趄近者韓文公首爲閑闢鋤夫子又繼起陰霾終廓如搜得萬古遺裁成千編書南山盛雲雨東序堆璠璵偶此眞籍客悠揚兩情攄清辭忽窈窕雅韻何虛徐唱旣野芳拆訓還天籟踈輕波掠翡翠曉露披芙蕖儷曲信寡和末流難嗣初空持一竿餌有意獻鯨魚

松陵集卷第二

松陵集卷第三　往體詩二十首

太湖詩 并序　　日休

余頃在江漢嘗耨鹿門漁洞湖然而未能放形者抑志於道也爾後以文事造請於是南浮至二別涉洞庭廻觀敷淺源登廬阜濟九江由天社抵霍嶽又自箕潁轉樊鄧陟商顏入藍關已自江漢至于京師者十數侯繞者一萬里道之不行者有困辱危殆志之可適者有山水遊玩則休戚不孤矣感通九年自京東遊復得宿太華樂荊山賞女几度轘轅窮嵩高入京索泝

渠至揚州又航天塹從北固至姑蘇吧江山之絶見貴于地誌者余之所到不翅于半則煙霞魚鳥林壑雲月可爲屬猒之具矣尚栲然於古者抑古聖人所謂獨行之性于逸民之流乎余眞得而爲也爾後聞震澤包山其中有靈異足黃老徒樂之多不返益欲一觀豁平生之鬱鬱焉十一年夏六月會大司諫清河公憂霖雨之爲患乃擇日休將公命禱于震澤祀事既畢神應如響於是太湖之中所謂洞庭山者得以恣討凡所歷皆圖籍稱爲靈異者遂爲詩二十章

以志其事兼寄天隨子

初入太湖 從胥口入去州五十里

聞有太湖名十年未曾識今朝得遊汎大笑稱平昔一舍行胥塘盡日到震澤三萬六千頃千頃頗黎色連空淡無類照野平絶隟好放青翰舟堪弄白玉笛疎岑七十二雙雙露矛戟悠然嘯傲去天上搖畫艫西風乍獵獵驚波奄涵碧倏忽雷陣吼須臾玉崖坼樹動為蜃尾山浮似鼇脊落照射鴻溶清輝蕩抛擲雲輕似可染霞爛如堪摘漸暝無處泊挽帆從所適枕下聞澎

湃肌上生瘆瘰討異足邅迴尋幽多阻隈屢風
與良便吹入神仙宅甘將一蘊書永事嵩山伯

曉次神景宮

夜半幽夢中扁舟似鳧躍曉來到何許俄倚包
山脚三百六十丈攢空利如削遐矚但徙倚欲
上先矍鑠濃露濕莎裳淺泉漸音尖草屩行行未
一里節境轉寂寞靜徑侵茯苓仙扉傍巖崿松
聲正清絶海日方照灼欻臨幽虛天萬想皆擺
落壇靈有芝菌殿聖無鳥雀璚悴自迴旋錦旌
空粲錯鼎氣爲龍虎香煙混丹雘凝看出次雲

默聽語時鶴綠書不可注雲笈應無鑰晴來鳥
思喜畬襄花光弱天籟如擊琴泉聲似擬鐸清
齋洞前院敢負玄科約空中悉羽章地上皆靈
藥金醴可酣暢玉豉堪咀嚼存心服燕胎叩齒
讀龍蹻福地七十二玆焉永堪託在獸乏虎貙
於蟲不毒蠚嘗聞擇骨錄仙誌非可作綠陽旣
朱髓青肝復紫絡伊余乏此相天與形貌惡每
嗟原憲瘇常苦齊侯瘧終然合委頓剛亦慕寥
廓三茅亦常住竟與珪組薄欲問包山神來賒
少巖壑

入林屋洞

齊心已三日筋骨如煙輕腰下佩金獸手中持
火鈴幽塘四百里中有日月精連亘三十六各
各爲玉京自非心至誠必被神物烹顧余慕大
道不能惜徽生遂招放曠侶同作幽憂行其門
纔函丈初若盤薄硎洞氣黒眹眝苔髮紅髩鬖
試足値坎窞低頭避崢嶸攀緣不知倦怪異焉
敢驚匍匐一百步稍稍策可横忽然白蝙蝠來
撲松炬明人語散澒洞石響高玲玎腳底龍蛇
氣頭上波濤聲有時若服匿偪仄如見繃俄爾

造平滘豁然逢光晶金堂似鑄出玉座如琢成前有方丈沼凝碧融人情雲漿注不動璃露涵而馨漱之恐減筭酌之必延齡愁爲三官責不敢擕一甎昔云夏后氏於此藏眞經刻之以紫琳祕之以丹瓊期之以萬祀守之以百靈焉得彼丈人竊之不加刑石匱一以出左神俄不扃禹書既云得吳國由是傾蘚縫纔半尺中有怪物腥欲去既嘆嗟將迴又伶俜却遵舊時道半日出杳冥屨泥去　惹石髓衣濕沾雲英玄籙乏仙骨青文無絳名雖然入陰宮不得朝上清對

彼神仙窟自厭濁俗形却憎造物者遣我騎文
星

雨中遊包山精舍

松門亘五里彩碧高下絢幽人共躋攀勝事頗
清便翣翣林上雨隱隱湖中電薜帶輕束腰荷
笠低遮面濕屨黏烟霞穿衣落霜霰笑次度巖
鐙困中遇臺殿老僧三四人梵字十數卷施稀
無夏屋境僻乏朝膳散髮抵泉流支頤數雲片
坐石忽忘起捫蘿不知倦異蝶時似錦幽禽或
如鈿篥篣還戛刃枅櫩自撻扇俗態既斗藪野

情空眷戀道人摘芝菌爲予備午饌渴與石榴
羹飢恆胡麻飯如何事于役兹遊急於傳却將
塵土衣一任瀑絲濺

遊毛公壇

却上南山路松行儼如廡松根礙幽徑𡖖顔不
能斧攡㩐踦亂雲側巾蹲怪樹三休且半日始
到毛公塢兩水合一澗瀺崖却爲浦相敵百千
戟共攂十萬鼓噴散日月精射破神仙府唯愁
絕地脉又恐折天柱一窺耳目眩再聽毛髮竪
次到鍊丹井井幹翳宿莽下有蘂剛丹勺之百

疾愈凝於白獺髓湛似桐馬乳黃露醒齒牙碧
粘甘胂腑檜異松復怪枯踈互撐拄乾蛟一百
丈髐然半天舞下有毛公壇壇方不盈畝嘗時
雲龍篆一片苔蘚古（有劉先生題壇符今存于堂）時時仙禽來忽忽
祥煙聚我愛周息元忽起應明主（周徵君名曰息元）三諫却
歸來迴頭唾珪組伊余何不幸斯人不復覩如
何大開口與世爭枯腐將山待夸娥以肉投獬
貐欻坐侵桂陰不知已與千茲地足靈境也年
終結宇敢道萬石君輕於一絲縷

三宿神景宮

古觀今旦寂幽人情自怡一來包山下三宿湖
之湄况此深夏夕不逢清月姿玉泉浣衣後金
殿添香時客省高且敞客牀蟠復奇石枕冷入
腦笋席寒侵肌氣清寐不著起坐臨堦墀松陰
忽微照獨見螢火芝素鶴警微露句蓮明暗光
窻櫺帶乳蘚壁縫含雲㸌閴聲啓走魍魎見燭奔
羃䍦沆瀣欲滴瀝芭蕉未離披五更山蟬響醒
發如吹篪杉風忽然起飄破步虛詞道客[illegible]瘦
樣上清朝禮儀明發作此事豈復[illegible]趨馳
以毛公泉一缾獻上諫議[illegible]啓

劉根昔成道茲塢四百年毵毵被其體號爲綠
毛仙因思清冷汲鑿彼崔嵬巔五色既鍊矣一
勺方鏗然既用文武火伐窮雌雄篇赤鹽糞紅
霧白華飛素煙服之生羽翼倏爾冲玄天眞隱
尚有迹厥祀将近千我來討靈勝到此期終焉
滴苦破竇淨鮮深餘甃圓澄如玉髓潔泓若金
精鮮顏色半帶乳氣味全和鉛飲之馳痞蹇濯
之伸拘攣有時翫者觸倏忽風雷顛素綆絲不
短越瞿腹甚便汲時月液動擔處玉漿旋敢獻
大司諫置之鈴閣前清如介潔性滌比掃湯櫂

炙背野人興亦思侯伯憐也知飲冰苦願又一

餅泉

縹緲峯

頭戴華陽帽手拄大夏節清晨陪道侶來上縹緲峯帶露躡藥蔓和雲尋鹿蹤時驚[illegible]鼠飛上千丈松翠壁內有室叩之虛碚隆（上音冬反 下音隆）古穴下徹海視之寒鴻濛邈歇有佳思緣危無倦容須臾到絕頂似鳥穿樊籠恐足蹈海日疑身凌天風衆岫點巨浸四方接圓穹似將青螺髻撒在明月中片白作越分孤嵐爲吳宮一陣鬖鬁

氣隱隱生湖東激雷與波起狂電將日紅磐磐雨點大金鵲轟下空暴光隅雲閃髣髴亘天龍連拳十百丈尾下拔湖之洪捽為一雪山欲與昭回通務時却攙下細碎衡與嵩神物諒不測絕景尤難窮杖策下返聽漸聞仙觀鐘煙波噴肌骨雲發闐心胷竟死愛未足當生且歡逢不然把天爵自拜太湖公

桃花塢

夤緣度南嶺盡日穿林樾窮深到兹塢逸與轉超忽塢名雖然在不見桃花發恐是武陵人自

閑仙日月倚峯小精舍當嶺殘耕坐將洞口迴環把雲窓披拂閒禽啼叫篠險狖眠硉矹幾風吹重嵐碧埃輕勃勃清陰减鶴睡秀色治人渴敲竹鬭錚摐弄泉爭咽嗢空齋蒸柏葉野飯調石髮空羨塢中人終身無履韈

明月灣

曉景澹無際孤舟恣迴環試問最幽處號爲明月灣半巖翡翠巢望見不可攀柳弱下絲網藤深垂花鬘松瘿忽似狖石文或如虥釣壇兩三處苔老腥斒斑沙雨幾處霽水禽相向閒野人

波濤上自屋幽深間曉培橋栽去暮作魚梁還
清泉出石砌好樹臨柴關對此老且死不知憂
與患好境無處住好處無境刪赦然不自適脉
脉當湖山

練瀆吳王所開

吳王厭得國所玩終不足一上姑蘇臺猶自嫌
局促艅艎六宮鬧艨衝後軍肅一陣颺風空
中蕩平淥鳥困避錦帆龍跧防鐵軸流蘇惹煙
浪羽葆飄叢谷靈境太蹂踐因茲塞林屋空闊
嫌太湖崎嶇開練瀆三尋鑱儳石齒數里穿山腹

底靜似金膏礫碎如丹粟波殿鄭姐醉蟾陽西
施宿幾轉含烟舟一唱來雲曲不知欄楯上夜
有越人鐵君王掩面死嬪御不敢哭艷魄逐波
濤荒宮養麋鹿國破灕亦淺代變草[illegible]綠白鳥
都不知朝眠還暮浴

投龍潭在龜山

龜山下最深惡氣何洋溢涎沫爆龍巢腥風卷
蛟室曉來林岑靜獰色如怒日氣湧撲臭煤波
澄掃純漆下有水君府貝闕光櫛比左右列介
臣縱橫守鱗卒月中珠毋見烟際楓人出生犀

不敢燒水怪恐摧踤時有慕道者作彼投龍術
端嚴持碧簡齊衣揮紫筆無以金蜿蜒投之光
爕律琴高坐赤鯉何許縱仙逸我願與之遊玆
焉託靈質

孤園寺 梁散騎常侍吳猛宅

艇子小且兀緣湖蕩白芷縈紆泊一碕宛到孤
園寺蘿島凝清陰松門湛虛翠寒[illegible]碧蘚古
木闕蒼兕鐘梵在水魄樓臺入雲[illegible]巖邊足鳴
鼕樹杪多飛鸓香莎滿院落風汎金霹靂靜鶴
啄栢蠹閒猱弄楹 小殿薰陸香古經貝多紙

老僧方瞑坐見客還強起指玆正險絶何以來到此先言洞壑數次話眞如理磬韻醒閒心茶香凝皓齒　之劫貝布饌以梅檀[illegible]數刻得清淨終身欲依止可憐陶侍讀身[illegible]位雅號曰勝力亦聞師佛氏（陶隱居嘗夢見神像謂己曰爾當七地大王號曰勝力也）今日到孤園何妨稱弟子

上眞觀

徑盤在山肋繚繞窮雲端擿菌杖頭紫緣崖屐齒刓半日到上眞洞宮知造難雙戶啓眞景齋心方可觀天鈞鳴響亮天祿行蹣跚琪樹夾一

徑萬條青琅玕兩松峙庭際怪狀吁可歎大螾騰共結脩蛇飛相盤皮膚坼甲冑枝節擒貙犴鏬處似天裂朽中如井眢襹褷風聲虓跁跒地力痑(音灘)根上露鉗鈇空中狂波瀾合時若莽蒼鬭處如轇轕儼對無霸陣靜問嚴陵灘靈飛一以護山都焉敢干兩廊潔寂歷中殿高嶒峗靜架九色節間懸十絶幡幟風時一吹百寶清闌珊昔有葉道士位當昇靈官欲箋紫微志唯食虹影丹既逐隱龍去道風猶此殘猶聞絳目草徃徃生空壇羽客兩三人石上譚泥丸謂我或

龍胄粲然與之懽衣巾紫華冷食次白芝寔自
覺有眞氣恐隨風力摶明朝若更住必擬隳儒
冠

銷夏灣

太湖有曲處其門爲兩崖當中數十頃別如一
天池號爲銷夏灣此名無所私赤日莫斜照清
風多逆吹沙嶼掃粉墨松竹調塤篪山果紅靺
鞨水苔青髼鬆木陰厚若瓦巖磴滑如飴我來
此遊息夏景方赫曦一坐盤石上肅肅寒生肌
小艇或可泛方言云小舸謂之艇短策或可支行驚翠羽起坐

見白蓮披斂袖弄輕浪解巾敵涼颸但有水雲
見更餘沙禽知京洛往來客噏死緣奔馳此中
便可老焉用名利爲

包山祠

白雲最深處像設盈巖堂村祭足茗栅水奠多
桃漿箬蘯窔古砌薜荔綳頳牆爐灰寂不焚風
送杉桂香積雨晦州里流波漂稻粱公惟大司
諫憫此如發狂命予傳明禱祇事實不遑一奠
若肸蠁再祝如激揚出廟未半日隅雲逢滃光
䨥䨥雨點少漸收羽林槍忽然山家犬起吠白

日傍公心與神志相向如玄黃我願作一疏奏之于穹蒼留神千萬祀永福吴封疆

聖姑廟 在大姑山晉王虎二女相次而殁有靈因而廟焉

洛神有靈逸古廟臨空渚暴雨駁丹青荒蘿繞梁梠野風旋芝蓋飢烏銜椒糈寂落楓花時時斸鼯鼠常云三五夕盡會妍神侶月下留紫姑霜中召青女俄然響環珮倏爾鳴機杼樂至有聞時香來無定處目瞪如有待魂斷空無語雲雨竟不生留情在何處

太湖石 出黿頭山

兹山有石岸抵浪如受屠雪陣千萬戰鮮巖高
下剗乃是天詭怪信非人功夫白丁一云取難
甚網珊瑚厥狀復若何鬼工不可圖或拳若蝘
蜴或蹲如虎貙連絡若鉤鎖重疊如萼跗或若
巨人骼或如太帝符胮肛質當筍格磔琅玕株
斷處露海眼移來和沙鬢求之煩耄倪載之勞
舳艫通侯一以既貴却驪龍珠厚賜以縣賞遠
去窮京都五侯土山下要爾添嵓齬賞玩若稱
意爵祿行斯須苟有王佐士崛起於太湖試問
欲西笑得如兹石無

雀裏傍龜山下有良田二十頃

雀裏何幽奇膏腴二十頃風吹稻花香直過龜山頂青苗細膩臥白羽悠溶靜塍畔起鶺鴒田中通舴艋幾家傍潭洞孤戍當林嶺罷釣時煮菱停繰或焙茗峭然八七翁生計於此永苦力供征賦怡顏過朝暝洞庭取異事包山極幽景念爾飽得知亦是遺民幸

石板在石公山前

翠石數百步如板漂不流空疑水妃意浮出青玉洲中若瑩龍劒外唯疊蛇矛狂波忽然死浩

氣清且浮似將翠黛色抹破太湖秋安得三五
夕携酒棹扁舟召取月夫人嘯歌於上頭又恐
霄景闊虚皇拜仙侯欲建九錫碑立當十二樓
瓊文忽然下石板誰能留此事少知者唯應波
上鷗

奉和太湖詩二十首　龜蒙

初入太湖

東南具區雄天水合爲一高帆大弓滿羿射爭
箭疾時當暑雨後氣象仍鬱密乍如開彫篋音奴籠也
聳翅忽飛出行將十洲近坐覺八極溢耳目駭

鴻濛精神寒佶栗坑來斗呀豁涌處巃嵳峩山
畢拔龍湫喧如破蛟室斯須風妥帖若受命平
秩微茫識端倪遠嶠疑格（音閣）筆巉巉見銅闕（湖中穹崇山有銅闕）左右皆輔弼盤空儼相趨去勢猶横逸嘗聞
咸池氣下注作清質至今涵赤霄尚且浴白日（太湖上稟咸池五車之氣故一水五名也）又云構浮玉宛與崑閬匹肅爲靈官
家此事難致詰（太湖乃仙家浮玉之北堂）纔迎沙嶼好指顧俄已
失山川互蔽虧魚鳥空聱（語虯反）耴（魚乙反）何當授真檢
得召天吳術一一問朝宗方應可譚悉

曉次神景宮

曉帆逗碕岸高步入神景灑灑襟袖清如臨蘂珠屏雖然羣動息此地常寂靜翠鑷有寒鋝碧花無定影憑軒羽人傲夾戶天獸猛稽首朝元君褰衣就虛省呀空雪羽利漱水石齒冷香毋未垂嬰芝田不論項遥逷河漢口近撫松桂頂飯薦七白蔬杯釃九光杏人間附塵躅固陋眞鉗頸肯信林鼇傾猶疑夏蟲永玄津蕩瓊龍紫汞啼金鼎盡出冰霜書期君一披省

入林屋洞

知名十小天林屋當第九（人間三十六洞天知名者十耳餘二十六天出九微志未行於世）題之

爲左神理之以天后林屋洞爲左神幽虚之天即天后眞君之便闕魁堆辟邪輩
左右專備守自非方瞳人不敢窺洞口唯君好
奇士復嘯忘情友致傘在風林低冠入雲竇中
深劇苔井傍坎纔欒臼石角忽支頤藤根時束
肘初爲大幽怖漸見微明誘屹若造靈封森如
達仙藪嘗聞白芝秀狀與琅花偶又坐紫泉光
甘如酌天酒白芝紫泉皆此洞所出乃神仙之飲餌非常人所能得何人能提嚼餌以
代漿糗却笑探五符徒勞步雙斗眞君不可見
焚盥空遲久眷戀玉碣文行行但迴首

雨中遊包山精舍

包山信神仙主者上眞職及棲鐘梵侶又是清
涼域乃知烟霞地絕俗無不得巖開一徑分栢
擁深殿黑僧閒若圖畫像古非雕刻海客施明
珠湘蘇料（平聲）淨食有魚皆玉尾有鳥盡金臆平
携薜鐸供（唐言楊枝）若在中印國千峯殘雨過萬籟清
且極此時空寂心可以遺智識知君戰未勝尙
倚功名力却下聽經徒（生公有聽經石）孤帆有行色

毛公壇

古有韓終道授之劉先生身如碧鳳皇羽翼披
輕輕先生盛驅役臣伏甲與丁勢可倒五嶽不

唯鞭羣靈飄飄駕翺螭白日朝太清空遺古壇
在稠疊烟蘿屛遠懷步綱夕列宿森然明四角
鎭露獸三層差羽嬰廻睟盼七炁運足馳疎星
象外眞既感區中道俄成邇來向千祀雲嶠空
崢嶸石上橘花落石根瑶草青時時自鹿下此
外無人行我訪岑寂境自言齊戒精如今君安
死字君安魂魄猶羶腥有笈皆緑字有芝皆紫莖相
將望瀛島浩蕩凌滄溟

三宿神景宫

靈蹤未遍尋不覺谿色暝迴頭問棲所稍下杉

蘿徑巖居更幽絶澗戶相隱暎過此即神宮虛
堂愜雲性四軒盡踈達一榻何清零(去聲)髣髴聞
玉笙敲鏘動凉磬風凝古松粒露墜脩荷柄萬
籟既無聲澄明但心聽希微辨眞語若授虛皇
命尺宅按來平華池漱餘淨頻窺宿羽麗三吸
晨霞盛豈獨冷衣襟便堪遺造請徒探物外趣
未脫塵中病舉手謝靈峰徜徉事歸榜

以毛公泉獻大諫清河公

先生鍊飛精羽化成翩翻荒壇與古甃隱軫清
泠存四面壓山骨中心含月魂除非紫水脈即

是金沙源香實灑桂蕊甘惟潰雲根向來採幽人酌罷袪蒙昏況公珪璋質近處諫諍垣又聞虛靜姿早挂水雪痕君對瑤華味重獻蘭薰言當應滌煩暑朗詠翬飛軒我願得一掬攀天吁重閽霏霏散爲雨用以移焦原

縹緲峯

左右皆跳岑孤峯挺然起因思縹緲稱乃在虛無裏清晨躋磴道便是孱顏始據石卽更歌過泉還從倚花奇忽如薦樹曲渾成几樂靜烟靄知忘機猿狖喜頻攀峻過斗未造平如砥舉首

閟青冥迴眸聊下眎高帆大於鳥廣埤徒旱反纔類蟻就此微茫中爭先未嘗已葛洪話剛氣去地四十里苟能乘之遊止若道路耳吾將自峯頂便可朝帝扆盡欲活羣生不唯私一已超騎明月幹復弄華星蘂却下蓬萊巔重窺清淺水身爲大塊客自號天隨子他日向華陽敲雲問名氏

桃花塢

行行問絶境貴與名相親空經桃花塢不見秦時人願此爲東風吹起枝上春願此作流水潛

浮藻中塵願此爲好鳥得棲花際鄰願此作幽
蝶得隨花下賓朝爲照花日暮作涵花津試爲
探花士出作偷桃臣桃源不我棄庶可全天真

明月灣

昔聞明月觀（在建業故臺城）秪傷荒野基今逢明月灣不
值三五時擇此二明月洞庭看最奇連山忽中
斷遠樹分毫釐周迴二十里一片澄風漪見說
秋半夜淨無雲物欺兼之星斗藏獨有神仙期
初聞鏘鐐銚（音姚）積漸調參差空中阜羽衛波上
停龍螭縱舞玉煙節高歌碧霜詞清光悄不動

萬象寔咿咿此會非俗致無由得旁窺但當彙扁舟酒甕仍相隨或徹三弄笛或成數聯詩自然瑩心骨何用神仙爲

練瀆（一云吴王闔以練兵）

越恃君子衆大将壓全吴（越有私卒君子六千人）吴将泒天澤以練舟師徒一鏡止千里支流忽然迂蒼龕東洪波坐似馮夷軀戰艦百萬輩浮宫三十餘平川盛丁寧絶島分儲胥鳳柙半鶴膝錦杠雜肥胡香煙與殺氣浩浩隨風驅彈射盡高鳥杯觥醉潛魚山靈恐見鞭水府愁爲墟兵利德日削

反爲雠國屠至今釣鏃殘尚與泥沙俱照此月
倍苦來兹煙亦孤丁魂尚有淚合灑青楓枯

投龍潭

名山潭洞中自古多祕邃君將接神物聊用申
祀事鎔金象牙角尺木無不備亦既奉貞官因
之徇前志特來展明誥敬以投嘉瑞鱗光煥水
容目色燒山翠吾皇病秦漢豈獨探怪異所貴
風雨時民皆受其賜良田爲巨浸汚澤成赤地
掌職一不行精靈又何寄唯貪血食飽但據驪
珠睡何必費黄金年年授星使

孤園寺

浮屠從西來事者極梁武巖幽與水曲結構無遺土窮山林榦盡竭海珠璣聚况即侍從臣敢愛煙波塢幡條玉龍扣殿角金虬舞釋子厭樓臺生人露風雨今來四百載像設藏雲浦輕鴿亂馴鷗鳴鐘和朝櫓庭蕉裂旗旆野蔓差纓組石上解空人窻前聽經虎林虗葉如織水淨沙堪數徧問得中天歸修釋迦譜

上眞觀

嘗聞昇三清眞有上中下官居乘佩服一一自

相亞霄裙或霞粲侍女忽手一姹坐進金碧腴去
馳飈欻駕今來上眞觀怳若心靈訝秖恐暫神
遊又疑新羽化風餘撼朱草雲破生瑶榭望極
覺波平行虛信烟藉閒開飛鼉帙静倚宿鳳架
俗狀既能遺塵冠聊以卸人間方大火此境無
朱夏松蓋蔭日車泉紳拖天罅窮幽不知倦復
息芝園舍錆珮引凉飈焚香禮遥夜無情走聲
利有志依閒暇何處好迎僧希將石樓借

鎖夏灣

霞島焰難泊雲峯奇未收蕭條千里灣獨自清

如秋古岸過新雨高蘿蔭横流遥風吹蕪葭折處鳴颼颼昔予守圭竇過於回祿囚日爲籧篨徒（渠曲二音簟之異名）分作祇裯（低刀二音並單衣）頗狎寒水怪不封朱轂侯豈知煙浪涯坐可思重裘健若數尺鯉況然雙白鷗不識號火井孰問名焦丘我眞魚鳥家盡室營扁舟遺名復避世消夏還消憂

包山祠

静境林麓好古祠煙靄濃自非通靈才敢陟羣仙峯百里波浪沓中堂簫鼓童眞君貝瓊聳髣髴來相從清露濯巢鳥陰雲生畫龍風飄橘柚

香日動幡蓋容將命禮且潔所祈年不凶終嘗
以疏聞特用諸侯封

聖姑廟

瀲瀲洞庭水盈盈芳嶼神因知古佳麗不獨湘
夫人流蘇蕩遥吹斜領生輕塵蜀綵駮霞碎吴
綃盤霧勻可憐飛燕姿合是乘鸞賓坐想烟雨
夕兼之花草春空登油壁車窈窕誰相親好贈
玉條脱堪攜紫綸巾殷勤擬香池重薦汀洲蘋
明朝動蘭檝不翅星河津

太湖石

他山豈無石厥狀皆可薦端然遇良工坐使天質變或裁基棟宇礧砢成層巖或剖出溫瑜精光具華瑱或將破仇敵百礮資苦戰或用鏡功名萬古如會稽今之洞庭者一以非此選槎牙眞不材反作天下彥所奇者嵌崆所尚者葱蒨旁穿參洞穴内竅均環劃刻削九琳窓玲瓏五明扇新雕碧霞段旋剖秋天片無力置池塘臨風只流眄

菴裏

山橫路若絶轉巘逢平川川中水木幽島下兼

良田溝塍墮微灊桑柘合踈煙處處倚蠶箔家
家下魚筌縣犢卧新菼野禽爭折蓮試招搔首
翁共語殘陽邊今來九州內未得皆恬然賊陣
始吉語狂波又凶年吾翁欲何道守此常安眠
笑我掉頭去蘆中聞刺船余知隱地術可以齊
眞仙終當從之遊庶復全於天

石板

一片倒山屏何時隳洞門屹然空閣中萬古波
濤痕我意上帝命持來壓泉源恐爲庚辰官囚
怪力所掀又疑廣袤次零落潛鼇奔不然遭霹

靂強半沈無垠如何造化首便截秋雲根往事
不足問奇蹤安可論吾今病煩暑據簞常昏昏
欲從石公乞（石板在石公山前）瑩理平如璊前後植桂檜東
西置琴樽書蕭攜天壤徒浩唱羲皇言

松陵集卷第三

# 松陵集卷第四　往體詩一百十二首

漁具詩并序　　龜蒙

天隨子漁于海山之顔有年矣矢魚之具莫不窮極其趣大凡結繩持網者總謂之網罟之流曰罛曰罾曰罺(側交反)圓而縱捨曰罩挾而昇降曰罶(女減反)緡而竿者總謂之筌筌之流曰筒曰車橫川曰梁承虛曰笱編而沉之曰箄(音卑)矛而卓之曰矠(音冊矛也)棘而中之曰叉鏃而綸之曰射扣而駭之曰稂(以薄板置瓦器上擊之以驅魚)置而守之曰神(鯉魚滿三百六十歲蛟龍輙率而飛去置一神守之則不能去矣神龜也)列竹於海澨曰滬(吳之滬瀆是也)錯薪於水中曰槮(音

所載之舟曰舴艋所貯之器曰笭箵其他或術
以招之或藥而盡之皆出於詩書雜傳及今之
聞見可考而驗之不誣也今擇其任詠者作十
五題以諷噫矢魚之具也如此予既歌之矣矣
民之具也如彼誰其嗣之鹿門子有高灑之才
必爲我同作

網

大罟綱目繁空江波浪黑沈沈到波底恰共波
同色牽時萬鬐入已有千鈞力尚悔不橫流恐
他人更得

罩

左手揭圓罛輕橈弄舟子不知潛鱗處但去籠

烟水時穿紫屏破忽值朱衣起松江有朱衣鮒貴得不貴

名敢論魴與鯉

罶

有意烹小鮮乘流駐孤棹雖然煩取捨未肯求

津要多爲鰕蜆誤已分鵁鶄笑寄語龍伯人荒

唐不同調

釣筩

短短截筠光悠悠卧江色蓬差櫓相應雨慢烟

交織須臾中芳餌迂疾如飛翼彼竭我還浮君
看不爭得

釣車

溪上持隻輪溪邊指茅屋閒乘風水便敢議朱
卅轂高多倚衡懼下有折軸速曷若載逍遥歸
來卧雲族

魚梁

能編似雲薄横絶清川口鈌處欲隨波波中先
置笱投身入籠檻自古難飛走盡日水濵吟殷
勤謝漁叟

又魚

春溪正含緑良夜才參半持矛若羽輕列燭如星爛傷鱗跳密藻碎首沈遥岸盡族染東流傍人作佳翫

射魚

彎弓注碧潯掉尾行凉沚青楓下晚照正在澄明裏抨弦斷荷扇濺血殷菱蘂若使禽荒聞移之暴烟水

鳴椐

水淺藻荇澁鉤罩無所及鏗如木鐸音勢若金

鉦急毆之就深處用以資俯拾搜羅爾甚微遁

去將何入

滬吳人今謂之簖

萬植禦洪波森然倒林薄千顱咽雲上過半隨

潮落其間風信背更值雷聲惡天道亦裒多吾

將移海若

簃吳人今謂之叢

斬木置水中枝條互相蔽寒魚遂家此自以爲

生計春冰忽融冶盡取無遺裔所託成禍機臨

川一凝睇

種魚

鑿池收頳鱗踈踈置雲嶼還同汗漫遊遂以江湖處如非一神守潛被蛟龍主蛟龍若無道跛鼈亦可禦

藥魚

香餌綴金鉤日中懸者幾盈川是毒流細大同時死不唯空餧犬便可將貽蟻苟負竭澤心其他盡如此

舴艋

蓬棹兩三事天然相與閒朝隨稚子去暮唱菱

歌還倚石遲後侶徐橈供遠山君看萬斛載沈溺須臾間

笭箵

誰謂笭箵小我謂笭箵大盛魚自足飡寘壁能爲害時將刷蘋浪又取懸藤帶不及腰上金何勞問著蔡

奉和漁具十五詠　日休

網

晚挂溪上網映空如霧縠閒來發其機旋旋沈平緑下處若烟雨牽時似崖谷必若遇鯤鮞從

敎通一目

罩

芒鞋下葑中步步沈輕罩既爲菱浪颭亦被蓮
泥膠人立獨無聲魚煩似相抄滿手搦霜鱗思
歸舉輕棹

罛

煙雨晚來好東塘下罛去網小正星𥠖舟輕欲
騰翥誰知荇深後恰值魚多處浦口更有人停
橈一延竚

釣筒

籠鐘截數尺標置能幽絶從浮笠澤烟任卧桐江月絲隨碧潭漫餌逐清灘發好是趂筒時秋聲正清越

釣車

得樂湖海志不厭華輈小月中拋一聲驚起灘上鳥心将潭底測手把波文裊何處覓奔車平波今渺渺

魚梁

波際插翠筠離離似清籞遊鱗到溪口入此無逃所斜臨楊柳津靜下鷗鷀侶編此欲何之終

焉富春渚

叉魚

列炬春溪口平潭如不流照見游泳魚一一如清晝中目碎瓊碧毀鱗殷組繡樂此何太荒居然愧川后

射魚

注矢寂不動澄潭晴轉烘下窺見魚樂悦若翱在空驚羽决凝碧傷鱗浮殷紅堪將指杯術授與太湖公

鳴根

盡日平湖上鳴榔仍動槳丁丁入波心澄澈和
清響鷺聽獨寂寞魚驚昧來往盡水無所逃川
中有鈎黨

滬

波中植甚固磔磔如鰕鬚濤頭倏爾過數頃跳
鯆鮃音通夫不是細羅密自爲朝夕驅空憐指魚命
遣出海邊租

篸

伐彼槎櫱枝放於冰雪浦游魚趂暖處忽爾來
相聚徒爲棲託心不問庇庥主一旦懸鼎鑊禍

機眞自取

種魚

移土湖岸邊一半和魚子池中得春雨點點活
如蟻一月便翠鱗終年必赬尾借問兩緵人誰
知種魚利

藥魚

吾無竭澤心何用藥魚藥見說放溪上點點波
光惡食時競夷猶死者爭紛泊何必重傷魚毒
經猶可作

舴艋

闊處只三尺翛然足吾事低篷挂釣車枯蚌盛魚餌只好擕橈坐唯堪蓋蓑睡若遺遂平生艅艎不如是

笭箵

朝空笭箵去暮實笭箵歸歸來倒却魚挂在幽窻扉但則鰕蜆氣欲生蘋藻衣十年佩此處烟雨苦霏霏

添漁具詩并序　日休

天隨子爲漁具詩十五首以遺余凡有獻巳來術之與器莫不盡於是也噫古之人或有溺於

漁者行其術而不能言用其器而不能狀此與
澤助之歔者又何異哉如吟魯望之詩想其致
則江風海雨槭槭生齒牙間眞世外漁者之才
也余昔之漁所在泂上則爲菴以守之居峴下
則占磯以待之江漢間時候率多雨唯以䈙笠
自庇每伺魚必多俯䈙笠不能庇其上由是織
篷以障之上抱而下仰字之曰背篷今觀魯望
之十五篇未有是作因次而詠之用以補其遺
者漁家生具獲足於吾屬之文也

漁菴

菴中只方丈恰稱幽人住枕上悉魚經門前空

釣具束竿時倚壁曬網還侵戶上洞有楊顒須

留往來路

釣磯

盤灘一片石置我山居足窪處著筣篚桂苑云取鰕具䈉

中維舴艋多逢沙鳥汚愛彼潭雲觸狂奴臥此

多所以踏帝腹

蓑衣

一領蓑正新著來沙塢中隔溪遥望見疑是綠

毛翁襟色亯褋直葉反靄袖香䙰褷風前頭不施衮

何以爲三公

篛笠

圓似寫月魂輕如織烟翠涔涔向上雨不亂窺魚思攜來沙日微挂處江風起縱戴二梁冠終身不忘爾

背篷

儂家背篷樣似箇大龜甲雨中跼蹐時一向聽霎霎甘從魚不見亦任鷗相狎深擁竟無言空成睡齁䶎（上虛勾反下虛甲反）

奉和添漁具五篇　　龜蒙

漁菴

結茅次煙水用以資嘯傲豈謂釣家流忽同禪室號閒憑山叟占晚有溪禽嫪華屋莫相非各隨吾所好

釣磯

揀得白雲根秋潮未曾没坡陁坐鼇背散漫垂龍髥持竿從掩霧置酒復待月即此放神情何勞適吳越

蓑衣

山前度微雨不瘵小澗漁上有青襏襫下有新

腒踈滴瀝珠影泫離披嵐彩虛君看荷製者不得安吾廬

蒻笠

朝携下楓浦晚戴出烟艇冒雪或平簷聽泉時仄頂飈移靄然色波亂危如影不識九衢塵終年居下泂

背蓬

𢽾手㔸江筠隨身織烟縠沙禽固不知釣伴猶初覺閒從翠微拂靜唱滄浪濯見說萬山潭漁童盡能學

樵人十詠并序　　龜蒙

環中先生謂天隨子曰子與鹿門子應和爲漁具詩信盡其道而美矣世言樵漁者必聯其命稱且常爲隱君子事詩之言錯薪禮之言負薪傳之言積薪史之言束薪非樵者之實乎可不足以寄興詠獨缺其詞耶退作十樵以補其闕濔寄鹿門子

樵谿

山高谿且深蒼蒼但群木抽條欲千尺衆亦疑樸樕一朝蒙翦伐萬古辭林麓若遇燎玄穹微

烟出雲族

樵家

草木黄落時比鄰見相喜門當清澗盡屋在寒雲裹山棚日纔下野竈煙初起所謂順天民唐堯亦如此

樵叟

自小即胼胝至今凋鬢髮所圖山褐厚所愛山爐熱不知冠蓋好但信煙霞活富貴如疾顛吾從老巖穴

樵子

生自蒼崖邊能諳白雲養（去聲山家謂養柴地爲養）繞穿遠林去
巳在孤峯上薪和野花束歩帶山詞唱日暮不
歸來柴扉有人望

樵徑

石脉青靄間行行自幽絶方愁山繚繞更値雲
遮截爭推好林浪共約歸時節不似名利途相
期覆車轍

樵斧

淬礪秋水清携持遠山曙丁丁在前澗杳杳無
尋處巢傾鳥猶在樹盡猿方去授鉞者何人吾

方易直慮

樵擔

輕無斗儲價重則筋力絶欲下半巖時憂襟兩如結風高埶還却雪厚疑中折負荷誠獨難移之贈來哲

樵風

朝隨早潮去暮帶殘陽返向背得清飈相追無近遠採山一何遲服道常苦蹇仙術信能爲年華未将晚

樵火

積雪抱松塢蟲根然草堂深爐與遠燒此夜仍交光或似坐奇獸或如焚異香堪嗟宦遊子凍死道路傍

樵歌

縱調爲野吟徐徐下雲磴因知負樵樂不減援琴與出林方自轉隔木猶相應但取天壤情何求郢人稱

奉和樵人十詠　日休

樵谿

何時有此谿應便生幽木橡實養山禽藤花蒙

澗鹿不止産蒸薪顧當歌棫樸君知天意無以
此安吾族

樵家

空山最深處太古兩三家雲蘿共夙世猨鳥同
生涯衣服濯春泉盤飧烹野花居兹老復老不
解嘆年華

樵叟

不曾照青鏡豈解傷華髮至老未息肩至今無
病骨家風是林嶺世禄爲薇蕨所以兩大夫天
年爲自伐

樵子

相約晚樵去跳踉上山路將花餌鹿麛以果投猿父束薪白雲濕負擔春日暮何不壽童烏果爲玄所誤

樵徑

蒙蘢中一徑繞在千峯裏歌處遇松根危中值石齒花穿臯衣落雲拂芒鞵起自古行此途不闃顛與墜

樵斧

腰間插大柯直入深谿裏空林伐一聲幽鳥相

呼起倒樹去李父傾巢啼木魅不知仗鉞者除害誰如此

樵擔

不敢量樵重唯知益薪束軋軋下山時彎彎向身曲清泉洗得潔翠靄侵來緑看取荷戈人誰能似吾屬

樵風

野船渡樵客來往平波中縱横清飈吹旦暮歸期同蘋光惹衣白蓮影涵新紅吾當請封爾直作鏡湖公

樵火

山客地爐裏然薪如陽輝松膏作滫（思有反）瀡杉子爲珠璣響誤擊刺鬧熖疑彗孛飛傍邊暖白酒不覺瀑冰垂

樵歌

此曲太古音由來無管奏多云採樵樂或說林泉候一唱凝閒雲再謡悲顧獸若遇採詩人無辭收鄙陋

酒中十詠（并序）

鹿門子性介而行獨於道無所全於才無所全

於進無所全於退無所全豈天民之惷者耶然進之與退天行未覺於余也則有窮有辰有病有殆果安而受耶未若全於酒也夫聖人之誡酒禍也大矣在書爲沈湎在詩爲童羖在禮爲豢豕在史爲狂藥余飲至酣徒以爲融肌柔神消沮迷喪頽然無思以天地大順爲隄封傲然不持以洪荒至化爲爵賞抑無懷氏之民乎葛天氏之臣乎苟沈而亂狂而　禍而族眞蚩蚩之爲也若余者於物無所斥於性有所適眞全於酒者也噫天之不全余也多矣獨以麴糵全

之抑天猶幸於遺民焉太玄曰君子在玄則正
在福則沖在禍則反小人在玄則邪在福則驕
在禍則窮余之於酒得其樂人之於酒得其禍
亦若是而已矣於是徵其具悉爲之詠用繼東
皐子酒譜之後夫酒之始名天有星地有泉人
有鄉令總而詠之者亦古人初終必全之義也
天隨子深於酒道寄而請之和

酒星

誰遣酒旗耀天文列其位彩徽嘗似酣芒弱偏
如醉唯憂犯帝座只恐騎天駟若遇卷舌星讒

君應墮地

酒泉

羲皇有玄酒滋味何太薄玉液是澆漓金沙乃
糟粕春從野鳥沽晝任閒猨酌我願葬兹泉醉
魂似鳧躍

酒篘

翠篾初織來或如古魚器新從山下買靜向甀
中試輕可網金醅疎能容玉蟻自此好成功無
貽我罍恥

酒牀

糟牀帶松節酒腻肥於羜滴滴連有聲空疑杜
康語開眉既壓後染指偷嘗處自此得公田不
過渾種黍

酒壚

紅壚高幾尺頗稱幽人意火作縹醪香灰爲冬
醞氣有鎗盡龍頭有主皆犢鼻倘得作杜根傭
保何足愧

酒樓

鈎楯跨通衢喧鬧當九市金罍瀲灧後玉斝紛
綸起舞蝶傍應酣啼鶯聞亦醉野客莫登臨相

雛多失意

酒旗

青幟闊數尺懸於往來道多爲風所颺時見酒
名號拂拂野橋幽翻翻江市好雙眸復何事終
竟望君老

酒樽

犧樽一何古我抱期幽客少恐消醍醐滿疑烘
琥珀猨窺曾撲瀉鳥踏經欹仄度度醒來看皆
如死生隔

酒城

萬仞峻爲城沈酣浸其俗香侵井幹過味染濠
波渌朝傾踰百榼暮壓幾千斛吾得隸此中但
爲闇者足

酒鄉

何人置此鄉杳在天皇外有事忘哀樂有時忘
顯晦如尋罔象歸似與希夷會從此共君遊無
煩用冠帶

奉和酒中十詠　龜蒙

酒星

萬古醇酎氣結而成晶熒降爲嵇阮徒動與樽

罍弁不獨祭天廟亦應邀客星何當八月槎載
我遊青冥

酒泉

初懸碧崖口漸注青谿腹味旣敵中山飲寧拘
一斛春疑浸花骨暮若酣雲族此地得封侯終
身持美祿

酒𥂁

山齋醖方熟野童編近成持來歡伯內坐使賢
人清不待盎中滿旋供花下傾汪汪日可挹未
羨黃金籯

酒牀

六尺樣何奇溪邉濯來潔糟深貯方半石重流
還咽閒移秋病可偶聽寒夢鈌往往枕眠時自
疑陶靖節

酒壚

錦里多佳人當壚自沽酒高低過反坫大小隨
圓瓿數錢紅燭下滌器春江口若得奉君歡十
千求一斗

酒樓

百尺江上起東風吹酒香行人落帆上遠樹涵

殘陽凝睇復凝睇一觴還一觴須知凭欄客不
醉難爲腸

酒旗

揺揺倚青岸遠蕩遊人思風歒翠竹杠雨澹香
醪字纔來𦟝煙見已覺臨江遲大旆非不榮其
如有王事

酒樽

黄金卽爲侈白石又太拙斲得奇樹根中如老
蛟穴時招山下叟共酌林間月盡醉兩忘言誰
能作天舌

酒城

何代驅生靈築之爲釀地殊無甲兵守但有糟漿氣雉堞屹如狂女牆低似醉必若據而爭先登儀狄氏

酒鄉

誰知此中路暗出虛無際廣莫是鄰封華胥爲附麗三盃聞古樂伯雅逢遺裔自爾等榮枯何勞問玄弟

添酒中六詠 幷序　　龜蒙

鹿門子示予酒中十詠物古而詞麗旨高而性

眞可謂窮天人之際矣予既和而且曰昔人之於酒有注爲池而飲之者象爲龍而吐之者親盜甕閒而臥者將實舟中而浮者可爲四荒矣徐景山有酒鎗嵇叔夜有酒杯皆傳於後代可謂二高矣四荒不得不刺二高不得不須更作六章附於末云

酒池

萬斛輸曲沼千鍾未爲多殘霞入醍齊遠岸澄白酇后土亦沈醉姦臣空浩歌邇來荒淫君尚得乘餘波

酒龍

銅雀羽衣麗金龍光彩奇潛傾鄴宮酒忽似商庭漦若怒鱗甲赤如酣頭角垂君臣坐相滅安用驕奢爲

酒甕

候暖麴櫱調覆深苫蓋淨溢處每淋漓沈來還濎瀅嘗聞清涼酎可養希夷性盜飲以爲名得非君子病

酒船

言人性何誕欲載無窮酒波上任浮身風來即

開口荒唐意難遂沈湎名不朽千古如比肩閔
君能繼不

酒鎗

景山實名士所歠垂清壓嘗作酒家語自言中
聖人奇器質含古挫糟味應醇唯懷魏公子即
此飛觴頻

酒杯

叔夜傲天壤不將琴酒踈製爲酒中物恐是琴
之餘一弄廣陵散又裁絶交書頽然擲林下身
世俱何如

奉和添酒中六詠　日休

酒池

八齊競奔注不知深幾丈竹葉島紆徐鳧花波蕩瀁（鳧花酒名出梁簡文帝集）醺應爛地軸浸可柔天壤以此獻吾君願銘於几杖

酒龍

銅爲蚴蟉鱗鑄作鱙𩻄角吐處百里雷瀉時千丈壑初疑潛苑囿忽似拏寥廓遂使銅雀臺香消野花落

酒甕

堅淨不苦窳陶於醉封疆臨溪剏舊痕隅屋閏
新香移來近麴室倒處臨糟牀所嗟無比鄰余
亦能偷嘗

酒船

刻桂復刳蘭陶陶任行樂但知涵泳好不討風
濤惡嘗行麴封内稍繫糟丘泊東海如可傾乘
之就斟酌

酒鎗

象鼎格仍高其中不烹飪唯將煑濁醪用以資
酣飲偏宜旋樵火稍近餘酲枕若得伴琴書吾

將著閒品

酒杯

昔有嵇氏子龍章而鳳姿手揮五絃罷聊復一樽持但取性淡泊不知味醇醨茲器不復見家家唯玉巵

茶中雜詠并序　　日休

案周禮酒正之職辨四飲之物其三曰漿又漿人之職共王之六飲水漿醴涼醫酏入于酒府鄭司農云以水和酒也蓋當時人率以酒醴爲飲謂乎六漿酒之醨者也何得姬公製爾雅云

檟苦荼即不擷而飲之豈聖人純於用乎抑草
木之濟人取捨有時也自周已降及于國朝茶
事竟陵子陸季疵言之詳矣然季疵以前稱茗
飲者必渾以烹之與夫瀹蔬而啜者無異也季
疵之始爲經三卷由是分其源制其具教其造
設其器命其煮俾飲之者除痟而去癘雖疾醫
之不若也其爲利也於人豈小哉余始得季疵
書以爲備矣後又獲其顧渚山記二篇其中多
茶事後又太原溫從雲武威段碣之各補茶事
十數節並存於方册茶之事由周至于今竟無

纖遺矣昔晉杜育有荈賦季疵有茶歌余缺然於懷者謂有其具而不形於詩亦季疵之餘恨也遂爲十詠寄天隨子

茶塢

閑尋堯氏山遂入深深塢種荈已成園栽葭寧記畝石窪泉似掬巖罅雲如縷好是夏初時白花滿烟雨茶經云其花白如薔薇

茶人

生於顧渚山老在漫石塢語氣爲茶荈衣香是煙霧庭從㯰子遮女耿反其木如瓜色渚人以爲杖果任獳師虜日晚

相笑歸腰間佩輕篗

茶筍

褎然三五寸生必依巖洞寒恐結紅鉛暖疑銷紫汞圓如玉軸光脆似瓊英凍每爲遇之疎南山挂幽夢

茶籝

筤篣曉攜去驀個山桑塢開時送紫茗負處沾清露歇把傍雲泉歸將挂煙樹滿此是生涯黄金何足數

茶舍

陽崖枕白屋幾口嬉嬉活棚上汲紅泉焙前蒸紫蕨乃翁研茗後中婦拍茶歇相向掩柴扉清香滿山月

茶竈

南山茶事動竈起巖根傍水煮石髮氣薪爇杉脂香青瓊蒸後凝緑髓炊來光如何重辛苦一一輸膏粱

茶焙

鑿彼碧巖下恰應深二尺泥易帶雲根燒難碍石脉初能燥金餅漸見乾瓊液九里共杉林皆焙名

相望在山側

茶鼎

龍舒有良匠鑄此佳樣成立作菌蠢勢煎爲潺
湲聲草堂暮雲陰松窻殘雪明此時勺複茗野
語知逾清

茶甌

邢客與越人皆能造兹器圓似月魂墮輕如雲
魄起棗花勢旋眼蘋沫香沾齒松下時一看支
公亦如此

煮茶

香泉一合乳煎作連珠沸時看蟹目濺作見魚鱗起聲疑帶松雨餑恐生煙翠儻把瀝中山必無千日醉

奉和茶具十詠　龜蒙

茶塢

茗地曲隈回野行多繚繞向陽就中密背澗差還少遥盤雲髻慢亂簇香篝小何處好幽期滿巖春露曉

茶人

天賦識靈草自然鍾野姿閒來北山下似與東

風期雨後採芳去雲間幽路危唯應報春鳥得共斯人知顧渚山有報春鳥

茶笱

所孕和氣深時抽玉茗短輕煙漸結華嫩蘂初成管尋來青靄曙欲去紅雲暖秀色自難逢傾筐不曾滿

茶籯

金刀劈翠筠織似波文斜製作自野老攜持伴仙娃昨日斸煙粒今朝貯緑華爭歌調笑曲日暮方還家

茶舍

旋取山上材架爲山下屋門因水勢斜壁任巖隈曲朝隨鳥俱散暮與雲同宿不憚採掇勞秖憂官未足

茶竈經云茶竈無突

無突抱輕嵐有煙映初旭盈鍋玉泉沸滿甑雲牙熟奇香襲春桂嫩色凌秋菊煬者若吾徒年年看不足

茶焙

左右擣凝膏朝昏布煙縷方圓隨樣拍次第依

層取山謠縱高下火候還文武見說焙前人時時炙花脯（紫花焙人以花爲脯）

茶鼎

新泉氣味良古鐵形狀醜那堪風雪夜更值煙霞友曾過賴石下又住清溪口（賴石清溪皆江南出茶處）且共薦皋盧（茶名）何勞傾斗酒

茶甌

昔人謝塸埞徒爲妍詞飾（劉孝威集有謝塸埞啓）豈如珪璧姿又有烟嵐色光參筠席上韻雅金罍側直使于闐君從來未嘗識

煑茶

閒來松間坐看煑松上雪時於浪花裏併下藍英末傾餘精爽健忽似氛埃滅不合別觀書但宜窺玉札

松陵集卷第四

松陵集卷第三　往體詩二十首

太湖詩并序　日休

余頃在江漢嘗耨鹿門漁洞湖然而未能放形
者抑志於道也爾後以文事造請於是南浮至
二別涉洞庭遍觀敷淺源登廬阜濟九江由天
社抵霍嶽又自箕潁轉樊鄧陟商顏入藍關以
自江漢至于京師者十數侯繞者一萬里道之
不行者有困辱危殆志之可適者有山水遊玩
則休戚不孤矣咸通九年自京東遊復得宿太
華樂荊山賞女几度轘轅窮嵩高入京索[illegible]

淏至揚州又航天塹從北固至姑蘇悤江山幽
絶見貴于地誌者余之所到不翅于半則煙雲
魚鳥林壑雲月可爲屬獸之具矣尚楞然於古
者抑古聖人所謂獨行之性于逸民之流乎余
眞得而爲也爾後聞震澤包山其中有靈異焉
黄老徒樂之多不返益欲一觀豁平生之鬱鬱
焉十一年夏六月會大司諫清河公憂霖雨之
爲患乃擇日休將公命禱于震澤祀事既畢神
應如響於是太湖之中所謂洞庭山者得以恣
討凡所歷皆圖籍稱爲靈異者遂爲詩二十章

以志其事兼寄天隨子

初入太湖 從胥口入去州五十里

聞有太湖名十年未曾識今朝得遊汎大笑稱平昔一舍行胥塘盡日到震澤三萬六千頃千頃頗黎色連空淡無類照野平絕隟好放青翰舟堪弄白玉笛疎岑七十二雙雙露矛戟悠然嘯傲去天上搖畫艦西風乍獵獵驚波奄涵碧倏忽雷陣吼須臾玉崖坼樹動爲蜃尾山浮似鼇脊落照射鴻溶清輝蕩抛擲雲輕似可染霞爛如堪摘漸暝無處泊挽帆從所適枕下聞澎

湃肌上生瘮瘷討異足邅廻尋幽多阻隔願風
與良便吹入神仙宅甘將一蘊書永事嵩山伯

曉次神景宮

夜半幽夢中扁舟似鳥躍曉來到何許俄倚包
山脚三百六十丈攢空利如削遐瞻但徙倚欲
上先矍鑠濃露濕莎裳淺泉漸（音尖）草屩行行未
一里節境轉寂寞靜徑侵涔寥仙扉傍巖嶨松
聲正清絶海日方照灼欻臨幽虛天萬想皆擺
落壇靈有芝菌殿聖無鳥雀瓊幢自廻旋錦旌
空粲錯鼎氣爲龍虎香煙混丹臒凝看出次雲

默聽語時鶴緑書不可注雲笈應無鑰晴來鳥
思喜菴裏花光弱天籟如擊琴泉聲似樅鐸清
齋洞前院敢負玄科約空中悉羽章地上皆靈
藥金醴可酣暢玉豉堪咀嚼存心服燕胎叩齒
讀龍蹻福地七十二玆焉永堪託在獸之虎貔
於蟲不毒蠱嘗聞擇骨録仙誌非可作緑腸旣
朱髓青肝復紫絡伊余之此相天與形貌惡每
嗟原憲瘇常苦齊侯瘧終然合委頓剛亦慕寥
廓三茅亦嘗住竟與珪組薄欲問包山神來賒
少巖壑

## 入林屋洞

齋心已三日筋骨如煙輕腰下佩金獸手中持火鈴幽塘四百里中有日月精連亘三十六各各爲玉京自非心至誠必被神物烹顧余慕大道不能惜微生遂招放曠侶同作幽憂行其門纔函丈初若盤薄硎洞氣黑眣眝苔髮紅鬖鬡試足值坎窞低頭避崢嶸攀緣不知倦怪異焉敢驚匍匐一百步稍稍策可橫忽然白蝙蝠來撲松炬明人語散澒洞石響高玲玎腳底龍蛇氣頭上波濤聲有時若服匿偪仄如見綳俄爾

造平濬豁然逢光晶金堂似鑄出玉座如琢成
前有方丈沼凝碧融人情雲漿泩不動璚露涵
而馨漱之恐減筭酌之必延齡愁為三官責不
敢攜一甌昔云夏后氏於此藏眞經刻之以紫
琳祕之以丹瓊期之以萬祀守之以百靈焉得
彼文人竊之不加刑石匱一以出左神儀不扃
禹書既云得吳國由是傾觧縺纔半尺中有怪
物腥欲去既嚄唶將迴又伶俜却遵舊時道半
日出杳冥屨泥去惹石髓衣濕沾雲英玄籙乏
仙骨青文無絳名雖然入陰宮不得朝上清對

彼神仙窟自厭濁俗形却憎造物者遣我騎文
星

雨中遊包山精舍

松門亘五里彩碧高下絢幽人共躋攀勝事頗
清便晏晏林上雨隱隱湖中電薜帶輕東腰荷
笠低遮面濕屨黏烟霞穿衣落霜霰笑次度巖
磴困中遇臺殿老僧三四人梵字十數卷施稀
無夏屋境僻乏朝膳散髮抵泉流支頤數雲片
坐石忽忘起捫蘿不知倦異蝶時似錦幽禽或
如鈿策筭還戛刃栟櫚自搓扇俗態既十數野

情空眷戀道人摘芝菌爲予備午饌渴與石榴
羹飢慳胡麻飯如何事于役茲遊急於傳却將
塵土衣一任瀑絲濺

遊毛公壇

却上南山路松行儼如廡松根礙幽徑孱顔不
能斧攊屨跨亂雲側巾蹲怪樹三休且半日始
到毛公塢兩水合一澗潨崖却爲浦相敵百千
戟共擂十萬鼓噴散日月精射破神仙府唯愁
絶地脉又恐折天柱一窺耳目眩再聽毛髮竪
次到鍊丹井井幹翳宿莽下有藥剛卅勺之百

疾愈凝於白獺髓湛似桐馬乳黄露醒齒牙碧
粘甘脾腑檜異松復怪枯踈互撑拄乾蛟一百
文髐然半天舞下有毛公壇壇方不盈畝嘗時
雲龍篆一片苔蘚古（有劉先生鎖壇詩符今存手堂）時時仙禽來忽忽
祥煙聚我愛周息元忽起應明主（周徵君名曰息元）三諫却
歸來迴頭唾珪組伊余何不幸斯人不復覯如
何大開口與世爭枯腐將山待夸娥以肉投禦
貐欻坐侵桂陰不知已與午茲地足靈境也年
終結字敢道萬石君輕於一絲縷

三宿神景宫

古觀今且寂幽人情自怡一來包山下三宿湖
之湄况此深夏夕不逢清月姿玉泉浣衣後金
殿添香時客省高且敞客牀蟠復奇石枕冷入
腦笋席寒侵肌氣清寐不著起坐臨堦松陰
忽微照獨見螢火芝素鶴警微露白蓮明暗光
窻櫺帶乳蘚壁縫含雲蕤聞磬走魍魎見燭奔
羆雌沆瀣欲滴瀝芭蕉未離披五更山蟬響醒
發如吹篪杉風忽然起飄破步虛詞道客巾屨
樣上清朝禮儀明發作此事豈復[illegible]趨馳

以毛公泉一缾獻上諫議[illegible]寄

劉根昔成道茲塢四百年毿毿被其體號爲綠
毛仙因思清冷汲鑿彼崔嶺巔五色既鍊矣一
勺方鏗然既用文武火餓窮雌雄篇赤黳黃紅
霧白華飛素煙服之生羽翼倏爾冲玄天眞隱
尚有迹厥祀將近千我來討靈勝到此期終焉
滴苦破實淨鮮深餘甃圓澄如玉髓潔泓若金
精鮮顏色半帶乳氣味全和鉛飲之駛痞蹇濯
之伸拘攣有時翫者觸倏忽風雷顛素纏絲不
短越瞿腹甚便汲時月液動擔處玉漿旋敢獻
大司諫置之鈴閣前清如介潔性滌比掃蕩權

炙背野人興亦思侯伯憐也知飲冰苦願乞一

鉼泉

縹緲峯

頭戴華陽帽手拄大夏節清晨陪道侶來上縹
緲峯帶露躡欒蔓和雲尋鹿蹤時驚鼯鼠飛
上千丈松翠壁内有室叩之虗硿隆上苦冬反下音隆古穴
下徹海視之寒鴻濛遇歇有佳思緣危無倦容
須臾到絶頂似鳥穿樊籠恐足蹈海日疑身凌
天風衆岫點巨浸四方接圓穹似將青螺髻撒
在明月中片白作越分孤嵐爲吴宫一陣霎靆

氣隱隱生湖東激雷與波起狂電將日紅磐磐
雨點大金鶬轟轟下空暴光隅雲閃髣髴亘天龍
連拳百丈尾下捩湖之洪捽爲一雪山欲與昭
回通發時却擫下細碎衡與嵩神物諒不測絶
景尤難窮杖策下返晩漸聞仙觀鐘煙波噴肌
骨雲踏闐心胷竟死愛未足當生且歡逢不然
把天爵自拜太湖公

桃花塢

會緣度南嶺盡日穿林樾窮深到兹塢逸興轉
超忽塢名雖然在不見桃花發恐是武陵自

閑仙日月倚峯小精舍當嶺殘耕垈將洞台迴環把雲惢披拂閒禽啼叫篠險狖眠硉矹幽風吹重嵐碧埃輕勃勃清陰減鶴睡秀色治人渴敲竹鬭錚摐弄泉爭咽嗢空齋蒸柏葉野飯調石髮空羨塢中人終身無履韈

明月灣

曉景澹無際孤舟恣迴環試問最幽處號爲明月灣半巖翡翠巢望見不可攀柳弱下絲網藤深垂花蔓松瘿忽似狖石文或如虥釣壇兩三處苔老腥䮕斑沙雨幾處霽水禽相向閒野人

波濤上白屋幽深間曉培橘栽去暮作魚梁還清泉出石砌好樹臨柴關對此老且死不知憂與患好境無處住好處無境刪赦然不自適脉脉當湖山

練瀆吴王所開

吴王厭得國所玩終不足一上姑蘇臺猶自嫌局促艅艎六宫閙艨衝後軍肅一陣[illegible]尉風空中蕩平淥鳥困避錦帆龍跧防鐵軸流蘇忽煙浪羽葆飄巖谷靈境太蹂踐因玆塞林屋空闊嫵太湖崎嶇開練瀆三尋鸕鶿石齒數里穿山腹

底靜似金膏礫碎如丹粟波殿鄭娌醉蟾[illegible]西
施宿幾轉含烟舟一唱來雲曲不知欄楯上夜
有越人鐵君王掩面死嬪御不敢哭艷魄返波
濤荒宮養麋鹿國破溝亦淺代變草[illegible]綠白鳥
都不知朝眠還暮浴

投龍潭（在黿山）

黿山下最深惡氣何洋溢涎沫爆龍巢腥風卷
蛟室曉來林岑靜獰色如怒日氣涌撲烏煤波
澄掃純漆下有水君府貝闕光櫛比左右列介
臣縱橫守鱗卒月中珠毋見烟際楓人出生犀

不敢燒水怪恐摧踤時有慕道者作彼投龍術
端嚴持碧簡齊戒揮紫筆兼以金蜿蜒投之光
熒律琴高坐赤鯉何許縱仙逸我願與之遊茲
焉託靈質

孤園寺梁散騎常侍吳猛宅

艇子小且兀緣湖蕩白芷縈紆泊一碕宛到孤
園寺蘿島凝清陰松門湛虛翠寒碧蝸古
木鬭蒼兕鐘梵在水魄樓臺入雲巖邊足鳴
鑾樹杪多飛鼯香莎滿院落風泛金霍靡靜鶴
啄栢蠹閒猱弄榅　小殿薰陸香古經貝多紙

老僧方瞑坐見客還強起指玆正險絕何以來到此先言洞壑數次話眞如理磬韻醒閒心茶香凝皓齒　之刼貝布饌以梅檀許數刻得清淨終身欲依止可憐陶侍讀身列仙位雅號曰勝力亦聞師佛氏（陶隱居嘗夢見神像謂己曰爾當七地大王號曰勝力也）今日到孤園何妨稱弟子

上眞觀

徑盤在山肋繚繞窮雲端摘菌杖頭紫緣崖屐齒刓半日到上眞洞宮知造難雙戶啓眞景齋心方可觀天鈞鳴響亮天祿行蹣跚琪樹夾一

徑萬條青琅玕兩松峙庭際怪狀吁可歎大蝡
騰共結脩蛇飛相盤皮膚坼甲胄枝節擒貙犴
鏄處似天裂朽中如井胥欐褷風聲滮跑跔地
力痑音灘根上露鉗釱空中狂波瀾合時若莽蒼
鬭處如轇轕儼對無霸陣靜問嚴陵灘靈飛一
以護山都焉敢干兩廊潔寂歷中殿髙巑岏靜
架九色節間懸十絶幡幟風時一吹百寶清闌
珊昔有葉道士位當昇靈官欲篆紫微志唯食
虹影丹既逐隱龍去道風猶此殘猶聞絳目草
往往生空壇羽客兩三人石上譚泥丸謂我或

龍胄粲然與之惟衣巾紫華冷食次白芝寒自
覺有眞氣恐隨風力摶明朝若更住必擬隳儒
冠

銷夏灣

太湖有曲處其門爲兩崖當中數十頃別如一
天池號爲銷夏灣此名無所私赤日莫斜照清
風多逕吹沙嶼掃粉墨松竹調埍篪山果紅靺
鞨水苔青髼髿木陰厚若瓦巖磴滑如飴我來
此遊息夏景方赫曦一坐盤石上肅肅寒生肌
小艇或可泛方言云小舸謂之艇短策或可支行驚翠羽起坐

見白蓮披斂袖弄輕浪解巾敞凉颸但有水雲
見更餘沙禽知京洛往來客竭死緣奔馳此中
便可老焉用名利爲

包山祠

白雲最深處像設盈巖堂村祭足茗糲水奠多
桃漿箬邊窔古砌薜荔繃頹牆爐灰寂不熒風
送杉桂香積雨晦州里流波漂稻粱公惟大司
諫憫此如發狂命予傳明禱祇事實不遑一奠
若肸蠁再祝如激揚出廟未半日隋雲逢滃光
𪆟雙雨點少漸收羽林槍忽然山家犬起吠白

日傍公心與神志相向如玄黃我願作一疏奏之于穹蒼留神千萬祀永福吴封疆

聖姑廟在大姑山晉王廆二女相次而歿有靈因而廟焉

洛神有靈逸古廟臨空渚暴雨駁丹青荒蘿繞梁梠野風旋芝蓋飢烏銜椒精寂落楓花時時鼯鼪鼠常云三五夕盡會妍神侶月下留紫姑霜中召青女俄然響環珮倏爾鳴機杼樂至有聞時香來無定處目瞪如有待魂斷空無語雲雨竟不生留情在何處

太湖石出黿頭山

兹山有石岸抵浪如受屠雪陣千萬戰觧巖高下劃乃是天詭怪信非人功夫白丁一云取難甚網珊瑚厥狀復若何鬼工不可圖或拳若虺蜴或蹲如虎貙連絡若鉤鎖重疊如蕚跗或若巨人骼或如太帝符牂肛箕當笋格磔琅玕株斷處露海眼移來和沙鬚求之煩耄倪載之勞舳艫通侯一以聘貴却驪龍珠厚賜以賧賮遠去窮京都五侯土山下要爾添盎齬賞玩若稱意爵禄行斯須苟有王佐士崛起於太湖試問欲西笑得如兹石無

雈裏（傍龜山下有良田二十頃）

雈裏何幽奇膏腴二十頃風吹稻花香直過龜山頂青苗細膩卧白羽悠溶静塍畔起鶺鴒田中通舴艋幾家傍潭洞孤戍當林嶺罷釣時煮菱停繰或焙茗峭然八十翁生計於此永苦力供征賦恰顔過朝暝洞庭取異事包山極幽景念爾飽得知亦是遺民幸

石板（在石公山前）

翠石數百步如板漂不流空疑水妃意浮出青玉洲中若瑩龍劍外唯疊蛇矛狂波忽然死浩

氣清且浮似將翠黛色抹破太湖秋安得三五夕携𦥑酒棹扁舟召取月夫人嘯歌於上頭又恐霄景闊虛皇拜仙侯欲建九錫碑立當十二樓瓊文忽然下石板誰能留此事少知者唯應波上鷗

奉和太湖詩二十首　　龜蒙

初入太湖

東南具區雄天水合爲一高帆大弓滿羿射爭箭疾時當暑雨後氣象仍鬱密乍如開彫簽（音奴，籠也）聳翅忽飛出行將十洲近坐覺八極溢耳目駭

鴻濛精神寒信栗坑來斗呀谽涌處驚嵳崒屼

異掕龍湫喧如破蛟室斯須風妥帖若受命平

秩微茫識端倪遠嶠疑格音閣筆巉巉見銅闕湖中宮崇

山有銅闕左右皆輔弼盤空儼相趨去勢猶橫逸嘗聞

咸池氣下注作清質至今涵赤霄尚且浴白日

太湖上稟咸池五車之氣故一水五名也又云構浮玉宛與崑閬匹肅爲靈官

家此事難致詰太湖乃仙家浮玉之北堂纔迎沙嶼好指顧俄已

失山川互蔽虧魚鳥空聱語龐反耴魚乙反何當授眞檢

得召天吳術一一問朝宗方應可譚悉

曉次神景宮

曉帆逗礀岸高步入神景灑灑襟袖清如臨藥
珠屛雖然羣動息此地常寂靜翠鑷有寒鎒碧
花無定影憑軒羽人傲夾戸天獸猛稽首朝元
君褰衣就虛省呀空雪羽利漱水石齒冷香毋
未垂嬰芝田不論頃遥通河漢口近撫松桂頂
飯薦七白蔬杯釃九光杏人間附麈蹋固陋眞
鉗頸肯信林鼇傾猶疑夏蟲永玄津蕩瓊龍紫
汞啼金鼎盡出冰霜書期君一披省

入林屋洞

知名十小天林屋當第九人間三十六洞天知名者十有餘二十六天出九微志未行於世題之

爲左神理之以天后（林屋洞爲左神幽虛之天即天后眞君之便闕）魁堆辟邪輩
左右專備守自非方瞳人不敢窺洞口唯君好
奇士復嘯忘情友致傘在風林低冠入雲竇中
深劇苔井傍坎纔樂臼石角忽支頗藤根時束
肘初爲大幽怖漸見微明誘屹若造靈封森如
達仙藪嘗聞白芝秀狀與琅花偶又坐紫泉光
甘如酌天酒（白芝紫泉皆此洞所出乃神仙之飲餌非常人所能得）何人能挹嚼餌以
代漿糗却笑探五符徒勞步雙手眞君不可見
焚盥空遲久眷戀玉碣文行行但廻首

雨中遊包山精舍

包山信神仙主者上眞職及棲鍾梵侶又是清凉域乃知烟霞地絶俗無不得巖開一徑分栢擁深殿黑僧開若圖畫像古非雕刻海客施明珠湘蕤料（平聲）淨食有魚皆玉尾有鳥盡金臆平携鞞鐸供（唐言楊枝）若在中印國千峯殘雨過萬籟清且極此時空寂心可以遺智識知君戰未勝尚倚功名力却下聽經徒（生公有聽經石）孤帆有行色

毛公壇

古有韓終道授之劉先生身如碧鳳皇羽翼披輕輕先生盛驅役臣伏甲與丁勢可倒五嶽不

唯鞭羣靈飄飄駕翱螭白日朝太清空遺古壇
在稠疊烟蘿屛遠懷步綱夕列宿森然明四角
鎭露獸三層差羽嬰廻眸七炁運足馳踈星
象外眞旣感區中道俄成邇來向千祀雲嶠空
崢嶸石上橘花落石根瑶草青時時自鹿下此
外無人行我訪岑寂境自言齊戒精如今君安
死字君安魂魄猶羶腥有笈皆緑字有芝皆紫莖相
將望瀛島浩蕩淩滄溟

三宿神景宫

靈蹤未遍尋不覺谿色暝迴頭閶棲所稍下杉

蘿徑巖居更幽絶澗戸相隱暎過此即神宮虛
堂愜雲性四軒盡疎達一榻何清零（去聲）髣髴聞
玉笙敲鏘動涼磬風凝古松粒露墜脩荷柄萬
籟既無聲澄明但心聽希微辨真語若授虛皇
命尺宅按來平華池漱餘淨頻窺宿羽麗三吸
晨霞盛豈獨冷衣襟便堪遺造請徒探物外趣
未脫塵中病舉手謝靈峰徜徉事歸榜

以毛公泉獻大諫清河公

先生鍊飛精羽化成翩翻荒壇與古甓隱軫清
泠存四面蹙山骨中心含月魄除非紫水脉即

是金沙源香實灑桂蘂甘惟潰雲根向來採幽
人酌罷祛蒙昏況公珪璋質近處諫諍垣又聞
虛靜姿早挂水雪痕君對瑶華味重獻蘭薰言
當應滌煩暑朗詠翬飛軒我願得一掬攀天叫
重閽霏霏散爲雨用以移焦原

縹緲峯

左右皆跳岑孤峯挺然起因思縹緲稱乃在虛
無裏清晨躋磴道便是孱顔始據石即更歌遇
泉還徙倚花奇忽如薦樹曲渾成几樂靜烟靄
知忘機猿狖喜頻攀峻過斗未造平如砥舉首

闤青冥迴眸睇下眎高帆大於鳥廣墠徒旱反纔類
蟻就此微茫中爭先未嘗已葛洪話剛氣去地
四十里苟能乘之遊止若道路耳吾將自峯頂
便可朝帝扆盡欲活羣生不唯私一已超騎明
月榦復弄華星蘂却下蓬萊巔重窺淸淺水身
爲大塊客自號天隨子他日向華陽敲雲問名
氏

桃花塢

行行問絕境貴與名相親空經桃花塢不見秦
時人願此爲東風吹起枝上春願此作流水潛

浮藻中塵顧此爲好鳥得棲花際鄰顧此作幽
蝶得隨花下賓朝爲照花日暮作涵花津試爲
探花士出作偷桃臣桃源不我棄庶可全天眞

明月灣

昔聞明月觀在建業故臺城秖傷荒野基今逢明月灣不
值三五時擇此二明月洞庭看最奇連山忽中
斷遠樹分毫釐周廻二十里一片澄風漪見說
秋半夜淨無雲物欺兼之星斗藏獨有神仙期
初聞鏘鐐銚音姚積漸調參差空中阜羽衞波上
停龍螭縱舞玉煙節高歌碧霜詞清光悄不動

萬象寒咿咿此會非俗致無由得旁窺但當巽
扁舟酒甕仍相隨或徹三弄笛或成數聯詩自
然瑩心骨何用神仙爲

練瀆一云吳王闔閭練兵

越恃君子衆大將壓全吳越有私卒君子六千人吳將派天澤
以練舟師徒一鏡止千里支流忽然迂蒼奩束
洪波坐似馮夷軀戰艦百萬輩浮宫三十餘平
川盛丁寧絶島分儲胥鳳柙半鶴膝錦杠雜肥
胡香煙與殺氣浩浩隨風驅殫射盡高鳥杯餞
醉潛魚山靈恐見鞭水府愁爲墟兵利德日削

反爲雠國屠至今釣鏃殘尚與泥沙俱照此月
倍苦來兹煙亦孤丁魂尚有淚合灑青楓枯

投龍潭

名山潭洞中自古多祕邃君將接神物聊用申
祀事鎔金象牙角尺木無不備亦既奉眞官因
之徇前志持來展明誥敬以投嘉瑞鱗光煥水
容目色燒山翠吾皇病秦漢豈獨探怪異所貴
風雨時民皆受其賜良田爲巨浸汚澤成赤地
掌職一不行精靈又何寄唯貪血食飽但據驪
珠睡何必費黄金年年授星使

孤園寺

浮屠從西來事者極梁武巖幽與水曲結構無遺土窮山林幹盡竭海珠璣聚況卽侍從臣敢愛煙波塢幡條玉龍扣殿角金虬舞釋子厭樓臺生人露風雨今來四百載像設藏雲浦經鴿亂馴鷗鳴鐘和朝櫓庭蕉裂旗旆野蔓茬纓組石上解空人窻前聽經虎林虛葉如織水淨沙堪數徧問得中天歸修釋迦譜

上眞觀

嘗聞昇三清眞有上中下官居秉佩服一一自

相亞霄裙或霞粲侍女忽垂姹坐進金碧腴去
馳飈欻駕今來上眞觀悦若心靈訝秖恐暫神
遊又疑新羽化風餘撼朱草雲破生瑤榭望極
覺波平行虛信烟藉閒開飛鼯帙靜倚宿鳳架
俗狀旣能遺塵冠聊以卸人間方大火此境無
朱夏松蓋蔭日車泉紳拖天罅窮幽不知倦復
息芝園舍錚珮引凉飈焚香禮遥夜無情走聲
利有志依閒暇何處好迎僧希將石樓借

鎖夏灣

霞島焰難泊雲峯奇未收蕭條千里灣獨自清

如秋古岸過新雨高蘿蔭橫流遥風吹蕙葮折處鳴颼颼昔予守圭竇過於回祿囙日爲籧䈇徒（渠曲二音篨之異名）分作祇裯䙱（低刀二音並單衣）頗狎寒水怪不封朱轂侯豈知煙浪涯坐可思重裘健若數尺鯉況然雙白鷗不識號火井孰問名焦山我眞魚鳥家盡室營扁舟遺名復避世消夏還消憂

## 包山祠

靜境林麓好古祠煙靄濃自非通靈才敢陟羣仙峯百里波浪沓中堂簫鼓重眞君貝瓊聳髻鬃來相從清露濯巢鳥陰雲生畫龍風飄橘柚

香日動幡蓋容將命禮且潔所祈年不凶終嘗
以疏聞特用諸侯封

聖姑廟

渺渺洞庭水盈盈芳嶼神因知古佳麗不獨湘
夫人流蘇蕩遥吹斜領生輕塵蜀綵駮霞碎吴
綃盤霧匀可憐飛燕姿合是乗鸞賓坐想烟雨
夕兼之花草春空登油壁車窈窕誰相親好贈
玉條脱堪攜紫綸巾殷勤擬香池重薦汀洲蘋
明朝動蘭檝不翅星河津

太湖石

他山豈無石厥狀皆可薦端然遇良工坐使天
質變或裁基棟宇礌砢成磨礪或剖出温瑜精
光具華瑱或將破仇敵百礮資苦戰或用鏡功
名萬古如會面今之洞庭者一以非此選槎牙
眞不材反作天下彦所奇者嵌崆所尚者葱蒨
旁穿衆洞穴内竅均環釧刻削九琳窓玲瓏五
明扇新雕碧霞段旋剖秋天片無力置池塘臨
風只流眄

巻裏

山横路若絶轉纖逢平川川中水木幽高下兼

良田蕭條墮徵霤桑柘含𩂯煙處處倚𥾧䋐家家下魚筌騤犢卧新菼野禽爭折蓮試招搔首翁共語殘陽邊今來九州内未得皆恬然賊陣始吉語狂波又凶年吾翁欲何道守此常安眠笑我棹頭去蘆中聞刺船余知隱地術可以齊真仙終當從之遊庶復全於天

石板

一片倒山屛何時隳洞門屹然空闊中萬古波濤痕我意上帝命持來壓泉源恐爲庚辰官囚怪力所掀又疑廣袤次零落潛驚奔不然遭霹

靂強半沈無垠如何造化首便截秋雲根往事不足問奇蹤安可論吾今病煩暑據簟常昏昏欲從石公乞（石板在石公山前）瑩理平如璊前後植桂檜東西置琴樽盡攜天壤徒浩唱羲皇言

松陵集卷第三

松陵集卷第四　往體詩一百十二首

漁具詩　并序　　龜蒙

天隨子漁于海山之顔有年矣矢魚之具莫不窮極其趣大凡結繩持綱者總謂之網罟之流曰罛曰罾曰罺（側交反）圓而縱捨曰罩挾而昇降曰罶（女箴反）緡而竿者總謂之筌筌之流曰筒曰車橫川曰梁承虛曰笱編而沈之曰箄（音卑）矛而卓之曰矠（音冊矛也）棘而中之曰叉鏃而綸之曰射扣而駭之曰桹（以薄板置瓦器上擊之以驅魚）置而守之曰神（鯉魚滿三百六十歲蛟龍輒率而飛去置一神守之則不能去矣神龜也）列竹於海市曰滬（吳之滬瀆是也）錯薪於水中曰篸（音

所載之舟曰舴艋所貯之器曰笭箵其他或術以招之或藥而盡之皆出於詩書雜傳及今之聞見可考而驗之不誣也今擇其任詠者作十五題以諷噫矢魚之具也如此予既歌之矣矣民之具也如彼誰其嗣之鹿門子有高灑之才必爲我同作

網

大罟綱目繁空江波浪黑沈沈到波底恰共波同色牽時萬鬐入已有千鈞力尚悔不横流恐他人更得

罩

左手揭圓罛輕橈弄舟子不知潛鱗處但去籠烟水時穿紫屏破忽値朱衣起松江有朱衣鮒貴得不貴名敢論魴與鯉

罶

有意烹小鮮乘流駐孤棹雖然煩取捨未肯求津要多爲鰕蜆誤已分鵁鶄笑寄語龍伯人荒唐不同調

釣筒

短短截筠光悠悠卧江色蓬差櫓相應雨慢烟

交織須臾中芳餌迅疾如飛翼彼竭我還浮君

看不爭得

釣車

溪上持隻輪溪邊指茅屋閒乘風水便敢議朱

毋轂高多倚衡懼下有折軸速曷若載逍遥歸

來卧雲族

魚梁

能編似雲薄橫絶清川口缺處欲隨波波中先

置筍投身入籠檻自古難飛走盡日水濵吟殷

勤謝漁叟

又魚

春溪正含緑良夜才參半持矛若羽輕列燭如星爛傷鱗跳密藻碎首沈遥岸盡族染東流傍人作佳翫

射魚

彎弓注碧潯掉尾行凉沚青楓下晚照正在澄明裏抨弦斷荷扇濺血殷菱蘂若使禽荒聞移之暴烟水

鳴根

水淺藻荇澁鉤罩無所及鏗如木鐸音勢若金

鉦急敺之就深處用以資俯拾搜羅爾甚微遁去將何入

滬（吳人今謂之斷）

萬植禦洪波森然倒林薄千顱咽雲上過半隨潮落其間風信背更值雷聲惡天道亦褭多吾將移海若

簃（吳人今謂之叢）

斬木置水中枝條互相蔽寒魚遂家此自以爲生計春氷忽融冶盡取無遺裔所託成禍機臨川一凝睇

種魚

鑿池收頳鱗踈踈置雲嶼還同汗漫遊遂以江湖處如非一神守潛被蛟龍主蛟龍若無道跛鼈亦可禦

藥魚

香餌綴金鉤日中懸者幾盈川是毒流細大同時死不唯空飼犬便可將貽蟻苟負竭澤心其他盡如此

舴艋

蓬棹兩三事天然相與閒朝隨稚子去暮唱菱

歌還倚石遲後侶徐橈供遠山君看萬斛載沈溺須臾間

笭箵

誰謂笭箵小我謂笭箵大盛魚自足飧寘壁能爲害時將刷蘋浪又取懸藤帶不及腰上金何勞問著蔡

奉和漁具十五詠　日休

網

晚挂溪上網暎空如霧縠閒來發其機旋旋沈平緑下處若烟雨牽時似崖谷必若遇鯤鮞從

敎通一目

罩

芒鞋下蔚中步步沈輕罩既爲蓤浪颭亦被蓮
泥膠人立獨無聲魚煩似相抄滿手搦霜鱗思
歸舉輕棹

罶

煙雨晚來好東塘下罶去網小正星穊舟輕欲
騰驀誰知荇深後恰値魚多處浦口更有人停
橈一延竚

釣筒

籠籦截數尺標置能幽絶從浮笠澤烟任卧桐
江月絲隨碧潭漫餌逐清灘發好是趂筒時秋
聲正清越

釣車

得樂湖海志不厭華輈小月中抛一聲驚起灘
上鳥心將潭底測手把波文裊何處覓奔車平
波今渺渺

魚梁

波際插翠筠離離似清籞游鱗到溪口入此無
逃所斜臨楊柳津静下鸕鷀侶編此欲何之終

焉富春渚

叉魚

列炬春溪口平潭如不流照見游泳魚一一如清晝中目碎瓊碧毁鱗殷組繡樂此何太荒居然愧川后

射魚

注矢寂不動澄潭晴轉烘下窺見魚樂怳若翱在空驚羽决凝碧傷鱗浮殷紅堪將指杯術授與太湖公

鳴根

盡日平湖上鳴桹仍動槳丁丁入波心澄澈和
清響鷺聽獨寂寞魚驚昧來往盡水無所逃川
中有鉤黨

滬

波中植甚固磔磔如鰕鬚濤頭倏爾過數頃跳
鯆鮃音通夫不是細羅密自爲朝夕驅空憐指魚命
遣出海邊祖

篸

伐彼槎蘖枝放於水雪浦游魚趂暖處忽爾來
相聚徒爲棲託心不問庇庥主一旦懸鼎鑊禍

機真自取

種魚

移土湖岸邊一半和魚子池中得春雨點點活
如蟻一月便翠鱗終年必赬尾借問兩緵人誰
知種魚利

藥魚

吾無竭澤心何用藥魚藥見説放溪上點點波
光惡食時競夷猶死者爭紛泊何必重傷魚毒
經猶可作

舴艋

闊處只三尺翛然足吾事低篷挂釣車枯蚌盛魚餌只好携橈坐唯堪蓋蓑睡若遣遂平生艅艎不如是

笭箵

朝空笭箵去暮實笭箵歸歸來倒却魚挂在幽窻扉但則鰕蜆氣欲生蘋藻衣十年佩此處烟雨苦霏霏

添漁具詩并序　日休

天隨子爲漁具詩十五首以遺余凡有獻巳來術之與器莫不盡於是也噫古之人或有溺於

漁者行其術而不能言用其器而不能狀此與
澤助之𢿱者又何異哉如吟魯望之詩想其致
則江風海雨檝檝生齒牙間眞世外漁者之才
也余昔之漁所在泂上則爲菴以守之居峴下
則占磯以待之江漢間時候率多雨唯以䈥笠
自庇每伺魚必多俯䈥笠不能庇其上由是織
篷以障之上抱而下仰字之曰背篷今覩魯望
之十五篇未有是作因次而詠之用以補其遺
者漁家生具獲足於吾屬之文也

漁菴

菴中只方丈恰稱幽人住枕上悉魚經門前空
釣具東竿時倚壁𩀨網還侵戶上洞有楊顒須
留往來路

釣磯

盤灘一片石置我山居足窪處著䈥笓桂苑云取魬具𥧌
中維艑䑦多逢沙鳥污愛被潭雲𣿅狂奴卧此
多所以踏帝腹

蓑衣

一領蓑正新著來沙塢中隅溪遥望見疑是緑
毛翁襟色𥡴褋直葉反靄袖香襳褷風前頭不施衮

何以爲三公

篛笠

圓似寫月魂輕如織烟翠涔涔向上雨不亂窺

魚思擕來沙日微挂處江風起縱戴二梁冠終

身不忘爾

背篷

儂家背篷樣似箇大龜甲雨中蹋蹐時一向聽

霎霎甘從魚不見亦任鷗相狎深擁竟無言空

成睡齁（上虛勾反）鼾（下虛甲反）

奉和添漁具五篇　龜蒙

漁庵

結茅次煙水，用以資嘯傲。豈謂釣家流，忽同禪室號。閒憑山叟占，晚有溪禽嫪。華屋莫相非，各隨吾所好。

釣磯

揀得白雲根，秋潮未曾没。坡陁坐鼇背，散漫垂龍髮。持竿從掩霧，置酒復待月。即此放神情，何勞適吳越。

蓑衣

山前度微雨，不廢小澗漁。上有青襏襫，下有新

腒踈滴瀝珠影泫離披嵐彩虛君看荷製者不

得安吾廬

蒻笠

朝携下楓浦晚戴出烟艇冒雪或平簷聽泉時

又頂飈移靄然色波亂危如影不識九衢塵終

年居下洞

背篷

斂手劈江筠隨身織烟縠沙禽固不知釣伴猶

初覺閒從翠微拂靜唱滄浪濯見說萬山潭漁

童盡能學

樵人十詠并序　龜蒙

環中先生謂天隨子曰子與鹿門子應和爲漁具詩信盡其道而美矣世言樵漁者必聯其命稱且常爲隱君子事詩之言錯薪禮之言負薪傳之言積薪史之言束薪非樵者之實乎可不足以寄興詠獨缺其詞耶退作十樵以補其闕漏寄鹿門子

樵谿

山高谿且深蒼蒼但羣木抽條欲千尺衆亦疑樸樕一朝蒙剪伐萬古辭林麓若遇燎玄穹微

烟出雲族

樵家

草木黄落時比鄰見相喜門當清澗盡屋在寒雲裏山棚日纔下野竈煙初起所謂順天民唐堯亦如此

樵叟

自小即胼胝至今凋鬢髮所圖山褐厚所愛山爐熱不知冠蓋好但信煙霞活富貴如疾顛吾從老巖穴

樵子

生自蒼崖邊能諳白雲養（去聲山家謂養柴地爲養）繞穿遠林去巳在孤峯上薪和野花束步帶山詞唱日暮不歸來柴扉有人望

樵徑

石脉青靄間行行自幽絕方愁山繚繞更値雲遮截爭推好林浪共約歸時節不似名利途相期覆車轍

樵斧

淬礪秋水清携持遠山曙丁丁在前澗杳杳無尋處巢傾鳥猶在樹盡猿方去授鉞者何人吾

方易其慮

樵擔

輕無斗儲價重則筋力絶欲下半巖時憂襟兩如結風高埶還却雪厚疑中折負荷誠獨難移之贈來哲

樵風

朝隨早潮去暮帶殘陽返向背得清飈相追無近遠採山一何遲服道常苦蹇仙術信能爲年華未將晚

樵火

積雪抱松塢蠹根然草堂深爐與遠燒此夜仍交光或似坐奇獸或如焚異香堪嗟宦遊子凍死道路傍

樵歌

縱調爲野吟徐徐下雲磴因知負樵樂不減援琴興出林方自轉隔木猶相應但取天壤情何求郢人稱

奉和樵人十詠　日休

樵谿

何時有此谿應便生幽木橡實養山禽藤花蒙

澗鹿不止産蒸薪願當歌樾樸君知天意無以此安吾族

樵家

空山最深處太古兩三家雲蘿共夙世猨鳥同生涯衣服濯春泉盤飧烹野花居兹老復老不解嘆年華

樵叟

不曾照青鏡豈解傷華髮至老未息肩至今無病骨家風是林嶺世禄爲薇蕨所以兩大夫天年爲自伐

樵子

相約晚樵去跳踉上山路將花餌麋麛以果投猿父束薪白雲濕負擔春日暮何不壽童烏果爲玄所誤

樵徑

蒙蘢中一徑繞在千峯裏歌處遇松根危中值石齒花穿臯衣落雲拂芒鞵起自古行此途不闚顛與墜

樵斧

腰間插大柯直入深谿裏空林伐一聲幽鳥相

呼起倒樹去李父傾巢啼木魅不知伐鉞者除
害誰如此

樵擔

不敢量樵重唯知益薪束軋軋下山時彎彎向
身曲清泉洗得潔翠靄侵來緑看取荷戈人誰
能似吾屬

樵風

野船渡樵客來往平波中縱横清飈吹旦暮歸
期同蘋光惹衣白蓮影涵新紅吾當請封爾直
作鏡湖公

樵火

山客地爐裏爇薪如陽輝松膏作滫思有反瀡杉子爲珠璣響誤擊剌鬧焰疑彗孛飛傍邊暖白酒不覺瀑冰垂

樵歌

此曲太古音由來無管奏多云採樵樂或說林泉候一唱凝閒雲再謡悲顧歎若遇採詩人無辭收鄙陋

酒中十詠并序

鹿門子性介而行獨於道無所全於才無所全

於進無所全於退無所全豈天民之惷者耶然進之與退天行未覺於余也則有窮有辰有病有殆果安而受耶未若全於酒也夫聖人之誠酒禍也大矣在書爲沈湎在詩爲童羖在禮爲豢豕在史爲狂藥余飲至酣徒以爲融肌柔神消沮迷喪頽然無思以天地大順爲隄封傲然不持以洪荒至化爲爵賞抑無懷氏之民乎葛天氏之臣乎苟沈而亂狂而禍而族眞蚩蚩之爲也若余者於物無所斥於性有所適眞全於酒者也噫天之不全余也多矣獨以麴蘗全

之抑天猶幸於遺民焉太玄曰君子在玄則正在福則冲在禍則反小人在玄則邪在福則驕在禍則窮余之於酒得其樂人之於酒得其禍亦若是而已矣於是徵其具悉爲之詠用繼東皐子酒譜之後夫酒之始名天有星地有泉人有鄉今總而詠之者亦古人初終必全之義也天隨子深於酒道寄而請之和

酒星

誰遣酒旗耀天文列其位彩微嘗似酣芒弱偏如醉唯憂犯帝座只恐騎天駟若遇卷舌星讒

君應墮地

酒泉

羲皇有玄酒滋味何太薄玉液是澆漓金沙乃糟粕春從野鳥沽晝任閒猨酌我願葬兹泉醉魂似鳧躍

酒篘

翠篾初織來或如古魚器新從山下買靜向甂中試輕可網金醅疎能容玉蟻自此好成功無貽我罍恥

酒牀

糟牀帶松節酒膩肥於羜滴滴連有聲空疑杜

康語開眉旣壓後染指偷嘗處自此得公田不

過渾種黍

酒壚

紅壚高幾尺頗稱幽人意火作縹醪香灰爲冬

醷氣有鎗盡龍頭有主皆犢鼻倘得作杜根傭

保何足愧

酒樓

鉤楯跨通衢喧閙當九市金罍瀲灩後玉斝紛

綸起舞蝶傍應酣啼鶯聞亦醉野客莫登臨相

雝多失意

酒旗

青幟闊數尺懸於往來道多爲風所颺時見酒
名號拂拂野橋幽翻翻江市好雙眸復何事終
竟望君老

酒樽

犧樽一何古我抱期幽客少恐消醍醐滿疑烘
琥珀猨窺曾撲瀉鳥踏經欹仄度度醒來看皆
如死生隔

酒城

萬仞峻爲城沈酣浸其俗香侵井幹過味染濠
波淥朝傾踰百榼暮壓幾千斛吾得隷此中但
爲闇者足

酒鄉

何人置此鄉杳在天皇外有事忘哀樂有時忘
顯晦如尋罔象歸似與希夷會從此共君遊無
煩用冠帶

奉和酒中十詠　龜蒙

酒星

萬古醇酎氣結而成晶熒降爲嵇阮徒動與樽

罍弁不獨祭天廟亦應邀客星何當八月槎載
我遊青冥

酒泉

初懸碧崖口漸注青谿腹味既敵中山飲寧拘
一斛春疑浸花骨暮若酣雲族此地得封侯終
身持美禄

酒篘

山齋醖方熟野童編近成持來歡伯内坐使賢
人清不待盎中滿旋供花下傾汪汪日可挹未
羡黄金籯

酒牀

六尺様何奇溪邊濯來潔糟深貯方半石重流還咽閒移秋病可偶聽寒夢鈌往往枕眠時自疑陶靖節

酒壚

錦里多佳人當壚自沽酒高低過反坫大小隨圓瓿數錢紅燭下滌器春江口若得奉君歡十千求一斗

酒樓

百尺江上起東風吹酒香行人落帆上遠樹涵

殘陽凝睇復凝睇一觴還一觴須知凭欄客不醉難爲腸

酒旗

揺揺倚青岸遠蕩遊人思風欹翠竹杠雨澹香醪字纔來隲煙見已覺臨江遲大旆非不榮其如有王事

酒樽

黄金卽爲侈白石又太拙斲得奇樹根中如老蛟穴時招山下叟共酌林間月盡醉兩忘言誰能作天舌

酒城

何代驅生靈築之爲釀地殊無甲兵守但有糟

漿氣雉堞屹如狂女牆低似醉必若據而爭先

登儀狄氏

酒鄉

誰知此中路暗出虛無際廣莫是鄰封華胥爲

附麗三盃聞古樂伯雅逢遺裔自爾等榮枯何

勞問玄弟

添酒中六詠并序　　　龜蒙

鹿門子示予酒中十詠物古而詞麗旨高而性

眞可謂窮天人之際矣予既和而且曰昔人之於酒有注爲池而飲之者象爲龍而吐之者親盜甕閒而卧者將實舟中而浮者可爲四荒矣徐景山有酒鎗嵇叔夜有酒杯皆傳於後代可謂二高矣四荒不得不刺二高不得不須更作六章附於末云

酒池

萬斛輸曲沼千鍾未爲多殘霞入醍齊遠岸澄白酇后土亦沈醉姦臣空浩歌邇來荒淫君尚得乘餘波

酒龍

銅雀羽衣麗金龍光彩奇潛傾鄴宮酒忽似商庭漦若怒鱗甲赤如酣頭角垂君臣坐相滅安用驕奢爲

酒甕

候暖麴糵調覆深苫蓋淨溢處每淋漓沈來還濼瀅嘗聞清涼酎可養希夷性盜飲以爲名得非君子病

酒船

昔人性何誕欲載無窮酒波上任浮身風來即

開口荒唐意難遂沈湎名不朽千古如比肩間
君能繼不

酒鎗

景山實名士所翫垂清塵嘗作酒家語自言中
聖人奇器質含古挫糟味應醇唯懷魏公子即
此飛觴頻

酒杯

叔夜傲天壤不將琴酒踈製爲酒中物恐是琴
之餘一弄廣陵散又裁絶交書頽然擲林下身
世俱何如

奉和添酒中六詠　日休

酒池

八齊競奔注不知深幾丈竹葉島紆徐鳧花波蕩漾（鳧花酒名出梁簡文帝集）醺應爛地軸浸可柔天壤以此獻吾君願銘於几杖

酒龍

銅爲蚴蟉鱗鑄作鱙鰺角吐處百里雷瀉時千丈壑初疑潛苑囿忽似拏寥廓遂使銅雀臺香消野花落

酒甕

堅淨不苦窳陶於醉封疆臨溪刷舊痕隅屋聞新香移來近麴室倒處臨糟牀所嗟無比鄰余亦能偷嘗

酒船

剡桂復刳蘭陶匋任行樂但知涵泳好不討風濤惡嘗行麴封内稍繫糟丘泊東海如可傾乘之就斟酌

酒鎗

象鼎格仍高其中不烹飪唯將煮濁醪用以資酣飲偏宜旋樵火稍近餘酲枕若得伴琴書吾

將著閒品

酒杯

昔有嵇氏子龍章而鳳姿手揮五絃罷聊復一樽持但取性淡泊不知味醇醨兹器不復見家家唯玉卮

茶中雜詠并序　　日休

案周禮酒正之職辨四飲之物其三曰漿又漿人之職共王之六飲水漿醴涼醫酏入于酒府鄭司農云以水和酒也蓋當時人率以酒醴爲飲謂乎六漿酒之醨者也何得姬公製爾雅云

檟苦茶即不擷而飲之豈聖人純於用乎抑草
木之濟人取捨有時也自周已降及于國朝茶
事竟陵子陸季疵言之詳矣然季疵以前稱茗
飲者必渾以烹之與夫瀹蔬而啜者無異也季
疵之始爲經三卷由是分其源制其具教其造
設其器命其煑俾飲之者除痟而去癘雖疾醫
之不若也其爲利也於人豈小哉余始得季疵
書以爲備矣後又獲其顧渚山記二篇其中多
茶事後又太原溫從雲武威叚碣之各補茶事
十數節並存於方册茶之事由周至于今竟無

纖遺矣昔晉杜育有荈賦季疵有茶詩余缺然於懷者謂有其具而不形於詩亦季疵之餘恨也遂爲十詠寄天隨子

茶塢

閑尋堯氏山遂入深深塢種荈已成園栽葭寧記畝石窪泉似掬巖罅雲如縷好是夏初時白花滿烟雨（茶經云其花白如薔薇）

茶人

生於顧渚山老在漫石塢語氣爲茶荈衣香是煙霧庭從㯼子遮（女耿反其木如櫨色渚人以爲杖）果任獳師虜日晚

相笑歸腰間佩輕篗

茶筍

褎然三五寸生必依巖洞寒恐結紅鉛暖疑銷紫汞圓如玉軸光脆似瓊英凍每爲遇之疎南山挂幽夢

茶籝

筤篣曉攜去驀個山桑塢開時送紫茗負處沾清露歇把傍雲泉歸將挂煙樹滿此是生涯黄金何足數

茶舍

陽崖枕白屋幾口嬉嬉活棚上汲紅泉焙前蒸
紫蕨乃翁研茗後中婦拍茶歇相向掩柴扉清
香滿山月

茶竈

南山茶事動竈起巖根傍水煮石髮氣薪𤑔杉
脂香青瓊蒸後凝綠髓炊來光如何重辛苦一
一輸膏粱

茶焙

鑿彼碧巖下恰應深二尺泥易帶雲根燒難碍
石脉初能燥金餅漸見乾瓊液九里共杉林皆焙名

相望在山側

茶鼎

龍舒有良匠鑄此佳樣成立作菌蠢勢煎爲潺湲聲草堂暮雲陰松窓殘雪明此時勺複茗野語知逾清

茶甌

邢客與越人皆能造兹器圓似月魂墮輕如雲魄起棗花勢旋眼蘋沫香沾齒松下時一看支公亦如此

煑茶

香泉一合乳煎作連珠沸時看蟹目濺乍見魚鱗起聲疑帶松雨餑恐生煙翠儻把瀝中山必無千日醉

奉和茶具十詠　　龜蒙

茶塢

茗地曲隈回野行多繚繞向陽就中密背澗差還少遥盤雲髻慢亂簇香篝小何處好幽期滿巖春露曉

茶人

天賦識靈草自然鍾野姿閒來北山下似與東

風期雨後採芳去雲間幽路危唯應報春鳥得共斯人知（顧渚山有報春鳥）

茶筍

所孕和氣深時抽玉茗短輕煙漸結華嫩蘂初成管尋來青靄曙欲去紅雲暖秀色自難逢傾筐不曾滿

茶籯

金刀劈翠筠織似波文斜製作自野老攜持伴仙娃昨日鬬煙粒今朝貯緑華爭歌調笑曲日暮方還家

茶舍

旋取山上材架爲山下屋門因水勢斜壁任巖隈曲朝隨鳥俱散暮與雲同宿不憚採掇勞秖憂官未足

茶竈經云茶竈無突

無突抱輕嵐有煙映初旭盈鍋玉泉沸滿甑雲牙熟奇香襲春桂嫩色凌秋菊煬者若吾徒年年看不足

茶焙

左右擣凝膏朝昏布煙縷方圓隨樣拍次第依

層取山謡縱高下火候還文武見說焙前人時
時炙花脯紫花焙人以花爲脯

茶鼎

新泉氣味良古鐵形狀醜那堪風雪夜更值煙
霞友曾過頳石下又住清溪口頳石清溪皆江南出茶處且共薦
皇盧茶名何勞傾斗酒

茶甌

昔人謝𡌴埞徒爲妍詞飾劉孝威集有謝𡌴埞啓豈如珪璧姿
又有烟嵐色光參筠席上韻雅金罍側直使于
闐君從來未嘗識

煮茶

閒來松間坐看煮松上雪時於浪花裏併下藍英末傾餘精爽健忽似氛埃滅不合別觀書但宜窺玉札

松陵集卷第四

松陵集卷第七　今體七言詩九十首

開元寺佛鉢詩并序　日休

按釋法顯傳云佛鉢本在毗舍離今在乾陀衛竟若干百年當復至西月支國若干百年至于闐國若干百年當至屈茨國若干百年當復來漢地晉建興二年二聖像浮海而至滬瀆僧尼輩取之以歸今存于開元寺後建興八年漁者於滬瀆沙汭上獲之以爲臼類乃葷而用焉俄有佛像見于外漁者始爲異意滬瀆二聖之遺祥也乃以鉢供之迄今尚存余遂觀而爲之詠

因寄天隨子

詩

帝青石作緑氷姿（佛律云此鉢帝青石也四天王所獻也）曾得金人手自持

拘律樹邊齋散後提羅花下洗來時乳糜味斷

中天覺麥麨香消大劫知從此共君親頂戴斜

風應不等閒吹

奉和　　　　龜蒙

空王初受逞神功四鉢須臾現一重（至今鉢緣有四重也）持次

想添香積飯覆時應帶步羅鐘光寒好照金毛

鹿響靜堪降白耳龍從此寶函香裏見不煩西

去詣靈峯　　夏首病愈因招魯望　　日休

曉入清和尚袷衣夏陰初合掩雙扉一聲撥穀

桑柘晚數點舂鋤烟雨微貧養山禽能箇瘦病

關芳草就中肥明朝早起非無事買得蓴絲待

陸機

奉詶次韻　　龜蒙

雨多青合是垣衣一幅䜌箋夜款扉蕙帶又聞

寬沈約茅齋猶自憶王微方靈秖在君臣正篆

古須抛點畫肥除却伴談秋水外野鷗何處更

忘機

新夏東郊閒泛有懷龔美　龜蒙

遲於春日好於秋野客相攜上釣舟經暑約時
冠暫亞佩笭箵後帶蘋𦶜蒹葭鷺起波搖笠村
落蠶眠樹挂鉤料得秖君能愛此不爭烟水似
封侯

奉和次韻　日休

水物輕明淡似秋多情才子倚蘭舟碧莎裳下
攜詩草黄篾樓中挂酒篘蓮葉蘸波初轉棹魚
兒簇餌未諳鉤共君莫問當時事一點沙禽勝

五侯

四月十五日道室書事寄襲美

龜蒙

烏飯新炊芼臛香道家齋日以爲常月苗杯舉存三洞雲蘂函開叩九章一掬陽泉堪作雨數銖秋石欲成霜可中值著雷平信爲覓閒眠苦竹牀

奉和

日休

望朝齋戒是尋常靜啓金根第幾章竹葉飲爲甘露色蓮花鲊作肉芝香松膏背日凝雲磴丹

粉經年染石沫剩欲與君終此志須仙唯恐鬢

成霜

看壓新醅寄懷龔美　　龜蒙

曉壓糟牀漸有聲旋如荒澗野泉清身前古態

熏應出世上愁痕滴合平飲啄斷年同鶴儉風

波終日看人爭樽中若使常能淥兩綬通侯總

強名

奉和次韻　　日休

一簀松花細有聲旋將渠椀撇寒清秦吳只恐

芻來近劉項真應釀得平酒德有神多客頌醉

鄉無貨没人爭五湖烟水郎山月合向樽前問
底名

登初陽樓寄懷北平郎中　日休

危樓新製號初陽白粉青薌射沼光避酒幾浮
輕舴艋下棊曾覺睡鴛鴦投鉤列坐圍華燭格
簺分朋占靚粧莫怪重登頻有恨二年曾侍舊
吳王

奉和　龜蒙

遠窻浮檻亦成年幾伴楊公白晝筵日暖烟花
曾撲地氣和星象却歸天閒將水石侵軍壘醉

引笙歌上釣船無限恩波猶在目東風吹起組

漪漣

夏初訪魯望偶題小齋　　日休

半里芳陰到陸家藜牀相勸飯胡麻林間度宿

抛棊局壁上經旬挂釣車野客病時分竹米鄰

翁齋日乞藤花踟躕未放閒人去半岸紗帩侍

月華

奉和次韻　　龜蒙

四鄰多是老農家百樹雞桑半頃麻盡趂晴明

修網架每和煙雨掉繅車啼鶯偶坐身藏葉餉

婦歸來鬢有花不是對君吟復醉更將何事送
年華
所居首夏水木尤清適然有作
日休
病來無事草堂空晝水休闈十二筒桂静似逢
青眼客松閒如見綠毛翁潮期暗動庭泉碧梅
信微侵地障紅盡日枕書慵起得被君猶自笑
從公
奉和次韻
龜蒙
柿陰成列藥花空却憶桐江下釣筒亦以魚鰕

供孰鶖近緣櫻筍識鄰翁閒分酒劑多還少自
記書籤白間紅更愛夜來風月好時思玄度對
支公

重玄寺元達年逾八十好種名藥凡所
植者多至自天台四明包山句曲叢萃
紛糅各可指名余奇而訪之因題二章
日休

雨滌煙鋤傴僂賁紺牙紅甲兩三畦藥名却笑
桐君少年紀翻嫌竹祖低白石靜敲蒸术火清
泉閒洗種花泥怪來昨日休持鉢一尺彫胡似

掌齋
香蔓蒙蘢覆昔邪檜烟杉露濕袈裟石盆換水
撈松葉竹徑遷牀避筭芽藜杖移時挑細藥銅
鉼盡日灌幽花支公謾道憐神駿不及今朝種
一麻

奉和題達上人藥圃二首　龜蒙

藥味多從遠客賫旋添花譜旋成畦三椏舊種
根應異九節初移葉尚低山英便和幽澗石水
芝須帶本池泥從今直到清秋日又有香苗幾
番齊

淨名無語示清羸藥草搜來喻更微一雨一風
皆遂性花開花落盡忘機教疏兔縷金絃亂兔絲別名
自擁龍芻紫汞肥莫怪獨親幽圃坐病容銷盡
欲依歸

懷華陽潤卿博士三首　日休

先生一向事虛皇天市壇西與世忘環堵養龜
看氣訣刀圭餌犬試仙方靜探石腦衣裾潤閑
鍊松脂院落香聞道徵賢須有詔不知何日到
良常

寘心唯事白英君不問人君爵與勳林下醉眠

仙鹿見洞中閒話隱芝闌石牀卧苦渾無蘚藤

蔭開稀恐有雲料得虛皇新詔樣青瓊板上綠

爲文

鳳骨輕來稱瘦容華陽館主未成翁（陶隱居昔爲華陽館主）數

行玉札存心久一掬雲漿潄齒空白石煮多熏

屋黑丹砂埋久染泉紅他年欲事先生去十賚

須加陸逸冲（逸冲嘗事隱居隱居錫名棲靜處士十賚猶人間九錫也）

奉和三首　龜蒙

幾降眞官授隱書洛公曾到夢中無眉間入靜

三辰影肘後通靈五嶽圖北洞樹形如曲蓋東

凹山色似薰爐金墟福地能容否顧作図前將負芻
火景應難到洞宫蕭閒堂冷任天風談玄麈尾拋雲底服散龍胎在酒中有路還將赤城接無泉不共紫河通奇編早晚教傳授免以神仙問葛洪
終日焚香禮洞雲更思琪樹轉勞神曾尋下泊舘常經月不到中峯文累春仙道最高黄玉籙暑天偏稱白綸巾清齋若見茅司命乞取朱兒十二斤

以竹夾膝寄贈襲美　龜蒙

截得篔簹冷似龍翠光橫在暑天中堪臨薤簟
閒憑月好向松窻卧跂風持贈敢齊青玉案醉
吟偏稱碧荷筒添君雅具教多著爲著西齋譜
一通

魯望以竹夾膝見寄因次韻訓謝　日休

圓於玉柱滑於龍來自衡陽彩翠中拂潤恐飛
清夏雨叩虛疑貯碧湘風大勝書客裁成簡頗
賽溪翁截作筒從此角巾因爾戴俗人相訪若

爲通

夏景無事因懷章來二上人　日休

澹景微陰正送梅幽人逃暑瘿楠杯水花移得和魚子山蕨收時帶竹胎嘯館大都偏見月醉鄉終竟不聞雷更無一事唯留客却被高僧怕不來

佳樹盤珊枕草堂此中隨分亦閒忙平鋪風簟尋琴譜靜掃烟窻著藥方幽鳥見貧留好語白蓮知卧送清香從今有計消閒日更爲支公置一牀

奉和次韻　　龜蒙

簷外青陽有二梅，折來堪下凍醪杯。離騷注云：盛夏以醇酒置冰上。高杉自欲生龍腦，小弁誰能寄鹿胎。麗事肯教饒沈謝，談微何必減宗雷。還聞擬結東林社，爭奈淵明醉不來。

忽憶高僧坐夏堂，厭泉聲鬧笑雲忙。山重海澹懷中印，月冷風微宿上方。病後書求嘗少樂，定迴衣染貝多香。何時更問逍遥義，道林有逍遥遊别義。五粒松陰半石牀。

寄瓊州楊舍人　　日休

德星芒彩瘴天涯酒樹堪消謫宦嗟行遇竹王
因設奠居逢木客又遷家清齋淨洩桄榔麵遠
信間封荳蔻花清切會須歸有日莫貪句漏足
丹砂

奉和　龜蒙

明時非罪謫何偏鵩鳥巢南更數千酒滿椰杯
消毒霧風隨蕉扇下瀧船人多藥戶行狂蠱吏
有珠官出俸錢秖以直誠天自信不勞詩句詠
貪泉

魯望以輪鉤相示緬懷高致因作三篇

日休

角柄孤輪細膩輕翠蓬十載伴君行撚時解轉蟾蜍魄抛處能啼絡緯聲七里灘波喧一舍五雲溪月静三更朱衣鮒足和莫睡誰信人間有利名

一線飄然下碧塘溪翁無語遠相望蓑衣舊去煙披重篛笠新來雨打香白鳥白蓮爲夢寐清風清月是家鄉明朝有物充君信櫓酒三餅寄

夜航九櫓酒出沈㓊集

晝日悠然舴艋輕小輪聲細雨溟溟三尋絲帶

桐江爛一寸鉤含笠澤腥用近詹何傳釣法收和范蠡養魚經孤蓬半夜無餘事應被嚴灘聒酒醒

竈蒙頃自桐江得一釣車以龔美樂煙波之思因出以爲玩俄辱三篇復抒訓答

旋屈金鉤劈翠筠手中盤作釣魚輪忘情不效孤醒客有意閒窺百丈鱗雨似輕埃時一起雲如高蓋強相親任他華轂低頭笑此地終無覆敗人

曾招漁侶下清潯獨蠒初隨一錘深細輾烟華
無轍跡靜含風力有車音相呼野飯依芳草迭
和山歌逗遠林得失任渠但取樂不曾生箇是
非心
病來縣著脆緡絲獨喜高情爲我持數輻尚凝
烟雨態三篇能賦蕙蘭詞雲深石淨閒眠穩月
上江平放溜遲第一莫教諳此境倚天功業待
君爲

吳中書事寄漢南裴尚書　日休

萬家無事鏁蘭橈鄉味腥多厭紫鰲（江文通集云紫鰲砦劫也）水

似綦文交度郭柳如行障儼遮橋青梅聳重初迎雨白鳥羣高欲避潮唯望舊知憐此意得爲傖鬼也逍遥

奉和　龜蒙

風清地古帶前朝遺事紛紛未寂寥三茆凉波漁絶動（遂祖士衡對晉武帝以三茆冬温夏凉）五茸春草雉媒嬌（五茸吴王獵所草各有名）雲藏野寺分金刹月在江樓倚玉簫不用懷歸忘此景吴王看即奉弓招

夏景冲澹偶然作二首　日休

祗隈蒲褥岸烏紗味道澄懷景便斜紅印寄泉

慙郡守青雀與笋愧僧家茗爐盡日燒松子書
桉經時剥瓦花園吏暫棲君莫笑不妨猶更著
南華

一室無喧事事幽還如貞白在高樓天台畫得
千迴看湖目芳來百度遊湖目百蓮子也無限世機吟處
息幾多身計釣前休他年謁帝言何事請贈劉
伶作醉侯

奉和次韻　龜蒙

蟬雀參差在扇紗竹襟輕利籜冠斜壚中有酒
文園會琴上無絃靜節家芝畹烟霞全覆穗橘

洲風浪半浮花間思兩地忘名者莫不信人間髮
解華
秖於池曲象山幽便是瀟湘浸石樓斜拂芡盤
輕鶩下細穿菱線小鯢遊間閙茗㸃嘗須徧醉
撥書帷卧始休莫道仙家無好爵方諸還拜碧
琳侯
送李明府之任南海　日休
五羊城在蜃樓邊墨綬垂腰正少年山静不應
聞屈鳥草深從使翳貪泉蟹奴晴上臨潮檻燕
婢秋隨過海船一事與君消遠宦乳蕉花發訟

庭前

奉和　龜蒙

春盡之官直到秋嶺雲深處凭欄樓居人愛近沈珠浦候吏多來拾翠洲賓稅盡應輸紫貝蠻童多學佩金鉤知君不戀南枝久抛却經冬白罽裘

寄題羅浮軒轅先生所居　日休

亂峯四百三十二（羅浮山峯數）欲問徵君何處尋紅翠（山鳥名）數聲瑶室響（山有璇房瑶室七十有二）眞檀一炷石樓深山都遣負沽來酒樵客容看化後金從此謁師知不

遠求官先有葛洪心

奉和　龜蒙

鼎成仙馭入崆峒百世猶傳至道風暫應青詞
爲穴鳳却思丹徼伴冥鴻金公的的生爐際瓊
刄時時到夢中預恐浮山歸有日載將雲室十
洲東

宿報恩寺水閣　日休

寺鏁雙峯寂不開幽人中夜獨徘徊池文帶月
鋪金簟蓮朶含風動玉杯往往竹梢摇翡翠時
時杉子擲莓苔可憐此際誰曾見唯有支公盡

看來

奉和　　　　　　　　　　　龜蒙

峯抱池光曲岸平月臨虛檻夜何清僧穿小檜
纔分影魚擲高荷漸有聲因憶故山吟易苦各
橫秋簟夢難成周顒不用裁書勸自得涼天證
道情

醉中偶作呈魯望　　　　　日休

谿雲澗鳥本吾儕剛爲浮名事事乖十里尋山
爲思役五更看月是情差分將吟詠華雙鬢力
以壼觴固百骸爭得草堂同臥去共君同作太

常齋

奉和次韻　　　　　　　　　　　謳蒙

海鶴飄飄韻莫儕在公猶與俗情乖初呈酒務求專判合禱山祠請自差永夜譚玄侵罔象一生交態忘形骸憐君醉墨風流甚幾度題詩小謝齋

寄滑州李副使員外　　　　　　　日休

兵繞臨淮數十重鐵衣才子正從公軍前草奏旄頭下城上封書箭簳中圍合只應聞曉鴈血腥何處避春風故人勲重金章貴猶在江湖積

劒功

奉和　　　　　　　　　　　　龜蒙

洛生閒詠正抽毫忽傍旌旗著戰袍欃下連營
皆破膽劒離孤匣欲吹毛清秋月色臨軍壘半
夜淮聲入賊壕除却征南爲上將平徐功業更
誰高

傷史拱山人　　　　　　　　日休

一緘幽信自襄陽上報先生去歲亡山客爲醫
翻貰藥野僧因弔却焚香峯頭孤冢爲雲穴松
下靈筵是石牀宗炳死來君又去終身不復到

紫桑

奉和　龜蒙

曾說山棲欲去尋豈知霜骨葬寒林常依淨住師冥目兼事容成學算心（支學浮圖兼善算術）通容預齋還梵唱老猿窺祭亦悲吟唯君獨在江雲外誰誄孤貞買峴岑

吳中言懷寄南海二同年　日休

曲水分飛歲已賒東南爲客各天涯退公秖傍蘇勞竹移宴多隨末利花銅鼓夜敲溪上月布帆晴照海邊霞三年謾被鱸魚累不得横經侍

絳紗

奉和　　　　　　　　　　　　　　　龜蒙

曾見凌風上赤霄盡將華藻赴嘉招城連虎踞
山圖麗路入龍編海舶還江客漁歌衝白荇野
禽人語映紅蕉庭中必有君遷樹莫向空臺望
漢朝交州記云有君遷樹有朝臺尉佗望漢所築

青門閒況　　　　　　　　　　　　日休

青翰虛徐夏思清愁烟漠漠荇花平醉來欲把
田田葉盡裹當時醒酒鯖

奉和　　　　　　　　　　　　　　　龜蒙

細槳輕撑下白蘋故城花謝緑陰新芸無今日
逃名士試問南塘著䙝人

木蘭後池三詠　　　　　　日休

重臺蓮花

欹紅矮婧力難任每葉頭邊半米金可得教他
水妃見兩重元是一重心

浮萍

嫩似金脂颺似煙多情渾欲擁紅蓮明朝擬附
南風信寄與湘妃作翠鈿

白蓮

但恐醍醐難並潔秖應薝蔔可齊香半垂金粉
知何似靜婉臨溪照額黄

奉和三詠　龜蒙

重臺蓮花

水國煙鄉足芰荷就中芳瑞此難過風情爲與
吳王近紅萼常教一倍多

浮萍

晚來風約半池明重疊侵沙緑罽成不用臨池
重相笑最無根蔕是浮名

白蓮

素蘤多蒙別艷欺此花眞合在瑶池還應有恨無人覺月曉風清欲墮時

重題後池　　日休

細雨闌珊眠鷺覺鈿波悠漾並鴛嬌適來會得荆王意秖爲蓮莖重細腰

奉和　　龜蒙

曉煙清露暗相和浴鴈浮鷗意緒多却是陳王詞賦錯枉將心事託微波

襲美庭中初植松桂偶題　　龜蒙

軒陰冉冉移斜日寒韻泠泠入晚風烟格月姿

曾不改至今猶似在山中

奉和次韻　日休

毵毵緑髮垂輕露獵獵丹華動細風恰似青童

君欲會儼然相向立庭中

戲題襲美書印囊　龜蒙

鵲銜龜顧妙無餘不愛封侯愛石渠應笑休文

過萬卷至今誰道沈家書

奉和次韻　日休

金篆方圓一寸餘可憐銀艾未思渠不知夫子

將心印印破人間萬卷書

館娃宮懷古五絶　日休

綺閣飄香下太湖，亂兵侵曉上姑蘇。越王大有堪羞處，秖把西施賺得吴。

鄭姐無言下玉墀，夜來飛箭滿罘罳。越王定指高臺笑，却見當時金鏤楣。

半夜娃宫作戰場，血腥猶雜宴時香。西施不及燒殘蠟，猶爲君王泣數行。

素襪雖遮未掩羞，越兵猶怕伍員頭。吴王恨魄今如在，只合西施瀨上游。

響屧廊中金玉步，采蘋山上綺羅身。不知水葬

今何處溪月彎彎欲效顰

奉和五絶　　龜蒙

三千雖衣水犀珠半夜夫差國暗屠猶有八人皆二八獨教西子占亡吳

一宮花渚漾漣漪倭墮鵶鬟出繭眉可料坐中歌舞袖便將殘節拂降旗

幾多雲榭倚青冥越焰燒來一片平此地最應沾恨血至今春草不勻生

江色分明練繞臺戰帆遥隔綺疏開波神自厭荒淫主句踐樓船穩帖來

寶袜香綦碎曉塵亂兵誰惜似花人伯勞應是
精靈使猶向殘陽泣暮春

虎丘寺西小溪閒泛三絶　日休

鼓子花明白石岸桃枝竹覆翠嵐溪分明似對
天台洞應厭頑仙不肯迷
絶壑秖憐白羽傲窮谿唯覺錦鱗癡更深尚有
過樵處或是秦人未可知
高下不驚紅翡翠淺深還礙白薔薇船頭繫個
松根上欲待逢仙不擬歸

奉和三絶次韻　龜蒙

樹號相思枝拂地鳥語提壺聲滿溪雲涯一里
千萬曲直是漁翁行也迷
荒柳卧波渾似困宿雲遮塢未全癡雲情柳意
蕭蕭會若問諸餘總不知
每逢孤嶼一倚檝便欲狂歌同採薇任是烟蘿
中待月不妨欹枕扣舷歸

松陵集卷第七

# 松陵集卷第八　今體七言詩八十四首

## 白鷗詩 并序　龜蒙

樂安任君嘗爲涇尉居吳城中地纔數畝而不佩俗物有池池中有島嶼池之南西北邊合三亭脩篁嘉木掩隱隈奧處其一不見其二也君好奇樂異喜文學名理之士所得皆清散凝瑩龔美知而偕詣既坐有白鷗翩翩然馴於砌下因請浮而翫之主人曰池中之族老矣每以豪健據有鷗之始浮輒逐而害之今畏不敢入吁昔人之心蓄機事猶或舞而不下况害之哉且羽

族麗於水者多矣獨鷗爲閒暇其致不高邪一旦水有鯨鯢之患陸有狐狸之憂儔侶不得命嘯塵埃不得濯刷雖蒙人之流賞亦天地之窮鳥也感而爲詩邀龔美同作

詩

慣向溪頭漾淺沙薄烟微雨是生涯時時失伴沈山影往往爭飛雜浪花晚樹清涼還鸕鷀巢零落寄蒹葭段池塘信美應難戀針在魚脣劍在鰕

奉和　日休

雪羽䙰褷半惹泥海雲深處舊巢迷池無飛浪
爭教舞洲少輕沙若遣棲烟外失羣斷鴈鶩波
中得志羨鳧鷖主人恩重真難遇莫爲心孤憶
舊溪

懷楊台文楊鼎文二秀才　龜蒙

秋早相逢待得春崇蘭清露小山雲（崇蘭小山郡中二堂）寒花
獨自愁中見曙角多同醒後聞釣具每隨輕舸
去詩題閒上小樓分重思醉墨縱横甚書破羊
欣白練裙

奉和次韻　日休

羊曇曹我昔經春各以篇章鬭五雲賓筆每容
閒處見擊琴多任醉中聞釣前青翰交加倚醉
後紅魚取次分爲說風標曾入夢上仙初著翠
霞裙

友人以人參見惠因以詩謝之

日休

神草延年出道家神草別名是誰披露記三椏開時的
定涵雲液斸後還應帶石花名士寄來消酒渴
野人煎處撇泉華從今湯劑如相續不用金山
焙上茶

奉和　　　　　龜蒙

五葉初成椵樹陰紫團峯外即雞林名參鬼蓋須難見材似人形不可尋品第已聞升碧簡攜持應合重黄金殷勤潤取相如肺封禪書成動帝心

傷進士嚴子重詩并序　　日休

余爲童在鄉校時簡上抄杜舍人牧之集見有與進士嚴惲詩後至吳一日有客曰嚴某余志其名久矣遽懷文見造於是樂得禮而觀之其所爲工於七字往往有清便柔媚時可軼駭於

常執其佳者曰春光冉冉歸何處更向花前把一杯盡日問花花不語爲誰零落爲誰開余美之諷而未嘗忘生舉進士亦十餘計偕余方寃之謂乎竟有得於時也未幾歸吳與後兩月咸通十一年也霅人至云生以疾亡於所居矣噫生徒以詞聞於士大夫竟不名而逝豈止此而埋沒邪江湖間多美利士君子苟樂退而有文者死無不爲時惜可勝言耶於是哭而爲詩會望生之友也當爲我同作

詩

十哭都門榜上塵蓋棺終是五湖人生前有敵
唯丹桂没後無家秖白蘋箸下漸新醒處月江
南依舊詠來春知君精爽應無盡必在酆都頌
帝晨梁成酆都宫頌紂絶標帝晨

嚴子重以詩遊於名勝間舊矣余晚於
江南相遇甚樂不幸且没襲美作詩序
而弔之其名眞不朽矣又何戚其死哉
余因息悲而爲之和　龜蒙
每値江南日落春十年詩酒愛逢君芙蓉湖上
吟船倚翡翠巖前醉馬分秖有汀洲連舊業豈

無章疏動遺文猶憐未卜佳城處更斷要離冢
畔雲

早秋吳體寄襲美　龜蒙

荒庭古樹只獨倚敗蟬殘螢苦相仍雖然詩膽
大於斗爭奈愁腸牽似繩短燭初添蕙幌影微
風漸折蕉衣稜安得彎弓似明月快箭拂下西
飛鵬

奉和次韻　日休

書淫傳癖窮欲死譊譊何必頻相仍日乾陰蘚
厚堪剝藤把欹松牢似繩擣藥香侵白袷袖穿

雲濶破烏紗稜安得瑶池飲殘酒半醉騎下垂

天鵬

秋賦有期因寄襲美（時將主試貢士）　龜蒙

雲似無心水似閒忽思名在貢書間烟霞鹿弁

聊懸著鄰里漁舠暫解還文草病來猶滿篋藥

苗衰後卽離山廣寒宮樹枝多少風送高低便

可攀

奉和次韻　日休

十載江南盡是閒客兒詩句滿人間郡侯聞譽

親邀得鄉老知名不放還還應帶瓦花經汴水更

攜雲實出包山大徹宮裏環岡樹無限瑶枝待
爾攀

病中秋懷寄龔美　　龜蒙

病容愁思苦相兼清鏡無情未我嫌貪廣異蔬
行徑窄故求偏藥出錢添同人散後休賒酒雙
燕辭來始下簾更有是非齊未得重憑詹尹拂
龜占

奉和次韻　　日休

貧病於君亦太兼才高應亦被天嫌因分鶴料
家資減爲置僧餐口數添静裏改詩空凭几寒

中洼易不開簾消詞一一侵眞宰甘取窮愁不用占

新秋即事三首　　日休

癡號多於顧愷之更無餘事可從知酒坊吏到常先見鶴料符來每探支吳郡有鶴料案涼後每謀清月社晚來專赴白蓮期共君無事堪相賀又到金虀玉鱠時

堪笑高陽病酒徒幅巾蕭灑在東吳秋期淨掃雲根瘦山信迴緘乳管麤白月半窻抄朮序清泉一器授芝圖乞求待得西風起盡去聲挽烟帆

入太湖

露槿風杉滿曲除，高秋無事似雲廬。醉多已任家人厭，病久還甘吏道踈。青桂巾箱時寄藥，白綸巾具半抛書。君卿脣舌非吾事，且向江南問鰒魚。

奉和次韻　　龜蒙

心似孤雲任所之，世塵中更有誰知。愁尋冷落驚雙鬢，病得清涼減四支。文懷舊欒溪，終獨往宿枯杉寺。已頻期兼須爲月求高處，即是霜輪殺滿時。

帆檝衣裳盡釣徒往來蹤跡徧三吴閒中展卷興亡小醉後題詩點畫麤松島伴譚多道氣竹窻孤夢豈良圖還須待致昇平了即任扁舟放五湖

聲利從來解破除秋灘唯憶下桐廬鸕鷀陣合殘陽少蜻蛚吟高冷雨疎辯伏南華論指指才非玄晏借書書當時任使真堪笑波上三年學炙魚

南陽潤卿將歸雷平因而有贈

日休

借問山中許道士此迴歸去復何如竹屛風翦
抄遺事柘步輿竿繫隱書絳樹實多分紫鹿丹
沙泉淺種紅魚東卿旄節看看至靜啓茅齋愼
掃除

奉和　　龜蒙

朝市山林隱一般却歸那減臥雲懽墮階紅葉
誰收得半盎清醪客醉乾玉笈詩成吟處曉金
沙泉落夢中寒眞仙若降如相問曾步星綱繞
醮壇

訪寂上人不遇　　日休

何處尋雲暫廢禪客來還寄草堂眠桂寒自落
翻經案石冷空消洗鉢泉爐裏尚飄殘玉篆龕
中仍鑠小金仙須將二百籤迴去得得支公恐
隔年

奉和　　　龜蒙

芭蕉霜後石欄荒林下無人閉竹房經抄未成
抛素几錫環應撼過寒塘蒲團爲拂浮埃散茶
器空懷碧餑香早晚却還宗炳社夜深風雪對
禪牀

顧道士亡弟子乞銘於襲美既而奉以

束帛因賦戲贈　　　龜蒙

童初眞府召爲郎君與抽毫刻便房亦謂神仙同許郭不妨才力似班揚比於黃絹詞尤妙酬以霜縑價未當唯我有文無賣處筆鋒銷盡墨池荒

奉和　　日休

師去東華却鍊形門人求我誌金庭大椿枯後新爲記仙鶴亡來始有銘（前朝文集未有道士銘誌）瓊板欲刊知不朽冰紈將受恐通靈君才莫歎無茲分合注神玄劔解經

秋夕文宴得遥字　日休

啼螿衰葉共蕭蕭，文宴無喧夜轉遥。高韻最宜題雪讚，逸才偏稱和雲謠。風吹翠蠟應難刻，月照清香太易消。無限玄言一盃酒，可能容得盞寬饒。

同前得成字　龜蒙

筆陣初臨夜正清，擊銅遥認小金鉦。飛觥壯若遊燕市，覓句難於下趙城。隔嶺故人因會憶，傍簷棲鳥帶吟驚。梁王座上多詞客，五韻甘心第七成。梁昭明嘗文宴賦詩各五韻，劉孝威第七方成

南陽廣文欲於荊襄卜居因而有贈

日休

地肺從來是福鄉，廣文高致更無雙。青精飯熟雲侵竈，白㘭裘成雪濺窗。度日竹書千萬字，經冬朮煎兩三缸。鱸魚自是君家味，莫背松江憶漢江。

代廣文先生詶次韻

龜蒙

不知天隱在何鄉，且欲煙霞跡暫雙。鶴廟未能齊月馭，鹿門聊擬並雲窗。蘚銜荒磴移桑屐，花浸春醪挹石缸。莫惜橇頭容釣伴，也應東印有

餘江

寄毘陵魏處士朴　日休

文籍先生不肯官絮巾衝雪把魚竿一堆方册
爲侯印三級幽巖是將壇醉少最因吟月冷瘦
多偏爲卧雲寒兔皮衾暖篷舟穩欲共誰遊七
里灘

奉和　龜蒙

經苑初成墨沼開何人林下肯尋來若非宗測
圖山後即是韓康賣藥迴溪籟自吟朱鷺曲沙
雲還作白鷗媒唯應地主公田熟時送君家麴

蘖村

初冬偶作寄南陽潤卿　日休

寓居無事入清冬，雖設樽罍酒半空。白菊爲霜翻帶紫，蒼苔因雨却成紅。迎潮預遣收魚笱，防雪先教蓋鶴籠。唯待支硎最寒夜，共君披氅訪林公。

奉和次韻　龜蒙

逐日生涯敢計冬，可嗟寒事落然空。窻憐反照緣書小，庭喜新霜爲橘紅。衰柳尚能和月動，敗蘭猶擬倩烟籠。不知海上今清淺，試與飛書問

洛公

冬曉章上人院　日休

山堂冬曉寂無聞一句清言憶領軍琥珀珠粘行處雪棕櫚帚掃臥來雲松扉欲啟如鳴鶴石鼎初煎若聚蚊不是戀師歸去晚陸機茸內足毛群

奉和　龜蒙

山寒偏是曉來多況值禪窗雪氣和病客功夫經末演故人書信納新磨閒臨靜案修茶品獨傍深溪記藥科從此逍遙知有地更乘清月伴

君過

寄題鏡巖周尊師所居詩并序　日休

處州仙都山山之半有洞口下望之如鑑目之曰鏡巖下去地二百尺上者以竹梯為級中如方丈内有乳水滴瀝嵌罅黄老徒周君景復居焉迨八十年不食乎粟日唯焚降眞香一炷讀靈寶度人經而已東牟段公柯昔為州日聞其名梯其室以造之且曰君居此久矣乳水之滴晝夜可知量乎周君曰某常揣之盡晝與夜一斛加半焉公畏異而禮之後柯别十二年日休至

吳處人過說周君尚存吟想其道無由以覩因
寄題是詩云

詩

八十餘年住鏡巖鹿皮巾下雪髟髟牀寒不奈
雲縈枕經潤何妨乳滴函飲澗猿迴窺絶洞緣
梯人歇倚危杉如何計吏窮於鳥欲望仙都舉
一帆

奉和　　　　　　　　　　　　　　龜蒙

見說身輕鶴不如石房無侶共雲居清晨自削
靈香柹獨夜空吟碧落書十洞飛精應徧吸一

莖秋髮未曾梳知君便入懸珠會早晚東騎白鯉魚

寒夜文宴得泉字　日休

分明競襞七香箋王朗風姿盡列仙盈篋共開華頂藥滿缾同坼惠山泉蟹因霜重金膏溢橘爲風多玉腦鮮吟罷不知詩首數隔林明月過中天

同前得蠶字　龜蒙

各將寒調觸詩情旋見微澌入硯生霜月滿庭人暫起汀洲半夜鴈初驚三清每爲仙題想一

日多因累句傾千里建康衰草外含毫誰是憶昭明

庚寅歲十一月新羅弘惠上人與本國同書請日休爲靈鷲山周禪師碑將還以詩送之

三十麻衣弄渚禽豈知名字徹雞林勒銘雖即多遺草越海還能抵萬金鯨鬛曉掀峯正燒鼇睛夜没島還陰三千餘字終天別東望辰韓淚灑襟

奉和　龜蒙

一巵迢遞過東瀛秪爲先生處乞銘已得雄詞封靜檢却懷孤影在禪庭春過異國人應寫夜讀滄洲怪亦聽遥想勒成新塔下盡望空碧禮寒星

送潤卿博士還華陽　日休

雪打蓬舟離酒旗華陽居士半酣歸逍遥只恐逢雲將恬澹真應降月妃仙市鹿胎如錦嫩陰宫燕肉似蘇肥公車草合蒲輪壞爭不教他白日飛

同前　龜蒙

何事輕舟近臘迴，茅君兄弟欲歸來。茅司命以三月十八日、十二月二日會于華陽天。封題玉洞虛無奏，點檢霜壇沆瀣杯。雲肆先生分氣調，山圖公子愛詞才。殷勤為向東鄉薦，灑掃含眞雪後臺。

寒日書齋即事三首　日休

叅佐三間似草堂，恬然無事可成忙。移時寂歷燒松子，盡日殷勤拂乳牀。將近道齋先衣褐，欲清詩思更焚香。空庭好待中宵月，獨禮星辰學步綱。

不知何事有生涯，皮褐親裁學道家。深夜數甌

唯柏葉清晨一器是雲華（别名）盆池有鷺窺蘋沫石版無人掃桂花江漢欲歸應未得夜來頻夢赤城霞

方朔家貧未有車肯從榮利捨樵漁從公未怪多侵酒見客唯求轉借書暫聽松風生意足偶看溪月世情踈如鉤得貴非吾事合向烟波爲五魚（松江有五魚）

奉和每篇各用一韻　龜蒙

不必探幽上鬱岡公齋吟嘯亦何妨唯求薏苡供僧食别著氍毹待客牀春近帶烟分短蕙曉

來衝雪撼踈篁餘杭山酒猶封在遥囑高人未
肯嘗
已上星津八月槎文通猶自學丹砂（江文通有丹砂可學賦）仙
經寫得空三洞隱士招來別九華靜對眞圖呼
緑齒偶開神室問黄芽方諸更是憐才子錫賚
於君合有差
名價皆酬百萬餘尚憐方丈講玄虚西都賓問
曾成賦東海人求近著書（龔美嘗作弔江都賦又新羅僧請爲太師碑銘）茅洞煙
霞侵寤寐壇溪風月挂樵漁清朝還要廷臣在
兩地寧容便結廬

臘後送内大德從曷游天台　日休

講散重雲下九天大君恩賜許隨緣霜中一鉢天台山有無辭乞湖上孤舟不廢禪夢入瓊樓寒有月金庭不死之鄉及瓊樓玉室行過石樹凍無烟絜消山有石樓樹吳大皇元年郡吏伍曜於海際得之枝莖紫色有光南越謂之石連理也他時瓜鏡知何用吳越風光滿御筵

奉和　龜蒙

應緣南國盡南宗欲訪靈溪路暗通溪在天台山下歸思不離雙闕下去程猶在四明東銅缾淨貯桃花雨金策閒搖麥穗風上人指期國清過夏若戀吾君先拜疏爲論台嶽未封公

寄題玉霄峯葉道象尊師所居

日休

青冥向上玉霄峯元始先生戴紫蓉曉案瓊文光洞壑夜壇香氣惹杉松閒迎仙客來爲鶴靜嚼靈符去是龍子細捫心無偃骨欲隨師去肯相容偃骨在胸者名入星骨

奉和

龜蒙

天台一萬八千丈師在浮雲端掩扉永夜祇知星斗大深秋猶見海山微風前幾降青毛節雪後應披白羽衣南望煙霞空再拜欲將飛魄問

靈威

南陽虞文博士還雷平後寄　龜蒙

微微春色染林塘親撥煙霞坐澗房陰洞雪膠知未入濁醪風破的偷嘗芝臺曉用金鐺煮星度閒將玉鈴量幾遍侍晨官欲降曙壇先起獨焚香

奉和次韻　日休

春彩融融釋凍塘日精閒噤坐巖房瓊函靜啓從猿覷金液初開與鶴嘗八會舊文多搭寫七眞遺語剩思量不知夢到爲何處紅藥滿山煙

月香

題支山南峯僧　日休

雲侵壞衲重隈肩不下南峯不記年池裏群魚曾受戒林間孤鶴欲參禪雞頭竹上開危徑鴨脚花中擿廢泉無限呉都堪賞事何如來此看師眠

奉和次韻　龜蒙

眉毫霜細欲垂肩自說初棲海嶽年萬壑烟霞秋後到一林風雨夜深禪時翻貝葉添新藏閒插松枝護小泉好是清冬無外事匡林齋罷向

陽眠

送董少卿遊茅山　日休

名卿風度足杓斜，一舸閒尋二許家。天影曉通金井水，山靈深護玉門沙。空壇禮後銷香母，陰洞緣時觸乳花。盡待于公作廷尉，（卿嘗爲大理，用法有廉平之稱。）不須從此便餐霞。

同前　龜蒙

威輦高懸度世名，至今仙裔作公卿。將隨羽節朝珠闕，曾佩魚符管赤城。（董嘗判台州。）雲凍尚含孤石色，雪乾猶墮古松聲。應知四扇靈方在，待取歸

時緑髮生

襲美將以緑罽爲贈因成四韻

龜蒙

三徑風霜利若刀，襜褕吹斷罥蓬蒿。病中秖自悲龍具，世上何人識羽袍。狐貉近懷珠履貴，薜蘿遥羨白巾高。陳王輕暖如相遺，免製衰荷効廣騷。

詶魯望見迎緑罽次韻

日休

輕裁鴨緑任金刀，不怕西風斷野蒿。酬贈既無青玉案，纖華猶欠赤霜袍。烟披怪石難同逸，竹

映仙禽未勝高成後料君無别事只應酣飲詠
離騷

寄懷南陽潤卿　日休

鹿門山下捕魚郎今向江南作渴羌無事只陪
看藕樣有錢唯欲買湖光醉來渾忘移花處病
起空聞熣藥香何事對君猶有愧一篷衝雪返
華陽

奉和　龜蒙

高抱相逢各絶塵水經山疏不離身才情未擬
湯從事玄解猶嫌竺道人霞染洞泉渾變紫雪

披江樹半和春誰憐故國無生計唯種南塘二畝芹

天竺寺八月十五日夜桂子　日休

玉顆珊珊下月輪殿前拾得露華新至今不會天中事應是嫦娥擲與人

奉和　龜蒙

霜實常聞秋半夜天台天竺墮雲岑（垂拱中天台桂子落二十餘日方止）如何兩地無人種却是湘灘是桂林

釣侶二章　日休

趂眠無事避風濤一斗霜鱗換濁醪（呉中書具魚論斗）饑怪

兒童呼不得盡衝烟雨漉車螯
嚴陵灘勢似雲崩釣具歸來放石層烟浪濺篷
寒不睡更將枯蚌點漁燈

奉和次韻　　龜蒙

一艇輕撶看晚濤接䍦抛下漉春醪相逢便倚
蒹葭泊更唱菱歌擘蟹螯
雨後沙虛古岸崩魚梁移入亂雲層歸時月墮
汀洲暗認得妻兒結網燈

寄同年韋校書　　日休

二年疎放飽江潭水物山容盡足躭唯有故人

憐未替欲封乾鱠寄終南

奉和　龜蒙

萬古風烟滿故都清才搜括妙無餘可中寄與芸香客便是江南地里書

初冬偶作　日休

豹皮茵下百餘錢劉墮閒沽盡醉眠酒病校來無一事鶴亡松老似經年

奉和次韻　龜蒙

桐下空堦疊緑錢貂裘初綻擁高眠小爐低幌還遮掩酒滴清香似去年

醉中寄魯望一壺并一絶　日休

門巷寥寥空紫苔先生應渴解酲杯醉中不得

親相倚故遣青州從事來

走筆次韻奉訓　龜蒙

酒痕衣上雜莓苔猶憶紅螺一兩杯正被繞籬

荒菊笑日殘還有白衣來

更次來韻寄魯望　日休

蕭蕭紅葉擲蒼苔玄晏先生欠一杯從此問君

還酒債顏延之送幾錢來

又和次韻　龜蒙

揩下飢禽啄嫩苔野人方倒病中杯寒蔬賣却
還沽喫可有金貂换得來

重玄寺雙矮檜　日休

撲地枝𢌞是翠鈿碧絲籠細不成煙應如天竺
難陀寺一對後猊相枕眠

奉和　龜蒙

可憐烟刺是青螺如到雙林誤禮多更憶早秋
登北固海門蒼翠出晴波

醉中戲贈襲美　龜蒙

南北風流舊不同傖吳今日若相通病來猶伴

金杯滿欲得人呼小褚公

奉詶次韻　日休

秦吴風俗昔難同唯有才情事事通剛戀水雲歸不得前身應是太湖公

皋橋　日休

皋橋依舊緑楊中閭里猶生隱士風唯我到來居上館不知何道勝梁鴻

奉和　龜蒙

横絶春流架斷虹凭欄猶想五噫風今來未必非梁孟却是無人繼伯通

卷八終

# 松陵集卷第九 今體五七言詩八十六首

## 過張祐處士丹陽故居 幷序

進士顏萱

萱與故張處士祐世家通舊尚憶孩稚之歲與伯氏嘗承處士撫抱之仁目管輅爲神童期孔融於偉器光陰徂謝二紀于茲適經其故居已易他主訪遺孤之所止則距故居之右二十餘步荊榛之下蓽門啓焉處士有四男一女男曰椿兒桂子椅兒杞兒問之三已物故唯杞爲遺孕與其女尚存欲揖杞與言則又求食於汝墳

矣但有霜鬢而黄冠者杖策迎門乃昔時愛姬崔氏也與之話舊歷歷然可聽嗟乎葛帔練裙無非所在琴書圖籍盡屬他人又云横塘之西有故田數百畒力既貧窶十年不耕唯歲賦萬錢求免無所嗚呼昔爲穆生置醴鄭公立鄉者復何人哉因吟五十六字以聞好事者

詩

憶昔爲兒逐我兄曾抛竹馬拜先生書齋已换當時主詩壁空題故友名豈是爭權留怨敵可憐當路盡公卿柴扉草屋無人問猶向荒田責

地征

和張處士詩并序　龜蒙

張祜字承吉元和中作宫體小詩辭曲艷發當時輕薄之流能其才合譟得譽及老大稍窺建安風格誦樂府録知作者本意短章大篇往往間出諫諷怨譎時與六義相左右善題目佳境言不可刊置别處此爲才子之最也由是賢俊之士及高位重名者多與之游謂有鵷鷺之野孔翠之鮮竹柏之貞琴磬之韻或薦之於天子書奏不下亦受辟諸侯府性狷介不容物輙自

劾去以曲阿地古澹有南朝之遺風遂築室種樹而家焉性嗜水石常悉力致之從知南海間罷職載羅浮石筍還不蓄善田利產爲身後計死未二十年而故姬遺孕凍餒不暇前所謂鶴鷺孔翠竹柏琴磬之家雖朱輪尚乘遺編尚吟未嘗一省其孤而恤其窮也噫人假之爲玩好不根於道義耶懼其怨刺於神明耶天果不愛才没而猶譴耶吾一不知之友人顔弘至行江南道中訪其廬作詩弔而序之屬予應和予洎没者不足哀承吉之道邀龔美同作庶乎承吉

之孤倚其傳而有憐者

詩

勝華通子共悲辛，芳徑今爲舊宅鄰。一代交遊非不貴，五湖風月合教貧。魂應絶地爲才鬼，名與遺編在史臣。聞道平生偏愛石，至今猶泣洞庭人。

魯望憫承吉之孤，爲詩序邀予屬和，欲用予道振其孤而利之。噫！承吉之困身後，予魯望視予困與承吉生，將孰若哉？未有已困而能振人者，然抑爲之辭用

褰良友之意　　　　　日休

先生清骨葬煙霞業破孤存孰爲嗟幾篋詩編分貴位一林石笋散豪家兒過舊宅啼楓影姬繞荒田泣稗花唯我共君堪便戒莫將文譽作生涯

旅泊吳門呈一二同志

前廣文博士張賁

一舸吳江晚堪憂病廣文鱸魚誰與伴鷗鳥自成羣反照縱横水斜空斷續雲異鄉無限思盡付酒醺醺

奉詶次韻　　龜蒙

高秋能叩觸天籟忽成文苦調雖潛倚靈音自絕羣茅峯曾醮斗笠澤久眠雲許伴山中躅三年任一醺

貢中間有吳門旅泊之什多垂見和更作一章以伸詶謝

偶發陶匏響皆蒙組繡文清秋將落帽子夏正離羣有恨書燕鴈無聊賦郢雲徧看心自醉不是酒能醺

更次韻奉詶　　龜蒙

独倚秋光岸風漪學簟文玄堪教鳳集書好換
鵝羣葉墮平臺月香消古徑雲强歌非白紵聊
以送餘醺

魯望示廣文先生吳門二章情格高散
可醒俗態因追想山中風度次韻屬和
存于詩編魯望之命也　　日休

我見先生道休思鄭廣文鶴翻希作伴鷗却覓
爲羣逸好冠清月高宜著白雲朝庭未無事爭
任醉醺醺

能諳肉芝樣解講隱書文終古神仙窟窮年麋

鹿羣行廚煮白石卧具拂青雲應在雷平上支

頤復半醺

寄潤卿博士　日休

高眠可爲要玄纁鵲尾金爐一世焚(陶貞白有金鵲尾香爐)壓

外鄉人爲許掾山中地主是茅君將收芝菌唯

防雪欲曬圖書不奈雲君使華陽終卧去漢家

封禪用誰文

訓龔美先輩見寄倒來韻　張賁

尋疑天意喪斯文故選茅峯寄白雲酒後只留

滄海客香前唯見紫陽君近年已絶詩書癖今

日兼將筆硯焚爲有此身猶苦患不知何者是
玄纏
奉和襲美寄廣文先生　　龜蒙
忽辭明主事眞君直取姜巴路入雲龍篆拜時
輕誥命霓襟披後小玄纏峯前北帝三元會石
上東卿九錫文應笑世間名利火等閒靈府剩
先焚
軍事院霜菊盛開因書一絶寄上諫議
日休
金華千點曉霜凝獨對壺觴又不能已過重陽

三十日至今猶自待王弘

奉詶霜菊見贈之什

蘇州刺史崔璞

菊花開晩過秋風聞道芳香正滿叢爭奈病夫難強飲應須速自召車公

奉和諫議詶先輩霜菊　龜蒙

紫莖芳艷照西風秖怕霜華掠斷叢雖伴應劉還強醉路人終要識山公

幽居有白菊一叢因而成詠呈一二知己　龜蒙

還是延年一種材（菊之別名）即將瑤朶冒霜開不如紅
艷臨歌扇欲伴黃英入酒盃陶令接䍦堪岸著
梁王高屋好欹來（梁朝有白紗高屋帽）月中若有閒田地爲勸
常娥作意栽

奉和　張賁

雪彩冰姿號女華寄身多是地仙家有時南國
和霜立幾處東籬伴月斜謝客瓊枝空貯恨袁
郎金鈿不成夸自知終古清香在更出梅粧弄
晚霞

奉和　日休

已過重陽半月天琅華千點照寒煙蕊香亦似浮金靨花樣還如鏤玉錢玩影馮妃堪比艷鍊形蕭史好爭妍無由摘向牙箱裏飛上方諸贈列仙

奉和　進士鄭璧

白艷輕明帶露痕始知佳色重難羣終朝凝笑梁王雪盡日慵飛蜀帝雲燕雨似翻瑤渚浪鴈風凝卷玉綃紋瓊妃若會寬裁翦堪作蟾宮夜舞裙

奉和　進士司馬都

恥共金英一例開素芳須待早霜催遶籬看見
成蹊圃泛酒初迷傍玉盃映水好將蘋作伴犯
寒疑與雪爲媒夫君每尚風流事應爲徐妃致
此栽

華亭鶴聞之舊矣及來吳中以錢半千
得一隻養之殆經歲不幸爲飲啄所誤
經夕而卒悼之不已遂繼以詩南陽潤
卿博士浙東德師侍御毘陵魏不琢處
士東吳陸魯望秀才及厚於予者悉寄
之請垂見和　　　　日休

池上低摧病不行誰教仙䲹反層城陰苔尚有前朝跡皎月新無昨夜聲菰米正殘三日料筠籠休礙九霄程不知此恨何時盡遇著雲泉即愴情

莫怪朝來淚滿衣墮毛猶傍水花飛遼東舊事今千古却向人間葬令威

奉和襲美先輩悼鶴二首

前浙東觀察推官兼殿中侍御史李縠

才子襟期本上清陸雲家鶴伴閒情猶憐反顧五六里何意忽歸十二城露滴誰聞高葉墜月

沈休籍半皆明人間華表堪留語剩向秋風寄一聲
道林曾放雪翎飛應悔庭除閑羽衣料得王恭披鶴氅倚吟猶待月中歸

奉和　　　　張貢

池塘蕭索掩空籠玉樹同嗟一土中莎徑罷鳴唯泣露松軒休舞但悲風丹臺舊氅難重緝紫府新書豈更通雲喊霧消無處問只留華髮與衰翁

渥頂鮮毛品格馴莎庭閒暇重難羣無端日暮

東風起飄散春空一片雲

奉和　　　　　　　　　　　　　　　黿蒙

一夜圓吭絶不鳴八公壇道得千齡方添上客

雲眠思忽伴中仙劍解形但掩叢毛穿古堞永

留寒影在空房君才幸自清如水更向芝田爲

刻銘

酆都香稻字重思遥想飛魂去未飢爭奈野鴉

無數健黃昏來占檮檮枝

奉和　　　　　　　　　　　　　　　魏朴

直欲裁詩問杳冥豈教靈化亦浮生風林月動

疑雷魄沙鳥烟愁似蘊情雪骨夜封蒼蘚冷練
衣寒在碧塘輕人間飛去猶堪恨況是泉臺遠
玉京
經秋宋玉已悲傷況報胎禽昨夜亡霜曉起來
無問處伴僧彈指繞荷塘

傷開元觀顧道士　日休

協晨宮上啓金扉詔使先生坐蛻歸鶴有一聲
應是哭丹無餘粒恐潛飛煙淒玉笥封雲篆月
慘琪花葬羽衣腸斷雷平舊遊處五芝無影草
微微

奉和　張賁

風麟膠盡夜如何共歎先生劒解多幾度弔來
唯白鶴此時乘去必青騾圖中含景隨殘照琴
裏流泉寄逝波悵望眞靈又空返玉書誰授紫
微歌

奉和　龜蒙

何事神超入杳冥不騎孤鶴上三清多應白簡
迎將去自是朱陵鑄更生藥奠肯同椒醑味雲
謠空替薤歌聲武皇徒有飄飄思誰問山中宰
相名

奉和　鄭璧

斜漢銀瀾一夜東飄飄何處五雲中空留華表千年約繞罷丹爐九轉功形蛻遠山孤壙月影寒深院曉松風門人不覩飛升去猶與浮生哭恨同

醉中即席贈潤卿博士　日休

適越遊吳一散仙銀餅玉柄兩翛然茅山頂上攜書簏笠澤心中漾酒船桐木布溫吟倦後桃花飯熟醉醒前謝安四十餘方起猶自高閑得數年

奉和次韻　張賁

桂枝新下月中仙學海詞鋒譽藹然文陣已推忠信甲窮波猶認孝廉船清標稱住羊車上俗韻慙居鶴氅前共許逢蒙快弓箭再穿楊葉在明年

奉和次韻　龜蒙

共是虛皇簡上仙清詞如羽欲飄然登山凡著幾量屐破浪欲乘千里船遠夢只留丹井畔閑吟多在酒旗前誰知海上無名者只記漁歌不記年

偶留羊振文先輩及一二文友小飲日

休以眼病初平不敢飲酒遣侍空歡因

成四韻

謝莊初起怯花晴強侍紅筵不避觥久斷盃盂

華蓋喜忽聞歌吹合神驚𧟌縱正重新開柳咕

囁艱適乍囀鶯猶有僧虔多蜜炬不辭相伴到

天明

奉和龔美見留小讌次韻

前進士羊昭業

澤國春來少遇晴有花開日且飛觥王戎似電

休推病周顗纔醒衆却驚芳景漸濃偏屬酒暖
風初暢欲調鶯知君不肯燃官燭爭得華筵徹
夜明

襲美留振文小宴龜蒙抱病不赴猥示
倡和因次韻仰訓

綺席風開照露晴秖將茶荈代雲觥繁絃似玉
紛紛碎佳妓如鴻一一驚毫健幾多飛藻客羽
寒寥落映花鶯幽人獨自西窻晚閒凭香檉反
照明

醉中襲美先起因成戲贈　李縠

休文雖即迯瓊液阿鶩還須掩玉閨月落金雞
一聲後不知誰悔醉如泥

走筆奉詶次韻　　日休

麝烟苒苒生銀兎蠟淚漣漣滴繡閨舞袖莫欺
先醉去醒來還解驗金泥

奉和次韻　　張賁

何事桃源路忽迷唯畱雲雨怨空閨仙郎共許
多情調莫遣重歌濁水泥

奉和次韻　　龜蒙

莫唱艷歌凝翠黛已通仙籍在金閨他時若寄

思淚紅粉痕應伴紫泥

奉送浙東德師侍御罷府西歸　張賁

孤雲獨鳥本無依江海重逢故舊稀楊柳漸踈蘆葦白可堪斜日送君歸

同前　龜蒙

王謝遺蹤玉籍仙三年閒上鄂君船詩懷白閣僧吟苦俸買青田鶴價偏行次野楓臨遠水醉中衰菊卧涼煙芙蓉散盡西歸去唯有山陰九萬箋

同前　日休

建安才子太微仙，暫上金臺許二年。形影欲歸溫室樹，夢魂猶傍越溪蓮。空將海月爲京信，尚使樵風送酒船。從此受恩知有處，免爲傖鬼恨吳天。

浙東寵府西歸道經吳中廣文張博士皮先輩陸秀才皆以雅篇相送不量荒詞亦用訓別　李縠

豈有頭風筆下痊，浪成蠻語向初筵。蘭亭舊趾雖曾見，柯笛遺音更不傳。照曜文星吳分野，

連花月晉名賢相逢[illegible]恨相知晚一曲驪歌又

幾年

送羊振文先輩往桂陽歸覲　鄭蒙

風雅先生去一麾過庭才子趣歸期時使君文人自毛詩博士出牧讓王門外開帆葉義帝城中望戟枝郢路漸寒飄雪遠湘波初暖漲雲遲靈均精魄如能問又得千年賈傅詞

同前　日休

桂陽新命下彤墀彩服行當欲雪時登第已聞傳禰賦問安猶聽講韓詩竹人臨水迎符節曹毘

湘中賦云篔簹食人風母穿雲避信旗桂陽山中有風母獸擊殺見風輒活無限湘中悼騷恨憑君此去謝江蘺

同前　顏萱

高桂吳帆喜動容問安歸去指湘峯懸魚庭內芝蘭秀馭鶴門前薜荔封蘇耽舊宅在柳州紅旆正憐棠影茂綵衣偏帶桂香濃臨岐獨有霑襟戀南巷當年共化龍先輩與拾遺叔父同年也

同前　司馬都

此去懽榮冠士林離筵休恨酒杯深雲梯萬仞初高步月桂餘香尚滿襟鳴棹曉衝蒼靄發落

帆寒動白華吟君家祖德惟清苦却笑當時悶絹心

褚家林亭　　日休

廣亭遥對舊娃宮竹島蘿溪委曲通茂苑樓臺低檻外太湖魚鳥徹池中蕭疎桂影移茶具狼籍蘋花上釣筒爭得共君來此住便披鶴氅對清風

奉和　　張賁

疎野林亭震澤西朗吟閒步喜相攜時時風折蘆花亂處處霜摧稻穗低百本敗荷魚不動一

枝寒菊蝶空迷今朝偶得高陽伴從放山公醉似泥

奉和　龜蒙

一陣西風起浪花遶欄干下散瑶華高牕曲檻仙侯府卧葦荒芹白鳥家孤島待寒凝片月遠山終日送餘霞若知方外還如此不要乘秋上海槎

送圓載上人歸日本國　日休

講殿談餘著賜衣椰帆却返舊禪扉貝多紙上經文動如意餅中佛爪飛颶母影邊持戒宿波

神宮裏受齋歸家山到日將何入白象新秋十二圍

重送　日休

雲濤萬里最東頭射馬臺深玉署秋射馬臺卽今王城也無限屬城爲躶國幾多分界是亶州州在會稽海外傳是徐福之裔取經海底開龍藏誦呪空中散蜃樓不奈此時貧且病乘桴直欲伴師遊

同前　龜蒙

老思東極舊巖扉却待秋風泛舶歸曉梵陽烏當石磬夜禪陰火照田衣見翻經論多盈篋親

植杉松大幾圍遥想到時思魏闕秖應遥拜望
斜暉

聞圓載上人挾儒家書洎釋典以行更
作一絶以送　　　　　　　　龜蒙

九流三藏一時傾萬軸光凌渤澥聲從此遺編
東去後却應荒外有諸生

同前　　　　　　　　　　　顔萱

師來一世恣經行却汎滄波問去程心静已能
防渴鹿鼘喧時爲駭長鯨師云每遇鯨舟人必鳴鼓而恐之禪林幾結
金桃重日本有金桃實重一斤梵室重修鐵瓦輕以鐵爲瓦輕於陶者料得還

鄉無別利只應先見日華生

文讌招潤卿博士辭以道侶將至因書

一絶寄之　　龜蒙

仙客何時下鶴翎方瞳如水腦華清不過傳達

楊君夢從許人間小兆聽

奉和　　日休

癭木樽前地脉圖爲君偏輟俗功夫靈眞散盡

光來此莫戀安妃在後無

再招　　龜蒙

遥知道侶譚玄次又是文交麗事時雖是寒輕

雲重日也留花簟待徐摘

奉和　日休

飈御已應歸杳眇博山猶自對氛氳不知入夜能來否紅蠟先教刻五分

偶約道流終乖文會因成一絕用答四篇　張賁

仙侶無何訪蔡經兩煩韶濩出彤庭人間若有登樓望應怪文星近客星

以青䭀飯分送襲美魯望因成一絕

張賁

誰屑瓊瑤事青䭀舊傳名品出華陽應宜仙子
胡麻拌因送劉郎與阮郎

潤卿遺青䭀飯兼之一絶聊用答謝　　日休

傳得三元䭀飯名大宛聞說有仙卿(案西梁子文撰黃錦素書十通其三傳大宛北谷子自號青精先生)分泉過屋舂青稻(此飯以青龍稻爲之)拂霧影衣折紫莖(南稻莖微紫色)蒸處不教雙鶴見服來唯怕五雲生草堂空坐無飢色時把金津漱一聲

同前　　龜蒙

舊聞香積金仙食今見青精玉斧餐自笑鏡中

無骨録可能飛上紫霞端

酒病偶作　日休

鬱林步障晝遮明一炷濃香養病酲何事晚來還欲飲隔墻聞賣蛤蜊聲

奉和次韻　龜蒙

柳疎桐下晚牕明秖有微風爲析酲唯欠白綃籠解散解散主儉髻名時人皆慕之也洛生閒詠兩三聲

奉和次韻　張賁

白編椰席鏤冰明應助楊青解宿酲難繼二賢金玉倡可憐空作斷猿聲

潤卿魯望寒夜見訪各惜其志遂成一絶　日休

世外爲交不是親醉吟俱岸白綸巾風清月白更三點未放華陽鶴上人

奉和次韻　張賁

雲孤鶴獨且相親倣效從他折角巾不用吳江嘆留滯風姿俱是玉清人

奉和次韻　龜蒙

醉韻飄飄不可親掉頭吟側華陽巾如能跂腳東牕下便是羲皇世上人

玩金雞鸂鶒戲贈襲美　龜蒙

曾向溪邊泊暮雲，至今猶憶浪花羣。不知鏤羽凝香霧，堪與鴛鴦覺後聞。

奉和　日休

鏤羽彫毛迥出羣，溫磨飄出麝臍薰。夜來曾吐紅茵畔，猶似溪邊睡不聞。

奉和　張賁

翠羽紅襟鏤彩雲，雙飛常笑白鷗羣。誰憐化作彫金質，從倩沈檀十里聞。

友人許惠酒以詩徵之　日休

野客蕭然訪我家霜殘白菊兩三花子山病起無餘事只望蒲臺酒一車庾信集云蒲州刺史中山公許酒一車未送

奉和　　鄭璧

乘興閒來小謝家便裁詩句乞榴花郁原雖不無端醉也要臨風從鹿車

奉和　　龜蒙

凍醪初漉嫩如春輕蟻漂漂雜藥塵得伴方平同一醉明朝應作蔡經身

寒夜文讌潤卿有期不至　日休

草堂虛灑待高真不意清齋避世塵料得焚香

無別事存心應降月夫人

奉和　　　　　　　　龜蒙

細雨輕颺玉漏終上清詞句落吟中松齋一夜

懷貞白霜外空聞五粒風

奉和　　　　　　　　鄭壁

巳知羽駕朝金闕不用燒蘭望玉京應是易遷

明月好玉皇留看舞雙成

蒙恩除替將還京洛偶叙所懷因成六

韻呈軍事院諸公郡中一二秀才

崔璞

兩載求人瘼三春受代歸務繁多簿籍才短乏
恩威共理乖天奬分憂值歲飢遽蒙交郡印割郡十二
箇月除替未及三年安敢整朝衣作牧慙爲政思鄉念式微儻
容還故里高卧掩柴扉

諫議以罷郡將歸以六韻賜示因佇訓

獻　日休

欲下持衡詔先容解印歸露濃春後澤霜薄霽
來威舊化堪治疾餘恩可療飢隅花攀去棹穿
柳挽行衣佐理能無取酬知力甚微空將千感
淚異日拜黃扉

謹和諫議罷郡叙懷六韻　龜蒙

已報東吳政初捐左契歸天應酬苦節人不犯寒威江上思重借朝端望戴飢紫泥封夜詔金殿賜春衣對酒情何遠裁詩思極微待升鎔造日江海問漁扉

松陵集卷第九

松陵集卷第十　雜體詩八十六首

雜體詩序　　日休

案舜典帝曰夔命汝典樂敎胄子詩言志歌永言在焉周禮太師之職掌教六詩諷賦既興風雅互作雜體遂生焉後係之於樂府蓋典樂之職也在漢代李延年爲協律造新聲雅道雖缺樂府乃盛鐃歌鼓吹拂舞予俞因斯而興詞之體不得不因時而易也古樂書論之甚詳今不能備載載其他見者案漢武集元封三年作柏梁臺詔羣臣二千石有能爲七言詩者乃得上

坐帝曰日月星辰和四時梁王曰驂駕駟馬從
梁來由是聯句興焉孔融詩曰漁父屈節水潛
匿方作郡姓名字離合也由是離合興焉晉傅
咸有廻文反覆詩二首云反覆其文者以示憂
心展轉也悠悠遠邁獨煢煢是也由是反覆興
焉晉溫嶠有廻文虛言詩云寧神靜泊損有崇
亡由是廻文興焉梁武帝云後牖有朽柳沈約
云偏眠船舷邊由是疊韻興焉詩云蝃蝀在東
又曰鴛鴦在梁由是雙聲興焉詩云維南有箕
不可以簸揚維北有斗不可以挹酒漿近乎戲

也古詩或爲之蓋風俗之言也古有採詩官命之曰風人圖棊燒敗襖看子故依然由是風人之作興焉梁書云昭明善賦短韻吳均善壯強韻今亦効而爲之存于編中陸生與予各有是爲凡八十六首至如四聲詩三字離合全篇雙聲疊韻之作悉陸生所爲又足見其多能也案齊竟陵王郡縣詩曰追芳承荔浦揖道信雲丘縣名由是興焉案梁元藥名詩曰戍客恒山下當思衣錦歸藥名由是興焉陸與予亦有是作至如鮑昭之建除沈炯之六甲十二屬梁簡文

之封名陸惠曉之百姓梁元帝之鳥名龜兆蔡黄門之口字古兩頭纖纖藳砧五雜組已降非不能也皆鄙而不爲噫由古至律由律至雜詩之道盡乎此也近代作雜體唯劉賓客集中有廻文離合雙聲疊韻如聯句則莫若孟東野與韓文公之多他集罕見足知爲之之難也陸與予竊慕其爲人遂合已作爲雜體一卷屬予序雜體之始云

苦雨雜言寄魯望　　日休

吴中十日涔涔雨歊蒸庫下豪家苦可憐臨頓

陸先生獨自翛然守環堵兒飢僕病漏空廚無人肯典破衣裾纍纍甖甒時時上几案蠹𪓟往往跳琴書桃花米斗半百錢枯荒濕壞炊不然兩牀菰席一素几仰卧高聲吟太玄知君志氣如鐵石甌冶雖神銷不得乃知苦雨不復侵枉費畢星無限力鹿門人作州從事周章似鼠唯知醉府金廩粟虛請來憶著先生便知愧愧多饋少真徒然相見唯知攜酒錢豪華滿眼語不信不如直上天公牋天公牋方修次且榜鳴蓬來一醉

奉詶苦雨見寄　　龜蒙

松篁交加午陰黑別是江南煙靄國頑雲猛雨
更相欺聲似虓虎色如墨茅茨裛爛簷生衣夜
夜化爲螢火飛螢飛漸多屋漸薄一注愁霖當
面落愁霖愁霖爾何錯滅頂於余奚所作旣不
能賦似陳思王又不能詩似謝康樂（曹有愁霖賦　謝有愁霖詩）昔
年嘗過杜子美亦得高歌破印紙慣曾掀攪大
筆多爲我才情也如此高揖愁霖詞未已披文
忽自皮夫子哀絃怨柱合爲吟侘我窮棲蓬藋
裏初悲濕翼何由起末欲箋天叩天耳其如玉

女正投壺笑電霏霏作天喜我本曾無一稜去聲
田平生嘯傲空漁舡有時赤脚踏明月踏破五
湖光底天去歲王師東下急輸兵粟盡民相泣
伊予不戰不耕人敢怨烝黎無糝粒不然受性
圓如規千姿萬態分毫釐唾壺虎子盡能執祇
痔折枝無所辭有頭强方心强直撑拄額風不
量力自愛垂名野史中寧論抱困荒城側唯君
浩歎非庸人分衣輟飲來相親橫眠木榻忘華
薦對食露葵輕八珍欲窮玄鳳未白欲懷仙鯨
尚隅不如驅入醉鄉中只恐醉鄉田地窄

齊梁怨別　龜蒙

寥寥缺月看將落，簷外霜華染羅幕。不知蘭棹到何山，應倚相思樹邊泊。

奉和次韻　日休

芙蓉泣恨紅鉛落，一朵別時煙似幕。鴛鴦剛解惱離心，夜夜飛來棹邊泊。

曉起即事因成廻文寄襲美　龜蒙

平波落月吟閒景，暗幌浮煙思起人。清露曉垂花謝半，遠風微動蕙抽新。城荒上處樵童小，石蘚分來宿鷺剛。晴寺野尋同去好，古碑苔字細

書匀

奉和曉起迴文　日休

孤煙曉起初原曲碎樹微分半浪中湖後釣筒移夜雨竹傍眠几側晨風圖梅帶潤輕露墨書蘚經蒸半失紅無事有杯持永日共君唯好隱墻東

夏日閒居作四聲詩寄襲美　龜蒙

平聲

荒池菰蒲深閒堦莓苔平江邊松篁多人家簾櫳清爲書淩遺編調絃夸新聲求懽雖殊途探

幽聊怡情

平上聲

朝煙涵樓臺晚雨染島嶼漁童鸗狂歌艇子喜野語山容堪停杯柳影好隱暑年華如飛鴻斗酒幸且舉

平去聲

新開窗猶偏自種蕙未偏書籤風搖闇釣樹霧破見耕耘閒之資嘯詠性最便希夷全天眞詎要問貴賤

平入聲

端居愁無涯一夕髮欲白因爲鸞章吟忽憶鶴
骨客手披丹臺文腳著赤玉舄如蒙清音訓若
渴吸月液

奉詶夏日四聲四首　日休

平聲

塘平芙蓉低庭閒梧桐高清煙埋陽烏藍空含
秋毫冠傾慵移簪杯乾將餔糟翛然非隨時夫
君眞吾曹

平上聲

溝渠通疎荷浦嶼隱淺篠舟閒攢輕蘋槳動起

静鳥陰稀餘乗閒縷盡晚靈小吾徒當斯時此

道可以了

平去聲

怡神時高吟快意乍四顧村深啼愁鵲浪霽醒

睡鷺書疲行終朝草困卧至暮吁嗟當今交暫

貴便異路

平入聲

先生何邃時一室習寂歷松聲将飄堂岳色欲

壓席彈琴奔玄雲斸藥折白石如教題君詩若

得札玉冊

苦雨中又作四聲詩寄魯望　日休

平聲

涔涔將經旬昏昏空迷天鸕鷀成群嬉芙蓉相隈眠漁通蓑衣城帆過菱花田秋收吾無望悲之眞徒然

平上聲

河平州橋危壘晚水鳥上衝崖搜松根點沼寫芡蠻舟輕通縈紆棧墮阻指掌攜蘸將尋君渚滿坐可往

平去聲

狂霖昏悲吟瘦桂對病臥簷廬能彯斜舍蠹易
漏破宵愁將琴攻晝悶用睡過堆書仍傾觴富
貴未換箇

平入聲

驛棲愁霖中鈌宅屋木惡荷傾溼蘿鷩魚竹滴復
躅鶴閒僧千聲琴宿客一笈藥倏然思夫君忽
憶蠟屐著

奉訓苦雨四聲重寄三十二句　龜蒙

平聲

幽棲眠疏窗豪居憑高樓浮漚驚跳丸寒聲思

重裘牀前垂文竿巢邊登輕舟雖無東皐田還

生魚孚憂

平上聲

層雲愁天低久雨倚檻冷絲禽藏荷香錦鯉繞

島影心將時人乖道與隱者靜桐陰無深泉所

以逞短綆

平去聲

烏蟾俱沈光晝夜恨暗度何當乘雲螭面見上

帝愬臣言陰靈欺詔用利劒付迴車誅羣姦自

散萬籟怒

平入聲

危簷仍空堦十日滴不歇青莎看成荏白菊卽欲沒吳王荒金樽越妾挾玉瑟當時雖愁霖亦若惜落月

疊韻雙聲二首　　竈家

疊韻山中吟

瓊英輕明生石脉滴瀝碧玄鉛仙偏憐白幘客亦惜

雙聲溪上思

溪空唯容雲木密不隕雨迎漁隱嘆閒妾問謳

鵶樗

奉和疊韻雙聲二首　日休

疊韻山中吟

穿烟泉潺湲觸竹犢觳觫荒篁香墻匡熟鹿伏

屋曲

雙聲溪上思

踈杉低通灘冷鷺立亂浪草彩欲夷猶雲容空

澹蕩

疊韻吳宮詞二首　龜蒙

膚愉吳都姝眷戀便殿宴逡巡新春人轉面見

戰箭

紅櫳通東風翠珥醉易隊平明兵盈城棄置遂至地

奉和疊韻吳宮詞二首　日休

侵深尋嶔岑埶厲衛睤睨荒王將鄉亡細麗蔽袂逝

朽栝替製曳康莊傷荒涼主虜部伍苦嬙亡房廊香

閒居雜題五首以題十五字離合　龜蒙

鳴蜩早

閒來倚杖柴門口鳥下深枝啄晩虫周步一池
銷半日十年聽此鬢如蓬

野態真

君如有意躭田里予亦無機向藝能心跡所便
唯是直人間聞道最先憎

松間斟

予山園靜憐幽木公幹詞清詠蓽門月上風微
蕭灑甚斗醪何惜置盈樽

飲巖泉

巳甘茅洞三君食欠買桐江一朶山巖乎瀨高

秋浪白水禽飛盡釣舟還

當軒鶴

自笑與人乖好尚田家山字共柴車干時未似棲廬雀鳥道間攜相爾書

奉和雜題五首　日休

晚秋吟

東皋烟雨歸耕日免去玄冠手刈禾火滿酒爐詩在口今人無計奈儂何

好詩景

[illegible]盤香露傾荷女子墨風流更不言寺寺雲蘿

堪度日京塵到死撲侯門

醒聞檜

解洗餘酲晨半酉星星仙吹起雲門耳根莫猒聽佳木會盡山中寂靜源

寺鐘暝

百緣斗藪無塵土寸地章煌欲布金重擊蒲牢唫山日㝠㝠煙樹覩棲禽

砌思步

襹褷古蘚繃危石切切陰螿應晚田心事萬端何處止步夷峯下舊雲泉

藥名離合夏日即事三首　龜蒙

乗屐著來幽砌滑石甖煎得遠泉甘草堂祗待
新秋景天色微涼酒半酣

避暑最須從朴野葛巾筠席更相當歸來又好
乗涼釣藤蔓陰陰著雨香

窻外曉簾還自卷栢煙蘭露思晴空青箱有意
終須續斷簡遺編一半通

奉和　日休

季春人病抛芳杜仲夏溪波繞壞垣衣典濁醪
身倚桂心中無事到雲昏

數曲急溪衝細竹葉舟來往盡能通草香石冷
無辭遠志在天台一遇中
桂葉似茸含露紫葛花如綬蘸溪黄蓮雲更入
幽深地骨録閒攜相獵郎一
　懷錫山藥名離合二首　日休
暗竇養泉容决决明園護桂放亭亭歷山居處
當天半夏裏松風盡足聽
曉景半和山氣白薇香清淨雜纖雲實頭自是
眠平石腦側空林看鹿羣
　奉和　龜蒙

鶴伴前溪栽白杏人來陰洞寫枯松蘿深境靜
日欲落石上未眠聞遠鐘
佳句成來誰不伏神丹偷去亦須防風前莫怪
攜詩藁本是吳吟湯盞郎
懷鹿門縣名離合二首　　日休
山瘦更培秋後桂溪澄閒數晚來魚臺前過鴈
盈千百泉石無情不寄書
十里松蘿陰亂石門前幽事雨來新野霜濃處
憐殘菊潭上花開不見人
奉和　　龜蒙

雲容覆枕無非白水色侵磯直是藍田種紫芝
餐可壽春來何事戀江南
竹溪深處猨同宿松閣秋來客共登封徑古苔
侵石鹿城中誰解訪山僧

寒日古人名一絶　龜蒙

初寒朗詠徘徊立欲謝玄關早晩開昨日登樓
望江色魚梁鴻鴈幾多來

奉和　日休

北顧懽遊悲沈宋梁武改為北顧南徐陵寢歎齊梁水邊
韶景無窮柳寒被江淹一半黄

胥口即事六言二首　日休

波光杳杳不極，霽景澹澹初斜。黑蛺蝶粘蓮蘂，紅蜻蜓裊菱花。鴛鴦一處兩處，舴艋三家五家。會把酒船偎荻，共君作去箇生涯。

拂釣清風細麗，飄蓑暑雨霏微。湖雲欲散未散，嶼鳥將飛不飛。換酒帩頭把看，載蓮艇子撐歸。斯人到死還樂，誰道剛須用機。

奉和　龜蒙

雨後山容若動，天寒樹色如消。目送迴汀隱隱，心隨挂鹿搖搖。白蔣知秋露裊，青楓欲暮煙饒。

莫問吴趨行樂酒旗竿倚河橋

把釣絲隨浪遠采蓮衣染香濃緑倒紅飄欲盡

風斜雨細相逢斷岸沈魚罦（約罯二音，魚網也）鄰村送客

艤舺卽是清霜刮野乘閒莫厭來[illegible]

風人詩三首　龜蒙

十萬全師出遥知正憶君一心如瑞麥唯作兩
岐分

破檗供朝爨須知是苦辛曉天窺落宿誰識獨
醒人

聞道更新幟多應廢舊期征衣無伴擣獨處自

然悲

奉和　　　　　日休

刻石書離恨因成别後悲莫言春璽薄猶有萬

重思

鏤出容刀飾親逢巧笑難日中騷客珮爭奈即

闌干

江上秋聲起從來浪得名逆風猶挂席苦不會

帆情

寄題天台國清寺齊梁體　　日休

十里松門國清路飯猿臺上菩提樹怪來煙雨

落晴天元是海風吹瀑布

同前　龜蒙

峯帶樓臺天外立明河色近罘罳瀑松間石上定僧寒半夜楢溪水聲急

寒夜聯句

靜境揖神凝寒華射林缺龜蒙清紆思緒斷爽覺心源澈日休高唱戛金奏朗詠鏗玉節龜蒙我思方泬寥君詞復淒切日休況聞風篁上擺落殘凍雪龜蒙寂爾萬籟清皎然諸靄滅日休西窗客無夢南浦波應結龜蒙河光正如劍月魄方似玦日休短燼

不禁挑冷毫看欲折蒙龜何夕重相期濁醪還爲

設休日

開元寺樓看雨聯句

海上風雨來掀轟雜飛雹登樓一凭檻滿眼蛟龍戰蒙龜須臾造化慘倏忽堪輿變萬戶響戈鋋千家披組練休日羣飛拋輪石雜下攻城箭點急似摧胷行斜如中面蒙龜細灑魂空冷橫飄目能眩垂簷珂珮喧擦瓦珠璣濺休日無言九陔遠瞬息馳應徧密處正垂組微時又懸綫蒙龜寫作玉界破吹爲羽林旋翻傷列缺勞却怕豐隆倦休日

遥瞻山露色漸覺雲成片遠樹欲鳴蟬深簷尚藏燕龜蒙殘雷隱轔盡反照依微見天光潔似磨湖彩熟於練休日踈帆逗前渚晚磬分涼殿接思強揮毫窺詞幾焚硯龜蒙佶栗烏皮几輕明白羽扇畢景好踈吟餘涼可清宴休日君攜下高磴僧引還深院駮蘚淨鋪筵低松濕垂鬋龜蒙齋明乍虛谿林靄逾蔥蒨早晚重登臨欲去多離戀休日

北禪院避暑聯句 院昔爲戴顒宅後司勳陸郎中居之

歊蒸何處避來入戴顒宅逍遥脫單絞放曠抛輕策爬搔林下風偃仰澗中石休日殘蟬烟外響

野鶴沙中跡，到此失煩襟。蕭然揖禪伯，藤懸疊

霜蛻，桂倚支雲錫。龜蒙清陰竪毛髮，爽氣舒筋脉。

逐幽隨竹書，選勝鋪苔席。魚跳上紫芝，蝶化緣

青壁。日休心是玉蓮徒，耳爲金磬敵。吾宗昔高尚，

志在羲皇易。豈獨斷常編，幾將刊鐵擿。龜蒙一天書

既屢降，野抱難自適。一入象明廬，盱衡論今昔。

流光不容寸，斯道甘枉尺。日休既起謝儒玄，亦[illegible]

商羽翼。封章帷幄徧，夢寐江湖日。擺落函谷塵，

高歆華陽幘。龜蒙詔去雲無信，歸來鶴相識。半[illegible]

奪牛公，全慵捕魚客。少微光一點，落此芷礫[illegible]

休日釋子問池塘門人廢幽躓堪悲東序實忽變
西方籍不見步兵詩空懷康樂屐龜蒙高名不可
効勝境徒堪惜墨沼轉踈蕪玄齋踰閴寂遲遲
不能去涼飈滿杉柏休日日下洲島清烟生苾蒭
碧俱懷出塵想共有吟詩癖終與淨名遊還來
雪山覓龜蒙

獨在開元寺避暑頗懷魯望因飛筆聯

句

煩暑雖難避僧家自有期泉甘於馬乳苔滑似
龍漦休日任誕襟全散臨幽榻旋移松行將雅拜

篁陣欲交麾龜蒙望塔青髾識登樓白鴿知石經森欲動珠像儼將怡筒簟臨杉穗紗巾透雨絲靜譚蟬噪少涼步鶴隨遲日休煙重迴蕉扇風輕拂桂帷對碑吳地說開卷梵天詞積水魚梁壞殘花病枕欹懷君蕭灑處孤夢繞罘罳龜蒙

寂上人院聯句

癭牀空默坐清景不知斜暗數菩提子閒看薜荔花日休有情唯墨客無語是禪家背日聊依桂嘗泉欲試茶龜蒙石形蹲玉虎池影閃金蛇經笥安巖匼鉼囊挂樹椏日休經傳滄海外龕寄白雲

涯竹色寒凌箔燈光靜隔紗（龜蒙）趂幽翻小品逐勝講南華莎彩融黃露蓮衣染素霞（日休）水堪傷聚沫風合落天葩若許傳心印何辭古堞賒（龜蒙）

## 藥名聯句

爲待防風餅須添薏苡杯（張賁）香燃柏子後罇泛菊花來（日休）石耳泉能洗垣衣雨爲裁（龜蒙）從容犀局靜斷續玉琴哀（賁）白芷寒猶採青箱醉尚開（日休）馬銜衰草臥烏啄蠹根迴（龜蒙）雨過蘭芳好霜多桂末摧（賁）朱兒應作粉雲母詎成灰（日休）藝可屠龍膽家曾近燕胎（龜蒙）牆高牽薜荔障軟撼玫

瑰貴鼯鼠啼書戶蝸牛上硯臺休明誰能將槀本
封與玉泉才龜蒙

寒夜文宴聯句

文星今夜聚應在斗牛間休明載石人方至乘槎
客未還貴送觴繁露曲徵句白雲顏龜蒙節奏唯
聽竹從容只話山休明理窮傾秘藏論猛折玄關
貴鄭酒分中綠巴牋擘處殷龜蒙清言聞後醒強
韻壓來閒休明犀柄當風揖瓊枝向月攀貴松吟
方嚓嚓泉夢憶潺潺龜蒙一會文章草昭明不可
刪休明

報恩寺南池聯句

古岸涵碧落（龜蒙）虛軒明素波。坐來魚陣變（日休）吟久菊多秋。草分杉露（嵩起）危橋下竹坡。遠峯青髻並（龜蒙）鬝和趙論。寔仍講（日休）支硎僻亦過齋心曾養鶴（嵩起）揮翰好邀鵝（南峯院即故相國裴公書額）倚石妝奇藥（龜蒙）臨溪藉淺莎。桂花晴似拭（日休）荷鏡曉如磨。翠出牛頭聳（嵩起）苔深馬跡跛（石上有支公馬跡）傘歆從野醉（龜蒙）巾側任田歌。跙跒松形矮（日休）般跚檜樾矬（嵩起）香飛僧印火（嵩起）泉急使鑣珂。湲鈿眞堪怗（龜蒙）蕈絲亦好拖。幾時無一事（日休）相伴著煙蘿（嵩起）

夜會問答十首

寒夜清（日休問魯望）簾外迢迢星斗明況有蕭閒洞中
客吟爲紫鳳呼皇聲（時華陽廣文先生在焉）

癭木杯（龜蒙問襲美）杉贅楠瘤剜得來莫怪家人畔邊
笑渠心秖愛黃金罍

落霞琴（日休問潤卿）寥寥山水揚清音玉皇仙馭碧雲
遠空使松風終日吟

蓮花燭（賁問襲美）亭亭嫩蘂生紅玉不知含淚怨何
人欲問無由得心曲

金火障（日休問魯望）紅獸飛光射羅幌夜來斜展掩深

爐半睡芙蓉香蕩漾

憶山月（龜蒙問　潤卿）前溪後溪清復絕看看又是桂花

時空寄子規啼處血

錦鯨薦（賁問　襲美）碧香紅膩承君宴幾度閒眠却覺

來彩鱗飛出雲濤面

懷溪雲（日休問　魯望）漠漠閒籠鷗鷺羣有時日暮碧將

合還被漁舟來觸分

霜中笛（龜蒙問　襲美）落梅一曲瑤華滴不知青女是何

入三奏未終頭已白

月下橋（日休問　魯望）風外拂殘衰柳條倚欄干處獨自

立青翰何人吹玉簫

松陵集卷第十終

國家出版基金資助項目
國家社會科學基金重大招標項目（16ZDA174）

詹福瑞 陳紅彥 主編

松陵集

# 歷代唐詩珍稀選本彙編

（唐宋金元卷）

16

鳳凰出版社

# 目次

# 松陵集

國家圖書館藏汲古閣本，傅增湘校跋

# 松陵集序

前進士皮日休　撰

詩有六義其一曰比比者定物之情狀也則必謂之才才之備者於聖爲六藝在賢爲聲詩噫春秋之後頌聲亡寢降及漢氏詩道若作然二雅之風委而不興矣在詩有三言四言五言六言七言九言之作三言者曰振振鷺鷺于飛是也五言者曰誰謂雀無角何以穿我屋是也六言者曰我姑酌

彼金罍是也七言者曰交交黄鳥止于桑是也九言者曰洞酌彼行潦挹彼注茲是也蓋古詩率以四言爲本而漢氏方以五言七言爲之也其句亦出於毛詩五言者李陵曰攜手上河梁是也七言者漢武曰日月星辰和四時是也爾後盛於建安建安以降江左君臣得以浮艷之然詩之六義微矣逮及吾唐開元之世易其體爲律焉始切於儷偶拘於聲勢然詩云見憫既多受侮不少其對也

工矣堯典曰聲依永律和聲其爲律也甚矣由漢
及唐詩之道盡矣吾又不知千祀之後詩之道止
於斯而已耶後有變而作者余不得以知之夫才
之備者猶天地之氣乎氣者止乎一也分而爲四
時其爲春則煦枯發枿如育如護百蘤融冶酣人
肌骨其爲夏則赫曦朝升天地如窒草焦木渴若
燎毛髮其爲秋則涼飋高瞥若露天骨景奭夕清
神不蔽形其爲冬則霜陣一捷萬物昔率雲沮日

慘若憚天責夫如是豈拘於一哉亦變之而已人之有才者不變則已苟變之豈異於是乎故才之用也廣之爲滄溟細之爲溝竇高之爲山嶽碎之爲瓦礫美之爲西子惡之爲敦治壯之爲武賁弱之爲處女大則八荒之外不可窮小則一毫之末不可見苟其才如是復能善用之則庖丁之牛慶之輪郢之斤不足謂其神解也意古之士窮達必形於歌詠苟欲見乎志非文不能宣也於是爲其

詞詞之作固不能獨善必須人以成之昔周公爲詩以貽成王吉甫作頌以贈申伯詩之酬贈其來尚矣後每爲詩必多以斯爲事咸通七年今兵部令狐員外在淮南今中書舍人弘農公守毗陵日休皆以詞獲幸忝蒙以所製命之和各盈編軸亦有名其首者十年大司諫清河公出牧於吴日休爲部從事居一月有進士陸龜蒙字魯望者以其業見造凡數編其才之變眞天地之氣也近代稱

溫飛卿李義山爲之最俾陸生參之未知其孰爲之後先也太玄曰稽其門闢其戶眼其鍵然後乃應況其不者乎余遂以詞誘之果復之不移刻由是風雨晦冥蓬蒿翳薈未嘗不以其應而爲事苟其詞之來食則輟之而自飫寢則聞之而必驚凡一年爲往體各九十三首今體各一百九十三首雜體各三十八首聯句問答十有八篇在其外合之凡六百五十八首南陽廣文潤卿隴西侍御德

師或旅泊之際善其所爲皆以詞致師詞之不多
去之速也大司諫清河公有作或命之和亦著焉
其餘則吳中名士又得三十首除詩外有序十九
首總錄之得十通載詩六百八十五首漢書曰古
者諸侯卿大夫交以鄰國以微言相感當揖讓之
時必稱詩以喻其志蓋以別賢不肖也余之與生
道義志氣窮達是非莫不見於是士君子或爲之
覽賢不肖可不別乎哉噫古之將有交綏而退者

今生之於余豈是耶生旣編其詞請於余曰爾有文當爲我序詩道兼十通以名之曰休曰諾由是爲之序松江吳之望也別名曰松陵請目之曰松陵集

# 松陵集目錄

卷第一

人無言不酬之義也次韻　皮日休

魯望昨以五百言見貽過有褒美内揣庸陋

彌增愧悚因成一千言上述吾唐文物之

盛次叙相得之歡亦迭和之微旨也

皮日休

襲美先輩以龜蒙所獻五百言既蒙見和復

示榮唱至於千字提奬之重蔑有稱實再

抒鄙懷用伸酬謝　陸龜蒙

吳中苦雨因書一百韻寄魯望　皮日休

奉酬襲美先輩吳中苦雨一百韻見寄　陸龜蒙

初夏即事寄魯望　皮日休

奉訓襲美先輩初夏見寄次韻　陸龜蒙

二遊詩并序　皮日休

徐詩

任詩

奉和二遊詩　陸龜蒙

徐詩

任詩

卷第二

追和武丘寺清遠道士詩并序　皮日休

清遠道士同沈恭子遊武丘寺有作

刻清遠道士詩因而繼作　太師魯公

追和太師魯公刻清遠道士詩　太尉衛公

追和清遠道士詩兼次本韻　皮日休

同前亦次本韻　陸龜蒙

補沈恭子詩幷序　陸龜蒙

幽獨君詩二首

答幽獨君

追和幽獨君詩次韻二首　皮日休

同前次韻二首　陸龜蒙

讀黄帝陰符經寄鹿門子　陸龜蒙

奉和讀陰符經見寄　皮日休

初夏遊楞伽精舍　皮日休

奉和初夏遊楞伽精舍次韻　陸龜蒙

公齋四詠　皮日休

小松

小柱

新竹

鶴屏

小松

奉和公齋四詠次韻　陸龜蒙

小桂

新竹

鶴屏

覽皮先輩盛製因作十韻以寄用伸歎仰

崔璐

奉酬次韻

皮日休

奉和因贈至一百四十言

陸龜蒙

卷第三

太湖詩并序

皮日休

初入太湖

曉次神景宮

入林屋洞

雨中遊包山精舍

遊毛公壇

三宿神景宫

以毛公泉一缾獻上諫議因寄

縹緲峯

桃花塢

明月灣

練瀆

投龍潭

孤園寺

上眞觀

銷夏灣

包山祠

聖姑廟

太湖石

崦裏

石板

奉和太湖詩二十首　陸龜蒙

初入太湖

曉次神景宫

入林屋洞

雨中遊包山精舍

毛公壇

三宿神景宫

以毛公泉獻大諫清河公

縹緲峯

桃花塢

明月灣

練瀆

投龍潭

孤園寺

上眞觀

銷夏灣

包山祠

聖姑廟

太湖石

崦裏

石板

卷第四

漁具詩 幷序　陸龜蒙

網

罩

罛

釣筒

釣車

魚梁

叉魚

射魚

鳴根

滬

罧

種魚

藥魚

舴艋

笭箵

奉和漁具十五詠　皮日休

網

罩

罶

釣筒

釣車

魚梁

叉魚

射魚

鳴根

滬

簃

種魚

藥魚

舴艋

笭箵

添漁具詩并序　皮日休

漁菴

釣磯

蓑衣

篛笠

背篷

奉和添漁具五篇　陸龜蒙

漁菴

釣磯

蓑衣

篛笠

背篷

樵人十詠 幷序　陸龜蒙

樵谿

樵家

樵叟

樵子

樵徑

樵斧

樵擔

樵風

樵火

樵歌

奉和樵人十詠　皮日休

樵谿

樵家

樵叟

樵子

樵徑

樵斧

樵檐

樵風

樵火

樵歌

酒中十詠并序　皮日休

酒星

酒泉

酒篘

酒牀

酒壚

酒樓

酒旗

酒樽

酒城

酒鄉

奉和酒中十詠　陸龜蒙

酒星

酒泉

酒芻
酒林
酒壚
酒樓
酒旗
酒樽
酒城
酒鄉

添酒中六詠 并序　陸龜蒙

酒池

酒龍

酒甕

酒船

酒鎗

酒杯

奉和添酒中六詠　皮日休

酒池

酒龍

酒甕

酒船

酒鎗

酒杯

茶中雜詠并序　皮日休

茶塢

茶人

茶筍

茶籝

茶舍

茶竈

茶焙

茶鼎

茶甌

煮茶

奉和茶具十詠　陸龜蒙

茶塢

茶人

茶筍

茶籝

茶舍

茶竈

茶焙

茶鼎

茶甌

煑茶

卷第五

武丘寺殿前有古杉一本形狀醜怪圖之不

盡況百卉競媚若妬若娼唯此杉死抱奇

節髐然闖然不知雨露之可生也風霜之

可瘁也乃造化者方外之材乎遂賦三百

言以見志　皮日休

奉和古杉三十韻　陸龜蒙

四明山詩并序　陸龜蒙

石窗

過雲

雲南

雲北

雲南

雲北

鹿亭

樊榭

潺湲洞

青櫺子

鞠侯

五貺詩并序　皮日休

五瀉舟

華頂杖

太湖硯

烏龍養和

訶陵樽

奉和五貺詩　陸龜蒙

五瀉舟

華頂杖

奉和新秋言懷三十韻次韻　陸龜蒙
秋日遣懷十六韻寄道侶　陸龜蒙
奉和次韻　皮日休
江南書情二十韻寄秘閣韋校書貽之商洛
宋先輩垂文二同年　皮日休
奉和次韻　陸龜蒙
憶洞庭觀步十韻　皮日休
奉和次韻　陸龜蒙

秋晚留題魯望郊居二首　皮日休

奉酬秋晚見題二首　陸龜蒙

初冬章上人院　皮日休

奉和次韻　陸龜蒙

臨頓爲吳中偏勝之地陸魯望居之不出郛郭曠若郊墅余每相訪欵然惜去因成五言十首奉題屋壁　皮日休

襲美見題郊居十首因次韻酬之以申榮謝

陸龜蒙

卷第六

寒夜同襲美訪北禪院寂上人

陸龜蒙

奉和次韻

皮日休

江南道中懷茅山廣文南陽博士三首

皮日休

奉和次韻三首

陸龜蒙

早春雪中作吴體寄襲美　陸龜蒙

奉和　皮日休

吴中言情寄魯望　皮日休

奉和次韻　陸龜蒙

行次野梅　皮日休

奉和次韻　陸龜蒙

楊州看辛夷花　皮日休

奉和次韻　陸龜蒙

暇日獨處寄魯望　皮日休

奉和　陸龜蒙

屧步訪魯望不遇　皮日休

奉和襲美見訪不遇　陸龜蒙

開元寺客省早景即事　皮日休

奉和次韻　陸龜蒙

獨夜有懷因作吳體寄襲美　陸龜蒙

奉和次韻　皮日休

病中有人惠海蟹轉寄魯望　皮日休

酬襲美見寄海蟹　陸龜蒙

病中美景頗阻追遊因寄魯望　皮日休

奉酬病中見寄　陸龜蒙

闔閭城北有賣花翁討春之士往往造焉因招襲美　陸龜蒙

魯望以花翁之什見招因次韻酬之

皮日休

病中庭際海石榴花盛發感而有寄　皮日休

奉和次韻　陸龜蒙

早春以橘子寄魯望　皮日休

襲美以春橘見惠兼之雅篇因次韻酬謝　陸龜蒙

病中書情寄上崔諫議　皮日休

奉和次韻　陸龜蒙

病中孔雀　皮日休

奉和　陸龜蒙

上元日道室焚修寄襲美　陸龜蒙

奉和次韻　皮日休

正月十五日惜春寄襲美　陸龜蒙

奉酬惜春見寄　皮日休

聞魯望遊顏家林園病中有寄

皮日休

襲美病中見寄次韻酬之　陸龜蒙

春雨即事寄襲美　陸龜蒙

奉和次韻　皮日休

魯望春日多尋野景日休抱疾杜門因有是寄　皮日休

奉和次韻　陸龜蒙

偶掇野蔬寄襲美有作　陸龜蒙

魯望以躬掇野蔬兼示雅什用以酬謝　皮日休

卧病感春寄魯望　皮日休

奉和次韻　陸龜蒙

徐方平後聞赦因寄襲美　陸龜蒙

奉和次韻　皮日休

襲美以魚牋見寄因謝成篇　陸龜蒙

奉酬見答魚牋之什　皮日休

病後春思　皮日休

奉和次韻　陸龜蒙

襲美以公齋小宴見招因代書寄之　陸龜蒙

偶成小酌招魯望不至以詩爲解因次韻酬之　皮日休

以紗巾寄魯望因而有作　皮日休

襲美以紗巾見惠繼以雅音因次韻酬謝

陸龜蒙

聞襲美有親迎之期因以寄賀

陸龜蒙

臨頓宅將有歸于之日魯望以詩見貺因抒

懷酬之

皮日休

襲美以巨魚之半見分因以酬謝

陸龜蒙

奉和

皮日休

館娃宮懷古　皮日休

奉和次韻　陸龜蒙

襲美以紫石硯見贈以詩迎之　陸龜蒙

以紫石硯寄魯望兼酬見贈　皮日休

同襲美遊北禪院　陸龜蒙

奉和　皮日休

孫發百篇將遊天台請詩贈行因以送之

奉和　皮日休

薔薇　陸龜蒙

奉和次韻　皮日休

聞開元寺開笋園寄章上人　皮日休

奉和　陸龜蒙

春夕陪崔諫議櫻桃園宴　皮日休

奉和　陸龜蒙

松江早春　皮日休

奉和　陸龜蒙

女墳湖　皮日休

奉和　陸龜蒙

泰伯廟　皮日休

奉和　陸龜蒙

宿木蘭院　皮日休

奉和次韻　陸龜蒙

重題薔薇　皮日休

奉和次韻　陸龜蒙

春夕酒醒　皮日休

奉和　陸龜蒙

第七卷

開元寺佛鉢詩并序　皮日休

奉和　陸龜蒙

夏首病愈因招魯望　皮日休

奉訓次韻　陸龜蒙

新夏東郊閑泛有懷襲美　陸龜蒙

奉和次韻　皮日休

四月十五日道室書事寄襲美

陸龜蒙

奉和　皮日休

看壓新醅寄懷襲美　陸龜蒙

奉和次韻　皮日休

登初陽樓寄懷北平郎中　皮日休

奉和　陸龜蒙

夏初訪魯望偶題小齋　皮日休

奉和次韻　陸龜蒙

所居首夏水木尤清適然有作　皮日休

奉和次韻　陸龜蒙

重玄寺元達年逾八十好種名藥凡所植者

多至自天台四明包山句曲叢萃紛糅各
可指名余奇而訪之因題二章

皮日休

奉和題達上人藥圃二首　陸龜蒙

懷華陽潤卿博士三首　皮日休

奉和三首　陸龜蒙

以竹夾膝寄贈襲美　陸龜蒙

魯望以竹夾膝見寄因次韻訓謝

皮日休

夏景無事因懷章來二上人　皮日休

奉和次韻　陸龜蒙

寄瓊州楊舍人　皮日休

奉和　陸龜蒙

魯望以輪鈎相示緬懷高致因作三篇　皮日休

龜蒙頃自桐江得一釣車以襲美樂烟波之

思困出以爲譏俄辱三篇復抒訓荅　陸龜蒙

吳中書事寄漢南裴尚書　皮日休

奉和　陸龜蒙

夏景冲澹偶然作二首　皮日休

奉和次韻　陸龜蒙

送李明府之任南海　皮日休

奉和　陸龜蒙

目録

寄題羅浮軒轅先生所居　皮日休

奉和　陸龜蒙

宿報恩寺水閣　皮日休

奉和　陸龜蒙

醉中偶作呈魯望　皮日休

奉和次韻　陸龜蒙

寄滑州李副使員外　皮日休

奉和　陸龜蒙

傷史拱山人　皮日休

奉和　陸龜蒙

吳中言懷寄南海二同年　皮日休

奉和　陸龜蒙

胥門閑泛　皮日休

奉和　陸龜蒙

木蘭後池三詠　皮日休

重臺蓮花

浮萍

白蓮

奉和三詠　陸龜蒙

重臺蓮花

浮萍

白蓮

重題後池　皮日休

奉和　陸龜蒙

襲美庭中初植松桂偶題　陸龜蒙
奉和次韻　皮日休
戲題襲美書印囊　陸龜蒙
奉和次韻　皮日休
館娃宮懷古五絶　皮日休
奉和五絶　陸龜蒙
虎丘寺西小溪閑泛三絶　皮日休
奉和三絶次韻　陸龜蒙

傷進士嚴子重詩并序　皮日休

嚴子重以詩遊於名勝間舊矣余晚於江南相遇甚樂不幸且没襲美作詩序而弔之其名眞不朽矣又何戚其死哉余因息悲而爲之和　陸龜蒙

早秋吳體寄襲美　陸龜蒙

奉和次韻　皮日休

秋賦有期因寄襲美　陸龜蒙

奉和次韻　皮日休

病中秋懷寄襲美　陸龜蒙

奉和次韻　皮日休

新秋即事三首　皮日休

奉和次韻三首　陸龜蒙

南陽潤卿將歸雷平因而有贈

皮日休

奉和　陸龜蒙

皮日休

代廣文先生訓次韻　陸龜蒙

寄毘陵魏處士朴　皮日休

奉和　陸龜蒙

初冬偶作寄南陽潤卿　皮日休

奉和次韻　陸龜蒙

冬曉章上人院　皮日休

奉和　陸龜蒙

寄題鏡巖周尊師所居詩并序　皮日休

奉和　陸龜蒙

寒夜文宴　皮日休

同前　陸龜蒙

庚寅歲十一月新羅弘惠上人與本國同書

請日休爲靈鷲山周禪師碑將還以詩送

之　皮日休

奉和　陸龜蒙

送潤卿博士還華陽　皮日休

同前　陸龜蒙

寒食書齋即事三首　皮日休

奉和每篇各用一韻三首　陸龜蒙

臈後送内大德從勗遊天台　皮日休

奉和　陸龜蒙

寄題玉霄峰葉涵象尊師所居　皮日休

奉和　陸龜蒙

南陽廣文博士還雷平後寄　陸龜蒙

奉和次韻　皮日休

題支山南峯僧　皮日休

奉和次韻　陸龜蒙

送董少卿遊茅山　皮日休

同前　陸龜蒙

襲美將以綠罽爲贈因成四韻

陸龜蒙

訓魯望見迎緑罽次韻　皮日休

寄懷南陽潤卿　皮日休

奉和　陸龜蒙

天竺寺八月十五日夜桂子　皮日休

奉和　陸龜蒙

釣侶二章　皮日休

奉和次韻二首　陸龜蒙

寄同年韋校書　皮日休

奉和　陸龜蒙

初冬偶作　皮日休

奉和次韻　陸龜蒙

醉中寄魯望一壺并一絶　皮日休

走筆次韻奉訓　陸龜蒙

更次來韻寄魯望　皮日休

又和次韻　陸龜蒙

重玄寺雙矮檜　皮日休

奉和　陸龜蒙

醉中戲贈襲美　陸龜蒙

奉訓次韻　皮日休

皐橋　皮日休

奉和　陸龜蒙

第九卷

過張祜處士丹陽故居并序　顏萱

和張處士詩并序　陸龜蒙

魯望憫承吉之孤爲詩序邀余屬和欲用余

道振其孤而利之噫承吉之困身後乎魯

望視余困與承吉生前孰若哉未有巳困

而能振人者然抑爲之詞用塞良友之意

皮日休

旅泊吳門呈一二同志　張賁

奉詶次韻　陸龜蒙

賁中間有吳門旅泊之什多垂見和更作一
章以伸詶謝　張賁

更次韻奉詶　陸龜蒙

魯望示廣文先生吳門二章情格高散可醒
俗態因追想山中風度次韻屬和存于詩
編魯望之命也　皮日休

寄潤卿博士　皮日休

詶襲美先輩見寄倒來韻　張賁

奉和襲美寄廣文先生　陸龜蒙

軍事院霜菊盛開因書一絕寄上諫議　皮日休

奉訓霜菊見贈之什　崔璞

奉和諫議訓先輩霜菊　陸龜蒙

幽居有白菊一叢因而成詠呈一二知已　陸龜蒙

奉和　張賁

奉和　　　　　　　　皮日休

奉和　　　　　　　　鄭　璧

奉和　　　　　　　　司馬都

華亭鶴聞之舊矣及來吳中以錢半千得一隻養之始經歲不幸爲飲啄所誤經夕而卒悼之不已遂繼以詩南陽潤卿博士浙東德師侍御毘陵魏不琢處士東吳陸魯望秀才及厚於余者悉寄之請垂見和

皮日休

奉和襲美先輩悼鶴二首　李　縠

奉和　張　賁

奉和　陸龜蒙

奉和　魏　朴

傷開元觀顧道士　皮日休

奉和　張　賁

奉和　陸龜蒙

奉和　鄭　璧

醉中即席贈潤卿博士　皮日休

奉和次韻　張　賁

奉和次韻　陸龜蒙

偶留羊振文先輩及一二文友小飲日休以眼病初平不敢飲酒遣侍密歡因成四韻　皮日休

奉和襲美見留小讌次韻　羊昭業

襲美留振文小宴龜蒙抱病不赴猥示偶和

因次韻仰詶　陸龜蒙

醉中襲美先起因成戲贈　李　縠

走筆奉詶次韻　皮日休

奉和次韻　張　賁

奉和次韻　陸龜蒙

奉送浙東德師侍御罷府西歸　張　賁

同前　陸龜蒙

同前　皮日休

浙東罷府西歸道經吳中廣文張博士皮先輩陸秀才皆以雅篇相送不量荒詞亦用詶別　李縠

送羊振文先輩往桂陽歸覲　陸龜蒙

同前　皮日休

同前　顏萱

同前　司馬都

褚家林亭　皮日休

奉和　張賁

奉和　陸龜蒙

送圓載上人歸日本國　皮日休

重送　皮日休

同前　陸龜蒙

聞圓載上人挾儒家書洎釋典以行更作一

絶以送　陸龜蒙

同前　顔萱

文讌招潤卿博士辭以道侶將至因書一絶寄之　陸龜蒙

奉和　皮日休

再招　陸龜蒙

奉和　皮日休

偶約道流終乖文會因成一絶用荅四篇

張賁

以靑飿飯分送襲美魯望因成一絕

張賁

潤卿遺靑飿飯兼之一絕聊用荅謝

皮日休

陸龜蒙

同前

陸龜蒙

酒病偶作

皮日休

奉和次韻

陸龜蒙

奉和次韻　張賁

潤卿魯望寒夜見訪各惜其志遂成一絶

皮日休

奉和次韻　張賁

奉和次韻　陸龜蒙

玩金鸂鶒戲贈襲美　陸龜蒙

奉和　皮日休

奉和　張賁

友人許惠酒以詩徵之　皮日休

奉和　鄭壁

奉和　陸龜蒙

寒食文讌潤卿有期不至　皮日休

奉和　陸龜蒙

奉和　鄭壁

蒙恩除替將還京洛偶叙所懷因成六韻呈

軍事院諸公郡中一二秀才

崔　璞

諫議以罷郡將歸以六韻賜示因佇酬獻

皮日休

謹和諫議罷郡叙懷六韻

陸龜蒙

第十卷

雜體詩序

皮日休

苦雨雜言寄魯望

皮日休

奉訓苦雨見寄

陸龜蒙

齊梁怨别　陸龜蒙

奉和次韻　皮日休

曉起即事因成廻文寄襲美　陸龜蒙

奉和曉起廻文　皮日休

夏日閑居作四聲詩寄襲美　陸龜蒙

平聲

平上聲

平去聲

平入聲

奉詶夏日四聲四首　皮日休

平聲

平上聲

平去聲

平入聲

苦雨中又作四聲詩寄魯望　皮日休

平聲

平上聲

平去聲

平入聲

奉訓苦雨四聲重寄三十二句

陸龜蒙

平聲

平上聲

平去聲

平入聲

疊韻雙聲二首　陸龜蒙

疊韻山中吟

雙聲溪上思

奉和疊韻雙聲二首　皮日休

疊韻山中吟

雙聲溪上思

疊韻吳宮詞二首　陸龜蒙

晚秋吟

好詩景

醒聞檜

寺鍾瞋

砌思步

藥名離合夏日即事三首　陸龜蒙

奉和三首　皮日休

懷錫山藥名離合二首　皮日休

奉和二首　陸龜蒙

懷鹿門縣名離合二首　皮日休

奉和二首　陸龜蒙

寒食古人名一絶　陸龜蒙

奉和　皮日休

胥口即事六言二首　皮日休

奉和二首　陸龜蒙

風人詩三首　陸龜蒙

奉和三首　皮日休

寄題天台國清寺齊梁體　皮日休

同前　陸龜蒙

寒夜聯句

開元寺樓看雨聯句

北禪院避暑聯句

獨在開元寺避暑頗懷魯望因飛筆聯句

寂上人院聯句

藥名聯句

寒食文宴聯句

報恩寺南池聯句

夜會問答十首

松陵集目錄

# 松陵集卷第一

往體詩一十二首

讀襄陽耆舊傳因作詩五百言寄皮襲美

鄉貢進士陸龜蒙

漢皐古來雄山水天下秀高當軫翼分化作英髦
囿暴秦之前人灰滅不可究自從宋生賢特立冠
耆舊離騷既日月九辯即列宿卓哉悲秋辭合在
風雅右龎公樂幽隱辟聘無所就秪愛鹿門泉泠

冷倚巖湫孔明卧龍者潛伏躬耕耨忽遭玄德雲
遂起麟角鬬三胡節皆峻二習名亦茂其餘文武
家相望如斥堠緬思齊梁降寂寞寡凊胄疑融爲
漪瀾復結作瑩琇不知粹和氣有得方大授將生
皮夫子上帝可其奏并包數公才用以殿厥後嘗
聞兒童歲嬉戲陳俎豆積漸開詞源一派分萬流
先崇丘旦室大懼㬅結構次補荀孟垣所貴亡鏄
漏仰瞻三皇道璣虱在宇宙却視五霸圖股掌弄

孩幼或能醢髖髀或與翼雛鷇或喜掉直舌或樂
斬斜脰或耨鉏蘙薈或整理錯謬或如百千騎合
沓原野狩又如曉江平風死波不皺幽埋力須掘
遺落貲必購乃於文學中十倍猗頓富囊乏之向咸
鎬馬重遲步驟専場射策時縛虎當羿彀歸來把
通籍且作高堂壽未足逞戈矛誰云被文繡從知
偶東下帆影拂吳岫物象悉搉藏精靈曳雕鏤伊
予抱沈疾顛頷守圭竇方推洪範疇更念太玄首

去聲 陳詩採風俗學古窮篆籀朝朝貰薪米往往逢
責詬既被鄰里輕亦爲妻子陋持冠適甌越敢怨
不得售窘若**沙魚悲如哭霜犹唯君枉車轍以
逐海上臭披襟兩相對半夜忽白晝執熱濯清風
忘憂飲醇酎驅爲文翰侶鴛鴦皁參驥廄有時諧宮
商自喜眞邂逅道孤情易苦語直詩還瘦藻匠如
見訓終身置懷袖

陸魯望讀襄陽耆舊傳見贈五百言過褒庸

材靡有稱是然襄陽曩事歷歷在目夫耆
舊傳所未載者漢陽王則宗社元勳孟浩
然則文章大匠予次而贊之因而寄荅亦
詩人無言不訓之義也次韻

皮日休

漢水碧於天南荆廓然秀盧羅遵古俗鄢郢迷昔
囿幽奇無得狀巉絶不能究興替忽矣新山川悄
然舊班班生造士一一應玄宿巴庸乃嶮岨屈景

實豪右是非既自分涇渭不相就粤自靈均來清
才若天潄偉哉泂上隱卓爾隆中耨始將麋鹿狎
遂與麒麟鬬萬乘不可謁千鍾固非茂爰從景升
死境上多兵堠檀溪試戈船峴嶺屯貝冑寂寞數
百年質唯包礫琇上玄賞唐德生賢命之授是爲
漢陽王帝曰俞爾奏巨德聳神鬼宏才轢前後勢
端唯金莖質古乃玉豆行葉蔭大椿詞源吐洪流
六成清廟音一柱明堂構在昔房陵遷圓穹正中

漏緊王揭然出上下拓宇宙俯視三事者駸駸若
童幼低摧護中興若鳳視其彀遇險必伸足逢誅
將引脰既正北極尊遂治衆星謬重聞章陵幸再
見岐陽狩日似新刮膜天如重熨皺易政疾似欸
求賢甚於購化之未朞年民安而國富翼衛兩舜
趨鈞陳十堯驟忽然遺相印如羿御其彀姦倖却
乘釁播遷遂終壽遺廟屹峰崿功名紛組繡開元
文物盛孟子生荆岫斯文縱奇巧秦璽新雕鏤甘

窮臥牛衣受辱對狗竇忽變如易爻才通似玄首
祕於龍宫室怪即天篆籀知者競欲戴嫉者或將
詬任達且百觚遂爲當時陋既作才鬼終恐爲仙
籍售予生二賢末得作升木犹兼濟與獨善俱敢
懷其臭江漢稱炳靈克明嗣清晝繼彼欲爲三如
醨和醇酎既見陸夫子駑心却伏廐結彼世外交
遇之於邂逅兩雀忽競鬪雙松格爭瘦唯恐别仙
才漣漣涕襟袖

陸魯望昨以五百言見貽過有褒美内揣庸
陋彌增愧悚因成一千言上述吾唐文物
之盛次敘相得之懽亦迭和之微旨也

日休

三辰至精氣生自蒼頡前粤從有文字精氣銖於
縣所以楊墨後文詞縱横顛元狩富材術建安儼
英賢厥祀四百餘作者如排穿五馬渡江日羣魚
食蒲年大風蕩天地萬陣黄鬚羶縱有命世才不

如一空夸後至陳隋世得之拘且纇太浮如瀲灩
太細如蚔蝝太亂如靡靡太輕如芊芊流之爲酗
醬變之爲遊畋百足雖云衆不救殺馬蚿君臣作
降虜北走如獮猴所以文字妖致其國朝遷吾唐
革其弊取士將科懸文星下爲人洪秀密於緶大
開紫宸扉來者皆詳延日晏朝不罷龍姿懽軥軥
（音田呂氏春秋云天子軥軥）於焉周道反繇是秦法悛射洪陳
子昂其聲亦喧闐惜哉不得時將奮猶拘攣玉壘

李太白銅隄孟浩然李寬包堪輿孟澹凝漪漣埋
骨採石壙酉神鹿門埏俾其羈旅死實覺天地孱
猗歟子美思不盡如轉輇音筌縱爲三十車一字不
可捐既作風雅主遂司歌詠權誰知耒陽土埋却
眞神仙當於李杜際名輩或泝沿良御非異馬絲
弓非他弦其物無同異其人有媸姸自開元至今
宗匠紛如烟爽若沆瀣英高如崑崙巔百家囂浮
說諸子率寓篇築之爲京觀解之爲牲牷各持天

地維率意東西牽競抵元化首爭扼眞宰咽或作
制誥藪或爲宮體淵或堪被金石或可投花鈿或
爲輿隸唱或被兒童憐烏壘虜亦寫雞林夷爭傳
披猖覆載樞捭闔神異鍵力掀尾閭立息軋大塊
旋降氣或若虹耀影或如蕤萬象瘡復痏百靈瘠
且癵謂乎數十公筆若明堂椽其中有擬者不絕
當如綖齊驅不讓策竝駕或爭駢所以吾唐風直
將三代甄被此文物盛鯀乎聲詩宣採彼風人謠

𨎥軒輕似鷤䳏者固不捨鄙者亦爲銓其中有鑒
戒一一堪雕鐫乙夜以覲之吾君無釋焉遂命大
司樂度之如星躔播於樂府中俾爲萬代籥吹彼
圓丘竹誦兹淸廟絃不惟娛列祖兼可格上玄粤
予何爲者生自江海壖騃騃自髫角不甘耕一廛
諸昆指倉庫謂我死道邊何爲不力農稽古眞可
嗚遂與襏襫著兼之簦笠全風吹蔓草花颭颭盈
荒田老牛瞪不行力弱誰能鞭乃將耒與耜竝換

槧與鉛閑彼圖籍肆致之千百編携將入蘇嶺鹿門不就無出緣堆書塞低屋添硯涸小泉對燈任髻爇憑案從肘研苟無切玉刀難除指上胼爾來五寒暑試藝稱精專昌黎道未著文教如欲騫其中有聲病於我如𨁲𨆌天蟬二音，語不正貌。是敢驅頹波歸之於大川其文如可用不敢佞與便明水在藁秸大羹臨豆籩將來示時人猰貐垂饞涎亦或尚華縟亦曾爲便嬛亦能制灝灝亦解攻翩翩惟恩逢

陣敵與彼爭後先避兵入句吳窮悴秪自跧平原
陸夫子投刺來蹁躚開卷讀數行爲之加敬虔忽
窮一兩首反顧唯曲拳始來遺巾幗乃敢排戈鋋
或爲拔幟走或遭斵壘還不能收亂轍豈暇重爲
簞雖然未三北亦可輸千鐉（丑專反尚書云贖罪千鐉）向來說
文士爾汝名可聯聖人病沒世不患窮而蹎我未
九品位君無一囊錢相逢得何事兩籠訓唱戔無
顏解媮合底事居冗員方知萬鍾祿不博五湖船

夷險但明月死生應白蓮吟餘凭几飲釣罷隈簑
眠終抛峴山業相共此留連

襲美先輩以龜蒙所獻五百言既蒙見和復
示榮唱至於千字提奬之重蔑有稱實再
抒鄙懷用伸訓謝　　龜蒙

洪範分九疇轉成天下規河圖孕八卦煥作玄中
奇先開否臧源次築經緯基粤若魯聖出正當周
德衰越疆必載質歷國將扶危諸侯忞屈强王室

方陵遲歌鳳時不偶獲麟心益悲始嗟吾道竆竟
使空言垂首贊五十易又删三百詩遂令篇籍光
可竝日月姿向非筆削功未必無瑕疵迨至夫子
没微言散如枝所宗旣不同所得亦異宜名法在
深刻虛玄致希夷自從戰伐來一派從衡馳寒谷
生豔木沸潭結流澌驚奔失壯士好惡隨纖兒嬴
氏幷六合勢尊丞相斯加于挾書律盡取坑焚之
南勒會稽頌北恢胡亥陑猶懷徧巡狩不暇親維

持及漢文景後鴻生方鈲䙡籔揚堯舜風反作三
代吹飄飖四百載左右爲籓籬鄴下曹父子獵賢
甚熊羆發論若霞駮(魏文帝著典論有論文一篇)裁詩如錦摛
徐王應劉輩頭角咸相衰或有妙絶賞或爲獨步
掮或許潤色美或嫌詆訶癡倏以中利病且非混
醇醨雅當乎魏文麗矣哉陳思不肯少遷妄恐貽
後世嗤吾祖仗才力(士衡文賦)華車蒙虎皮手持一白
旄直向文場麾輕(去聲)若脱鉗釱豁如抽㩭㨚精鋼

不足利駸褭何勞追大可畢山岳微堪析毫釐十
體免貧贅百家咸起痠爭入鬼神奥不容天地私
一篇邁華藻萬古無孑遺刻鵠尚未已雕龍奮而
爲劉勰有文心雕龍　劉生吐英辯上下窮高卑下臻宋與
齊上指軒從羲豈但標八索殆將包兩儀人謠洞
野老騷怨明湘纍立本以致詰驅宏來抵巇淸如
朔雪嚴緩若春烟羸或欲開戶牖或將飾纓緌雖
非倚天劍亦是囊中錐皆絲內史意致得東莞詞

粱元盡索虜後主終亡隋哀音但浮脆豈望分雄
雌吾唐揖讓初陛列森咎夔作頌媲吉甫直言過
祖伊明皇踐中日墨客肩參差岳淨秀擢削海寒
光陸離皆能取穴鳳盡擬乘雲螭邐來二十祀俊
造相追隨予生落其下亦值文明時少小不好弄
逡巡奉弓箕雖然苦貧賤未省親嚅唲秋倚抱風
桂曉烹承露葵窮年只敗袍積日無晨炊遠訪賣
藥客閒尋捕魚師歸來蠹編上得以含情窺抗韻

吟北雅覃思念梲欐因知昭明前剖石呈清琪又
嗟昭明後敗葉埋芳蓺縱有月旦評未能天下知
徒爲强貔豹不免參狐狸誰蹇行地足誰抽刺天
鬐誰作河畔草誰爲洞中芝誰若靈囿鹿誰猶清
廟犧誰輕如舉毛誰密如凝脂誰比蜀嚴靜誰方
巴賨貲誰能釣抃鼇誰能灼神龜誰背如水火誰
同若塤篪誰可作梁棟誰敢驅谷蠡音鹿黎用此常
不快無人動交鈹空銷病裏骨枉白愁中髭鹿門

先生才大小無不怡就彼六籍内說詩直解顧顫
我迷未遠開懷潰其疑初看鑿本源漸乃疏旁支
邃古派氾濫皇朝光赫曦揣摩是非際一一如襟
期李杜氣不易孟陳節難移信知君子言可並神
明蓍枯腐尚求律膏肓猶謁醫況將太牢味見啗
逋懸飢今來置家地正枕吳江湄餌薄鈎不曲跫
然守空坻黙坐無影響唯君欵荸茨抽書亂籤帙
酌茗煩甌犧或件補缺砌或偕詣荒祠孤筇倚烟

蔓細木橫風漪觸雨妨扉屨臨流泥江蘺既狎野
人調甘爲豪士嗤不敢負建鼓唯憂掉降旗希君
念餘勇挽袖登文陴

吳中苦雨因書一百韻寄魯望　日休

全吳臨巨溟百里到滬瀆海物競駢羅水怪爭滲
漉狂蜃吐其氣千尋勃然蹙一刷半天墨架爲歆
危屋怒鯨瞪相向吹浪山轂轂倏忽腥杳冥須臾
坼崖谷帝命有嚴程慈物敢潛伏噓之爲玄雲彌

亘千萬幅直拔倚天劍又建横海纛化之爲暴雨
㶇㶇射平陸如將月窟寫似把天河撲著樹勝戟
支中人過箭鏃龍光倏閃照虬角搦琤𤅢此時一
千里平下天台瀑雷公恣其志礮礰裂電目蹋破
霹靂車折却三四輻雨工避罪者必在蚊睫宿狂
發鏗訇音不得懈怠僇頊刻勢稍止尚自傾蔌蔌
不敢履洿處恐蹋爛地軸自爾凡十日茲然聊林
麓只是遇滂沱少曾逢霢霂伊予之廨宇古製拙

卜築頹簷倒菌黃破砌須莎綠只有方丈居其中
蹐且跼朽處或似醉漏時又如沃堦前平泛濫墻
下深趦趄唯堪著蓑笠復可乘艒艣雞犬竝淋漓
兒童但咿噢勃勃生溼氣人人牢於鍋鬵眉漬將
斷肝膈蒸欲熟當庭死蘭芷四垣盛蕡菉解帙展
斷書拂牀安壞牘跳梁老蛙黽直向牀前浴蹲前
但相聒似把白丁辱空廚方欲炊漬米未離奠薪
蒸溼不着白晝須燃燭汗萊既巳濘買魚不獲鰍

竟未成麥饘安能得粱肉更有陸先生荒林抱窮
蹙壞宅四五舍病篠三兩束蓋簷低碍首蘚地滑
澾足注欲透承塵溼難庇廚簏低攉在圭竇索漠
抛偏裻手指既已胼肌膚又將瘯一庖勢欲陊將
撐乏寸木盡日欠束薪經時無斗粟螔蝓將入甑
螯蜞已臨鍑（音腹說文云如釜而大口）嬌兒未十歲枵然自啼
哭一錢買粔籹數里走病僕破碎舊鶴籠狼籍晚
蠶簇千卷素書外此外無餘蓄着處紵衣裂戴次

紗帽醭惡陰潛過午未及烹葵菽吳中銅臭戶七
萬沸如臛啇止甘蟹鰕侈惟借車服皆希尉吏旨
盡怕里胥錄低眉事庸奴開顏納金玉唯到陸先
生不能分一斛先生之志氣薄漢如鴻鵠遇善必
擎跽見才輒馳逐廉不受一芥其餘安可黷如何
鄉里輩見之乃蛸縮粤予苦心者師仰但踖踧受
易既可注講玄又堪卜百家皆搜蕩六藝盡翻覆
似餧見太牢如迷遇華燭半年得詶唱一日屢往

復三秀間稂莠九成雜巴濮奔命既不暇乞降但
相續吟詩口吻嗚把筆指節瘃君才既不窮吾道
繇是篤所益諒弘多厥交過親族相逢似丹漆相
望如朓朒論業敢竝驅量分合繼躅相違始兩日
忡忡想華縟出門泥漫漉恨無直轅韗十錢賃一
輪篷上鳴觳觫赤脚枕書帙訪予穿詰曲入門且
抵掌大噱時碌碌兹淋既浹旬無乃害九穀予唯
餓不死得非道之福手中捉詩卷語快還共讀解

帶似歸來脫巾若沐浴踈如松間篁野甚麋對鹿
行譚弄書籤臥話桃棊局呼童具盤飧擨衣換鷄
鶩或蒸一升麻或煠兩把菊用以閲幽奇豈能資
口腹十分煎皐盧半榼挽酃醁高談緊無盡晝漏
何太促我公大司諫一切從民欲梅潤侵束杖和
氣生空獄而民當斯時不覺有煩溽念𣽈爲之災
拜神再三告太陰霍然收天地一澄肅燔炙既芬
芬威儀乃毣毣音木須權元化柄用拯中夏酷我願

薦先生左右輔司牧茲雨何足云唯息舉顏歎

奉詶襲美先輩吳中苦雨一百韻見寄

龜蒙

微生參最靈天與意緒拙人皆機巧求百徑無一達家爲唐臣來奕世唯稷禼只畨清白風凜凜自貽厥龜蒙六代祖五代祖皇朝繼在台輔猶殘賜書在編簡苦斷絕其間忠孝字萬古光不滅孱孫誠瞢昧有志嘗梢梢敢云嗣良弓但欲終守節諠譁不入耳讒佞不

挂舌仰詠堯舜言俯遵周孔轍所貪旣仁義豈暇理生活縱有舊田園拋來亦蕪沒因之成否塞十載眞契濶凍骭一襜褕飢腸少糠籺甘心付天壤委分任廻斡笠澤臥孤雲桐江釣明月盈筐盛芡芰滿釜煮鱸鱖酒幟風外攲茶槍露中擷江南謂茶芽未展者曰槍已展者曰旗也歌謠非大雅捃摭爲小說上可補薰莛傍堪跐牙蘖龜蒙嘗著稗說三卷方當賣罾罩盡以易紙札蹤跡尚吳門夢魂先魏闕尋聞天子詔赫怒誅

叛卒宵旰憫烝黎謨明問征伐王師雖繼下賊壘
未即拔此時淮海波半是生人血霜戈驅少壯敗
屋棄羸耋踐蹋比塵埃焚燒同藁秸吾皇自神聖
執事皆間傑射策亦何爲春卿遂聊輟伊予將貢
技未有恥可刷却問漁樵津重耕烟雨墢諸矦急
兵食冗費方翦截不可把詞章巡門事干謁歸來
闔蓬楗壁立空裋褐爨手抱孤烟披書向殘雪幽
憂和憤懣忽忽自驚蹶文兮乏寸毫武也無尺鐵

平生所韜蓄到死不開豁念此令人悲翕然生内
熱加之被皸瘃況復久藜糲既爲霜露侵一臥增
百疾筋骸將束縛膝理如箠撻初謂抵狂軀又疑
當毒蝎江南多事鬼巫覡連甌粤可口是妖訛恣
情專賞罰良醫只備位藥肆成虚設而我正萎瘵
安能致訶咄椒蘭任芳苾糈糲從羅列醆斝既屢
傾錢刀亦隨爇兼之瀆財賄不止行諂竊天地如
有知微妖豈逃殺其時心力憒益使氣息惙永夜

更呻吟空狀但皮骨君來贊賢牧野雀聊簪笏謂
我同光塵心中有濵渤輪蹄相歷至問遺無虛月
直到春鴻濛猶殘病根茇看花雖眼暈見酒忘肺
渇隱几還自怡逢盧亦爭喝抽毫更唱和劍戟相
磨戛何大不包羅何微不挑刮今來值霖雨晝夜
無暫歇雜若碎淵淪高如破轇轕何勞鼉吼岸詎
要鸛鳴垤秖意江海翻更愁山岳裂初驚蚩尤陣
虎豹爭搏噬又疑伍胥濤蛟蜃相燮拨千家濛瀑

繚忽似好披拂萬瓦舂玉繩如堪取縈結況尋居
低下本是蛙蚓窟邇來增號呼得以恣唐突先夸
屋舍好又恃頭角凸厚地雖直方身能徧穿穴常
參莊辯裏亦造揚玄末偃仰縱無機形容且相忽
低頭增嘆咤到口復咽嗢沮洳漬琴書莓苔染巾
襪解衣換倉粟秕稗猶未脫飢烏屢窺臨泥童苦
舂歸或聞秋稼穡太半沈澎汃耕父蠹齊民農夫
息旱魃吾觀天之意未必洪水割且要虐飛龍又

圖滋跛鼈三吳明太守左右皆儒哲有力卽扶危
懷仁過救喝鹿門皮夫子氣調眞俊逸截海上雲
鷹横天下鞲鶻文壇如命將可以持玉鉞不獨扆
羲軒便當城老佛顉予爲山者所得才簣撮譬如
飾箭材尚欠鏃與筈閒將俞兒唱強倚帝子瑟幸
得遠瀟湘不然嗤賈屈開緘窺寶肆璣貝光比櫛
朗詠衝樂懸陶匏響鏗𢾾古來愁霖賦不是不清
越非君頓挫才沴氣難摧折馳情扣虛寂力盡無

所掇不足謝徽音秪令彤鬢髮

初夏即事寄魯望　　　　日休

夏景恬且曠遠人疾初平黄鳥語方熟紫桐陰正清廨宇有幽處私遊無定程歸來閉雙關亦忘枯與榮土室作深谷蘚垣爲干城斂杉突杝架迸笋支檐楹片石共坐穩病隺同喜晴瘿木四五器筇杖一兩莖泉爲葛天味松作羲皇聲或看名画徹或吟閒詩成忽枕素琴𦖋時把仙書行自然寡儔

侶莫說更紛爭具區包地髓震澤含天英學從三
讓來俊造紛然生頗予客兹地薄我皆爲傖唯有
陸夫子盡力提客卿各負出俗才俱懷超世情駐
我一棧車啜君數藜羹敲門若我訪倒屣欣逢迎
胡餠蒸甚熟貊盤舉尤輕茗脆不禁炙酒肥或難
傾掃除就藤下移榻尋虛明惟共陸夫子醉與天
壤并

奉詶襲美先輩初夏見寄次韻　龜蒙

積雨曬臯圃門前烟水平蘋蘅增遥吹桃席分餘
淸村旆詫酒美賒來滿鏗程未必減宣子何羡謝
公榮借宅去人遠敗墻連古城愁鴟占枯枿野鼠
趨前楹昨日雲破損曉林先覺晴幽篁倚微照碧
粉含疎莖蠹簡有遺字瘵琴無泛聲蠶寒蠒尚薄
燕喜雛新成覽物正搖思得君初夏行誠明復散
誕化匠安能爭海浪刷三島天風吹六英洪崖領
玉節坐使虛音生吾祖傲洛客因言幾爲傖未裔

實漁者敢懷千墨卿唯思釣璜老遂得持竿情何
須乞鵝炙豈在斟羊羹畦蔬與甕醁便可相攜迎
蟠木几甚曲筍皮冠且輕閒心放羈靮醉脚從欹
傾一逕有餘遠一窗有餘明秦皇苦不達天下何
足幷

二遊詩 并序　　日休

吳之士有恩王府參軍徐修矩者守世書萬卷優
游自適余假其書數千卷未一年悉償夙志酣飫

經史或日晏忘飲食次有前涇縣尉任晦者其居
有深林曲沼危亭幽砌余並次以見之或退公之
暇必造以息焉林泉隱事恣用研詠大凡遊於二
君宅無浹旬之間因作詩以留贈目之曰二遊兼
寄陸魯望

徐詩

東莞爲著姓奕代皆雋喆强學取科第名聲盡孤
揭自爲方州來清操稱凛冽唯寫墳籍多必云清

俸絶宣毫利若風剡紙光於月扎吏指欲胼萬通
排未闋樓船若夏屋欲載如垤塿轉徙入吴都縱
横礙門闌縹囊輕似霧緗帙般於血以此爲基構
將斯用貽厥重於通侯印貴却全師節我愛參卿
道承家能介潔潮田五萬步草屋十數椽微宦不
能去歸來坐如刖保兹萬卷書守慎如羈紲念我
曾苦心相逢無間别引之看祕寶任得窮披閲軸
間翠鈿剝籤古紅牙折帙解帶芸香卷開和桂屑

枕兼石鋒刃榻共松瘡癬一臥寂無諠數編看盡
徹或携埽廨宇或把穿林樾挈過太湖風抱宿支
硎雪如斯未星紀悉得分毫末翦除幽僻藪滌蕩
玄微窟學海正狂波予頭向中頞（烏没反）聖人患不
學垂誡尤爲切苟昧古與今何殊瘠共矙（五滑反）昔
之慕經史有以傭筆札何況遇斯文借之不曾輟
吾衣任縠纑吾食甘糠覈其道苟可光斯文那自
伐何竹青堪殺何蒲重好截如能盈兼兩便足誅

飢渴有此競苟榮聞之兼可箴東皐耨烟雨南嶺提薇蕨何以謝徐君公車不聞設

任詩

任君恣高放斯道能寡合一宅閒林泉終身遠囂雜嘗聞佐浩穰散性多儽偣上五盍反下音沓不著事貌歘爾解其綬遺之如棄靸歸來鄉黨內却與親朋洽開溪未讓丁刿第方稱甲入門約百步古木聲霎霎廣檻小山欹斜廊怪石夾白蓮倚欄楯翠鳥緣簾

押地勢似五瀉巖形若三峽猿眠但膃肭晁食時
唓喽撥荇下文竿結藤縈桂𢮎門嚚蝅樹客壁倚
栽花鋪度歲止褐衣經旬唯白帽多君方閉户顧
我能倒屧請題在茅楝嚚坐於石榻魂從清景邇
衣任烟霞裛揩墀鼀任上桄㢚鷗方狎沼似頗黎
鏡當中見魚貶杯杓悉杉瘤盤筵盡荷葉閒斟不
置罰閒奕無爭劫閒日不整冠閒風無用箑以斯
爲思慮吾道寧疲苶衮衣競縲縩鼓吹爭鞺鞈欲

者解擠排詬者能詀讘權豪暫翻覆刑禍相塡壓

此時一圭竇不肯饒閶闔有第可棲息有書可漁

獵吾欲與任君終身以斯愜

奉和二遊詩　龜蒙

徐詩

嘗聞四書曰經史子集焉苟非天祿中此事無繇

全自從秦火來歷代逢迍邅漢祖入關日蕭何爲

政年盡力取圖籍遂持天下權中興延嘉時教化

還相宣立石刻五經置於太學前賊莽亂王室君
臣如轉圜洛陽且煨燼載籍宜爲烟逮晉武革命
生民纔息肩惠懷亟寡昧戎羯俄腥羶已覺天地
閉競爲東南遷日既不暇給墳索何繇專爾後國
脆弱人多尚虛玄任學者得謗淸言者爲賢直至
沈范輩沈約范雲皆藏書數萬卷始家藏簡編御府有不足仍
令就之傳梁元渚宮日盡取如蚳蝝兵威忽破碎
焚爇無遺篇近者隋後主搜羅勢騈闐寶函映玉

軸彩翠明霞鮮伊唐受命初載史聲連延砥柱不我助驚波湧淪漣遂令因去書半在餘浮泉貞觀購亡逸蓬巖漸周旋炅然東壁光與月爭流天偉夫開元中王道真平平八萬五千卷一一皆塗鉛（案開元麗正殿書錄云）人間盛傳寫海内奔竄研目云西齋書有過東皐田吾聞徐氏子奕世皆才賢因知遺孫謀不在黃金錢插架幾萬軸森森若戈鋋風吹籤牌聲滿室鏗鏘然佳哉鹿門子好問如除痟倏

來參卿處遂得參卿憐閒懷展厨麓唯在性所便
素業已千仞今爲峻雲巓雄才舊百派相近浮日
川君苞王佐圖縱步凌陶甄他時若報德誰在參
卿先

任詩

吳之辟疆園在昔勝槩敵前聞富修竹後說紛怪
石竟陵子陸羽玩月詩云辟疆舊林園怪石紛相向風烟慘無主載祀將
六百草色與行人誰能問遺迹不知清景在盡付

任君宅却是五湖光偷來傍簷隟出門向城路車
馬聲轔轢入門望亭隩水木氣岑寂𩰚牆繞曲岸
勢似行無極十步一危梁乍疑當絶壁池容澹而
古樹意蒼然僻魚驚尾半紅鳥下衣全碧斜來島
嶼隱悦若瀟湘隔雨静挂殘絲烟消有餘脉堨來
任公子擺落名利役雖將禄代耕頗愛巾隨策秋
籠支遁隺夜榻戴顒客説史足爲師譚禪差作伯
君多鹿門思到此情便適偶蔭桂堪帷縱吟苔可

席顧予眞任誕雅遂中心獲但喜醉還醒豈知玄
尚白甘閒在雞口不貴封龍額即此自怡神何勞
謝公屐

松陵集卷第一

虞山毛晋挍刋　男扆再挍

# 松陵集卷第二

## 徃體詩二十八首

### 追和虎丘寺清遠道士詩 幷序　日休

聖人爲春秋凡諸侯有告則書無告則不書蓋所以懲其僞而敦其實也夫怪之與神雖曰不言在傳則書之者亦摭其實而爲之也若然者神之與怪果安邪噫聖賢有不得其志者則必垂之於言也大則爲經誥小則爲歌詠蓋不信於當時則取

愬於後世抑鬼神有生不得其志者死亦然邪若
憑而宣之則石言乎晋物吽于宋是也若夢而辯
之則良夫有昆吾之歌聲伯有瓊瑰之謡是也自
茲巳後人倫不修神藻益熾在君人者悟之則爲
瑞逆之則爲妖其㝠諷昧剌時出於世者則與騷
人狎客往往敵於忽微焉虎丘山有清遠道士詩
一首其所稱自殷周而歷秦漢迄于近代抑二千
年末以鬼神自謂亦神怪之甚者格之以清健飾

之以俊麗一句一字若奪若搏彼建安詞人儻在不得居其右矣顏太師魯公愛之不暇遂刻于巖際并有繼作李太尉衛公欽清遠之高致慕魯公之素尚又次而和之顏之叙事也典李之屬思也麗並一時之寡和又幽獨君詩二首亦甚奇愴予嗜古者觀而樂之因總而爲和答幽獨君一篇不知孰氏之作其詞古而悲亦存于篇末太玄曰大無方易無時然後爲鬼神也噫清遠道士果鬼神

乎抑道家者流乎抑隱君子乎詞則巳矣人則吾

不知也

清遠道士同沈恭子遊虎丘寺有作

我本長殷周遭罹歷秦漢四瀆與五岳名山盡幽

竄及此寰區中始有近峯玩近峯何鬱鬱平湖渺

瀰漫吟挽川之陰步上山之岸山川共澄澈光彩

交凌亂白雲蓊欲帰青松忽消半客去川島靜人

來山島散谷深中見日崖幽曉非旦聞子盛遊遨

風流足詞翰嘉茲好松石一言常累歎勿謂予鬼
神欣君共幽讚
刻清遠道士詩因而繼作　太師魯公
不到東西寺于今五十春朅來從舊賞林壑宛相
親吴子多藏日秦皇厭勝辰劒池穿萬仞盤石坐
千人金氣騰爲虎琴臺化若神登壇仰生一捨宅
歎珣珉中嶺分雙樹迴巒絶四鄰窺臨江海接崇
飾四時新客有神仙者於兹雅麗陳名高清遠峽

文聚斗牛津跡異心寧間聲同質豈均悠然千載
後知我揖光塵
追和太師魯公刻清遠道士詩
太尉衛公
茂苑有靈峯嗟予未遊觀藏山在平陸壞谷爲高
岸岡繞數仞墻巖潛千丈餘乃知造化意迴斡資
奇玩鏐騰昔虎踞劒没常龍焕潭黛入海底峑岑
聳霄半層巒未昇日哀狖寧知旦綠篠夏凝陰碧

林秋不換寘搜既窈窕迴望何蕭散川映嵐氣收
江春雜英亂逸人綴清藻前哲留篇翰共抑哀玉
音皆舒文繡段難追彥回賞褚彥回曰凡人所稱常過其實唯見虎丘則逾其所聞徒起興公歎一夕如再升含毫星斗爛

追和清遠道士詩兼次本韻　　曰休

成道自衰周避世窮炎漢荊杞雖云梗烟霞尚容
竄茲岑信靈異吾懷愜流玩石澁古鐵鉎嵐重輕
埃漫松膏膩幽徑蘋沫著孤岸諸蘿幄幕暗衆鳥

陶匏亂巖鏬地中心海光天一半玄猿行列歸白
雲次第散蟾蜍生夕景沆瀣餘淸旦風日採幽什
墨客學靈翰嗟予慕斯文一詠復三歎顯晦雖不
同茲吟粗堪讚

同前亦次本韻　　龜蒙

一代先後賢聲容劇河漢況茲邁古士復歷蒼崖
竄辰經幾十萬邈與靈壽玩海嶽尚推移都鄙固
蕪漫羸僧下高閣獨鳥没遠岸嘯初風雨來吟餘

鍾唄亂如何錬精魄萬祀忽欲半寧爲斷臂憂肯作秋栢散吾聞酆宮内日月自昏旦左右修文郎縱横灑篇翰斯人久冥漠得不垂慨歎庶或有神交相從重與讚

補沈恭子詩并序　龜蒙

按淸遠道士詩題中有沈恭子同遊旣爲神怪之儔得非姓氏譌爲恭子乎一作若趙宣子韓獻子之類邪恭子美謚也而詩中有風流詞翰之稱豈獨

唱而不和者歟疑闕其文以爲恭子之恨乃作一章存於編中亦補亡之義也

靈質貫軒昊遐年越商周自然失遠裔安得怨寡儔我亦小國胤易名慙見優雖非放曠懷雅奉逍遥遊攜手桂枝下屬詞山之幽風雨一以過林麓颯然秋落日倚石壁天寒登丘丘荒泉已無夕敗棊翳不流亂翠缺月隱衰紅清露愁覽物性未逸反爲情所囚與才偶絕境佳藻窮冥搜虛傾寂寞

音敢作雜珮訓

幽獨君詩　二首

幽明雖異路平昔忝工文欲知潛昧處山北有孤墳

高松多悲風蕭蕭清且哀南山接幽隴幽隴空崔嵬白日徒昭昭不照長夜臺雖知生者樂魂魄安能迴況復念所親慟哭心肝摧慟哭更何言哀哉復哀哉

答幽獨君

神仙不可學形化空遊魂白日非我朝青松爲我門雖復隔幽顯猶知念子孫何以遺悲惋萬物歸其根寄語世上人莫厭臨芳樽莊生問枯骨三樂成虛言

追和幽獨君詩次韻　　日休

念爾風雅魄幽咽猶能文空令傷魂鳥啼破山邊墳

恨劇但埋土聲幽難放哀墳古春自晚愁緒空崔
嵬白楊老無花枯根侵夜臺天高有時裂川去何
時迴雙睫不能濡六藏無可摧不聞搴蓬事何必
深悲哉

同前次韻　龜蒙

靈氣獨不死尚能成綺文如何孤窆裏猶自讀三
墳
落日送萬古秋聲含七哀枯株不蕭瑟枝榦虛崔

嵬伊昔臨大道歌鍾醉高臺臺今已平地秖有春
風迴明月白草死積陰荒隴摧聖賢亦如此慟絶
真悠哉

讀黄帝陰符經寄鹿門子　龜蒙

凊晨整冠坐朗詠三百言儛識天地意獻詞犯乾
坤何事不隱德降靈生軒轅口銜造化斧鑿破機
關門五賊忽迸逸萬物爭崩奔虚施神仙要莫救
華池源但學戰勝術相高甲兵屯龍蛇競起陸鬬

血浮中原成湯與周武反覆更爲尊下及秦漢得
瀆弄兵亦煩姦强自林據仁弱無枝蹲狂喉恣吞
噬逆翼爭飛翻家家伺天發不肯匡淫昏生民墜
塗炭比屋爲寃魂秖爲讀此書大樸難久存微臣
與軒轅亦是萬世孫未能窮意義豈敢求瑕痕曾
亦愛兩句可與賢達論生者死之根死者生之根
方寸了十字萬化皆胚渾身外更何事眼前徒自
喧黄河但東注不見歸崐崘畫短苦夜永勸君傾

一樽

奉和讀陰符經見寄　日休

三百八十言出自伊祁氏上以生神仙次云立仁義玄機一以發五賊紛然起結爲日月精融作天地髓不測似陰陽難名若神鬼得之昇高天失之沈厚地具茨雲木老大塊烟霞委自顙項以降賊爲聖人軌堯乃一庶人得之賊帝摯摯見其德尊脫身授其位舜惟一鰥民冗冗作什器得之賊帝

堯白丁作天子禹本刑人後以功繼其嗣得之賊
帝舜用以平洚水自禹及文武天機愔然弛姬公
樹其綱賊之爲聖智聲詩川競大禮樂山爭峙爰
從幽厲餘宸極若孩稚九伯眞犬彘諸侯實虎兕
五星合其耀白日下闕里繇是生聖人於焉當亂
紀黃帝之五賊拾之若青紫高揮春秋筆不可刊
一字賊子虐甚斯姦臣痛於箠至今千餘年蚩蚩
受其賜時代更復改刑政崩且陊予將賊其道所

動多訕毁叔孫與臧倉賢聖多如此如何黄帝機
吾得多坎躓縱失生前禄亦多身後利我欲賊其
名垂之千萬祀

初夏遊楞伽精舍　日休

越艑輕似萍漾漾出烟郭人聲漸疎曠天氣忽寥
廓伊予愜斯志有似劀癥瘼遇勝即夷猶逢幽且
淹泊俄然棹深處虚無倚巖崿霜毫一道人引我
登龍閣當中見壽象欲禮光紛箔珠幡時相鏗恐

是諸天樂樹杪見䚡稜林端逢赭垩千尋井猶在

萬祀靈不涸下通蛟人道水色黮而惡欲照六藏

驚將窺百骸愕揭去山南嶺其險如邛筰悠然放

吾與欲把青天摸紫藤垂罽珥紅荔縣纓絡蘚厚

滑似黍峰尖利如鍔斯須到絕頂似愈漸離燿一

片太湖光只驚天漢落梅風脫綸帽乳水透芒屩

嵐姿與波彩不動渾相著旣不暇供應將何以酬

酢却來穿竹徑似入青油幕穴恐水君開龕如鬼

工鑿窮幽入兹院前楯臨巨壑遺画龍奴獰殘香
蟲篆薄褫魂窺玉鏡澄慮聞金鐸雲態共縈留鳥
言相許諾古木勢如虺近之恐相螫怒泉聲似激
鬪之意爭博時禽倏已默衆籟蕭然作遂令不羈
性戀此如纆縛念彼上人者將生付寂寞曾無膚
撓事肯把心源度胡爲儒家流没齒勤且恪沐猴
本不冠未是謀生錯言行旣與謫棲遲亦同託願
力儻不遺請作華林鶴

奉和初夏遊楞伽精舍次韻　龜蒙

吳都涵汀洲碧液浸郡郭微雨蕩春醉上下一清
廓奇蹤欲探討靈物先瘵瘼飄然蘭棄舟旋倚烟
霞泊吟談亂篙櫓夢寐雜巇嶨纖情不可逃洪筆
難暫閣豈知楞伽會乃在山水箔金仙著書日世
界名極樂薝蔔冠諸香琉璃代華堊禽言經不輟
象口川寧涸萬善峻爲城巉巉扞羣惡淸晨欲登
造安得無自愕險穴駭坤牢高蘿挂天筰池容澹

相向蛟怪如可摸苔蔽石髓根蒲差水心鍔嵐侵
答摩髻日照狻猊絡仰首乍眩旋迴眸更煇燿簷
端凝去聲飛羽磴外浮碧落到迴解風襟臨幽濯雲
屩塵機性非便靜境心所著自取海鷗知何煩尸
祝酢峯圍震澤岸翠浪舞綃幕瀲灧豈堯遭峻嶒
非禹鑿潛聽鍾梵處別有松桂鬱靄重燈不光泉
寒綱猶薄僮能躡孤刹烏慣親擬鐸服道身可遺
乞閒心已諾人間亦何事萬態相毒螙戰壘競高

深儒衣諁襃博宣尼名位逹未必春秋作管氏包
伯圖須人解其縛伊予采樵者蓬藋方索漠近得
風雅情聊將聖賢度多君富遒采識度兩清恪詎
寵生滅詞肯敎夷夏錯未爲堯舜用且向烟霞託
我亦擺塵埃他年附鴻鶴

公齋四詠　日休

小松

婆娑只三尺移來白雲徑亭亭向空意巳解凌遼

籉葉健似虬鬚枝脆如鶴脛清音猶未成紺彩空
不定陰圓小芝蓋鱗澁修荷柄先愁被鶡搶預恐
遭蝸病結根幸得地且免離離映磥砢不難遇在
保晩成性一日造明堂爲君當畢命

小桂

一子落天上生此青壁枝欻從山之幽斸斸雲根
移勁挺隱珪質盤珊緹油姿葉彩碧髓融花狀白
毫鞋稜層立翠節偃蹇樛青螭影澹雪霽後香汎

風和時吾祖在月窟孤貞能見怡願老君子地不
敢辭喧畢

新竹

笠澤多㚘竹移之植後楹一架三百本綠沈森㝠
㝠圓緊珊瑚節彭利翡翠翊儼若青帝仗矗如紫
姑屛㰂㰂微風度漠漠輕靄生如神語鈎天似樂
奏洞庭一玩九藏冷再聞百骸醒有根可以執有
篠音福譜云竹實可以馨願禀君子操不敢先凋零

鶴屏

三幅吹空縠，孰寫仙禽狀。氄耳側似聽，相隺經云：骵刺氄耳則聽响遠。赤精矌如望。露眼赤精則視遠。引吭看雲勢，翹足臨池様。頗似近蓐席，還如入方丈。盡日空不鳴，窮年但相向。未許子晉乘，難教道林放。貌既合羽儀，骨亦符法相。願升君子堂，不必思崐閬。

奉和公齋四詠次韻　　龜蒙

小松

擢秀遁客巖遺根飛鳥徑因求飾淸閟遂得辭危
負貞同栢有心至若珠無歷枝形短未怪鬣數差
難定名山記云松有兩鬣三鬣七鬣者言如馬鬣形也言粒者非況密三天風
方遵四時柄那與培塿歎免答鄰里病微霜靜可
分片月疎堪映奇當虎頭筆韻叶通明性會拂陽
烏胥掄材膺帝命

小桂

諷賦輕八植擅名方一枝才高不滿意更自寒山

移宛宛別雲態蒼蒼出塵姿烟帰助華杪雪點迎芳蕤青條坐可結白日如奔螭諒無劉音鶯翦憂郎是蕭森時洛浦雖有蔭騷人聊自怡終爲濟川檝豈在論高卑

新竹

別塢破苔蘚嚴城樹軒楹恭聞稟璇璣化質離青冥竹璇璣玉精受氣于玄軒之宿色可定雞頭實堪招鳳翙立窺五嶺秀坐對三都屏晴月窈窕入曙烟霏微生昔

者尚借宅況來處賓庭金壘縱傾倒碧露還鮮醒

若非抱苦節何以偶惟馨徐觀稚龍出更賦錦苞

零

鶴屏

時人重花屏獨即胎化狀叢毛練分彩疎節筇相

望八公相隺經云大毛落叢毛生其色如雪又云高脚疎節則多跛也曾無氄毿態

頗得連軒樣勢擬搶高尋身猶在函丈如憂雞鶩

鬭似憶烟霞向塵世任縱橫霜襟自閒放空資明

遠思不待浮丘相何繇振玉衣一舉棲瀛闕

覽皮先輩盛製因作十韻以寄用伸歎仰

前進士崔璐

河嶽挺靈異星辰精氣殊在人爲英哲與國作禎
符襄陽得奇士俊邁眞龍駒勇果曾仲繇文賦蜀
相如渾浩江海廣葩華桃李敷小言入無間大言
塞空虛幾人遊赤水夫子得玄珠鬼神爭奥秘天
地借洪罏既有曾參行仍兼君子儒吾知上帝意

將使居黄樞好保千金體須爲萬姓謨

奉酬次韻　　日休

伊余幼且賤所稟自以殊弱歲謬知道有心匡皇
符意超海上鷹運踢轅下駒縱性作古文所爲皆
自如但恐才格劣敢誇詞彩敷句句考事實篇篇
窮玄虚誰能變羊質競不獲驪珠粤有造化手曾
開天地鑪文章鄴下秀氣貎淹中儒展我此志業
期君持中樞蒼生眼穿望勿作磻溪謨

奉和因贈至一百四十言　龜蒙

孔聖鑄顏事垂之千載餘其間王道乖化作荆榛
墟天必授賢哲爲時攻蒭除軻雄骨已朽百氏徒
趑趄近者韓文公首爲閞闢鋤夫子又繼起陰霾
終廓如搜得萬古遺裁成十編書南山盛雲雨東
序堆璠璵偶此眞籍客悠揚兩情攄清辭忽窈窕
雅韻何虛徐唱旣野芳坼酬還天籟疎輕波掠翡
翠曉露披芙蕖儷曲信寡和末流難嗣初空持一

竿餌有意戲鯨魚

松陵集卷第二

虞山毛晉挍刊　男扆再挍

# 松陵集卷第三

往體詩二十首

太湖詩并序　　日休

余頃在江漢嘗耨鹿門㪣洞湖然而未能放形者抑志於道也爾後以文事造請於是南浮至二別涉洞庭廻觀敷淺源登廬阜濟九江絲天社抵霍嶽又自箕潁轉樊鄧陟商顏入藍關凡自江漢至于京師者十數侯繞者二萬里道之不行者有困

辱危殆志之可適者有山水遊玩則休戚不孤矣
咸通九年自京東遊復得宿太華樂荊山賞女几
度轘轅窮嵩高入京索浮汴渠至揚州又航天塹
從北固至姑蘇噫江山幽絶見貫于地誌者余之
所到不翅于半則烟霞魚鳥林壑雲月可爲屬厭
之具矣尚楞然於志者抑古聖人所謂獨行之性
乎逸民之流乎余眞得而爲也爾後聞震澤包山
其中有靈異學黄老徒樂之多不返益欲一觀豁

平生之欝欝焉十一年夏六月會大司諫清河公憂霖雨之爲患乃擇日休將公命禱于震澤祀事既畢神應如響於是太湖之中所謂洞庭山者得以恣討凡所歷皆圖籍稱爲靈異者遂爲詩二十章以志其事兼寄天隨子

初入太湖 從胥口入去州五十里

聞有太湖名十年未曾識今朝得遊汎大笑稱平昔一舍行胥塘盡日到震澤三萬六千頃千頃頗

黎色連空淡無纇照野平絶㵳好放青翰舟堪弄
白玉笛疎岑七十二嵏嵏露矛戟悠然嘯傲去天
上揺画鷁西風乍獵獵驚波罨涵碧倏忽雪陣吼
須臾玉崖拆樹動爲蜃尾山浮似鼇脊落照射鴻
溶漓輝蕩抛捲雲輕似可染霞爛如堪摘漸瞑無
處泊挽帆從所適枕下聞澎汃肌上生瘮痺討異
足邅廻尋幽多阻隔願風與良便吹入神仙宅甘
將一蘊書永事嵩山伯

曉次神景宮

夜半幽夢中扁舟似鳧躍曉來到何許俄倚包山脚三百六十丈攢空利如削遐瞻但徙倚欲上先矍鑠濃露濕莎裳淺泉漸音尖草屩行行未一里節境轉寂寞静徑侵洑寥仙扉傍巖崒松聲正清絶海日方照灼欻臨幽虚天萬想皆擺落壇靈有芝菌殿聖無鳥雀瓊幃自廻旋錦旌空燦錯鼎氣爲龍虎香烟混丹臒凝看出次雲默聽語時鶴綠書

不可注雲笈應無鑰晴來鳥息喜養裏花光弱天
籟如擊琴泉聲似擬鐸清齋洞前院敢負玄科約
空中悉羽章地上皆靈藥金醴可酣暢玉豉堪咀
嚼存心服燕胎叩齒讀龍蹻福地七十二茲焉堪
永託在獸之虎貙於蟲不毒蠚嘗聞撐骨籙仙誌
非可作綠腸既朱髓青肝復紫絡伊余之此相天
與形貌惡每嗟原憲瘇常苦齊侯瘧終然合委頓
剛亦慕寥廓三茅亦嘗仕竟與珪組薄欲問包山

神來睬少巖磎

入林屋洞

齋心已三日筋骨如烟輕腰下佩金獸手中持火鈴幽塘四百里中有日月精連亘三十六各各爲玉京自非心至誠必被神物烹顧余慕大道不能惜微生遂招放曠侶同作幽憂行其門纔函丈初若盤薄硎洞氣黑昳耿苔髮紅鬖鬡試足值坎窞低頭避崢嶸攀緣不知倦怪異焉敢驚匍匐一百

步稍稍策可横忽然白蝙蝠來撲松炬明人語散
須洞石響高玲玎脚底龍蛇氣頭上波濤聲有時
若服匿偪仄如見繃俄爾造平澹豁然逢光晶金
堂似鑄出玉座如琢成前有方丈沼凝碧融人情
雲漿湛不動喬露涵而馨漱之恐臧算勺之必延
齡愁爲三官責不敢携一甌昔云夏后氏於此藏
眞經刻之以紫琳祕之以丹瓊期之以萬祀守之
以百靈焉得彼丈人竊之不加刑石簣一以出左

神俄不扃禹書旣云得吳國緜是傾蘚縫纔半尺
中有怪物腥欲去旣嘆喟將廻又伶俜却遵舊時
道半日出杳冥屨泥（去聲）惹石髓衣濕沾雲英玄籙
乏仙骨青文無絳名雖然入陰宮不得朝上清對
彼神仙窟自厭濁俗形却憎造物者遣我騎文星

雨中遊包山精舍

松門亘五里彩碧高下絢幽人共躋攀勝事頗清
便髣髴林上雨隱隱湖中電薜帶輕束腰荷笠低

遮面濕屨黏烟露穿衣落霜霰笑次度巖磴困中
遇臺殿老僧三四人梵字十數卷施稀無夏屋境
僻乏朝膳散髮抵泉流支頤數雲片坐石忽忘起
捫蘿不知倦異蝶時似錦幽禽或如鈿簝筹還戞
刃栟櫚自搖扇俗態既斗藪野情空眷戀道人摘
芝菌爲予備午饌渴與石橊羹饑愜胡麻飯如何
事于役兹遊急於傳却將塵土衣一任瀑絲濺

遊毛公壇

却上南山路松行儼如廡松根礙幽徑孱顔不能
斧擺孋跨亂雲側巾蹲怪樹三休且半日始到毛
公塢兩水合一澗潨崖却爲浦相敵百千戟共攂
十萬鼓噴散日月精射破神仙府唯愁絶地脉又
恐折天柱一窺耳目眩再聽毛髮竪次到鍊丹井
井幹翳宿莽下有蓝剛丹勺之百疾愈凝於白獺
髓湛似桐馬乳黄露醒齒牙碧粘甘胇腑檜異松
復怪枯踈互撑拄乾蛟一百丈髐然半天舞下有

毛公壇壇方不盈畝當時雲龍篆一片苔蘚古有劉先生鎮壇符今存于堂時時仙禽來忽忽祥烟聚我愛周息元忽起應明主周徵君名曰息元三諫却歸來迴頭唾珪組伊余何不幸斯人不復覩如何大開口與世爭枯腐將山待夸娥以肉投猰㺄欻坐侵桂陰不知已與午茲地足靈境他年終結宇敢道萬石君輕於一絲縷

三宿神景宫

古觀岑且寂幽人情自怡一來包山下三宿湖之
湄況此深夏夕不逢清月姿玉泉浣衣後金殿添
香時客省高且敞客牀蟠復奇石枕冷入腦筝席
寒侵肌氣清寐不着起坐臨堦墀松陰忽微照獨
見螢火芝素鶴警微露白蓮明暗池窗櫺帶乳蘚
壁縫含雲䕩聞磬走魍魎見燭奔鸎雌沆瀣欲滴
瀝芭蕉未離披五更山蟬響醒發如吹篪杉風忽
然起飄破步虛詞道客巾屨樣上清朝禮儀明發

作此事豈復甘趨馳

以毛公泉一缾獻上諫議因寄

劉根昔成道茲塢四百年毿毿被其體號爲綠毛仙因息清泠汲鑿彼岸巔五色既錬矣一勺方鏗然既用文武火俄竆雌雄篇赤鹽撲紅霧白花飛素烟服之生羽翼倏爾冲玄天眞隱尚有迹厥祀將近千我來討靈勝到此期終焉滴苦破竇淨蘚深餘甃圓澄如玉髓潔泚若金精鮮顏色半帶

乳氣味全和鉛飲之融痞蹇濯之伸拘攣有時玩者觸倏忽風雷顛素綆絲不短越𨁝腹甚便汲時月液動擔處玉漿旋敢獻大司諫置之鈴閣前清如介潔性滌比掃蕩權炙背野人與亦思侯伯憐也知飲氷苦願受一缾泉

縹緲峰

頭戴華陽帽手拄大夏筇清晨陪道侶來上縹緲峰帶露鼸藥蔓和雲尋鹿蹤時驚鼯鼪鼠飛上千

丈松翠碧內有室叩之虛硿隆（上戶冬反　下音隆）古穴下
徹海視之寒、澒濛遇歇有佳息緣危無倦客須臾
到絶頂似鳥穿樊籠恐足蹈海日疑身淩天風衆
岫點巨浸四方接圓穹似將靑螺髻撒在明月中
片白作越分孤嵐爲吳宮一陣䨴靆氣隱隱生湖
東激雷與波起狂電將日紅礊礊雨點大金髇轟
下空暴光隔雲閃髣髴亘天龍連拳百丈尾下拔
湖之洪捽爲一雪山欲與昭回通移時却摛下細

碎衡與嵩神物諒不測絶景尤難窮杖策下返照
漸聞仙觀鍾烟波濆肌骨雲氎闐心胸竟死愛未
足當生且歡逢不然把天爵自拜太湖公

桃花塢

夤緣度南嶺盡日穿林樾窮深到兹塢逸興轉超
忽塢名雖然在不見桃花發恐是武陵溪自閉仙
日月倚峰小精舍當嶺殘耕垡將洞任𢌞環把雲
恣披拂閒禽啼叫篠險狖眠硉矹微風吹重嵐碧

當是探字

埃輕勃勃清陰減鶴睡秀色治人渴敲竹鬬錚擬
弄泉争咽嗢空齋蒸栢葉野飯調石髮空羨塲中
人終身無屐韈

明月灣

曉景澹無際孤舟恣迴環試問最幽處號爲明月
灣半巖翡翠巢望見不可攀栁弱下絲網藤深垂
花鬘松瘦忽似狖石文或如戲釣壇兩三處苔老
腥斒斑沙雨幾處霽水禽相向閒野人波濤上白

屋幽深間曉培橋裁去暮作魚梁還清泉出石砌
好樹臨柴關對此老且死不知憂與患好境無處
住好處無境刪赦然不自適脉脉當湖山

練瀆吴王所開

吴王厭得國所玩終不足一上姑蘇臺猶自嫌局
促艅艎六宫鬧艨衝後軍肅一陣水麝風空中蕩
平淥島困避錦帆龍蹌防鐵軸流蘇惹烟浪羽葆
飄岩（巖）谷靈境太蹂踐因茲塞林屋空闊嫌太湖崎

嶇開練瀆三尋醫石齒數里穿山腹底静似金膏
礫碎如丹粟波殿鄭妲醉蟾閣西施宿幾轉含烟
舟一唱來雲曲不知欄楯上夜有越人鏃君王掩
面死嬪御不敢哭艶魄逐波濤荒宫養麋鹿國破
溝亦淺代變草空緑白鳥都不知朝眠還暮浴

投龍潭 在龜山

龜山下最深惡氣何洋溢涎木爆龍巢腥風卷蛟
室曉來林岑静獰色如怒日氣涌撲炱煤波澄掃

純漆下有水君府貝闕光櫛比左右列介臣縱橫
守鱗卒月中珠母見烟際楓人出生犀不敢燒水
怪恐擢踤時有慕道者作彼投龍術端嚴持碧簡
齊戒揮紫筆兼以金蜿蜒投之光燄律琴高坐赤
鯉何許縱仙逸我願與之遊兹焉託靈質

孤園寺　梁散騎常侍吳猛宅

艇子小且兀緣湖蕩匀芷縈紆泊一碕宛到孤園
寺蘿島凝淸陰松門湛虚翠寒泉飛碧螭古木鬪

蒼兕鐘梵在水魄樓臺入雲肆岩邊足鳴蠻樹杪
多飛鼯香莎滿院落風氾金霍靡靜鶴啄栖蠹閒
猱弄楹倚小殿薰陸香古經貝多紙老僧方暝坐
見客還强起指兹正險絶何以來到此先言洞壑
數次話眞如理磬韻醒閒心茶香凝皓齒巾之刼
貝布饌以旃檀餌數刻得清淨終身欲依止可憐
陶侍讀身列丹臺位雅號曰勝力亦聞師佛氏陶隱居嘗夢見佛像謂巳曰爾常七地大王號曰勝力也
今日到孤園何妨稱弟

子

上真觀

徑盤在山肋繚繞窮雲端摘菌杖頭紫緣崖屐齒
刓半日到上真洞宮知造難雙戶啟真景齋心方
可觀天鈞鳴響亮天祿行蹣跚琪樹夾一徑萬條
青琅玕兩松峙庭際怪狀吁可歎大螾騰共結修
蛇飛相盤皮膚坼甲胄枝節擒貙犴罅處似天裂
朽中如井眢𧝓褷風聲疕䟫跒地力痑音攤根上露

鉗鈇空中狂波瀾合時若莽蒼闞處如轘轅儼對
無霸陣靜問巖陵灘靈飛一以護山都焉敢干兩
絜
廊潔寂歷中殿高嶒屹靜架九色節閒懸十絕幡
徼風時一吹百寶清闌珊昔有葉道士位當昇靈
官欲箋紫微志唯食虹景丹既逐隱龍去道風猶
恐
此殘猶聞絳目草往往生空壇羽客兩三人石上
譚泥丸謂我或龍胄粲然與之懽衣巾紫華冷食
次白芝之寒自覺有眞氣恐隨風力摶明朝若更住

必擬窻儒冠

銷夏灣

太湖有曲處其門爲兩崖當中數十頃别如一天池號爲銷夏灣此名無所私赤日莫斜照淸風多逄吹沙嶼掃粉墨松竹調塤篪山果紅䩺䩼水苔靑髤髹木陰厚若瓦岩磴滑如飴我來此遊息夏景方赫曦一坐盤石上肅肅寒生肌小艖或可泛方言云小舸謂之艖短策或可支行鷺翠羽起坐見白蓮披

斂袖弄輕浪解巾敞涼颸但有水雲見更餘沙禽
知京洛往來客竭死緣奔馳此中便可老焉用名
利爲

包山祠

白雲最深處像設盈岩堂村祭足茗䉶水奠多桃
漿箬籩窔古砌薜荔綳頳墻爐灰寂不然風送杉
桂香積雨晦州里流波漂稻粱公惟大司諫憫此
如發狂命予傳明禱祇事實不遑一奠若肸蠁再

祝如激揚出廟未半日隔雲逢澹光夔夔雨點少
漸收羽林槍忽然山家犬起吠白日傍公心與神
志相向如玄黄我願作一疏奏之于穹蒼留神千
萬祀永福吳封疆

聖姑廟在大姑山晉王彪二女相次而殁有靈因而廟焉

洛神有靈逸古廟臨空渚暴雨駁丹青荒蘿繞梁
梠野風旋芝蓋飢烏銜椒糈寂寂落楓花時時鬬
鼯鼠常云三五夕盡會妍神侶月下留紫姑霜中

召青女俄然響環珮倏爾鳴機杼樂至有聞時香
來無定處目瞪如有待魂斷空無語雲雨竟不生
留情在何處

太湖石 出黿頭山

兹山有石岸抵浪如受屠雪陣千萬戰蘚岩高下
剜乃是天詭怪信非人功夫白丁一云取難甚綱
珊瑚厥狀復若何鬼工不可圖或拳若虺蜴或蹲
如虎貙連絡若鉤鏁重疊如萼跗或若巨人骼或

如太帝符胮肛質簹笋格礫琅玕株斷處露海眼
移來和沙鬒求之煩毫倪載之勞舳艫通侯一以
聘貴却驪龍珠厚賜以賧畫遠去窮京都五侯土
山下要爾添嵒齬賞玩若稱意爵祿行斯須苟有
工佐士崛起於太湖試問欲西笑得如兹石無

菴裏傍龜山下有良田二十頃

菴裏何幽奇膏腴二十頃風吹稻花香直過龜山
頂青苗細膩臥白羽悠溶静塍畔起鸜鵒田中通

舴艋幾家傍潭洞孤戍當林嶺罷釣時煮菱停繰或焙茗峭然八十老生計於此永苦力供征賦怡顔過朝暝洞庭取異事包山極幽景念爾飽得知亦是遺民幸

石坂在石公山前

翠石數百步如板漂不流空疑水妃意浮出青玉洲中若瑩龍劍外唯疊蛇矛狂波忽然死浩氣清且浮似將翠黛色抹破太湖秋安得三五夕携酒

棹扁舟召取月夫人嘯歌於上頭又恐霄景濶虛

皇拜仙侯欲建九錫碑立當十二樓瓊文忽然下

石板誰能留此事少知者唯應波上鷗

奉和太湖詩二十首　　　龜蒙

初入太湖

東南具區雄天水合爲一高帆大弓滿羿射争箭

疾時當暑雨後氣象仍鬱崒乍如開彫笯音奴籠也聳

翅忽飛出行將十洲近坐覺八極溢耳目駭鴻濛

精神寒佶栗坑來斗呀豁涌處驚嵳峷嶮巽拔龍湫喧如破蛟室斯須風妥帖若受命平秩微茲識端倪遠嶠疑格音閣筆巉巉見銅闕湖中穹崇山有銅闕左右皆輔弼盤空儼相趨去勢猶横逸嘗聞咸池氣下注作清質至今涵赤霄尚且浴白日太湖上稟咸池五車之氣故一水五名也又云搆浮玉宛與崑閬匹肅爲靈官家此事難致詰太湖乃仙家浮玉之北堂纔迎沙嶼好指顧俄已失山川互蔽虧魚鳥空聱語虓反耴魚乙反何當授真檢

得召天吳術一一問朝宗方應可譚悉

曉次神景宫

曉帆逗碕岸高步入神景灑灑襟袖清如臨蕋珠
屏雖然群動息此地常寂静琴鑷有寒鏘碧花無
定影憑軒羽人傲夾戶天獸猛稽首朝元君褰衣
就虛省呀空雪牙利漱水石齒冷香母未番嬰芝
田不論頃遥通河漢口近撫松桂頂飯薦七白蔬
杯釃九光杏人間附塵躅固陋真鉗頸肯信抃鼇

傾猶疑夏蟲永玄津蕩瓊蘢紫汞啼金鼎盡出氷霜書期君一披省

入林屋洞

知名十小天林屋當第九人間三十六洞天知名者十耳餘二十六天出九微志未行於世題之爲左神理之以天后林屋洞爲左神幽虛之天即天后眞君之便闕魁堆辟邪輩左右專備守自非方瞳人不敢窺洞口惟君好奇士復嘯忘情友致傘在風林低冠入雲竇巾深劇苔井傍坎纔藥臼石角忽

支頤藤根時束肘初爲大幽怖漸見微明誘屹若造靈封森如達仙藪嘗聞白芝秀狀與琅花偶又坐紫泉光甘如酌天酒白芝紫泉皆此洞所出乃神仙之飲餌非常人所能得何人能挹嚼餌以代漿粮却笑探五符徒勞步雙斗真君不可見焚盥空遲久眷戀玉碣文行行但迴首

雨中遊包山精舍

包山信神仙主者上真職及棲鐘梵侶又是清凉

域乃知烟霞地絶俗無不得岩開一徑分栢擁深殿黑僧閒若圖畫像古非雕刻海客施明珠湘⿰豕隹料平聲淨食有魚皆玉尾有鳥盡金臆手携鞞鐸佉唐言楊枝若在中印國千峯殘雨過萬籟淸且極此時空寂心可以遺智識知君戰未勝尚倚功名力却下聽經徒生公有聽經石孤帆有行色

毛公壇

古有韓終道授之劉先生身如碧鳳凰羽翼披輕

輕先生盛驅役臣伏甲與丁勢可倒五岳不唯鞭
群靈飄颻駕翔螭白日朝太清空遺古壇在稠疊
烟蘿屏遠懷步罡夕列宿森然明四角鎮露獸三
層差羽嬰迴睥盼七炁運足馳踈星象外眞既感
區中道俄成邇來向千祀雲嶠空峥嶸石上橋花
落石根瑶草青時時白鹿下此外無人行我訪岑
寂境自言齋戒精如今君安死安字君魂魄猶羶腥
有笈皆綠字有芝皆紫莖相將望瀛島浩蕩淩滄

濱

三宿神景宫

靈蹤未遍尋不覺溪色暝廻頭問棲所稍下杉蘿徑岩居更幽絶澗户相隱映過此即神宫虚堂愜雲性四軒盡疎達一榻何清零去聲髣髴聞玉笙敲鏗動凉磬風凝古松粒露壓修荷柄萬籟旣無聲澄明但心聽希微辨眞語若授虚皇命尺宅按來平華池漱餘淨頻窺宿羽罷三吸晨霞盛豈獨泠

衣襟便堪遺造請徒探物外趣未脫塵中病舉手
謝靈峰徜徉事歸榜

以毛公泉獻大司諫清河公

先生鍊飛精羽化成翩翻荒壇與古甃隱軫清泠
存四面蹙山骨中心含月魂除非紫水脉即是金
沙源香實灑桂蕋甘惟漬雲根向來探幽人酌罷
袪蒙昏況公珪璋質近處諫諍垣又聞虛靜姿早
挂冰雪痕君對瑤華味重獻蘭蕙言當應滌煩暑

朗詠暈飛軒我願得一掬攀天呌重閽霏霏散爲
雨用以移焦原

縹緲峰

左右皆跳岑孤峰挺然起因息縹緲稱乃在虛無
裏淸晨躋磴道便是孱顔始據石卽更歌遇泉還
徙倚花奇忽如薦樹曲渾成几樂靜烟靄知忘機
猿狖喜頻攀峻過斗末造平如砥舉首閱青冥廻
眸聊下睩高帆大於鳥廣墠徒旦反纔類蟻就此微

莊中争先未甞巳葛洪話剛氣去地四十里苟能
乗之遊止若道路耳吾將自峰項便可朝帝宸盡
欲活群生不唯私一巳超騎明月斡復弄華星蕋
却下蓬萊巔重窺清淺水身爲大塊客自號天隨
子他日向華陽敲雲問名氏

桃花塢

行行問絶境貴與名相親空經桃花塢不見秦時
人願此爲東風吹起枝上春願此作流水潛浮蕋

中塵願此爲好鳥得棲花際鄰願此作幽蝶得隨花下賔朝爲照花日暮作涵花津試爲探花士出作偷桃臣桃源不我棄庶可全天真

明月灣

昔聞明月觀在建業故臺城秖傷荒野基今逢明月灣不值三五時撑此二明月洞庭看最奇連山忽中斷遠樹分毫釐周廻二十里一片澄風漪見說秋半夜淨無雲物欺蒹之星斗藏獨有神仙期初聞鏘

鐐銚音姚積漸調參差空中卓羽衛波上停龍螭縱
舞玉烟節高歌碧霜詞清光悄不動萬象寒咿咿
此會非俗致無繇得旁窺但當乘扁舟酒甕仍相
隨或徹三弄笛或成數聯詩自然瑩心骨何用神
仙爲

練瀆一云吳王開以練兵

越恃君子衆大將壓全吳越有私卒君子六千人吳將派天
澤以練舟師徒一鏡止千里支流忽然迂蒼奩束

洪波坐似馮夷軀戰艦百萬輩浮宮三十餘平川
盛丁寧絶島分儲胥鳳押牛鶴膝錦杠雜肥胡香
烟與殺氣浩浩隨風驅彈射盡高鳥杯餞醉潛魚
山靈恐見鞭水府愁爲墟兵利德日削反爲儲國
屠至今鈎鏃殘尚與泥沙俱照此月倍苦來兹烟
亦孤丁魂尚有淚合灑青楓枯

投龍潭

名山潭洞中自古多祕邃君將接神物聊用申祀

事鎔金象牙角尺木無不備亦旣奉眞官因之狥
前志持來展明詔敬以授嘉瑞鱗光煥水容目色
燒山琴吾皇病秦漢豈獨探怪異所貴風雨時民
皆受其賜良田爲巨浸汚澤成赤地掌職一不行
精靈又何寄唯貪血食飽但據驪珠睡何必費黄
金年年授星使

孤園寺

浮屠從西來事者極梁武岩幽與水曲結構無遺

土窮山林榦盡竭海珠璣聚况卽侍從臣敢愛烟
波塢幡條玉龍扣殿角金虬舞釋子厭樓臺生人
露風雨今來四百載像設藏雲浦輕鴿亂馴鷗鳴
鍾和朝櫓庭蕉裂旗旆野蔓差纓組石上解空人
窗前聽經虎林虛葉如織水淨沙堪數徧問得中
天帰修釋迦譜

上眞觀

嘗聞昇三清眞有上中下官居乗佩服一一自相

亞霄裾或霞粲侍女怨玉妃坐進金碧腴去馳颷
欻駕今來上眞觀俔若心靈訝秪恐暫神遊又疑
新羽化風餘撼朱草雲破生瑶樹望極覺波平行
虛信烟藉閒開飛龜帙静倚宿鳳架俗狀旣能遺
塵冠聊以卸人間方大火此境無朱夏松葢蔭日
車泉紳拖天罅窮幽不知倦復息芝園舍鏘珮引
凉姿焚香禮遥夜無情走聲利有志依閒暇何處
好迎僧希將石樓借

# 銷夏灣

霞島焰難泊，雲峰奇未收。蕭條千里灣，獨自淸如秋。古岸過新雨，高蘿蔭橫流。遙風吹蒹葭，折處鳴颼颼。昔予守圭竇，過於回祿，因日爲籧篨徒（渠曲二音），篳之分作袛裯（低刀二音）襤（並單衣異名）。顧狎寒水怪，不封朱轂侯。豈知烟浪涯，坐可息重裘。健若數尺鯉，泚然雙白鷗。不識號火井，孰問名焦丘。我眞魚鳥家，盡室營扁舟。遺名復避世，消夏還消憂。

包山祠

靜境林麓好古祠烟靄濃自非通靈才敢陟群仙峰百里波浪沓中堂簫鼓重眞君貝瓊鼙髣髴來相從清露濯巢烏陰雲生画龍風飄橘柚香日動幡蓋容將命禮且潔所祈年不凶終當以疏聞特用諸侯封

聖姑廟

淼淼洞庭水盈盈芳嶼神因知古佳麗不獨湘夫

人流蘇蕩逶吹斜嶺生輕塵蜀綵駮霞碎吳綃盤
霧兮可憐飛燕姿合是乘鸞賓坐想烟雨夕兼之
花草春空登油壁車窈窕誰相親好贈玉條脫堪
携紫綸巾殷勤掇香池重薦汀洲蘋明朝動蘭檝
不翅星河津

太湖石

他山豈無石厥狀皆可薦端然遇良工坐使天質
變或裁基棟宇礧砢成廣殿或剖出温瑜精光具

華瑱或將破仇敵百礮資苦戰或用鏡功名萬古

如會面今之洞庭者一以非此選槎牙眞不材反

作天下彥所奇者嵌崆所尚者葱蒨旁穿參洞穴

內竅均環釧刻削九琳窓玲瓏五明扇新雕碧霞

段旋剖秋天片無力置池塘臨風只流眄

菴裏

山横路若絶轉檝逢平川川中水木幽高下兼良

田溝塍墮微灡桑柘含踈烟處處倚蠶箔家家下

魚筌駃犢臥新菼野禽爭折蓮試招搔首翁共語

殘陽邊今來九州內未得皆恬然賊陣始吉語狂

波又凶年吾翁欲何道守此常安眠笑我棹頭去

蘆中聞刺船余知隱地術可以齊眞仙終當從之

遊庶復全於天

石板

一片倒山屏何時㔷洞門屹然空澗中萬古波濤

痕我意上帝命持來壓泉源恐爲庚辰宮囚怪力

所掀又疑廣袤次零落潛驚奔不然遭霹靂强半沉無垠如何造化首便截秋雲根往事不足問奇蹤安可論吾今病煩暑據簟常昏昏欲從石公乞石板在石公山前瑩理平如璊前後植桂檜東西置琴樽盡携天壤徒浩唱羲皇言

松陵集卷第三

虞山毛晉挍刊　男扆再挍

分門纂類唐歌詩卷第二十全收皮陸倡和太湖詩四十首今早季少微世兄持來因留之案頭以毛刻校讀一過序中千者千數條今本千誤作師則屬之上句殊難索解矣宋本不可見之此影宋本亦殊快慰平生原本半葉十行行十八字為汲古閣就宋刊殘本精摹者卷尾有斧季跋言其戚嚴拱侯緣訪此書匍匐訟庭探手油鍋事至堪發噱亦書林異聞也

己巳四月二十五日傅增湘記於藏園

松陵集卷第四

往體詩一百十二首

漁具詩　并序　　龜蒙

天隨子歔于海山之顔有年矣矢魚之具莫不窮極其趣大凡結繩持綱者總謂之網罟網罟之流曰罛曰罾曰罺（側交反）圓而縱捨曰罩挾而昇降曰罱（女減反）緡而竿者總謂之筌筌之流曰筒曰車橫川曰梁承虚曰笱編而沈之曰箄（音卑）矛而卓之曰

矠音冊矛也棘而中之曰叉鏃而綸之曰射扣而駿之曰根以薄板置尾器上擊之以驅魚罾而守之曰神鯉魚滿三百六十歲蛟龍輒率而飛去置一神守之則不能去矣神龜也列竹於海澨曰滬吳之滬瀆是也錯薪於水中曰篸音糝所載之舟曰舴艋所貯之器曰笭箵其他或術以招之或藥而盡之皆出于詩書雜傳及今之聞見可考而驗之不誣也今擇其任詠者作十五題以諷噫矢魚之具也如此予既歌之矣矢民之具也如彼誰其嗣之鹿門子有高

灑之才必爲我同作

網

大罟網目繁空江波浪黑沈沈到波底恰共波同色牽時萬鬐入已有千鈞力尚悔不横流恐他人更得

罩

左手揭圓罛輕橈弄舟子不知潛鱗處但去籠烟水時穿紫屏破忽值朱衣起松江有朱衣鮒貴得不貴名

敢論魴與鯉屏一作萍

罶

有意烹小鮮乘流駐孤棹雖然煩取舍未肯求津要多爲蝦蜆誤巳分�鶚笑寄語龍伯人荒唐不同調

釣筒

短短截筠光悠悠卧江色蓬差櫹相應雨慢烟交織須臾中芳餌迅疾如飛翼彼竭我還浮君看不

爭得

釣車

溪上持隻輪溪邊指茅屋閒乘風水便敢議朱丹

轂高多倚衡懼下有折軸速曷若載逍遙歸來臥

雲族

魚梁

能編似雲薄横絶清川口鈌處欲隨波波中先置

笱投身入籠檻自古難飛走盡日水濱吟殷勤謝

漁叟

叉魚

春溪正含綠夏夜才參半持矛若羽輕列燭如星爛傷鱗跳窣藻碎首沈遙岸盡族滐東流傍人作佳翫

射魚

彎弓注碧濤掉尾行涼沚青楓下晚照正在澄明裏抨絃斷荷扇濺血殷菱蘂若使禽荒聞移之暴

烟水

鳴根

水淺藻荇澁鉤罩無所及鏗如木鐸音勢若金鉦急颾之就深處用以資俯拾搜羅爾甚微遁去將何入

滬吳人今謂之斷

萬植禦洪波森然倒林薄千顱咽雲上過半隨潮落其間風信背更值雷聲惡天道亦哀多吾將移

海若

罧吳人今謂之叢

斬木置水中枝條互相蔽寒魚遂家此自以爲生計春氷忽融冶盡取無遺脅所託成禍機臨川一凝睇

種魚

鑿池收頳鱗踈踈置雲嶼還同汗漫遊遂以江湖處如非一神守潛被蛟龍主蛟龍若無道跛鼈亦

可棄

藥魚

香餌綴金鉤日中懸者幾盈川是毒流細大同時

死不唯空飼犬便可將貽蟻苟負竭澤心其他盡

如此

舴艋

蓬棹兩三事天然相與閒朝隨稚子去暮唱菱歌

還倚石遲後侶徐橈供遠山君看萬斛載沈溺須

史間

笭箵

誰謂笭箵小我謂笭箵大盛魚自足飱寘壁能爲害時將刷蘋浪又取懸藤帶不及腰上金何勞問蓍蔡

奉和漁具十五詠　日休

網

晩挂溪上網映空如霧縠閒來發其機旋旋沉平

綠下處若烟雨牽時似崖谷必若遇鯤鮞從敎通
一目
罩
芒鞋下葑中步步沈輕罩既爲菱浪颭亦被蓮泥
膠人立獨無聲魚煩似相抄滿手擷霜鱗思歸舉
輕棹
罔
烟雨晩來好東塘下罔去網小正星䆮舟輕欲騰

翦誰知荇深後恰值魚多處浦口更有人停橈一
延竚
釣筒
籠籦截數尺標置能幽絕從浮笠澤烟任臥桐江
月絲隨碧潭漫餌逐清灘發好是趂筒時秋聲正
清越
釣車
得樂湖海志不厭華輈小月中抛一聲驚起灘上

身心將潭底測手把波文裊何處覓奔車平波今渺渺

魚梁

波際插翠筠離離似清籞遊鱗到溪口入此無逃所斜臨楊柳津靜下鸕鷀侶編此欲何之終焉富春渚

又魚

列炬春溪口平潭如不流照見遊泳魚一一如清

晝中目碎瓊碧毀鱗殷組繡樂此何太荒居然愧

川后

射魚

注矢寂不動澄潭晴轉烘下窺見魚樂恍若翔任

空驚羽決凝碧傷鱗浮殷紅堪將指杯術授與太

湖公

鳴根

盡日平湖上鳴根仍動槳丁丁入波心澄澈和清

響鶩聽獨寂寞魚驚眛來往盡水無所逃川中有

鉤黨

滬

波中植甚固磔磔如蝦鬚濤頭倏爾過數頃跳鯆

鮬音逋夫不是細羅密自爲朝夕驅空憐指魚命遣

出海邊租

罧

伐彼槎蘖枝放於冰雪浦遊魚趣暖處忽爾來相

聚徒爲棲託心不問庇庥主一旦懸鼎鑊禍機眞自取

種魚

移土湖岸邊一半和魚子池中得春雨點點活如蟻一月便翠鱗終年必頳尾借問兩綬人誰知種魚利

藥魚

吾無竭澤心何用藥魚藥見說放溪上點點波光

惡食時競夷猶死者爭紛泊何必重傷魚毒涇猶可作

舴艋

闊處只三尺翛然足吾事低逢挂釣車枯蚌盛魚餌只好攜橈坐唯堪蓋簑睡若遣遂平生艅艎不如是

答箵

朝空答箵去暮實答箵歸歸來倒却魚挂在幽窻

扉但則蝦蜆氣欲生蘋藻衣十年佩此處烟雨苦霏霏

添漁具詩并序　日休

天隨子爲漁具詩十五首以遺余凡有𢿱已來術之與器莫不盡於是也噫古之人或有溺於漁者行其術而不能言用其器而不能狀此與澤助之𢿱者又何異哉如吟魯望之詩想其致則江風海雨槭槭生齒牙間眞世外漁者之才也余昔之漁

所在洞上則爲菴以守之居峴下則占磯以待之江漢間時候率多雨唯以䉬笠自庇每伺魚必多俯䉬笠不能庇其上繇是織蓬以障之上抱而下仰字之曰背蓬今觀魯望之十五篇未有是作因次而詠之用以補其遺者漁家生具獲足於吾屬之文也

漁菴

菴中只方丈恰稱幽人住枕上悉魚經門前空釣

具束竿將倚壁曬網還侵戶上泂有楊顒須留往來路

釣磯

盤灘一片石置我山居足穉處著箣笓桂苑云取蝦具竅中維艄艫多逢沙鳥汚愛被潭雲觸狂奴臥此多所以踏帝腹

蓑衣

一領蓑正新著來沙塢中隔溪遥望見疑是綠毛

翁襟色裛褋直葉反靄袖香襬褷風前頭不施衮何以爲三公

篛笠

圓似寫月魂輕如織烟翠涔涔向上雨不亂窺魚思攜來沙日微挂處江風起縱戴二梁冠終身不忘爾

背蓬

儂家背蓬樣似個大龜甲雨中蹋蹐時一向聽霎

霎甘從魚不見亦任鷗相狎深擁竟無言空成睡

軥軨上虛溝反下虛甲反

奉和添漁具五篇　　龜蒙

漁菴

結茅次烟水用以資嘯傲豈謂釣家流忽同禪室號閒憑山叟占晚有溪禽嫪華屋莫相非各隨吾所好

釣磯

揀得白雲根秋潮未曾没坡陁坐鰲背散漫垂龍髪持竿從掩霧置酒復待月即此放神情何勞適吳越

蓑衣

山前度微雨不廢小澗漁上有青襏襫下有新腒疎滴瀝珠影泫離披嵐彩虚君看荷製者不得安吾廬

篛笠

朝攜下楓浦晩戴出烟艇冐雪或平簷聽泉時亙

頂颸移靄然色波亂危如影不識九衢塵終年居

下洞

背蓬

斂手㫄江篘隨身織烟㲉沙禽固不知釣伴猶初

覺閒從翠微拂靜唱滄浪濯見說萬山潭漁童盡

能學

樵人十詠并序　龜蒙

環中先生謂天隨子曰子與鹿門子應和爲漁具詩信盡其道而美矣世言樵漁者必聯其命稱且常爲隱君子事詩之言錯薪禮之言負薪傳之言積薪史之言束薪非樵者之實乎可不足以寄興詠獨缺其詞耶退作十樵以補其闕漏寄鹿門子

樵谿

山高谿且深蒼蒼但羣木抽條欲千尺衆亦疑樸樕一朝蒙翦伐萬古辭林麓若遇燎玄穹微烟出

雲族

樵家

草木黄落時比鄰見相喜門當清澗盡屋在寒雲裏山棚日纔下野竈烟初起所謂順天民唐尭亦如此

樵叟

自小即胼胝至今凋鬢髮所圖山褐厚所愛山爐熱不知冠蓋好但信烟霞活富貴如疾顛吾從老

岩穴

樵子

生自蒼崖邊能諳白雲養去聲山家謂養柴地爲養纔穿遠林去已在孤峯上薪和野花束步帶山詞唱日暮不歸來柴扉有人望

樵徑

石脉青靄間行行自幽絕方愁山繞繚更値雲遮截爭推好林浪共約歸時節不似名利途相期覆

車轍

樵斧

淬礪秋水清攜持遠山曙丁丁在前澗杳杳無尋處巢傾烏猶在樹盡猿方去授鉞者何人吾方易其慮

樵擔

輕無斗儲價重則筋力絕欲下半巖時憂襟兩如結風高埶還却雪厚疑中折負荷誠獨難移之贈

來哲

樵風

朝隨早潮去暮帶殘陽返向背得清飈相追無近遠採山一何遂服道常苦蹇仙術信能爲年華未將晚

樵火

積雪抱松塢蠹根然草堂深爐與遠燒此夜仍交光或似坐奇獸或如焚異香堪嗟宦遊子凍死道

路傍

樵歌

縱調爲野吟徐徐下雲磴因知負樵樂不減援琴興出林方自轉隔水猶相應但取天壤情何求郢人稱

奉和樵人十詠　日休

樵谿

何時有此谿應便生幽木橡實養山禽藤花蒙澗

鹿不止產蒸薪願當歌棫樸君知天意無以此安吾族

樵家

空山最深處太古兩三家雲蘿共鳳世猨鳥同生涯衣服濯春泉盤飧烹野花居玆老復老不解歎年華

樵叟

不曾照青鏡豈解傷華髮至老未息肩至今無病

骨家風是林嶺世祿爲薇蕨所以兩大夫天年爲

自伐

樵子

相約晩樵去跳踉上山路將花餌鹿麛以果投猿

父束薪白雲濕負擔春日暮何不壽童烏果爲玄

所誤

樵徑

篸籠中一徑繞在千峯裏歇處遇松根危中値石

齒花穿衣落雲拂芒鞵起自古行此途不聞顚
與墜

樵斧

腰間插大柯直入深谿裏空林伐一聲幽鳥相呼
起倒樹去李父傾巢啼木魅不知仗鉞者除害誰
如此

樵擔

不敢量樵重唯知益薪束軋軋下山時彎彎向身

曲清泉洗得潔翠靄侵來緑看取荷戈人誰能似吾屬

樵風

野船渡樵客來往平波中縱横清飈吹旦暮歸期同蘋光惹衣白蓮影涵薪紅吾當請封爾直作鏡湖公

樵火

山客地爐裏燃薪如陽輝松膏作滲息有反瀢杉子

爲珠璣響誤擊刺鬧焰疑孛彗飛傍邊暖白酒不
覺瀑冰垂

樵歌

此曲太古音繇來無管奏多云採樵樂或說林泉
候一唱疑閒雲再謠悲顧歎若遇採詩人無辭收
鄙陋

酒中十詠并序　日休

鹿門子性介而行獨於道無所全於才無所全於

進無所全於退無所全豈天民之惷者耶然進之
與退天行未覺於余也則有窮有厄有病有殆果
安而受耶未若全於酒也夫聖人之誡酒禍也大
矣在書爲沈湎在詩爲童羖在禮爲豢豕在史爲
狂藥余飲至酣徒以爲融肌柔神消沮迷喪頹然
無思以天地大順爲隄封傲然不持以洪荒至化
爲爵賞抑無懷氏之民乎葛天氏之臣乎苟沈而
亂狂而詬禍而族眞蚩蚩之爲也若余者於物無

所斥於性有所適眞全於酒者也噫天之不全余
也多矣獨以麴蘖全之抑天猶幸於遺民焉太玄
曰君子在玄則正在福則沖在禍則反小人在玄
則邪在福則驕在禍則窮余之於酒得其樂人之
於酒得其禍亦若是而已矣於是徵其具悉爲之
詠用繼東皐子酒譜之後夫酒之始名天有星地
有泉人有鄉令總而詠之者亦古人初終必全之
義也天隨子深於酒道寄而請之和

酒星

誰遣酒旗耀天文列其位彩微嘗似酣芒弱偏如醉唯憂犯帝座只恐騎天駟若遇卷舌星讒君應墮地

酒泉

羲皇有玄酒滋味何太薄玉液是澆漓金沙乃糟粕春從野鳥沽晝任閒猨酌我願葺茲泉醉魂似鳧躍

酒篘

翠篾初織來或如古魚器新從山下買靜向甔中試輕可網金醅疎能容玉蟻自此好成功無貽我罍恥

酒牀

糟牀帶松節酒膩肥於羜滴滴連有聲空疑杜康語開眉既壓後染指偷嘗處自此得公田不過渾種黍

酒罏

紅罏高幾尺頗稱幽人意火作縹醪香灰爲冬醖氣有鎗盡龍頭有主皆犢鼻倘得作杜根傭保何足愧

酒樓

鉤楯跨通衢喧鬧當九市金壘瀲灧後玉斝紛綸起舞蝶傍應酣啼鸎聞亦醉野客莫登臨相讐多失意

酒旗

青幟闊數尺懸於往來道多爲風所颺時見酒名號拂拂野橋幽翻翻江市好雙眸復何事終竟望君老

酒樽

犧樽一何古我抱期幽客少恐消醍醐滿疑烘琥珀㺄窺曾撲瀉鳥踏經欹仄㡯㡯醒來看皆如死生隔

### 酒城

萬仞峻爲城沈酣浸其俗香侵井榦過味滌濠波淥朝傾踰百榼暮壓幾千斛吾得隸此中但爲闈者足

### 酒鄉

何人置此鄉杳在天皇外有事忘哀樂有時忘顯晦如尋罔象歸似與希夷會從此共君遊無煩用冠帶

奉和酒中十詠　　龜蒙

酒星

萬古醇酎氣結而成晶熒降爲嵇阮徒動與樽罍并不獨祭天廟亦應邀客星何當八月槎載我遊青冥

酒泉

初懸碧崖口漸注青谿腹味既敵中山飲寧拘一斛春疑浸花骨暮若酣雲族此地得封侯終身持

美祿

酒篘

山齋醞方熟野童編近成持來歡伯内坐使賢人清不待盎中滿旋供花下傾汪汪日可挹未羨黄金籯

酒牀

六尺樣何奇溪邊濯來潔糟深貯方半石重流還咽閒移秋病可偶聽寒夢缺往往枕眠時自疑陶

靖節

酒壚

錦里多佳人當壚自沽酒高低過反坫大小隨圓
瓿數錢紅燭下滌器春江口若得奉君歡十千求
一斗

酒樓

百尺江上起東風吹酒香行人落帆上遠樹涵殘
陽凝睇復凝睇一觴還一觴須知凭欄客不醉難

爲膓

酒旗

搖搖倚青岸遠蕩遊人息風欹翠竹杠雨澹香醪

字纔來隔烟見巳覺臨江遲大斾非不榮其如有

王事

酒樽

黄金即爲侈白石又太拙斲得奇樹根中如老蛟

穴時招山下叟共酌林間月盡醉兩忘言誰能作

天舌

酒城

何代驅生靈築之爲釀地殊無甲兵守但有糟漿氣雉堞屹如狂女墻低似醉必若據而爭先登儀狄氏

酒鄉

誰知此中路暗出虛無際廣莫是鄰封華胥爲附麗三杯聞古樂伯雅逢遺裔自爾等榮枯何勞問

玄弟

添酒中六詠　并序　　龜蒙

鹿門子示予酒中十詠物古而詞麗旨高而性眞可謂窮天人之際矣予既和而且曰昔人之於酒有注爲池而飲之者象爲龍而吐之者親盜甕間而卧者將實舟中而浮者可爲四荒矣徐景山有酒鎗嵇叔夜有酒杯皆傳於後代可謂二高矣四荒不得不刺二高不得不頌更作六章附於末云

酒池

萬斛輸曲沼千鍾未爲多殘霞入醍齊遠岸澄白
鄮后土亦沉醉姦臣空浩歌邇來荒濬君尚得乘
餘波

酒龍

銅雀羽儀麗金龍光彩奇潜傾鄴宫酒忽似商庭
漦若怒鱗甲赤如酣頭角垂君臣坐相滅安用驕
奢爲

酒甕

候煖麴糵調覆深苦蓋淨滥處每淋漓沈來還㵘瀅嘗聞清凉酎可養希夷性盜飲以爲名得非君子病

酒船

昔人性何誕欲載無窮酒波上任浮身風來即開口荒唐意難遂沈湎名不朽千古如比肩問君能繼不

酒鎗

景山實名士所玩垂清塵嘗作酒家語自言中聖人奇器質含古挫糟味應醇唯懷魏公子卽此飛觴頻

酒杯

叔夜傲天壤不將琴酒疎製爲酒中物恐是琴之餘一弄廣陵散又裁絶交書頽然擲林下身世俱何如

奉和添酒中六詠　日休

酒池

八齊競奔注不知深幾丈竹葉島紆徐皃花波蕩漾皃花酒名出梁簡文帝集醺應爛地軸浸可柔天壤以此獻吾君願銘於几杖

酒龍

銅爲蚴蟉鱗鑄作鱙鰺角吐處百里雷瀉時千丈鋻初疑潛苑囿忽似拏寥廓遂使銅雀臺香消野

花落

酒甕

堅淨不苦窳陶於醉封疆臨溪刷舊痕隔屋聞新香移來近麴室倒處臨糟牀所嗟無比鄰余亦能偷嘗

酒船

剡桂復刳蘭陶陶任行樂但知涵泳好不計風濤惡嘗行麴封内稍繫糟丘泊東海如可傾乘之就

斟酌

酒鎗

象鼎格仍高其中不烹飪唯將煑濁醪用以資酣

飲徧宜旋樵火稍近餘醒枕若得伴琴書吾將著

閒品

酒杯

昔有嵇氏子龍章而鳳姿手揮五絃罷聊復一樽

持但取性澹泊不知味醇醨兹器不復見家家唯

玉巵

茶中雜詠并序　　日休

案周禮酒正之職辯四飲之物其三曰漿又漿人之職共王之六飲水漿醴涼醫酏入于酒府鄭司農云以水和酒也蓋當時人率以酒醴爲飲謂乎六漿酒之醨者也何得姬公製爾雅云檟苦茶卽不擷而飲之豈聖人純於用乎抑草木之濟人取捨有時也自周已降及于國朝茶事竟陵子陸季

疵言之詳矣然季疵以前稱茗飲者必渾以烹之
與夫瀹蔬而啜者無異也季疵之始爲經三卷繇
是分其源制其具敎其造設其器命其煮俾飲之
者除痟而去癘雖疾醫之不若也其爲利也於人
豈小哉余始得季疵書以爲備矣後又獲其顧渚
山記二篇其中多茶事後又太原溫從雲武威段
碣之各補茶事十數節並存於方冊茶之事繇周
至于今竟無纖遺矣昔晉杜育有荈賦季疵有茶

歌余鈌然於懷者謂有其具而不形於詩亦季疵之餘恨也遂爲十詠寄天隨子

茶塢

閑尋堯氏山遂入深深塢種荈已成園栽葭寧記畝石窪泉似掬岩罅雲如縷好是夏初時白花滿烟雨茶經云其花白如薔薇

茶人

生於顧渚山老在漫石塢語氣爲茶荈衣香是烟

霧庭從櫝子遮女耿反其不如玉色渚人以爲杖果任孺師虜日

晚相笑婦腰間佩輕篗

茶筍

褎然三五寸生必依岩洞寒恐結紅鉛暖疑銷紫

汞圓如玉軸光脆似瓊英凍每爲遇之疎南山挂

幽夢

茶籯

筤篣曉攜去驀個山桑塢開時送紫茗負處沾清

露歠把傍雲泉婦將挂烟樹滿此是生涯黄金何
足數

茶舍

陽崖枕白屋幾口嬉嬉活棚上汲紅泉焙前蒸紫
蕨乃翁研茗後中婦拍茶歇相向掩柴扉淸香滿
山月

茶竈

南山茶事動竈起岩根傍水煮石髮氣薪然杉脂

香青瓊蒸後凝綠髓炊來光如何重辛苦一一輸

膏粱

茶焙

鑿彼碧岩下恰應深二尺泥易帶雲根燒難礙石

脉初能燥金餅漸見乾瓊液九里共杉林皆焙名相

望在山側

茶鼎

龍舒有良匠鑄此佳樣成立作菌蠢勢煎爲潺湲

聲草堂暮雲陰松窗殘雪明此時勺複茗野語知
逾清

茶甌

邢客與越人皆能造茲器圓似月魂墮輕如雲魄
起棗花勢旋眼蘋沫香沾齒松下時一看支公亦
如此

煮茶

香泉一合乳煎作連珠沸時看蟹目濺乍見魚鱗

起聲疑帶松雨餑恐生烟翠儵把瀝中山必無千日醉

奉和茶具十詠　　　　龜蒙

茶塢

茗地曲隈回野行多繚繞向陽就中密背澗差還少遙盤雲髻慢亂簇香篝小何處好幽期滿巖春露曉

茶人

天賦識靈草自然鍾野姿閒來北山下似與東風
期雨後探芳去雲間幽路危唯應報春鳥得共斯
人知顧渚山有報春鳥

茶筍

所孕和氣深時抽玉茗短輕烟漸結華嫩蘂初成
管尋來青靄曙欲去紅雲煖秀色自難逢傾筐不
曾滿

茶籝

金刀劈翠筠織似波文斜製作自野老攜持伴山
烓昨日鬭烟粒今朝貯緑華爭歌調笑曲日暮方
還家

茶舍

旋取山上材架爲山下屋門因水勢斜壁任岩隈
曲朝隨鳥倶散暮與雲同宿不憚採掇勞秖憂官
未足

茶竈　經云茶竈無突

無突抱輕嵐有烟映初旭盈鍋玉泉沸滿甑雲芽
熟奇香襲春桂嫩色凌秋菊煬者若吾徒年年看
不足

茶焙

左右擣凝膏朝昏布烟縷方圓隨樣拍次第依層
取山謠縱高下火候還文武見說焙前人時時炙
花脯紫花焙人以花爲脯

茶鼎

新泉氣味良古鐵形狀醜那堪風雪夜更值烟霞友曾過頳石下又住清溪口（頳石清溪皆江南出茶處）且共薦皐盧（茶名）何勞傾斗酒

茶甌

昔人謝塸埞徒爲妍詞飾（劉孝威集有謝塸埞啟）豈如珪璧姿又有烟嵐色光參筠席上韻雅金罍側直使于闐君從來未嘗識

煮茶

閒來松間坐看煮松上雪時於浪花裏倂下藍英
末傾餘精爽健忽似氛埃滅不合别觀書但宜窺
玉札

松陵集卷第四

虞山毛晉挍刊　男扆再挍

# 松陵集卷第五

今體五言詩六十八首

武丘寺殿前有古杉一本形狀醜怪圖之不盡況百卉競媚若妒若娟唯此杉死抱奇節曉然鬬然不知雨露之可生也風霜之可瘁也乃造化者方外之材乎遂賦三百言以見志　日休

種日應逢晉枯來必自隋鰐●狂將立處螭鬬未開

時卓犖擲槍榦义牙束戟枝初驁蟉篆活復訝獝
狂癡勁質如堯瘦貞容學舜徽勢能擒土伯醜可
駭山祇虎爪拏岩穩虬身脫浪欹槎頭禿似刷栟
𦙶利於錐突兀方相脛鱗皴夏氏胝根應藏鬼血
柯欲漏龍猤㧉似神荼怒呀如猰貐飢朽癱難可
吮枯㾴不堪治一炷玄雲拔三尋黑稍奇狼頭敎
窣堅蠆尾掘攣垂目爍那逢爠心開豈中鈹任苔
爲疥癬從蠹作瘡痍品格齊邃宦年齡等寶龜將

懷縮地力欲負拔山姿未倒防風骨初僵負貳屍
漆書明古本鐵室抗全師磈磊還無極伶俜又莫
持堅應敎駿骨文定寫虪皮蹯屈愁凌刹騰驤恐
攫池搶烟寒嵑嶭披蔦靜襹褷威仰誠難識勾芒
恐不知好燒胡律看堪共達多期寡色諸芳笑無
聲衆籟疑終漆入柱位未要一繩維盡日來唯我
當春翫更誰他年如入用直構太平基

奉和古杉三十韻　龜蒙

衆木盡相遺孤杉獨任奇揷天形硉兀當殿勢敧
危恐是夸娥怒教臨巀嶭衰節穿開耳目根瘦坐
熊羆世只論榮落人誰問等衰（初危反） 有巓從日上
無葉與秋欺虎搏應難動鵰蹲不敢遲戰鋒新缺
齾燒岸黑黳黰鬬死龍骸雜爭奔鹿角差肱銷洪
水腦稜聳梵天眚礫索珊瑚湧森嚴獬豸窺向空
分犖指衝浪出鯨鬐揚僕船艟在嵬尤陣纛隳下
連金粟固高用鐵蔆披挺若荷堅棰浮於祖納檣

崢嶸鷲露隺趯趚閣雲螭傍宇將支壓撐霄欲抵巇背交蟲臂揭相向鶻拳追格音閣筆茬初加反獝立階干卓耒麾鬼神應暗畫風雨恐潛移已覺寒松伏偏宜后土疲好邀清嘯傲堪映古茅茨材大應容蝎年深必孕夔後雕依佛氏初植必僧彌寺即東晉王家別墅僧彌王珉小字擁腫煩莊辯槎牙費庾詞詠多靈府囷搜苦化權畀類既區中寡朋當物外推蟠桃標日域琛草侍仙握眞宰誠求夢春工幸可鑒若能

噓嶰竹猶足動華滋

四明山詩 并序　　　龜蒙

謝遺塵者有道之士也嘗隱於四明之南雷一旦訪予來語不及世務且曰吾得於玉泉生知子性誕逸樂神仙中書探海岳遺事以期方外之交雖銅墻鬼炊虎獄劒餌無不窺也已上八言謝語不知所謂者何一云出隱中書令爲子語吾山之奇者有峯最高四穴在峯上每天地澄霽望之如牖戶相傳謂之石窗即四

明之目也山中有雲不絶者二十里民皆家雲之南北每相從謂之過雲有鹿亭有樊榭有潺湲洞木實有青檽子味極甘而堅不可卒破有猿山家謂之鞠侯其他在圖籍不足道也凡此佳處各爲我賦詩予因作九題題四十字謝省之曰玉泉生眞不誣矣好事者爲予傳之因呈襲美

石窗

石窗何處見萬仞倚晴虛積靄迷青璅殘霞動綺

疏山應列圓嶠宮便接方諸秖有三奔客時來教

隱書

過雲

相訪一程雲雲深路僅分嘯臺隨日辨樵斧帶風

聞曉著衣全溼寒衝酒不醺幾廻歸息靜髣髴見

蘇君

雲南

雲南更有溪丹礫盡無泥藥有巴賓賣枝多越鳥

嗁夜清先月午秋近少嵐迷若得山顔佳芝箑手
自攜

雲北

雲北是陽川人家洞壑連壇當星斗下樓撥翠微
邉一半遥峯雨三條古井烟金庭如有路應到左
神天

鹿亭

鹿亭巖下置時領白麛過草細眠應久泉香飲自

多認聲來月塢尋跡到烟蘿早晚吞金液騎將上
絳河

樊榭

樊榭何年築人應白日飛至今山客說時駕玉麟
埽乳蔕懸松嫩芝臺出石微憑欄虛目斷不見羽
華衣

潺湲洞

石淺洞門深潺潺萬古音似吹雙羽管如奏落霞

琴倒穴漂龍沫穿松濺隺襟何人乗月弄應作上清吟

青槫子

山實號青槫環岡次第生外形堅緑殻中味敨璚英墮石樵見拾敲林宿鳥驚亦應仙吏守時取薦層城

鞠侯

何事鞠侯名先封在四明但爲連臂飲不作斷腸

聲野蔓垂纓細寒泉佩玉清滿林遊宦子誰爲作
君卿

奉和四明山九題　日休

石窗

窗開自眞宰四達見蒼崖苔染渾成綺雲漫便當
紗櫺中空吐月扉際不扃霞未會通何處應連玉
女家

過雲

粉洞二十里當中幽客行片時迷鹿跡寸步隔人聲以杖探虛翠將襟惹薄明經時未過得恐是人層城

雲南

雲南背一川無鴈到峰前墟里生紅藥人家發白泉兒童皆似古婚嫁盡如仙共作眞官戶無緜稅石田

雲北

雲北書窅窅空疑背壽星犬能諳藥氣人解寫芝形野歌遇松葢醉書逢石屏焚香住此地應得入金庭

鹿亭

鹿群多此住因構白雲楣待侶傍花久引麛穿竹遲經時掊玉澗盡日嗅金芝爲在石窗下成仙自不知

樊榭

主人成列仙故榭獨依然石洞闃人笑松聲驚鹿眠井香爲大藥雀語是靈篇欲買重樓隱雲峯不售錢

潺湲洞

陰宮何處源到此洞潺湲敲碎一輪月鎔銷半段天響高吹谷動勢急歕雲旋料得深秋夜臨流盡

古仙

青𥱼子

山風熟異果應是供眞仙味似雲腴美形如玉腦

圓衢來多野霍落處半靈泉必共玄都榛花開不

記年

鞠侯

堪羨鞠侯國碧巖千萬重烟蘿爲印綬雲壑是隄

封泉遣狙公護果教狎子供爾徒如不死應得躡

玄蹤

五貺詩幷序　　口休

毗陵處士魏君不琢氣眞而志放居毗陵凡二紀閉門窮學是乎里民不得以師之非乎里民不得以訾之用之不難進利之被人也捨之不難退辱非及已也噫古君子處乎進退而全者繇此道乎抑夷之隘惠之不恭不能造于是也江南秋風時鱸肥而難釣菰脆而易挽不過乘短艑方言曰船短而深者謂之艑音步載一甀酒加以隱具繇五瀉涇入震澤穿松陵抵杭越耳日休嘗聞道於不琢敢不求雅物

成雅息乎於是買釣船一修二丈闊三尺施蓬以
庇烟雨謂之五瀉舟天台杖一色黯而力遒謂之
華頂杖有龜頭山疊石硯一高不二寸其仞數百
謂之太湖硯有桐廬養和一怪形拳跼坐若變去
謂之烏龍養和有南海鬻魚殼樽一澀鋒齾角内
玄外黄謂之訶陵樽皆寄于不琢行以資雲水之
興止以益琴籍之玩眞古人之雅貺也因息乗韋
之義不過于詞遂爲五篇目之曰五貺兼請魯望

同作

五瀉舟

何事有青錢因人買釣船闊容兼餌坐深許共蓑

眠短好隨朱鷺輕堪倚白蓮自知無用處却寄五

湖仙

華頂杖

金庭仙樹枝道客自携持探洞求丹粟挑雲覓白

芝量泉將濯足闌雀把支頤以此將爲贈唯君盡

得知

太湖硯

求於花石間怪狀乃天然中瑩五寸劍外蹉千疊

蓮月融還似洗雲溼便堪研寄與先生後應添内

外篇

烏龍養和

壽木拳數尺天生形狀幽把疑傷虺節用恐破蛇

瘤置合月觀内買須雲肆頭料君携去處烟雨太

湖舟　訶陵樽

一片鱟魚殻其中生翠波買須饒紫貝用合對紅螺盡瀉判狂藥禁敲任浩歌明朝與君後爭那玉山何

奉和五貺詩　龜蒙

五瀉舟

檥自桐川得詞因隱地成好漁翁亦喜新白鳥還

鷩沙際擁江沫渡頭横雨聲尚應嫌越相遺禍不遺名

華頂杖

萬古陰崖雪靈根不爲枯瘦於霜雈脛奇似黑龍鬚拄訪譚玄客持看潑墨圖湖雲如有路兼可到仙都

太湖硯

誰截小秋灘閒窺四緒寬繞爲千嶂遠深置一潭

寒坐久雲應出詩成墨未乾不知新博物何處擬

重刊

烏龍養和

養和名字好偏寄道情深所以親逋客兼能助五

禽倚肩滄海望鉤膝白雲吟不是逍遥侶誰知世

外心

訶陵樽

魚骼匠成樽猶殘海浪痕外堪欺玳瑁中可酌崑

嵛酒名水繞苕磯曲山當草閣門此中醒復醉何必

問乾坤

早春病中書事寄魯望　　日休

眼暈見雲母耳虛聞海濤惜春狂似蝶養病躁於

猱桉靜方書古堂空藥氣高可憐眞宰意偏解困

吾曹

奉訓　　龜蒙

秪貪詩調苦不計病容生我亦休文瘦君能叔寶

清藥須勤一服春莫累多情欲入毘耶問無人敵
淨名

又寄次前韻　日休

病根冬養得春到一時生眼暗憐晨慘心寒怯夜
清妻仍嫌酒癖醫又禁詩情應被高人笑憂身不
似名

又詶次韻　龜蒙

從來多遠思尤向靜中生所以令心苦還應是骨

清酒香偏入夢花落又關情積此風流事爭無後
世名

新秋言懷寄魯望三十韻　日休

新秋入破宅疎澹若平郊戶牖深如窟詩書亂似
巢移牀驚蟋蟀拂匣動蠨蛸靜把泉華掬閒拈乳
管敲檜身渾箇矮石面得能頤小桂如拳葉新松
似手梢雀鳴轉清角鶻下撲金髇合藥還慵服爲
文亦懶抄煩心入夜醒疾首帶涼抓杉葉尖於鏃

藤絲靭似鞘債田含紫芋低蔓隱青匏老栢渾如
疥陰苔忽似膠王餘落敗壍胡孟入空庖庋日忘
冠帶經時憶酒肴有心同木偶無舌竝金鐃輿欲
添玄測狂將擬易爻達人唯落落俗士自譊譊底
力將排難何顏用解嘲欲銷毀後骨空轉坐來胞
猶豫應難抱狐疑不易包等閒逢毒蠚容易遇咆
哮時事方千蝎公途正二崤名微甘世棄性拙任
時拋白日須投分青雲合定交仕應同五柳歸莫

拾三茅澗鹿從來去烟蘿任涸觳狙公鬧後戲雲

母病來蘗從此居方丈終非競斗筲道窮應鬼遺

性拙必天教無限疎慵事憑君解一颮

奉和新秋言懷三十韻次韻　龜蒙

身閒唯愛靜籬外是荒郊地僻憐同巷庭喧厭累

巢岸聲搖舴艋窗影辨蠨蛸徑秪溪禽下關唯野

客敲竹岡從古凸池緣本來顱早藕擎霜節涼花

束紫梢漁情隨鏁網獵興起鳴髇好夢經年說名

方著處抄才疎惟自補技癢欲誰抓窗靜常懸薙
蘋閒不正鞘山衣輕斧藻天籟逸絃匏蕙展風前
帶桃烘雨後膠蘚乾粘晚砌烟溼動晨庖沇約便
圖籍楊雄重酒肴目曾窺絕洞耳不犯征鐃曆外
窮飛朔蓍中記伏爻石林空寂歷雲肆肯嘵譊松
桂何妨蠹龜龍亦任嘲未能丹作髓誰相紫爲胞
莫把榮枯異但平聲和大小包由弓猿不捷粱圈虎
忘爈舊友懷三益關山阻二崤道隨書簏古時共

釣輪抛好作忘機士須爲莫逆交看君馳諫艸憐
我臥衡茅出處雖冥默薰猶肯溷殽岸沙從雀印
崖蜜勸人籙白菌盈枯枅黄精滿緑箭仙因隱居
信禪是淨名教勿謂江湖永終浮一大匏

秋日遣懷十六韻寄道侶　　龜蒙

盡日臨風坐雄詞妙畧兼共知時世薄寧恨歲華
淹且把靈方試休憑吉夢占夜然燒汞火朝鍊洗
金鹽有路求眞隱無媒舉孝廉自然成嘯傲不是

學沈潛水恨同心隔霜愁兩鬢霑霍屏憐掩扇烏
帽愛吾簷雅調宜觀樂清才稱典籤冠敧玄髮少
書健紫毫尖故疾因秋召塵容畏日黔壯圖須行
行儒服謾襜襜片石聊當枕横烟欲代簾蠹根延
穴蟻疎葉漏庭蟾藥鼎高低鑄雲菴早晩苫胡麻
如重寄從誚我無厭

奉和次韻　　日休

高蹈爲時背幽懷是事兼神仙君可致江海我能

淹共守庚辰夜同看乙巳占藥囊除紫蠹丹灶拂
紅鹽與物深無競於生亦太廉瀉災因足警魚禍
爲稀潛筆硯秋光洗衣巾夏蘚霑酒甑香竹院魚
籠挂茅簷琴忘因抛譜詩存爲致籤茶旗經雨展
石笋帶雲尖鶴共心情慢烏同面色黔向陽裁白
帢終歲憶貂襜取嶺爲山障將泉作水簾溪晴多
晚鷺池廢足秋蟾破衲雖云補閒齋未辦苫共君
還有役竟夕得厭厭

江南書情二十韻寄秘閣韋挍書貽之商洛

宋先輩垂文二同年　　日休

四載加前字今來未改銜君批鳳尾詔我住虎頭
巖季氏唯謀逐臧倉只擬讒時訛輕五羖俗淺重
三緘瘦去形如隺憂來態似獑才非師趙壹直欲
效陳咸孤竹寧收笛黃琮未要瑊作羊寧免狠爲
兎郎須毚梳戶槐從亞侵堦草嬾芟壅泉教咽咽
壘石放巉巉製釣隨心動抽書任意杴茶教弩父

摘酒遣僰僮監黙坐看山困清齋飲水 嚴蘚生天
笁屐烟壞洞庭帆病久新烏帽閒多省白衫藥苞
陳雨匳詩草蠹雲函遣客呼林狖辭人寄海蜮室
唯搜古器錢只買秋杉寡合無深契相期有至誠
他年如訪問烟蔦暗髟髟

奉和次韻　　　　　　　　　　　　　　龜蒙

我志如魚樂君詞稱鳳銜暫來從露冕何事買雲
巖水石應容病松篁未聽讒罐香松蠹膩山信藥

茵絨愛鷺攲危立息猨矍鑠𢖍謝才偏許眺阮放
最憐咸大樂寧忘缶奇工肯顧瑊客愁迷舊隱鷹
健想秋毚硯缺猶慵琢文繁却要芟雨餘幽沼淨
霞散遠峰巉洗筆烟成段培花土作杴訪僧還覔
伴醫寉自須監荒廟猶懷季清灘幾夢嚴背風開
蠹簡衝浪試新帆悶憶年支酒閒裁古樣衫釣家
隨野舫仙藴逐雕函庋歲賒羸馬先春買小舦共
疏泉入竹同坐月過杉染翰窺高致懷賢發至誠

不堪潘子鬢愁促易髟髟

憶洞庭觀步十韻　　　　　　　　曰休

前時登觀步暑雨正錚摐上戍看綿蕝登村度石矼篷花時有蔟溪鳥不成雙遠樹點黑矟遥峰露碧幢巖根瘦似㲉杉腹破如腔衩衬紋了二音漁人服笭箵野店窗多携白木鉔愛買紫泉缸仙犬聲音古遺民意緒厖何文堪緯地底策可經邦自此將妻子歸山不姓龐

奉和次韻　龜蒙

聞君遊靜境雅具更摐摐竹傘遮雲徑藤鞋踏蘚矼杖斑花不一樽大瘿成雙水鳥行沙嶼山僧禮石幢已甘三秀味誰念百牢腔遠棹投何處殘陽到幾窗仙謡珠樹曲村餉白醅缸地里方吳會人風似冉厖探幽非遯世尋勝肯迷邦爲讀江南傳何賢過二龐

秋晚留題魯望郊居二首　日休

竹樹冷蔓落入門神已清寒蛩傍桄響秋菜上墻
生黄犬病仍吠白驢飢不鳴唯將一杯酒盡日慰
劉禎
冷卧空齋内餘酲夕未消秋花如有恨寒蝶似無
憀簷上落鬭雀籬根生晚潮若論羈旅事猶自勝
皐橋
奉詶秋晚見題二首　　　　龜蒙
爲愛晚窗明門前亦嬾行圖書看得熟隣里見還

生鳥啄琴材礬僧傳藥味精緣君多古思携手上
空城
何事樂漁樵巾車或倚橈和詩盈古篋賖酒半寒
瓢失雨園蔬赤無風蚌葉彫清言一相遺吾道未
全消

初冬章上人院　日休

客到無妨睡僧吟不廢禪尚關經病霍猶濾欲枯
泉靜梭貝多紙閒爐波律烟清譚兩三句相向自

翛然

奉和次韻　　　　　龜蒙

每伴來方丈還如到四禪菊承荒砌露茶待遠山

泉畫古全無跡林寒却有烟相看吟未竟金磬已

泠然

臨頓里名為吳中偏勝之地陸魯望居之不出

郛郭曠若郊墅余每相訪欵然惜去因成

五言十首奉題屋壁　　　　日休

一方蕭灑地之子獨深居繞屋親栽竹堆牀手寫
書高風翔砌鳥暴雨失池魚暗識歸山計村邊買
鹿車

籬疎從綠槿簷亂任黃茅壓酒移溪石煎茶拾野
巢靜窗懸雨笠閒壁挂烟匏支遁今無骨誰爲世
外交

繭稀初上簇醅盡未乾牀盡日留蚕母移時祭麴
王趁泉澆竹急候雨種蓮忙更葺園中景應爲顧

## 辟疆

静僻無人到幽深每自知鶴來添口數琴到益家資壞壍生魚沫頹簷落燕兒空將綠蕉葉來往寄

## 閒詩

夏過無擔石日高開板扉僧雖與筒簞人不典蕉衣鶴静共眠覺鷺馴同釣歸生公石上月何夕約

## 譚微

經歲岸烏紗讀書三十車水痕侵病竹蛛網上衰

花詩任傳漁客衣從遞酒家知君秋晚事白幘刈
胡麻
寂歷秋懷動蕭條夏息殘久貧空酒庫多病束漁
竿玄想凝鶴扇清齋拂鹿冠夢魂無俗事夜夜到
金壇
閑門無一事安穩臥涼天砌下翹飢鶴庭陰落病
蟬倚杉閒把易燒朮靜論玄賴有包山客時時寄
紫泉

病起扶靈壽翛然強到門與杉除敗葉爲石整危
根薜蔓狂遮壁蓮莖卧枕盆明朝有忙事召客斲
桐孫

緩頰稱無利低眉號不能世情都太薄俗意就中
憎雲態不知驟鶴情非會徵畫臣誰奉詔來此寫
姜肱

襲美見題郊居十首因次韻訓之以伸榮謝

龜蒙

近來唯樂靜移傍故城居閑打修琴料時封謝藥
書夜停江上鳥晴曬篋中魚出亦圖何事無勞置
棧車
倩人醫病樹看僕補衡茅散髮還同阮無心敢慕
巢簡便書露竹樽待破霜匏日好林間坐烟蘿僅
欲交
倭僧留海紙山匠製雲牀嬾外應無敵貧中直是
王池平鷗息喜花盡蝶情忙欲問新秋計蔆絲一

畝疆
故山空自擲當路竟誰知秪有經時策全無養拙
資病深憐灸客炊晚信樵兒謾欲陳風俗周官未
採詩
福地能容塹玄關詎有扉静思瓊版字閒洗鐵笻
衣烏破涼烟下人衝暮雨歸故園秋艸夢猶記綠
微微
水影沈魚器鄰聲動緯車鷺輕捎墜葉蜂嬾臥燋

花說史評諸例論兵到百家明時如不用歸去種

桑麻

禹穴奇編缺雷平異境殘靜吟封籙檢歸興削帆

竿白石堪爲飯青蘿好作冠幾時當斗柄同上步

罡壇

强起披衣坐徐行處暑天上階來鬬雀移樹去驚

蟬莫問鹽車駿誰看醬瓿玄黃金如可化相近買

雲泉

野入青蕪巷陂侵白竹門風高開栗刺沙淺露芹根迸鼠緣藤桁飢烏立石盆東吳雖不改誰是武王孫

疎慵眞有素時勢盡無能風月雖爲敵林泉幸未憎酒材經夏闕詩債待秋徵秖有君同癖閒來對曲肱

松陵集卷第五

虞山毛晉挍刊　男扆再挍

松陵集卷第六

今體七言詩九十二首

寒夜同襲美訪北禪院寂上人　龜蒙

月樓風殿静沉沉披拂霜華訪道林鳥在寒枝棲影動人依古堞坐禪深明時尚阻青雲步半夜猶追白石吟自是海邊鷗伴侶不勞金偈更降心

奉和次韻　日休

院寒清靄正沉沉霜棧乾鳴入古林數葉貝書松

火暗一聲金磬檜烟深陶潛見社無妨醉殷浩譚經不廢吟何事欲攀塵外契除君皆有利名心

江南道中懷茅山廣文南陽博士三首

日休

寒嵐依約認華陽遥想高人卧草堂半日始齋青飿飯移時空印白檀香鶴雛入夜歸雲屋乳管逢春落石牀誰道夫君無伴侣不離窗下見羲皇

住在華陽第八天望君唯欲結良緣堂扃洞裏千

秋燕厨薟巖根數斗泉壇上古松疑度世觀中幽鳥恐成仙不知何事迎新歲鳥納裘中一覺眠鳥納裘出王筠集

五色香烟惹內文許遠遊燒香五色烟石飴初熟酒初醺將開丹竈那防鶴欲算碁圖却望雲海氣半生當洞見瀑氷初拆隔山聞如何世外無交者許邁與王羲之父子爲世外之交一臥金壇只有君

奉和次韻　　　　龜蒙

一片輕帆背夕陽望三峰拜七眞堂三茅二許一陽一郭是謂七眞天寒夜漱雲牙浄雪壞晴梳石髮香自拂烟霞安筆格獨開封撿試砂牀莫言洞府能招隱會輾飈輪見玉皇

壺中行坐可移天何况林間息萬緣組綬任垂三品石珮環從落四公泉丹臺已運陰陽火碧簡須雕次第仙廣文王季猶在場中想得雷平春色動五芝烟甲

又芊眠

良常應不動移文金醴從餕亦自醺（蓬萊公洛廣文以金醴四升待主簿主簿恨其味酸）桂父舊歌飛絳雪桐孫新韻倚玄雲
春臨栁谷鶯先覺曙醮蕪香鶴共聞珍重雙雙玉
條脫盡憑三島寄羊君

早春雪中作吳體寄襲美　龜蒙

迎春避臘不肯下欺花凍草還飄然光塡馬窟蓋
塞外勢壓鶴巢偏殿巔山爐瘦節萬狀火墨突乾
衰孤穗烟君披鶴氅獨自立何人解道眞神仙

奉和　　日休

威仰噤死不敢語瓊花雲魄淸珊珊溪光冷射觸
鷃瑪栖帶凍脆攢闌干竹根乍燒玉節快酒面新
潑金膏寒全吳縹瓦十萬戶惟君與我如袁安

吳中言情寄魯望　　日休

古來傖父愛吳鄉一上胥臺不可忘愛酒有情如
手足除詩無計似膏肓宴時不輟琅書味齋日難
判玉鱠香爲說松江堪老處滿船烟月溼莎裳

奉和次韻　　龜蒙

菰烟蘆雪是儂鄉釣線隨身好坐忘徒愛右軍遺點畫閒披左氏得膏肓無因月殿聞移屧祗有風汀去採香莫問江邊漁艇子玉皇看賜羽衣裳

行次野梅　　日休

蔦拂蘿梢一樹梅玉妃無侶獨徘徊好臨王母瑤池發合傍蕭家粉水開共月已爲迷眼伴與春先作斷腸媒不堪便向多情道萬片霜華雨損來

奉和次韻　　龜蒙

飛棹參差拂早梅，强欺寒色尚低徊。風憐薄媚留香與，月會深情借艶開。粱殿得非蕭帝瑞，齊宫應是玉兒媒。不知謝客離腸醒，臨水剛添萬恨來。

揚州看辛夷花　　日休

臘前千朶亞芳叢，細膩偏勝素㯹功。螓首不言披曉雪，麝臍無主任春風。一枝拂地成瑤圃，數樹參庭是蕋宫。應爲當時天女服，至今猶未放全紅。

奉和次韻　　龜蒙

栁踈梅墮少春叢天遣花神别致功高處朵稀難避日動時枝弱易爲風堪將亂蘂添雲肆若得千株便雪宫不得群芳應有意等閒桃杏即爭紅

暇日獨處寄魯望　　日休

幽慵不覺耗年光犀柄金徽亂一牀野客共爲賒酒計家人同作借書忙園蔬預遣分僧料廩粟先教算鶴糧無限高情好風月不妨猶得事吾王

奉和　龜蒙

謝府殷樓少暇時又拋清宴入書帷三千餘歲上下古八十一家文字奇司馬遷書上下紀三千餘歲太玄有八十一家率多奇字冷夢漢皐懷鹿隱静憐烟島覺鴻離知君滿篋前朝事鳳諾龍奴借與窺

屣步訪魯望不遇　日休

雪晴墟里竹欹斜蠟屐徐吟到陸家荒徑掃稀堆栢子破扉開澁染苔花壁閒定欲圖雙檜廚静空

如飯一麻擬受太玄今不遇可憐遺恨似侯芭

奉和襲美見訪不遇　　龜蒙

爲愁烟岸老神藂扶病呼兒劚翠茗秖道府中持

簡牘不知林下訪漁樵花盤小墢晴初壓葉擁踈

籬凍未燒倚杖徧吟春照午一池氷段幾多消

開元寺客省早景卽事　　日休

客省蕭條柿葉紅樓臺如画倚霜空銅池數滴桂

上雨金鐸一聲松杪風鶴静時來珠像側鴿馴多

在寶幡中如何塵外虛爲契不得支公此會同

奉和次韻　　　　　　　　　　龜蒙

日上罘罳疊影紅一聲清梵萬緣空襂褷滿地貝多雪料峭入樓于闐風水榭初抽寥泬思竹窗猶掛夢魂中靈香散盡禪家接誰共殷源小品同辨正

論亦有九流一曰禪家者流殷浩讀小品經下二百籤疑義以問支道林

獨夜有懷因作吳體寄襲美　　　　龜蒙

人吟側景抱凍竹鶴夢缺月沉枯梧清澗無波鹿

無魄白雲有根虬有鬚雲虬澗鹿眞逸調刀名錐

利非良圖不然怏作燕市飲笑撫肉枅音馨賬酒壚

奉和次韻　日休

病鶴帶霜傍獨屋破巢含雪傾孤梧濯足將加漢

光腹抵掌欲捋梁武鬚隱几淸吟誰敢敵枕琴酣

臥眞堪圖此時枉欠高散物楠瘤作樽石作壚

病中有人惠海蟹轉寄魯望　日休

紺甲青筐染菭衣島夷初寄北人時離居定有石

帆覺失伴唯應海月知族類分明連璅珪璅珪似小蚌有一小蟹在腹中珪出求食故淮海之人呼爲蟹奴形容好箇似蟛蜞病中無用雙螯處寄與夫君左手持

訓襲美見寄海蟹　　龜蒙

藥杯應阻蟹螯香却乞江邊採捕郎自是揚雄知郭索太玄經云蟹之郭索且非何胤敢餦餭何胤侈于食味稍欲去其甚者猶有魁腊糟蟹骨清猶似含春靄沫白還疑帶海霜強作南朝風雅客夜來偷醉早梅傍

病中美景頗阻追遊因寄魯望　日休

瘻牀閒臥晝迢迢唯把真如慰寂寥南國不須收
薏苡百年終竟是芭蕉藥前美祿應難斷枕上芳
辰豈易銷看取病來多少日早梅零落玉華樵

奉訓病中見寄　龜蒙

逢花逢月便相招忽臥雲疏隔野橋春恨與誰同
酩酊玄言何處問逍遥題詩石上空迴筆拾蕙汀
邊獨倚橈早晚却還岩上電襲美時有眼疾共尋芳徑結

烟條

闔閭城北有賣花翁討春之士往往造焉因

招襲美　　龜蒙

故城邊有賣花翁水曲舟輕去盡通十畝芳菲爲

舊業一家烟雨是元功閒添藥品年年別笑指牛

涯樹樹紅若要見春歸處所不過携手問東風

魯望以花翁之什見招因次韻詶之

日休

九十携鋤傴僂翁小園幽事盡能通劚烟栽藥爲身計負水澆花是世功婚嫁定期杉葉紫葢藏應待桂枝紅不知家道能多少只在勾芒一夜風

病中庭際海石榴花盛發感而有寄

日休

一夜春工綻絳囊碧油枝上晝煌煌風勻秪似調紅露日暖唯憂化赤霜火齊滿枝燒夜月金津含蕋滴朝陽不知桂樹知情否無限同遊阻陸郎

奉和次韻　　龜蒙

紫府眞人餉露囊，猗蘭燈燭未熒煌。丹華乞曙先凌日，金焰欺寒却照霜。誰與佳名從海曲，秖應芳裔出河陽。那堪謝氏庭前見，一段清香染郄郎。

早春以橘子寄魯望　　日休

箇箇和枝葉捧鮮，彩凝猶帶洞庭烟。不爲韓嫣金丸重，直是周王玉果圓。剖似日魂初破後，弄如星髓未銷前。知君多病仍中聖，盡送寒苞向枕邊。

襲美以春橘見惠兼之雅篇因次韻訓謝

龜蒙

到春猶作九秋鮮應是親封白帝烟良玉有漿須讓味明珠無類亦羞圓堪居漢苑霜梨上合在仙家火棗前珍重更過三十子不堪分付野人邊王僧辯嘗爲荆南得橘一帶三十子以獻梁元帝

病中書情寄上崔諫議時眼疾未平　日休

十日來來曠奉公閉門無事忌春風蟲絲度日縈

琴薦蛀粉經時落酒筒馬足歊從殘漏外魚須抛

在亂書中殷勤莫怪求醫切只爲山櫻欲放紅

奉和次韻　　　　　　　　龜蒙

或偃虛齋或在公藹然林下昔賢風庭間有蝶爭

烟蕋簾外無人報水筒行藥不離深幌底時患眼疾寄

書多向遠山中西園夜燭偏堪憶曾爲題詩刻半

紅

病中孔雀　　　　　　　　日休

烟花雖媚思沉冥猶自擡頭護翠翎强聽紫簫如欲舞困眠紅樹似依屏因思桂蠹傷肌骨爲憶松鵝損性靈盡日春風吹不起鈿毫金縷一星星

奉和　　龜蒙

懶移金翠傍簷楹斜倚芳叢舊態生唯奈瘴烟籠飲啄可堪春雨滯飛鳴鴛鴦水畔迴頭羨荳蔻圖前舉眼驚争得鷓鴣來伴著不妨還挍有心情

上元日道室焚修寄襲美　　龜蒙

三清今日聚靈官玉刺齊抽謁廣寒執蓋冒花香寂歷侍晨交珮響闌珊執蓋侍晨皆仙之貴侶矣將排鳳節分階易欲校龍書下筆難唯有世塵中小兆夜來心拜七星壇

奉和次韻　日休

明眞臺上下仙官玄藻初吟萬籟寒飈御有聲時杳杳寶衣無影自珊珊蕊書乞見齋心易玉籍求添拜首難端簡不知清景暮靈蕪香燼落金壇

正月十五日惜春寄襲美　龜蒙

六分春色一分休滿眼東波盡是愁花匠礙寒應束手酒龍多病尚垂頭無窮懶惰齊中散有底機謀敵右侯見織短篷裁小檝拏烟閒弄個漁舟

奉詶惜春見寄　日休

十五日中春日好可憐沈痼冷如灰以前雖被愁將去向後須教醉領來梅片盡飄輕粉靨柳芽初吐爛金醅病中無限花番次爲約東風且住開

聞魯望遊顏家林園病中有寄　日休

一夜韶姿着水光，謝家春草滿池塘。細挑泉眼尋新脉，輕把花枝嗅宿香。蝶欲試飛猶護粉，鶯初學囀尚羞簧。分明不得同君賞，盡日傾心羨索郎。

襲美病中見寄次韻訓之　龜蒙

日華風蕙正交光，過末相携藉草塘。過謝玄小字 末謝川小字 佳酒旋傾醽醁嫩，短船閒弄木蘭香。烟絲鳥拂來縈帶，蘸檻人收去約簧。今日好爲聯句會，不成剛

爲欠檀郎

春雨即事寄襲美　　龜蒙

小謝輕埃日日飛小謝詠雨詩有散漫似輕埃句城邊江上阻春暉雖愁野岸花房凍還得山家藥笋肥雙屐着頻看齒折敗裘披苦見毛稀比鄰釣叟無塵事灑笠鳴蓑夜半歸

奉和次韻　　日休

織恨凝愁映鳥飛半旬飄灑掩韶暉山容洗得如

烟瘦地脉流來似乳肥野客正閒移竹遠幽人多
病探花稀何年細灟華陽道兩乘巾車相並歸

魯望春日多尋野景日休抱疾杜門因有是
寄　　　　　　　　　　　　日休

野侶相逢不待期半緣幽事半緣詩烏紗任岸穿
筋竹白袷從披趂肉芝數卷蠹書碁處展幾勝菰
米釣前炊病中不用君相憶折取山櫻寄一枝

奉和次韻　　　　　　　　　　龜蒙

雖失春城醉上期下帷裁徧未裁詩因吟郢岸百
畝蕙欲采商崖三秀芝棲野鶴籠寬使織施山僧
飯别教炊但醫沈約重瞳健不怕江花不滿枝

偶掇野蔬寄襲美有作　龜蒙

野園烟裏自幽尋嫩甲香蕤引漸深行歇每依鴟
舅影挑頻時見鼠姑心凌風藹彩初携籠帶露虚
疎或貯襟欲助春盤還愛否不妨蕭灑似家林

魯望以躬掇野蔬兼示雅什用以詶謝

日休

杖擿春烟暖向陽煩君爲我致盈筐深挑乍見牛脣液（爾雅云蕒牛脣一名水蕮）細掐徐聞鼠耳香（本草云葉似鼠耳莖赤可生食）紫甲采從泉脉畔翠牙搜自石根傍彫胡飯熟餽餬軟不是高人不合嘗

臥疾感春寄魯望　日休

烏皮几上困騰騰玉柄淸羸愧不能昨夜眠時稀似鶴今朝餐數減於僧藥銷美祿應天折醫過芳

辰定鬼憎任是兩多遊未得也須收在採花朋

奉和次韻　　龜蒙

共尋花思極飛騰病帶春寒去未能烟徑水涯多好鳥竹牀蒲椅但高僧須知日富爲神授秪有家貧免盜憎除却數函圖籍外更將何事結良朋

徐方平後聞赦因寄襲美　　龜蒙

新春旒扆御翬軒海內初傳渙汗恩秦獄已收爲厲氣瘴江初返未招魂英材盡作龍蛇蟄時停貢舉戰

地多成虎豹村除却數般傷痛外不知何事及王
孫

奉和次韻　　日休

金雞烟外上臨軒紫誥新垂作解恩涿鹿未銷初
敗血新安頓雪已坑魂空林葉盡蝗來郡腐骨花
生戰後村未遣蒲車問幽隱共君應老抱桐孫

襲美以魚牋見寄因謝成篇　　龜蒙

擣成霜粒細鱗鱗知作愁吟幸見分向日乍驚新

璽色臨風時辨白萍文魚子白萍曰好將花下承金粉堪送天邊詠碧雲見倚小窓親襞染盡圖春色寄夫君

奉詶見荅魚牋之什　日休

輕如隱起膩如飴除却鮫工解製稀欲寫恐成河伯詔試裁疑是水仙衣毫端白獺脂猶濕指下冰蠶子欲飛若用莫將閒處去好題春思贈江妃

病後春思　日休

連錢錦暗麝氛氳荊思多才詠鄂君孔雀鈿寒窺
沼見石榴紅重墮堦聞牢愁有度應如月春夢無
心秪似雲應笑病來慙滿願花牋好作斷腸文

奉和次韻　　　　　　龜蒙

氣和靈府漸氤氳酒有賢人藥有君七字篇章看
月得百勞言語傍花聞閒尋古寺銷晴日最憶深
溪枕夜雲早晚共擡孤艇去紫屏風外碧波文

襲美以公齋小宴見招因代書寄之

龜蒙

早雲纔破漏春陽野客晨興喜又忺自與酌量煎藥水別教安置曬書牀依方釀酒愁遲去借樣裁巾怕索將唯待數般幽事了不妨還入少年塲

偶成小酌招魯望不至以詩爲解因次韻訓之　日休

醉侶相邀愛早陽小筵催辦不勝忺衝深柳駐吳娃幰倚短花排羯鼓牀金鳳欲爲鸎引去鈿蟬疑

被蝶勾將如何共是忘形者不見漁陽參一場

以紗巾寄魯望因而有作　　日休

周家新樣替三梁（頭巾起後周武帝）裹髮偏宜白面郎掩斂乍疑裁黑霧輕明渾似戴玄霜今朝定見看花昊明日應聞漉酒香更有一般君未識虎文巾在絳霄房

襲美以紗巾見惠繼以雅音因次韻訓謝

龜蒙

薄如蟬翅背斜陽不稱春前贈𡇼女減反郎初覺頂寒生遠吹預憂頭白透新霜堪窺水檻澄波影好拂花墻亞蘣香知有芙蓉留自戴桐栢真人戴芙蓉冠也欲莪烟霧訪黄房

聞襲美有親迎之期因以寄賀　龜蒙

梁鴻夫婦欲雙飛細雨輕寒拂雉衣初下雪窻應眷戀次乘烟幰奈光輝參差扇影分華月斷續簫聲落翠微見說春風偏有賀露花千朶照庭闈

臨頓宅將有歸于之日曾望以詩見貺因抒

懷訓之　　　　　　　　　日休

共老林泉忍暫分此生應不識迴文幾枚竹笥送

德曜一乘柴車迎少君舉案品多緣澗藥承家事

少爲溪雲居然自是幽人事輒莫教他孫壽聞

襲美以巨魚之半見分因以訓謝

　　　　　　　　　　　龜蒙

誰與春江上信魚可憐霜刃截來初鱗𩵋似撒騷

人屋腹斷疑傷遠客書避網幾跳山影破逆風曾
蹙浪花虛今朝最是家童喜免泥荒畦掇野蔬

奉和　　日休

釣公來信自松江三尺春魚撥剌霜腹內舊鉤苔
染澁腮中新餌藻和香冷鱗中斷榆錢破寒骨平
分玉筯光何事貺君偏得所秪緣同是越航郎

館娃宮懷古　　日休

艷骨已成蘭麝土宮墻依舊壓層崖弩臺雨壞逢

金鏃香徑泥銷露玉釵硯沼秪留溪鳥浴屧廊空信野花埋姑蘇麋鹿眞閒事須爲當時一愴懷

奉和次韻　龜蒙

鏤楣消落濯春雨蒼翠無言空斷崖草碧未能忘帝女燕輕猶自識宫釵江山秪有愁容在劍珮應和愧色埋賴有伍員騷思少吴王纔免似荆懷

襲美以紫石硯見贈以詩迎之　龜蒙

霞骨堅來玉自愁琢成飛燕古釵頭澄沙脆弱聞

應伏青鐵沈埋見亦羞最稱風亭批碧簡好將雲寶漬寒流君能把贈閒吟客徧寫江南物象酬

以紫石硯寄魯望兼訓見贈　日休

樣如金黶小能輕微潤將融紫玉英石墨一研爲鳳尾寒泉半勺是龍睛騷人白芷傷心暗狎客紅筵奪眼明兩地有期皆好用不須空把洗溪聲

同襲美遊北禪院院郎故司勳陸郎中舊宅　龜蒙

連延花蔓映風廊岸幘披襟到竹房居士秪今開

菴處先生曾是草玄堂清樽林下看香印遠岫窓
中挂鉢囊今日有情消未得欲將名理問思光
奉和　日休
戚歷杉陰入艸堂老僧雖見似相忘吟多幾轉蓮
花漏坐久重焚栢子香魚慣齋時分淨食鴿能閒
處傍禪牀雲林滿眼空羇滯欲對彌天却自傷
孫發百篇將遊天台請詩贈行因以送之　日休

孫子荆家思有餘元戎曾薦入公車百篇宫體喧
金屋一日官銜下玉除紫府近通齋後夢赤城新
有寄來書因逢二老如相問正滞江南爲鯢魚

奉和　　　　　　　　　　　　　　龜蒙

直應天授與詩情百詠唯消一日成去把彩毫揮
下國歸參黄綬别春卿閒窺碧落懷烟霧暫向金
庭隱姓名珍重興公徒有賦石梁深處是君行

薔薇　　　　　　　　　　　　　　龜蒙

倚墻當户自横陳致得貧家似不貧外布芳菲雖
笑日中含芒刺欲傷人清香往往生遥吹狂蔓看
看及四鄰遇有客來堪玩處一端晴綺照烟新

奉和次韻　日休

誰繡連延滿户陳暫應遮得陸郎貧紅芳掩斂將
迷蝶翠蔓飄颻欲挂人低拂地時如墮馬高臨墻
處似窺鄰羝應是董雙成戲剪得神霞寸寸新

聞開元寺開笋園寄章上人　日休

園鑣開聲駭鹿羣滿林鮮籜水犀文森森競泫林
梢雨㛹㛹爭穿石上雲並出亦如鵜管合各生還
似犬牙分折烟束露如相遺何亂明朝不茹葷

奉和　龜蒙

春龍爭地養檀欒況是雙林雨後看迸出似毫當
埡㙞孤生如恨倚欄干凌虛勢欲齊金刹折贈光
宜照玉盤更待錦苞零落後粉環高下揭烟寒

春夕陪崔諫議櫻桃園宴　日休

萬樹香飄水麝風蠟熏花雪盡成紅夜深歡態狀
不得醉客圖開明月中衛協畫醉客圖

奉和　龜蒙

佳人芳樹雜春蹊花外烟濛月漸低幾度艷歌清
欲轉流鶯驚起不成棲

松江早春　日休

松陵清淨雪消初見底新安恐未如穩凭船舷無
一事分明數得鱠殘魚

奉和　龜蒙

栁下江飡待好風暫時還得狎漁翁一生無事烟波足唯有沙邊水勃公

女墳湖（即吳王葬女之所）　日休

萬貴千奢已寂寥可憐幽憤爲誰嬌須知韓重相思骨直在芙蓉向下消

奉和　龜蒙

水平波淡繞迴塘鶴殉人沉萬古傷應是離魂雙

不得至今沙上少鴛鴦

泰伯廟　日休

一廟爭祠兩讓君幾千年後轉清芬當時盡解稱

高義誰敢教他莽卓聞

奉和　龜蒙

故國城荒德未荒年年椒奠溼中堂邇來父子爭

天下不信人間有讓王

宿木蘭院　日休

木蘭院裏雙棲鶴長被金鉦聒不眠今夜宿來還
似爾到明無計夢雲泉
奉和次韻　龜蒙
苦吟清漏迢迢極月過花西尚未眠猶憶故山欹
警枕夜來嗚咽似流泉
重題薔薇　日休
濃似猩猩初染素輕於燕燕欲凌空可憐細麗難
勝日照得深紅作淺紅

奉和次韻　　龜蒙

穠華自古不得久況是倚春春已空更被夜來風

雨惡滿堦狼籍沒多紅

春夕酒醒　　日休

四絃纔罷醉蠻奴酃醁餘香在翠爐夜半醒來紅

蠟短一枝寒淚作珊瑚

奉和　　龜蒙

幾年無事傍江湖醉倒黃公舊酒壚覺後不知新

月上滿身花影倩人扶

松陵集卷第六

虞山毛晉授刊　男扆再校

# 松陵集卷第七

今體七言詩九十首

開元寺佛鉢詩 幷序　　日休

按釋法顯傳云佛鉢本在毗舍離今在乾陀衛竟若干百年當復至西月支國若干百年至于闐國若干百年當至屈茨國若干百年當復來漢地晉建興二年二聖像浮海而至滬瀆僧尼輩取之以歸今存于開元寺後建興八年漁者於滬瀆沙汭

上獲之以爲臼類乃葷而用焉俄有佛像見于外
漁者始爲異意滬瀆二聖之遺祥也乃以鉢供之
迄今尚存余遂觀而爲之詠因寄天隨子
帝青石作綠冰姿佛律云此鉢帝青玉石也四天王所獻也曾得金人
手自持拘律樹邊齋散後提羅花下洗來時乳麋
味斷中天覺麥麨香消大刧知從此共君親頂戴
針風應不等閒吹

奉和　　　　　　　　　　龜蒙

空王初受逞神功四鉢須臾現一重至今鉢緣有四重也
次想添香積飯覆時應帶步羅鍾光寒好照金毛
鹿響靜堪降白耳龍從此寶函香裏見不煩西去
詣靈峰

夏首病愈因招魯望　日休

曉入清和尚袷衣夏陰初合掩雙扉一聲撥穀桑
柘晚數點春鋤烟雨微貧養仙禽能箇瘦病關芳
草就中肥明朝早起非無事買得蓴絲待陸機

奉酬次韻　　龜蒙

雨多青合是垣衣一幅蠻牋夜欵扉蕙帶又聞寬沈約茅齋猶自憶王微方靈祇在君臣正篆古須抛點畫肥除却伴談秋水外野鷗何處更忘機

新夏東郊閒泛有懷襲美　　龜蒙

遲於春日好於秋野客相攜上釣舟經畧彴時冠暫亞佩笭箵後帶頻搊蒹葭鷺起波揺笠村落蠶眠樹挂鉤料得祇君能愛此不爭烟水似封侯

奉和次韻　日休

水物輕明澹似秋多情才子倚蘭舟碧莎裳下攜
詩草黄篾樓中挂酒篘蓮葉蘸波初轉棹魚兒簇
餌未諳鈎共君莫問當時事一點沙禽勝五侯

四月十五日道室書事寄襲美　龜蒙

烏飯新炊芼臛香道家齋日以爲常月苗杯舉存
三洞雲蘂函開叩九章一掬陽泉堪作雨數銖秋
石欲成霜可中值著雷平信爲覓閒眠苦竹牀

奉和　　　　　　　　　　　日休

望朝齋戒是尋常靜啟金根第幾章竹葉飲爲甘露色蓮花鮓作肉芝香松膏背日凝雲磴丹粉經年染石牀剩欲與君終此志頑仙唯恐鬢成霜

看壓新醅寄懷襲美　　　　　龜蒙

曉壓糟牀漸有聲旋如荒澗野泉淸身前古態熏應出世上愁痕滴合平飮啄斷年同雀斂風波終日看人爭樽中若使常能渌兩綬通侯總强名

奉和次韻　　日休

一簀松花細有聲旋將渠椀撇寒清秦吳只恐篘來近劉項真應釀得平酒德有神多客頌醉鄉無貨没人爭五湖烟水郎山月合向樽前問底名

登初陽樓寄懷北平郎中　　日休

危樓新製號初陽白粉青薮射沼光避酒幾浮輕舴艋下棊曾覺睡鴛鴦投鉤列坐圍華燭格簺分朋占靚粧莫怪重登頻有恨二年曾侍舊吳王

奉和　龜蒙

遠窻浮檻亦成年幾伴楊公白晝筵日煖烟花曾撲地氣和星象却歸天閒將水石侵軍壘醉引笙歌上釣船無限恩波猶在目東風吹起細漪漣

夏初訪魯望偶題小齋　日休

半里芳陰到陸家藜牀相勸飯胡麻林間度宿拋棋局壁上經旬挂釣車野客病時分竹米鄰翁齋日乞藤花踟躕未放閒人去半岸紗帩待月華

奉和次韻　　龜蒙

四鄰多是老農家，百樹雞桑半頃麻。盡趁晴明修網架，每和烟雨掉繅車。啼鸎偶坐身藏葉，餉婦歸來鬢有花。不是對君吟復醉，更將何事送年華。

所居首夏水木尤清適然有作　　日休

病來無事草堂空，晝永休聞十二筩。桂靜似逢青眼客，松閒如見綠毛翁。潮期暗動庭泉碧，梅信微侵地障紅。盡日枕書慵起得，被君猶自笑從公。

奉和次韻　龜蒙

柹陰成列藥花空却憶桐江下釣筒亦以魚蝦供熟鷺近緣櫻筍識鄰翁閒分酒劑多還少自記書籤白間紅更愛夜來風月好轉思玄度對支公

重玄寺元達年逾八十好種名藥凡所植者多至自天台四明包山句曲叢萃紛糅各可指名余奇而訪之因題二章

日休

雨蓧烟鋤傴僂賫紺牙紅甲兩三畦藥名却笑桐

君少年紀翻嫌竹祖低臼石靜敲蒸术火清泉閒

洗種花泥恠來昨日休持鉢一尺彫胡似掌齊

香蔓蒙蘢覆昔邪檜烟杉露濕袈裟石盆換水撈

松葉竹徑遷牀避笋芽藜杖移時挑細藥銅缾盡

日灌幽花支公謾道憐神駿不及今朝種一麻

奉和題達上人藥圃二首　　龜蒙

藥味多從遠客賫旋添花譜旋成畦三椏舊種根

應與九節初移葉尚低山莢便和幽澗石水芝須
帶本池泥從今直到清秋日又有香苗幾番齊
淨名無語示清羸藥草搜來喻更微一雨一風皆
遂性花開花落盡忘機教疏兎縷金絃亂兎絲別名自
擁龍芻紫汞肥莫怪獨親幽圃坐病容銷盡欲依
歸

懷華陽潤卿博士三首　日休

先生一向事虛皇天市壇西與世忘環堵養龜看

氣訣刀圭餌犬試仙方靜探石腦衣裾潤閒鍊松
脂院落香聞道徵賢須有詔不知何日到良常
冥心唯事白英君不問人間爵與勳林下醉眠仙
鹿見洞中閒話隱芝聞石牀臥苦渾無蘚藤篋開
稀恐有雲料得虛皇新詔樣青瓊板上綠爲文
鳳骨輕來稱瘦容華陽館主未成翁陶隱居昔爲華陽館主
數行玉札存心久一掬雲漿漱齒空白石煑多熏
屋黑丹砂埋久染泉紅他年欲事先生去十賚須

加陸逸沖逸沖嘗事隱居隱居錫名樓靜處士十賚猶人間九錫也

奉和三首　　龜蒙

幾降真官授隱書洛公曾到夢中無眉間入靜三辰影肘後通靈五岳圖北洞樹形如曲蓋東凹山色似薰爐金墟福地能容否願作岡前蔣負芻

火景應難到洞宮蕭閒堂冷任天風談玄麈尾抛雲底服散龍胎在酒中有路還將赤城接無泉不共紫河通奇編早晩教傳授免以神仙問葛洪

終日焚香禮洞雲更思琪樹轉勞神曾尋下泊宮名常經月不到中峰又累春仙道最高黃玉籙暑天偏稱白綸巾清齋若見茅司命乞取朱兒十二斤

以竹夾膝寄贈襲美　　龜蒙

截得篔簹冷似龍翠光横在暑天中堪臨蕤簟閒憑月好向松窗臥跂風持贈敢齊青玉案醉吟徧稱碧荷筒添君雅具教多著爲著西齋譜一通

魯望以竹夾膝見寄因次韻酬謝

日休

圓於玉柱滑於龍來自衡陽彩翠中拂潤恐飛清

夏雨叩虛疑貯碧湘風大勝書客裁成簡頗賽溪

翁截作筒從此角巾因爾戴俗人相訪若爲通

夏景無事因懷章來二上人　日休

澹景微陰正送梅幽人逃暑癭楠杯水花移得和

魚子山蕨收時帶竹胎嘯館大都偏見月醉鄉終

竟不聞雷更無一事唯留客却被高僧怕不來

隹樹盤珊枕草堂此中隨分亦閒忙平鋪風簟尋
琴譜靜掃烟窗著藥方幽鳥見貧留好語白蓮知
臥送清香從今有計消閒日更爲支公置一牀

奉和次韻　　龜蒙

簷外青陽有二梅折來堪下凍醪杯（離騷注云盛夏以醇酒置冰上）高杉自欲生龍腦小弁誰能寄鹿胎麗事肯敎
饒沈謝談微何必減宗雷還聞擬結東林社爭奈
淵明醉不來

忽憶高僧坐夏堂厭泉聲鬧笑雲忙山重海澹懷
中印月冷風微宿上方病後書求嵩少藥定迴衣
染貝多香何時更問逍遙義道林有逍遙遊別義五粒松陰
半石牀

寄瓊州楊舍人　日休

德星芒彩瘴天涯酒樹堪消謫宦嗟行遇竹王因
設奠居逢木客又遷家清齋淨溲桄榔麵遠信閒
封荳蔻花清切會須歸有日莫貪句漏足丹砂

奉和　　　　龜蒙

明時非罪謫何偏鵩鳥巢南更數千酒滿椰杯消毒霧風隨蕉扇下瀧船人多藥户行狂蠱吏有珠官出俸錢秖以直誠天自信不勞詩句詠貪泉

魯望以輪鈎相示緬懷高致因作三篇　　日休

角柄孤輪細膩輕翠蓬十載伴君行撚時解轉蟾蜍魄抛處能啼絡緯聲七里灘波喧一舍五雲溪

月靜三更朱衣鮒足和蓑睡誰信人間有利名
一線飄然下碧塘溪翁無語遠相望蓑衣舊去烟
披重篛笠新來雨打香白鳥白蓮爲夢寐清風清
月是家鄉明朝有物充君信檣酒三瓶寄夜航檣酒出沈約集
盡日悠然舴艋輕小輪聲細雨溟溟三尋絲帶桐
江爛一寸鈎含笠澤腥用近詹何傳釣法收和范
蠡養魚經孤篷半夜無餘事應被嚴灘聒酒醒

頃自桐江得一釣車以襲美樂烟波之思因出以爲玩俄辱三篇復抒酬答

龜蒙

旋屈金鈎劈翠筠手中盤作釣魚輪忘情不效孤醒客有意閒窺百丈鱗雨似輕埃時一起雲如高蓋强相親任他華轂低頭笑此地終無覆敗人

曾招漁侶下清濤獨蠒初隨一錘深細輾烟華無輙跡静含風力有車音相呼野飯依芳草迭和山

歌逗遠林得失任渠但取樂不曾生個是非心
病來縣著脆緡絲獨喜高情爲我持數幅尚凝烟
雨態三篇能賦蕙蘭詞雲深石静閒眠穩月上江
平放溜遲第一莫教諳此境倚天功業待君爲

吴中書事寄漢南裴尚書　日休

萬家無事鏁蘭橈鄉味腥多厭紫蘬江文通集云紫蘬石刼也
水似棋文交度郭柳如行障儼遮橋青梅蔕重初
迎雨白鳥羣高欲避潮唯望舊知憐此意得爲傖

鬼也逍遥

奉和　龜蒙

風清地古帶前朝遺事紛紛未寂寥三泖涼波漁蕝動（遠祖士衡對晉武帝以三泖冬温夏涼）五茸春草雉媒嬌（五茸吴王獵所石各有名）雲藏野寺分金刹月在江樓倚玉簫不用懷歸忘此景吴王看卽奉弓招

夏景冲澹偶然作二首　日休

秖隈蒲褥岸烏紗味道澄懷景便斜紅印寄泉慚

郡守青篚與筭愧僧家茗爐盡日燒松子書㮇經
時剎苑花園吏暫棲君莫笑不妨猶更著南華
一室無喧是事幽還如貞白在高樓天台畫得千
廻看湖目芳來百度遊湖目莲子也無限世機吟處息
幾多身計釣前休他年謁帝言何事請贈劉伶作
醉侯

奉和次韻　龜蒙

蟬雀參差在扇紗竹襟輕利籜冠斜壚中有酒文

園會琴上無絃靖節家芝晼烟霞全覆穗橘洲風
浪半浮花間息兩地忘名者不信人間髮解華
秖於池曲象山幽便是瀟湘浸石樓斜拂茨盤輕
鷟下細穿蔆線小覷遊閒開茗焙嘗須徧醉撥書
帷臥始休莫道仙家無好爵方諸還拜碧琳侯

送李明府之任南海　　　　日休

五羊城在蜃樓邊墨綬垂腰正少年山靜不應聞
屈鳥草深從使翳貪泉蟹奴晴上臨潮檻燕婢秋

隨過海船一事與君消遣宦乳蕉花發訟庭前

奉和　龜蒙

春盡之官直到秋嶺雲深處凭瀧樓居人愛近沈珠浦候吏多來拾翠洲賓稅盡應輸紫貝蠻童多學佩金鉤知君不戀南枝久抛却經冬白罽裘

寄題羅浮軒轅先生所居　日休

亂峯四百三十二（羅浮山峯數）欲問徵君何處尋紅翠（山鳥名）數聲瑶室響（山有璇房瑤室七十有二）眞檀一炷石樓深

山都遣負沽來酒樵客容看化後金從此謁師知不遠求官先有葛洪心

奉和　　　　龜蒙

鼎成仙馭入崆峒百世猶傳至道風暫應青詞爲穴鳳却思丹徼伴冥鴻金公的的生爐際瓊刃時時到夢中預恐浮山歸有日載將雲室十洲東

宿報恩寺水閣　　　　日休

寺鏁雙峯寂不開幽人中夜獨徘徊池文帶月鋪

金簞蓮朶含風動玉杯往往竹梢搖翡翠時時杉
子擲莓苔可憐此際誰曾見唯有支公盡看來
奉和　龜蒙
峯抱池光曲岸平月臨虛檻夜何淸僧穿小檜纔
分影魚擲高荷漸有聲因憶故山吟易苦各橫秋
簟夢難成周顒不用裁書勸自得涼天證道情
醉中偶作呈魯望　日休
谿雲澗鳥本吾儕剛爲浮名事事乖十里尋山爲

息役五更看月是情差分將吟詠華雙鬓力以壺
觴固百骸爭得草堂歸臥去共君同作太常齋

奉和次韻　　龜蒙

海隺飄飄韻莫儕在公猶與俗情乖初呈酒務求
專判合禱山祠請自差永夜譚玄侵罔象一生交
態忘形骸憐君醉墨風流甚幾度題詩小謝齋

寄滑州李副使員外　　日休

兵繞臨淮數十重鐵衣才子正從公軍前草奏旄

頭下城上封書箭簳中圍合只應聞曉雁血腥何
處避春風故人勳重金章貴猶在江湖積釣功

奉和　　　　　　　　　　　龜蒙

洛生閒詠正抽毫忽傍旌旗著戰袍檄下連營皆
破膽劒離孤匣欲吹毛清秋月色臨軍壘半夜淮
聲入賊壕除却征南爲上將平徐功業更誰高

傷史拱山人　　　　　　　　日休

一緘幽信自襄陽上報先生去歲亡山客爲醫翻

貰藥野僧因乎却焚香峯頭孤冢爲雲穴松下靈筵是石牀宗炳死來君又去終身不復到柴桑

奉和　龜蒙

曾說山棲欲去尋豈知霜骨瘞寒林常依淨住師冥目兼事容成學算心史學浮圖兼善算術逋客預齋還梵唱老猿窺祭亦悲吟唯君獨在江雲外誰誄孤貞置峴岑

吳中言懷寄南海二同年　日休

曲水分飛歲巳賒東南爲客各天涯退公秖傍蘇
勞竹移宴多隨末利花銅鼓夜敲溪上月布帆晴
照海邊霞三年謾被鱸魚累不得橫經侍絳紗

奉和　　　　　　　　　　　龜崇

曾具凌風上赤霄盡將華藻赴嘉招城連虎踞山
圖麗路入龍編海舶遙江客漁歌衝白荇野禽人
語映紅蕉庭中必有君遷樹莫向空臺望漢朝交州
記云有君遷樹有朝
臺尉陀望漢所築

胥門閒泛　日休

青翰虛徐夏思清愁烟漠漠荇花平醉來欲把田

田葉盡裹當時醒酒鯖

奉和　龜蒙

細槳輕撶下白蘋故城花謝綠陰新豈無今日逃

名士試問南塘著屧人

木蘭後池三詠　日休

重臺蓮花

歆紅矮婧力難任每葉頭邊半米金可得敎他水
妃見兩重元是一重心

浮萍

嫩似金脂颺似烟多情渾欲擁紅蓮明朝擬附南
風信寄與湘妃作翠鈿

白蓮

但恐醍醐難並潔秖應薝蔔可齊香半垂金粉知
何似靜婉臨溪照額黃

奉和三詠　龜蒙

重臺蓮花

水國烟鄉足芰荷就中芳瑞此難過風情爲與吴王近紅萼常教一倍多

浮萍

晚來風約半池明重疊侵沙緑罽成不用臨池重相笑最無根蔕是浮名

白蓮

素蘤多蒙別艷欺此花眞合在瑤池還應有恨無
人覺月曉風清欲墮時

重題後池　日休

細雨闌珊眠鷺覺鈿波悠漾並鴛嬌適來會得荊
王意秖爲蓮莖重細腰

奉和　龜蒙

曉烟清露暗相和浴雁浮鷗意緒多却是陳王詞
賦錯枉將心事託微波

襲美庭中初植松桂偶題　　龜蒙

軒唫冉冉移斜日寒韻泠泠入晚風烟格月姿曾不改至今猶似在山中

奉和次韻　　日休

毿毿綠髮垂輕露獵獵丹華動細風恰似青童君欲會儼然相向立庭中

戲題襲美書印囊　　龜蒙

鶚銜龜顧妙無餘不愛封侯愛石渠應笑休文過

萬卷至今誰道沈家書

奉和次韻　　日休

金篆方圓一寸餘可憐銀艾未息渠不知夫子將心印印破人間萬卷書

館娃宫懷古五絶　　日休

綺閣飄香下太湖亂兵侵曉上姑蘇越王大有堪羞處秖把西施賺得吴

鄭妲無言下玉墀夜來飛箭滿罘罳越王定指高

臺笑却見當時金鏤楣

半夜娃宫作戰場血腥猶雜宴時香西施不及燒

殘蠟猶爲君王泣數行

素襪雖遮未掩羞越兵猶怕伍員頭吴王恨魄今

如在秪合西施瀨上遊

響屧廊中金玉步采蘭山上綺羅身不知水葬今

何處溪月彎彎欲效顰

奉和五絶　　　　　　　　龜蒙

三千雖衣水犀珠半夜夫差國暗屠猶有八人皆
二八獨教西子占亡吳
一宫花渚漾漣漪倭墮鴉鬟出繭眉可料坐中歌
舞袖便將殘節拂降旗
幾多雲榭倚青冥越焰燒來一片平此地最應沾
恨血至今春草不勻生
江色分明練繞臺戰帆遥隔綺疏開波神自厭荒
淫主句踐樓船穩帖來

寶袜香綦碎曉塵亂兵誰惜似花人伯勞應是精

靈使猶向殘陽泣暮春

虎丘寺西小溪間泛三絕　　日休

鼓子花明白石岸桃枝竹覆翠嵐溪分明似對天

台洞應厭頑仙不肯迷

絕壑秖憐白羽傲窮谿唯覺錦鱗癡更深尚有通

樵處或是秦人未可知

高下不驚紅翡翠淺深還礙白薔薇船頭繫個松

根上欲待逢仙不擬歸

奉和三絶次韻　　龜蒙

樹號相思枝拂地鳥語提壺聲滿溪雲涯一里千萬曲直是漁翁行也迷

荒柳臥波渾似困宿雲遮塢未全癡雲情柳意蕭蕭會若問諸餘總不知

毎逢孤嶼一倚檝便欲狂歌同採薇任是烟蘿中待月不妨欹枕扣舷歸

卷第七終

# 松陵集卷第八

## 今體七言詩八十四首

白鷗詩 幷序　龜蒙

樂安任君嘗爲涇尉居吳城中地纔數畒而不佩俗物有池池中有島嶼池之南西北邊合三亭修篁嘉木掩隱隈奥處其一不見其二也君好奇樂異喜文學名理之士所得皆淸散凝瑩襲美知而偕詣既坐有白鷗翩然馴於砌下因請浮而翫之

主人曰池中之族老矣每以豪健據有鷗之始浮
輒逐而害之今則不敢入吁昔人之心蓄機事猶
或舞而不下況害之哉且羽族麗於水者多矣獨
鷗爲閒暇其致不高邪一旦水有鯨鯢之患陸有
狐狸之憂儔侶不得命嘯塵埃不得澡刷雖蒙人
之流賞亦天地之竆鳥也感而爲詩邀襲美同作」
慣向溪頭漾淺沙薄烟微雨是生涯時時失伴沉
山影往往爭飛雜浪花晚樹清涼還鸂鶒舊巢零

落寄蒹葭池塘信美應難戀針在魚脣劍在鰕

奉和　日休

雪羽襹褷半惹泥海雲深處舊巢迷池無飛浪爭教舞洲少輕沙若遣棲烟外失羣慙鴈鶩波中得志羨鳧鷖主人恩重真難遇莫爲心孤憶舊溪

懷楊台文楊鼎文二秀才　龜蒙

秋早相逢待得春崇蘭清露小山雲崇蘭小山郡中二堂寒花獨自愁中見曙角多同醒後聞釣具每隨輕舸

去詩題閒上小樓分重思醉墨縱横甚書破羊欣
白練裙

奉和次韻　日休

羊曇醑我昔經春各以篇章闘五雲賓草每容閒
處見擊琴多任醉中聞釣前青翰交加倚醉後紅
魚取次分爲說風標曾入夢上仙初著翠霞裙

友人以人參見惠因以詩謝之　日休

神艸延年出道家神艸別名是誰披露記三椏開時的

定涵雲液斸後還應帶石花名士寄來消酒渴野
人煎處撇泉華從今湯劑如相續不要金山焙上
茶

奉和　　　　龜蒙

五葉初成椵樹陰紫團峰外即雞林名參鬼蓋須
難見材似人形不可尋品第已聞升碧簡携持應
合重黃金殷勤潤取相如肺封禪書成動帝心

傷進士嚴子重詩并序　　　　日休

余爲童在鄉校時簡上抄杜舍人牧之集見有與
進士嚴惲詩後至吳一日有客曰嚴某余志其名
久矣遽懷文見造於是樂得禮而觀之其所爲工
於七字往往有清便柔媚時可軼駭於常軌其佳
者曰春光冉冉歸何處更向花前把一杯盡日問
花花不語爲誰零落爲誰開余美之諷而未嘗怠
生舉進士亦十餘計偕余方寃之謂乎竟有得於
時也未幾歸吳興後兩月咸通十一年也雲人至云生以

疾亡於所居矣噫生徒以詞聞於士大夫竟不名而逝豈止此而湮没耶江湖間多美利士君子苟樂退而有文者死無不爲時惜可勝言耶於是哭而爲詩魯望生之友也當爲我同作

十哭都門榜上塵蓋棺終是五湖人生前有敵唯丹桂没後無家祇白蘋箬下漸新醒處月江南依舊詠來春知君精爽應無盡必在酆都頌帝晨梁成

酆都官領紂

絶標帝晨

嚴子重以詩遊於名勝間舊矣余晚於江南
相遇甚樂不幸且没襲美作詩序而弔之
其名眞不朽矣又何戚其死哉余因息悲
而爲之和　龜蒙

每值江南日落春十年詩酒愛逢君芙蓉湖上吟
船倚翡翠岩前醉馬分秪有汀洲連舊業豈無章
疏動遺文猶憐未卜佳城處更斸要離冢畔雲

早秋吳體寄襲美　龜蒙

荒庭古樹只獨倚敗蟬殘蛩苦相仍雖然詩膽大
於斗爭奈愁腸牽似繩短燭初添蕙幌影微風漸
折蕉衣稜安得彎弓似明月快箭拂下西飛鵬

奉和次韻　日休

書淫傳癖窮欲死譊譊何必頻相仍日乾陰蘚厚
堪剝藤把欹松牢似繩擣藥香侵白袷袖穿雲潤
破烏紗稜安得瑤池飲殘酒半醉騎下垂天鵬

秋賦有期因寄襲美時將主試貢士　龜蒙

雲似無心水似閒忽思名在貢書間烟霞鹿弁聊
縣著鄰里漁舠暫解還文草病來猶滿篋藥苗衰
後即離山廣寒宫樹枝多少風送高低便可攀

奉和次韻　日休

十載江南盡是閒客兒詩句滿人間郡侯聞譽親
邀得鄉老知名不放還應帶瓦花經汴水更携雲
實出包山太微宫裏環岡樹無限瑶枝待爾攀

病中秋懷寄襲美　龜蒙

病容愁思苦相兼清鏡無情未我嫌貪廣異蔬行
徑窄故求偏藥出錢添同人散後休賒酒雙燕辭
來始下簾更有是非齊未得重憑詹尹拂龜占

奉和次韻　　日休

貧病於君亦太兼才高應亦被天嫌因分鶴料家
資減爲置僧餐口數添靜裏改詩空凭几寒中注
易不開簾清詞一一侵真宰甘取窮愁不用占

新秋即事三首　　日休

癡號多於顧愷之更無餘事可從知酒坊吏到常先見鶴料符來每探支（吳郡有鶴料案）涼後每謀清月社晚來專赴白蓮期共君無事堪相賀又到金虀玉

鱠時

堪笑高陽病酒徒幅巾蕭灑在東吳秋期淨掃雲根瘦山信迴緘乳管麤白月半窗抄朮序清泉一器授芝圖乞求待得西風起盡（去聲）挽烟帆入太湖露槿風杉滿曲除高秋無事似雲廬醉多已任家

人厭病久還甘吏道踈青桂巾箱時寄藥白綸臥
具半抛書君卿脣舌非吾事且向江南問鰒魚

奉和次韻　　　　　龜蒙

心似孤雲任所之世塵中更有誰知愁尋冷落驚
雙鬢病得淸涼減四支懷舊藥溪終獨往宿枯杉
寺已頻期兼須爲月求高處卽是霜輪殺滿時
帆檝衣裳盡釣徒往來蹤跡徧三吳閒中展卷興
亡小醉後題詩點畫麤松島伴譚多道氣竹窗孤

夢豈良圖還須待致昇平了即任扁舟放五湖
聲利從來解破除秋灘唯憶下桐廬鸕鷀陣合殘
陽少蜻蛚吟高冷雨踈辯伏南華論指指才非玄
晏借書書當晧任使眞堪笑波上三年學炙魚

南陽潤卿將歸雷平因而有贈　日休

借問山中許道士此迴歸去復何如竹屏風扇抄
遺事柘步輿竿繫隱書絳樹實多分紫鹿丹沙泉
淺種紅魚東卿旄節看看至静啟茅齋慎掃除

奉和　　　　　　　　　　龜蒙

朝市山林隱一般却歸那減卧雲懽墮堦紅葉誰
收得半盋清醪客醉乾玉笈詩成吟處曉金沙泉
落夢中寒眞仙若降如相問曾步星罡繞醮壇

訪寂上人不遇　　　　　　日休

何處尋雲暫廢禪客來還寄草堂眠桂寒自落翻
經案石冷空消洗鉢泉爐裏尚飄殘玉篆龕中仍
鏁小金仙須將二百籤迴去待得支公恐隔年

奉和　　　　　　　　　　　　　　　龜蒙

芭蕉霜後石欄荒林下無人閉竹房經抄未成拋

素几錫環應撼過寒塘蒲團爲拂浮埃散茶器空

懷碧餑香早晚却還宗炳社夜深風雪對禪牀

顗道士亡弟子乞銘於襲美既而奉以束帛

因賦戲贈　　　　　　　　　　　　龜蒙

童初眞府召爲郎君與抽毫刻便房亦謂神仙同

許郭不妨才力似班揚比於黃絹詞尤妙酬以霜

縑價未當唯我有文無賣處筆鋒銷盡墨池荒

奉和　日休

師去東華却鍊形門人求我誌金庭大椿枯後新爲記仙鶴亡來始有銘前朝文集未有道士銘誌瓊版欲刊知不朽冰紈將受恐通靈君才莫歎無茲分合注神玄劍解經

秋夕文宴得遙字　日休

啼螿衰葉共蕭蕭文宴無喧夜轉遙高韻最宜題

雪讚逸才偏稱和雲謡風吹翠巘應難刻月照清香太易消無限玄言一盃酒可能容得盍寬饒

同前　得成字　　　　　　　　　　　　　　　　　　　　　　　　　　　　　　　　　　　　　　　　　　　　　　　　　　龜蒙

筆陣初臨夜正清擊銅遥認小金鉦飛觥壯若遊燕市覔句難於下趙城隔嶺故人因會憶傍簷棲鳥帶吟驚梁王座上多詞客五韻甘心第七成梁昭明嘗文晏賦詩各五韻劉孝威第七方成

南陽廣文欲於荆襄卜居因而有贈

日休

地肺從來是福鄉廣文高致更無雙青精飯熟雲侵竈白㪺裘成雪濺窗度日竹書千萬字經冬朮煎兩三缸鱸魚自是君家味莫背松江憶漢江

代廣文先生訓次韻　　龜蒙

不知天隱在何鄉且欲烟霞跡暫雙霍廟未能齊月馭鹿門聊擬並雲窗薜衘荒磴移桑屐花浸春醪挹石缸莫惜樣頭容釣伴也應東印有餘江

寄毘陵魏處士朴　　日休

文籍先生不肯官絮巾衝雪把漁竿一堆方冊爲
侯印三級幽巖是將壇醉少最因吟月冷瘦多偏
爲臥雲寒兎皮衾煖蓬舟穩欲共誰遊七里灘

奉和　　龜蒙

經苑初成墨沼開何人林下肯尋來若非宗測圖
山後即是韓康賣藥迴溪籟自吟朱鷺曲沙雲還
作白鷗媒唯應地主公田熟時送君家麴糵材

初冬偶作寄南陽潤卿　日休

寓居無事入清冬雖設樽罍酒半空白菊爲霜翻

帶紫蒼苔因雨却成紅迎潮預遣收魚笱防雪先

教葢鶴籠唯待支硎最寒夜共君披氅訪林公

奉和次韻　龜蒙

逐日生涯敢計冬可嗟寒事落然空㨾憐反照緣

書小庭喜新霜爲橘紅衰柳尚能和月動敗蘭猶

擬倩烟籠不知海上今清淺試與飛書問洛公

冬〻曉章上人院　日休

山堂冬〻曉寂無聞一句清言憶領軍琥珀珠粘行處雪棕櫚箒掃臥來雲松扉欲啟如鳴鶴石鼎初煎若聚蚊不是戀師歸去晚陸機茸内足毛群

奉和　龜蒙

山寒偏是曉來多况值禪窗雪氣和病客功夫經未演故人書信納新磨閒臨靜案修茶品獨傍深溪記藥科從此逍遥知有地更乘清月伴君過

寄題鏡巖周尊師所居詩并序　日休

處州仙都山山之半有洞口下望之如鑑目之曰鏡巖下去地二百尺上者以竹梯爲級中如方丈內有乳水滴瀝嵌罅黄老徒周君景復居焉迨八十年不食乎粟日唯焚降眞香一炷讀靈寶度人經而已東牟段公柯昔爲州日聞其名梯其室以造之且曰君居此久矣乳水之滴晝夜可知量乎周君曰其常揣之盡晝與夜一斛加半焉公異而

禮之後柯別十二年日休至吳處人過說周君尚

存吟想其道無繇以覩因寄題是詩云

八十餘年住鏡巖鹿皮巾下雪髟髟牀寒不奈雲

縈枕經潤何妨乳滴凾飲澗猿迴窺絶洞緣梯人

欹倚危杉如何計吏窮於鳥欲望仙都舉一帆

奉和　　　　　　　　龜蒙

見說身輕鶴不如石房無侶共雲居清晨自削靈

香柹獨夜空吟碧落書十洞飛精應徧吸一壺秋

髮未曾梳知君便入懸珠會早晩東騎白鯉魚

寒夜文宴得泉字　日休

分朋競襞七香牋王朗風姿盡列仙盈篋共開華頂藥滿鉼同坼惠山泉蟹因霜重金膏溢橋爲風多玉腦鮮吟罷不知詩首數隔林明月過中天

同前得鷩字　龜蒙

各將寒調觸詩情旋見微澌入硯生霜月滿庭人暫起汀洲半夜鴈初驚三清每爲仙題想一日多

因累句傾千里建康衰草外含毫誰是憶昭明

庚寅歲十一月新羅弘惠上人與本國同書

請日休爲靈鷲山周禪師碑將還以詩送

之　　　　　　　　　　　　　　日休

三十麻衣弄渚禽豈知名字徹鷄林勒銘雖郎多

遺草越海還能抵萬金鯨鬣曉掀峯正燒鼇睛夜

没島還陰二千餘字終天別東望辰韓淚灑襟

奉和　　　　　　　　　　　　　　龜蒙

一函迢遞過東瀛秖爲先生處乞銘已得雄詞封

靜撿却懷孤影在禪庭春過異國人應寫夜讀滄

洲怪亦聽遙想勒成新塔下盡望空碧禮文星

送潤卿博士還華陽　日休

雪打篷舟離酒旗華陽居士半酣歸逍遙只恐逢

雲將恬澹真應降月妃仙市鹿胎如錦嫩陰宮燕

肉似蘇肥公車草合蒲輪壞爭不教他白日飛

同前　龜蒙

何事輕舟近臘迴，茅家兄弟欲歸來。茅司命以三月十八日、十二月二日會于華陽天。

封題玉洞虛無奏，點撿霜壇沆瀣杯。雲肆先生分氣調，山圖公子愛詞才。殷勤爲向東卿薦，灑掃含眞雪後臺。

寒日書齋卽事三首　日休

參佐三間似艸堂，恬然無事可成忙。移時寂歷燒松子，盡日殷勤拂乳牀。將近道齋先衣褐，欲清詩思更焚香。空庭好待中宵月，獨禮星辰學步罡。

不知何事有生涯皮褐親裁學道家深夜數甌唯
柏葉清晨一器是雲華雲母別名盆池有鷺窺蘋沫石
版無人埽桂花江漢欲歸應未得夜來頻夢赤城
霞
方朔家貧未有車肯從榮利捨樵漁從公未怪多
侵酒見客唯求轉借書暫聽松風生意足偶看溪
月世情疎如鉤得貴非吾事合向烟波爲玉魚松江有玉魚

奉和每篇各用一韻　　龜蒙

不必探幽上鬱岡公齋吟嘯亦何妨唯求薏苡供僧食别著氍毹待客牀春近帶烟分短蕙曉來衝雪撼疎篁餘杭山酒猶封在遥囑高人未肯嘗

已上星津八月槎文通猶自學丹砂（江文通有丹砂可學賦）仙經寫得空三洞隱士招來别九華静對真圖呼緑齒偶開神室問黄牙方諸更是憐才子錫賚於君合有差

名價皆酬百萬餘尚憐方丈講玄虛西都賓問曾成賦東海人求近著書（龔美嘗作弔江都賦又茅新羅僧請爲太師碑銘）洞烟霞侵寤寐檀溪風月挂樵漁清朝還要廷臣在兩地寧容便結廬

臈後送内大德從勗遊天台　日休

講散重雲下九天大君恩賜許隨緣霜中一鉢無辭乞湖上孤舟不廢禪夢入瓊樓寒有月（天台山有金庭不死之鄉及瓊樓玉室）行過石樹凍無烟（案消山有石樓樹吳大皇元年郡吏

伍曜于海際得之枝莖紫色有光南越謂之石連理也他時瓜鏡知何用吳越風光滿御筵

奉和　龜蒙

應緣南國盡南宗欲訪靈溪路暗通溪在天台山下歸思不離雙闕下去程猶在四明東銅缾淨貯桃花雨金策閒搖麥穗風上人指期國清過夏若戀吾君先拜疏爲論台岳未封公

寄題玉霄峰葉涵象尊師所居　日休

青冥向上玉霄峰元始先生戴紫蓉曉案瓊文光洞壑夜壇香氣惹杉松閒迎仙客來爲寉靜噀靈符去是龍子細捫心無偃骨欲隨師去肯相容偃骨在胸者名入星骨

奉和　　　龜蒙

天台一萬八千丈師在浮雲端掩扉永夜秪知星斗大深秋猶見海山微風前幾降青毛節雪後應披白羽衣南望烟霞空再拜欲將飛魄問靈威

南陽廣文博士還雷平後寄　龜蒙

微微春色染林塘親撥烟霞坐澗房陰洞雪膠知未入濁醪風破的偷嘗芝臺曉用金鐺煮星度閒將玉鈴量幾遍侍晨官欲降曙壇先起獨焚香

奉和次韻　日休

春彩融融釋凍塘日精閒噏坐巖房瓊函靜啟從猿覷金液初開與鶴嘗八會舊文多搭寫七眞遺語剩思量不知夢到爲何處紅藥滿山烟月香

題支山南峯僧　日休

雲侵壞衲重隈肩不下南峰不記年池裏羣魚曾受戒林間孤鶴欲參禪鷄頭竹上開危徑鴨脚花中擿廢泉無限吳都堪賞事何如來此看師眠

奉和次韻　龜蒙

鬅毫霜細欲垂肩自說初棲海嶽年萬壑烟霞秋後到一林風雨夜深禪時翻貝葉添新藏閒揷松枝護小泉好是清冬無外事匡牀齋罷向陽眠

送董少卿遊茅山　日休

名卿風度足杓斜一舸閒尋二許家天影曉通金井水山靈深護玉門沙空壇禮後銷香母陰洞緣時觸乳花盡待于公作廷尉卿嘗爲大理用法有廉平之稱不須從此便餐霞

同前　龜蒙

威輦高縣度世名至今仙裔作公卿將隨羽節朝珠闕曾佩魚符管赤城董嘗判台州雲凍尚含孤石色

雪乾猶墮古松聲應知四扇靈方在待取歸時綠
髮生
襲美將以綠罽爲贈因成四韻　龜蒙
三徑風霜利若刀襜褕吹斷罥蓬蒿病中秪自悲
龍具世上何人識羽袍狐貉近懷珠履貴薜蘿遥
羨白巾高陳王輕暖如相遺免製衰荷效廣騷
訓魯望見迎綠罽次韻　日休
輕裁鴨綠任金刀不怕西風斷野蒿酬贈旣無青

玉案織華猶欠赤霜袍烟披怪石難同逸竹映仙禽未勝高成後料君無別事只應酣飲詠離騷

寄懷南陽潤卿　日休

鹿門山下捕魚郎今向江南作渴羌無事只陪看藕様有錢唯欲買湖光醉來渾忘移花處病起空聞焙藥香何事對君猶有愧一蓬衝雪返華陽

奉和　龜蒙

高抱相逢各絶塵水經山疏不離身才情未擬湯

從事玄解猶嫌竺道人霞染洞泉渾變紫雪披江
樹半和春誰憐故國無生計唯種南塘二畝芹
天竺寺八月十五日夜桂子　日休
玉顆珊珊下月輪殿前拾得露華新至今不會天
中事應是嫦娥擲與人
奉和　龜蒙
霜實常聞秋半夜天台天竺墮雲岑垂拱中天台桂子落一十餘日方止如何兩地無人種却是湘灘是桂林

釣侶二章　　日休

趂眠無事避風濤一斗霜鱗換濁醪吳中賣魚論斗

兒童呼不得盡衝烟雨漉車螯

嚴陵灘勢似雲崩釣具歸來放石層烟浪濺篷寒

不睡更將枯蚌點漁燈

奉和次韻　　龜蒙

一艇輕撐看晚濤接籬抛下漉春醪相逢便倚蒹

葭泊更唱菱歌擘蟹螯

雨後沙虛古岸崩魚梁移入亂雲層歸時月墮汀

洲暗認得妻兒結網燈

寄同年韋校書　日休

二年疎放飽江潭水物山容盡足耽唯有故人憐

未替欲封乾鱠寄終南

奉和　龜蒙

萬古風烟滿故都淸才搜括妙無餘可中寄與芸

香客便是江南地里書

初冬偶作　日休

豹皮茵下百餘錢，劉墮閒沽盡醉眠。酒病校來無一事，鶴亡松老似經年。

奉和次韻　龜蒙

桐下空堦叠緑錢，貂裘初綻擁高眠。小爐低幌還遮掩，酒滴清香似去年。

醉中寄魯望一壺并一絶　日休

門巷寥寥空紫苔，先生應渴解酲杯。醉中不得親

相倚故遣青州從事來

走筆次韻奉詶　　龜蒙

酒痕衣上雜莓苔猶憶紅螺一兩杯正被繞籬荒

菊笑日殘還有白衣來

更次來韻寄魯望　　日休

蕭蕭紅葉擲蒼苔玄晏先生欠一杯從此問君還

酒債顔延之送幾錢來

又和次韻　　龜蒙

堦下飢禽啄嫩苔野人方倒病中杯寒蔬賣却還
沽喫可有金貂換得來

重玄寺雙矮檜　　　　日休

撲地枝迴是翠鈿碧絲籠細不成煙應如天竺一難
陀寺一對狻猊相枕眠

奉和　　　　　　　　龜蒙

可憐烟刺是青螺如到雙林誤禮多更憶早秋登
北固海門蒼翠出晴波

醉中戲贈襲美　　龜蒙

南北風流舊不同儋吴今日若相通病來猶伴金杯滿欲得人呼小褚公

奉訓次韻　　日休

秦吴風俗昔難同唯有才情事事通剛戀水雲歸不得前身應是太湖公

皐橋　　日休

皐橋依舊綠楊中閭里猶生隱士風唯我到來居

上館不知何道勝梁鴻

奉和　　　　　　龜蒙

横絶春流架斷虹凭欄猶想五噫風今來未必非梁孟却是無人繼伯通

松陵集卷第八

虞山毛晉挍刊　男扆再挍

# 松陵集卷第九

## 今體五七言詩八十六首

### 過張祜處士丹陽故居 并序　進士顔萱

萱與故張處士祜世家通舊，尚憶孩稚之歲，與伯氏嘗承處士撫抱之仁，目管輅爲神童，期孔融於偉器。光陰徂謝，二紀于兹。適經其故居，已易他主。訪遺孤之所止，則距故居之右二十餘步，荆榛之下，蓽門啟焉。處士有四男一女，男曰椿兒、桂子、椅

兒杞兒問之三已物故唯杞爲遺孕與其女尚存
欲揖杞與言則又求食於汝墳矣但有霜鬢而黄
冠者杖策迎門乃昔時愛姬崔氏也與之話舊歷
然可聽嗟乎葛帔練裙兼非所有琴書圖籍盡屬
他人又云横塘之西有故田數百畝力既貧窶十
年不耕唯歲賦萬錢求免無所嗚呼昔爲穆生置
醴鄭公立鄉者復何人哉因吟五十六字以聞好
事者

憶昔爲兒逐我兄曾抛竹馬拜先生書齋已换當
時主詩壁空題故友名豈是爭權留怨敵可憐當
路盡公卿柴扉草屋無人問猶向荒田責地征

和張處士詩并序　　龜蒙

張祜字承吉元和中作宫體小詩辭曲艷發當時
輕薄之流能其才合譟得譽及老大稍窺建安風
格誦樂府録知作者本意短章大篇往往間出講
諷怨譎時與六義相左右善題目佳境言不可刊

置別處此爲才子之最也繇是賢俊之士及高位
重名者多與之游謂有鵠鷺之野孔翠之鮮竹柏
之貞琴磬之韻或薦之於天子書奏不下亦受辟
諸侯府性狷介不容物輒自劾去以曲阿地古澹
有南朝之遺風遂築室種樹而家焉性嗜水石常
悉力致之從知南海間罷職載羅浮石笋還不蓄
善田利産爲身後計死未二十年而故姬遺孕凍
餒不暇前所謂鵠鷺孔翠竹柏琴磬之家雖朱輪

尚蘗遺編尚吟未嘗一省其孤而恤其窮也噫人
假之爲翫好不根於道義耶懼其怨刺於神明耶
天果不愛才沒而猶譴耶吾一不知之友人顏弘
至行江南道中訪其廬作詩弔而序之屬予應和
予汨沒者不足哀承吉之道邀襲美同作庶乎承
吉之孤倚其傳而有憐者

勝華通子共悲辛荒徑今爲舊宅鄰一代交遊非
不貴五湖風月合教貧魂應絶地爲才鬼名與遺

編在史臣聞道平生偏愛石至今猶泣洞庭人

魯望憫承吉之孤爲詩序邀予屬和欲用予

道振其孤而利之噫承吉之困身後乎魯

望視予困與承吉生前孰若哉未有已困

而能振人者然抑爲之辭用塞良友之意

日休

先生清骨葬烟霞業破孤存孰爲嗟幾篋詩編分

貴位一林石笋散豪家兒過舊宅啼楓影姬繞荒

田泣稗花唯我共君堪便戒莫將文譽作生涯

旅泊吳門呈一二同志　前廣文博士張賁

一舸吳江晚堪憂病廣文鱸魚誰與伴鷗鳥自成羣反照縱橫水斜空斷續雲異鄉無限思盡付酒醺醺

奉詶次韻　龜蒙

高秋能叩觸天籟忽成文苦調雖潛倚靈音自絕羣茅峰曾醮斗笠澤久眠雲許伴山中躅三年任

一醮

責中閒有吳門旅泊之什多垂見和更作一

章以伸詶謝　　　　　　龜蒙

偶發陶匏響皆蒙組繡文清秋將落帽子夏正離

羣有恨書燕雁無聊賦郢雲徧看心自醉不是酒

能醺

更次韻奉詶　　　　　　龜蒙

獨倚秋光岸風漪學簟文玄堪教鳳集書好換鵞

羣葉堕平臺月香消古徑雲强歌非白紵聊以送
餘醺

魯望示廣文先生吳門二章情格高散可醒
俗態因追想山中風度次韻屬和存于詩
編魯望之命也　　　日休

我見先生道休息鄭廣文寉翻希作伴鷗却覔爲
羣逸好冠清月高宜著白雲朝庭未無事爭任醉
醺醺

能諳肉芝樣解講隱書文終古神仙窟窮年麋鹿羣行厨煑白石卧具拂青雲應在雷平上支頤復半醺

寄潤卿博士　　日休

高眠可爲要玄纁鵲尾金爐一世焚陶貞白有金鵲尾香爐

塵外鄉人爲許掾山中地主是茅君將收芝菌唯防雪欲曬圖書不奈雲若便華陽終卧去漢家封禪用誰文

酬襲美先輩見寄倒來韻　　張賁

尋疑天意喪斯文故選茅峰寄白雲酒後只留滄
海客香前唯見紫陽君近年已絶詩書癖今日兼
將筆硯焚爲有此身猶苦患不知何者是玄纁

奉和襲美寄廣文先生　　龜蒙

忽辭明主事真君直取姜巴路入雲龍篆拜時輕
誥命霓襟披後小玄纁峰前北帝三元會石上東
卿九錫文應笑世間名利火等閒靈府剩先焚

軍事院霜菊盛開因書一絶寄上諫議
日休
金華千點曉霜凝獨對壺觴又不能已過重陽二
十日至今猶自待王弘
奉詶霜菊見贈之什　蘇州刺史崔璞
菊花開晩過秋風聞道芳香正滿叢爭奈病夫難
強飲應須速自召車公
奉和諫議詶先輩霜菊　龜蒙

紫莖芳艷照西風秖怕霜華掠斷叢雖伴應劉還
强醉路人終要識山公

幽居有白菊一叢因而成詠呈一二知己

龜蒙

還是延年一種材菊之別名即將瑤朶冒霜開不如紅
艷臨歌扇欲伴黄英入酒盃陶令接䍦堪岸著梁
王高屋好欹來梁朝有白紗高屋帽月中若有閒田地爲勸
嫦娥作意栽

奉和　　　張賁

雪彩氷姿號女華寄身多是地仙家有時南國和
霜立幾處東籬伴月斜謝客瓊枝空貯恨袁郎金
鈿不成夸自知終古淸香在更出梅妝弄晚霞

奉和　　　日休

已過重陽半月天琅華千點照寒烟蘂香亦似浮
金靨花樣還如鏤玉錢翫影馮妃堪比艷鍊形蕭
史好爭妍無緣摘向牙箱裏飛上方諸贈列仙

奉和　　進士鄭璧

白艷輕明帶露痕始知佳色重難羣終朝凝笑梁王雪盡日慵飛蜀帝雲燕雨似翻瑤渚浪鴈風疑卷玉綃紋瓊妃若會寬裁翦堪作蟾宮夜舞裙

奉和　　進士司馬都

聡共金英一例開素芳須待早霜催遶籬看見成瑤圃泛酒初迷傍玉盃映水好將蘋作伴犯寒疑與雪爲媒夫君每尚風流事應爲徐妃致此栽

華亭鶴聞之舊矣及來吳中以錢半千得一隻養之殆經歲不幸爲飲啄所誤經夕而卒悼之不已遂繼以詩南陽潤卿博士浙東德師侍御毗陵魏不琢處士東吳陸魯望秀才及厚於余者悉寄之請垂見和　日休

池上低摧病不行誰教仙魄反層城陰苔尚有前朝跡皎月新無昨夜聲菰米正殘三日料筠籠休礙九霄程不知此恨何時盡遇著雲泉卽愴情

莫怪朝來淚滿衣墮毛猶傍水花飛遼東舊事今

千古却向人間葬令威

奉和襲美先輩悼鶴二首

前浙東觀察推官兼殿中侍御史李縠

才子襟期本上清陸雲家鶴伴閑情猶憐反顧五

六里何意忽歸十二城露滴誰聞高葉墜月沉休

藉半堦明人間華表堪留語剩向秋風寄一聲

道林曾放雪翎飛應悔庭除閉羽衣料得王恭披

鶴氅倚吟猶待月中歸

奉和　張賁

池塘蕭索掩空籠玉樹同嗟一土中莎徑罷鳴唯泣露松軒休舞但悲風丹臺舊氅難重緝紫府新書豈更通雲減霧消無處問只留華髮與衰翁

渥頂鮮毛品格馴莎庭閑暇重難羣無端日暮東風起飄散春空一片雲

奉和　龜蒙

一夜圓吭絕不鳴八公虛道得千齡方添上客雲

眠息忽伴中仙劒解形但掩叢毛穿古堞永畱寒

影在空屏君才幸自清如水更向芝田爲刻銘

酆都香稻字重思遥想飛魂去未飢爭奈野鴉無

數健黄昏來占舊棲枝

奉和　　　魏朴

直欲裁詩問杳冥豈教靈化亦浮生風林月動疑

畱魄沙島烟愁似藴情雪骨夜封蒼蘚冷練衣寒

在碧塘輕人間飛去猶堪恨況是泉臺遠玉京
經秋宋玉已悲傷況報胎禽昨夜亡霜曉起來無
問處伴僧彈指繞荷塘

傷開元觀顧道士　　日休

協晨宮上啟金扉詔使先生坐蛻歸崔有一聲應
是哭丹無餘粒恐潛飛烟淒玉笥封雲篆月慘琪
花葬羽衣腸斷雷平舊遊處五芝之無影草微微

奉和　　張賁

鳳麟膠盡夜如何共歎先生劍解多幾度弔來唯
白隺此時乘去必青騾圖中含景隨殘照琴裏流
泉寄逝波悵望真靈又空返玉書誰授紫微歌

奉和　龜蒙

何事神超入杳冥不騎孤隺上三清多應白簡迎
將去卽是朱陵鍊更生藥奠肯同椒醑味雲謠空
替薤歌聲武皇徒有飄飄思誰問山中宰相名

奉和　鄭璧

斜漢銀瀾一夜東飄飄何處五雲中空留華表千年約纔畢丹爐九轉功形蛻遠山孤壙月影寒深院曉松風門人不覩飛升去猶與浮生哭恨同

醉中即席贈潤卿博士　日休

適越遊吳一散仙銀餅玉柄兩翛然茅山頂上携書簏笠澤心中漾酒船桐木布溫吟倦後桃花飯熟醉醒前謝安四十餘方起猶自高閒得數年

奉和次韻　張賁

桂枝新下月中仙學海詞鋒譽藹然文陣已推忠

信甲窮波猶認孝廉船清標稱住羊車上俗韻懸

居雀鷺前共許逢蒙快弓箭再穿楊葉在明年

奉和次韻　　　　龜蒙

共是虛皇簡上仙清詞如羽欲飄然登山凡著幾

量屐破浪欲乘千里船遠夢只留丹井畔閒吟多

在酒旗前誰知海上無名者只記漁歌不記年

偶留羊振文先輩及一二文友小飲日休以

眼病初平不敢飲酒遣侍密歡因成四韻

謝莊初起怯花晴強侍紅筵不避觥久斷杯盂華

蓋喜忽聞歌吹谷神驚褷褷正重新開柳呫囁難

通乍囀鷺猶有僧虔多蜜炬不辭相伴到天明

奉和襲美見留小讌次韻　　羊昭業

澤國春來少遇晴有花開日且飛觥王戎似電休

推病周顗纔醒衆却驚芳景漸濃偏屬酒暖風初

暢欲調鶯知君不肯燃官燭爭得華筵徹夜明

襲美留振文小宴龜蒙抱病不赴猥示倡和

因次韻仰訓

綺席風開照露晴秖將茶荈代雲觥繁絃似玉紛紛碎佳妓如鴻一一驚毫健幾多飛藻客羽寒寥落映花鷺幽人獨自西窗晚閒凭香檉反照明

醉中襲美先起因成戲贈　　李㲉

休文雖即逃瓊液阿鶩還須掩玉閨月落金鷄一聲後不知誰悔醉如泥

走筆奉詶次韻　　日休

麝烟苒苒生銀兎蠟淚漣漣滴繡閨舞袖莫欺先醉去醒來還解驗金泥

奉和次韻　　張賁

何事桃源路忽迷唯留雲雨怨空閨仙郎共許多情調莫遣重歌濁水泥

奉和次韻　　龜蒙

莫唱艷歌凝翠黛已通仙籍在金閨他時若寄相

息淚紅粉痕應伴紫泥

奉送浙東德師侍御罷府西歸　張賁

孤雲獨鳥本無依江海重逢故舊稀楊栁漸疎蘆葦白可堪斜日送君歸

同前　龜蒙

王謝遺踪玉籍仙三年閒上鄂君船詩懷白閣僧吟苦俸買青田鶴價偏行次野楓臨遠水醉中衰菊臥凉烟芙蓉散盡西歸去唯有山陰九萬牋

同前　　　　　　日休

建安才子太微仙暫上金臺許二年形影欲歸溫室樹夢魂猶傍越溪蓮空將海月爲京信尚使樵風送酒船從此受恩知有處免爲傖鬼恨吳天

浙東罷府西歸道經吳中廣文張博士皮先輩陸秀才皆以雅篇相送不量荒詞亦用訓別　　李縠

豈有頭風筆下痊浪成蠻語向初筵蘭亭舊址雖

曾見柯笛遺音更不傳照曜文星吳分野畱連花月晉名賢相逢只恨相知晚一曲驪歌又幾年

送羊振文先輩往桂陽歸覲　龜蒙

風雅先生去一麾過庭才子趣歸期時使君丈人自毛詩博士出牧讓王門外開帆葉義帝城中望戟枝郢路漸寒飄雪遠湘波初暖漲雲遲靈均精魄如能問又得千年賈傅詞

同前　日休

桂陽新命下彤墀彩服行當欲雪時登第已聞傳

禰賦問安猶聽講韓詩竹人臨水迎符節曹毘湘中賦云

篔簹食人風母穿雲避信旗桂陽山中有風母獸擊殺向風輒活無限湘

中悼騷恨憑君此去謝江蘺

同前　顔萱

高挂吳帆喜動容問安歸去指湘峰懸魚庭內芝

蘭秀馭隺門前薜荔封蘇耽舊宅在柳州紅旆正憐棠影

茂綵衣偏帶桂香濃臨岐獨有霑襟戀南巷當年

共化龍先輩與拾遺叔父同年也

同前　司馬都

此去懽榮冠士林離筵休恨酒杯深雲梯萬仞初
高步月桂餘香尚滿襟鳴禫曉衝蒼靄發落帆寒
動白華吟君家祖德惟清苦却笑當時問絹心

褚家林亭　日休

廣亭遥對舊娃宫竹島蘿溪委曲通茂苑樓臺低
檻外太湖魚鳥徹池中蕭疎桂影移茶具狼籍蘋

花上釣筒爭得共君來此住便披隺氅對淸風

奉和　張賁

踈野林亭震澤西朗吟閒步喜相攜時時風拆蘆花亂處處霜摧稻穗低百本敗荷魚不動一枝寒菊蝶空迷今朝偶得高陽伴從放山公醉似泥

奉和　龜蒙

一陣西風起浪花遶欄干下散瑤華高窗曲檻仙侯府臥葦荒芹白鳥家孤島待寒凝片月遠山終

日送餘霞若知方外還如此不要乘秋上海槎

送圓載上人歸日本國　日休

講殿談餘著賜衣椰帆却返舊禪扉貝多紙上經文動如意瓶中佛爪飛颶母影邊持戒宿波神宫裏受齋歸家山到日將何入白象新秋十二圍

重送　日休

雲濤萬里最東頭射馬臺深玉署秋射馬臺即今王城也無限屬城爲躶國幾多分界是亶州州在會稽海外傳是徐福之裔

取經海底開龍藏誦呪空中散蜃樓不奈此時貧
且病乗桴直欲伴師遊

同前　　　　　　　　龜蒙

老思東極舊巖扉却待秋風泛舶歸曉梵陽烏當
石磬夜禪陰火照田衣見翻經論多盈篋親稙杉
松大幾圍遥想到時思魏闕秪應遥拜望斜暉

聞圓載上人挾儒家書洎釋典以行更作一
絶以送　　　　　　　龜蒙

九流三藏一時傾萬軸光凌渤澥聲從此遺編東去後却應荒外有諸生

同前　　顔萱

師來一世恣經行却汎滄波問去程心靜已能防渴鹿鞞喧時爲駭長鯨師云每遇鯨舟人必鳴鼓而恐之禪林幾結金桃重日本有金桃實重一斤梵室重修鐵瓦輕以鉄爲瓦輕于陶者料得還鄉無別利只應先見日華生

文讌招潤卿博士辭以道侶將至因書一絶

寄之　　　　　　　　　　　　　　　龜蒙

仙客何時下崔翎方瞳如水腦華淸不過傳達楊

君夢從許人間小兆聽

奉和　　　　　　　　　　　　　　日休

癭木樽前地胏圖爲君偏輟俗功夫靈眞散盡光

來此莫戀安妃在後無

再招　　　　　　　　　　　　　　龜蒙

遥知道侶譚玄次又是文交麗事時雖是寒輕雲

重日也酉花篳待徐擕

奉和　　　　　　　　　　日休

飈御已應婦杳眇博山猶自對氛氲不知入夜能

來否紅蠟先教刻五分

偶約道流終乖文會因成一絶用荅四篇

　　　　　　　　　　張賁

仙侶無何訪蔡經兩煩韶濩出彤庭人間若有登

樓望應怪文星近客星

以青飿飯分送襲美魯望因成一絶

張賁

誰屑瓊瑶事青飿舊傳名品出華陽應宜仙子胡麻拌因送劉郎與阮郎

潤卿遺青飿飯兼之一絶聊用荅謝

日休

傳得三元飿飯名大宛聞說有仙卿（案西梁子文撰黄錦素書十通其二傳大宛北谷子自號青精先生）分泉過屋舂青稻（此飯以青龍稻爲之）

拂霧彯衣折紫莖南燭莖微紫色蒸處不教雙雀見服來
唯怕五雲生艸堂空坐無飢色時把金津漱一聲

同前　　龜蒙

舊聞香積金仙食今見青精玉斧餐自笑鏡中無
骨錄可能飛上紫霞端

酒病偶作　　日休

鬱林步障晝遮明一炷濃香養病酲何事晚來還
欲飲隔墻聞賣蛤蜊聲

奉和次韻　龜蒙

梛疎桐下晩窗明秖有微風爲梡醒唯欠白綃籠解散解散王儉髻名時人皆慕之也洛生閑詠兩三聲

奉和次韻　張賁

白編梛席鏤冰明應助楊青解宿醒難繼二賢金玉倡可憐空作斷猿聲

潤卿魯望寒夜見訪各惜其志遂成一絶

日休

世外爲交不是親醉吟俱岸白綸巾風清月白更

三點未放華陽鶴上人

奉和次韻　張賁

雲孤隺獨且相親倣效從他折角巾不用吴江歎

留滯風姿俱是玉清人

奉和次韻　龜蒙

醉韻飄飖不可親掉頭吟側華陽巾如能跂脚東

窗下便是羲皇世上人

翫金鷄鸂鶒戲贈襲美　龜蒙

曾向溪邊泊暮雲至今猶憶浪花羣不知鏤羽凝香霧堪與鴛鴦覺後聞

奉和　日休

鏤羽雕毛迥出羣溫磨飄出麝臍薰夜來曾吐紅茵畔猶似溪邊𦗟不聞

奉和　張賁

翠羽紅襟鏤彩雲雙飛常笑白鷗羣誰憐化作雕

金質從惜沈檀十里聞

友人許惠酒以詩徵之　日休

野客蕭然訪我家霜殘白菊兩三花子山病起無餘事只望蒲臺酒一車庾信集云蒲州刺史中山公許酒一車未送

奉和　鄭璧

乘輿閒來小謝家便裁詩句乞榴花邴原雖不無端醉也要臨風從鹿車

奉和　龜蒙

凍醪初漉嫩如春輕蟻漂漂雜蕋塵得伴方平同
一醉明朝應作蔡經身

寒夜文讌潤卿有期不至　日休

艸堂虚灑待高眞不意淸齋避世塵料得焚香無
別事存心應降月夫人

奉和　龜蒙

細雨輕觴玉漏終上淸詞句落吟中松齋一夜懷
貞白霜外空聞五粒風

奉和　鄭璧

已知羽駕朝金闕，不用燒蘭望玉京。應是易遷明月好，玉皇留看舞雙成。

蒙恩除替將還京洛偶敘所懷因成六韻呈軍事院諸公郡中一二秀才　崔璞

兩載求人瘼，三春受代歸。務繁多簿籍，才短乏恩威。共理乖天獎，分憂值歲饑。遽蒙交郡印（到郡十二箇月除替，未及三年），安敢整朝衣。作牧慙爲政，思鄉念式微。儻

容還故里高臥掩柴扉

諫議以罷郡將歸以六韻賜示因佇詶獻　日休

欲下持衡詔先容解印歸露濃春後澤霜薄霽來威舊化堪治疾餘恩可療飢隔花攀去棹穿柳挽行衣佐理能無取酬知力甚微空將千感淚異日拜黄扉

謹和諫議罷郡敘懷六韻　龜蒙

已報東吳政初捐左契歸天應酬苦節人不犯寒威江上恩重借朝端望載飢紫泥封夜詔金殿賜春衣對酒情何遠裁詩思極微待升鎔造日江海問漁扉

松陵集卷第九

虞山毛晉㪅刊　男扆再㪅

# 松陵集卷第十

雜體詩八十六首

雜體詩序　皮日休

案舜典帝曰夔命汝典樂教胄子詩言志歌永言在焉周禮太師之職掌教六詩諷賦既興風雅互作雜體遂生焉後繫之於樂府蓋典樂之職也在漢代李延年爲協律造新聲雅道雖缺樂府乃盛鐃歌鼓吹拂舞予俞因斯而興詞之體不得不因

時而易也古樂書論之甚詳今不能備載載其他
見者案漢武集元封三年作栢梁臺詔群臣二千
石有能爲七言詩者乃得上坐帝曰日月星辰和
四時梁王曰驂駕駟馬從梁來繇是聯句興焉孔
融詩曰漁父屈節水潛匿方作郡姓名字離合也
繇是離合興焉晉傅咸有廻文反覆詩二首云反
覆其文者以示憂心展轉也悠悠遠邁獨煢煢是
也繇是反覆興焉晉溫嶠有廻文虛言詩云寧神

靜泊損有崇亾繇是迴文興焉梁武帝云後牖有
朽柳沈約云偏眠船舷邊繇是叠韻興焉詩云蝃
蝀在東又曰鴛鴦在梁繇是雙聲興焉詩云維南
有箕不可以簸揚維北有斗不可以挹酒漿近乎
戲也古詩或爲之葢風俗之言也古有採詩官命
之曰風人園棊燒敗襖看子故依然繇是風人之
作興焉梁書云昭明善賦短韻吳均善壓强韻今
亦効而爲之存于編中陸生與予各有是爲凡八

十六首至如四聲詩三字離合全篇雙聲曡韻之作悉陸生所爲又足見其多能也案齊竟陵王郡縣詩曰追芳承荔浦揖道信雲丘縣名繇是興焉案梁元藥名詩曰戍客恒山下當思衣錦歸藥名繇是興焉陸與予亦有是作至如鮑昭之建除沈炯之六甲十二屬梁簡文之卦名陸惠曉之百姓梁元帝之鳥名龜兆蔡黄門之口字古兩頭纖纖藁砧五雜組已降非不能也皆鄙而不爲噫繇古

至律縣律至雜詩之道盡乎此也近代作雜體唯劉賓客集中有廻文離合雙聲疊韻如聯句則莫若孟東野與韓文公之多他集罕見足知爲之之難也陸與予竊慕其爲人遂合已作爲雜體一卷囑予序雜體之始云

苦雨雜言寄魯望　皮日休

吳中十日涔涔雨歊蒸庳下豪家苦可憐臨頓陸先生獨自傜然守環堵兒飢僕病漏空厨無人肯

典破衣裾蝨羸時時上几案蠹暍往往跳琴書桃
花米斗半百錢枯荒涇壞炊不然雨牀菌席一素
几仰臥高聲吟太玄知君志氣如鐵石甌冶雖神
銷不得乃知苦雨不復侵枉費畢星無限力鹿門
人作州從事周章似鼠唯知醉府金廪粟虛請來
憶著先生便知愧愧多饋少眞徒然相見唯知携
酒錢豪華滿眼語不信不如直上天公牋天公牋
方修次且榜鳴蓬來一醉

奉訓苦雨見寄　　龜蒙

松篁交加午陰黑別是江南烟靄國頑雲猛雨更相欺聲似虓虓色如墨茅茨裛爛簷生衣夜夜化爲螢火飛螢飛漸多屋漸薄一注愁霖當面落愁霖愁霖爾何錯滅頂於余奚所作既不能賦似陳思王又不能詩似謝康樂曹有愁霖賦謝有愁霖詩昔年嘗過杜子美亦得高歌破印紙慣曾掀攪大筆多爲我才情也如此高揖愁霖詞未已披文忽自皮夫子

哀絃怨桂合爲吟侘我窮棲蓬藋裏初悲涇巽何
緜起未欲箋天叩天耳其如玉女正投壺笑電霏
霏作天喜我本曾無一稜去聲田平生嘯傲空漁船
有時赤脚弄明月踏破五湖光底天去歲王師東
下急輸兵粟盡民相泣伊予不戰不耕人敢怨忝
黎無糝粒不然受性圓如規千姿萬態分毫釐唾
壺虎子盡能執舐痔折枝無所辭有頭强方心强
直撑拄頹風不量力自愛垂名野史中寧論抱困

荒城側唯君浩歎非庸人分衣輟飲來相親橫眠

木榻忘華薦對食露葵輕八珍欲窮玄鳳未白欲

懷仙鯨尚隔不如驅入醉鄉中只恐醉鄉田地窄

齊梁怨別　　龜蒙

寥寥缺月看將落簷外霜華染羅幕不知蘭棹到

何山應倚相思樹邊泊

奉和次韻　　日休

芙蓉泣恨紅鉛落一朶別時烟似幕鴛鴦剛解惱

離心夜夜飛來棹邊泊

曉起卽事因成廻文寄襲美　龜蒙

平波落月吟閒景暗幌浮烟思起人清露曉垂花

謝半遠風微動蕙抽新城荒上處樵童小石蘚分

來宿鷺馴晴寺野尋同去好古碑苔字細書勻

奉和曉起廻文　日休

孤烟曉起初原曲碎樹微分半浪中湖後釣筒移

夜雨竹傍眠几側晨風圖梅帶潤輕霑墨畫蘚經

蒸䒷失紅無事有杯持永日共君唯好隱墻東

夏日閒居作四聲詩寄襲美　龜蒙

平聲

荒池菰蒲深閒堦莓苔平江邊松篁多人家簾櫳

清爲書凌遺編調絃夸新聲求懽雖殊途探幽聊

怡情

平上聲

朝烟涵樓臺晚雨染島嶼漁童驚狂歌艇子喜野

語山容堪停杯栁影好隱暑年華如飛鴻斗酒幸
且舉
平去聲
新開窓猶偏自種蕙未徧書籖風揺聞鈞樹霧破
見耕耘閒之資嘯詠性最便希夷全天眞詎要問
貴賤
平入聲
端弖愁無涯一夕髮欲白因爲鸞章吟忽憶鶴骨

客手披丹臺文脚着赤玉舄如蒙湑音訓若渴吸

月液

奉詶夏日四聲四首　日休

平聲

塘平芙蓉低庭閒梧桐高清烟埋陽烏藍空含秋

毫冠傾慵移簪杯乾將餔糟翛然非隨時夫君眞

吾曹

平上聲

溝渠通疎荷浦嶼隱淺篠舟閒擠輕蘋槳動起靜

鳥陰稀餘乗閒縷盡晚璽小吾徒當斯時此道可

以了

平去聲

怡神時高吟快意乍四顧村深啼愁鶻浪霽醒睡

鷺書疲行終朝曻困臥至暮吁哉當今交暫貴便

異路

平入聲

先生何違時一室習寂歷松聲將飄堂岳色欲壓
席彈琴奔玄雲斸藥折白石如教題君詩若得札
玉册

苦雨中又作四聲詩寄魯望　日休

平聲

涔涔將經旬昏昏空迷天鸕鷀成群嬉芙蓉相偎
眠漁通蓑衣城帆過菱花田秋收吾無望悲之真
徒然

平上聲

河平州橋危壘晩水鳥上衝崖搜松根點沼寫芡

嚮舟輕通縈紆棧墮阻指掌携橈將尋君渚滿坐

可往

平去聲

狂霖昏悲吟瘦桂對病臥簷虛能影斜舍蠹易漏

破宵愁將琴攻晝悶用睡過堆書仍傾觴富貴未

換箇

平入聲

羈棲愁霖中鈌宅屋木惡荷傾還驚魚竹滴復觸

鶴閒僧千聲琴宿客一笈藥悠然思夫君忽憶蠟

屐着

奉詶苦雨四聲重寄三十二句　龜蒙

平聲

幽棲眠疎窓豪居憑高樓浮漚驚跳丸寒聲思重

裘牀前垂文竿巢邊登輕舟雖無東皐田還生魚

乎憂

平上聲

層雲愁天低久雨倚檻冷綠禽藏荷香錦鯉繞島

影心將時人乖道與隱者静桐陰無深泉所以逞

短綆

平去聲

烏蟾俱沉光晝夜恨暗度何當乘雲螭面見上帝

愬臣言陰雲欺詔用利劍付廻車誅群姦自散萬

籟怒

平入聲

危簷仍空堦十日滴不歇青莎看成狂白菊卽欲
沒吳王荒金樽越妾挾玉瑟當時雖愁霖亦若惜

落月

疊韻雙聲二首　　龜蒙

疊韻山中吟

瓊英輕明生石脉滴瀝碧玄鉛仙偏憐白幘客亦

惜

雙聲溪上思

溪空唯容雲木密不隕雨迎漁隱映閒妄問謳鴉

樗

奉和疊韻雙聲二首　日休

疊韻山中吟

穿烟泉潺湲觸竹犢觳觳荒篁香墻匡熟鹿伏屋

曲

雙聲溪上思

踈杉低通灘冷鷺立亂浪草彩欲夷猶雲容空澹蕩

疊韻吴宫詞二首　龜蒙

膚愉吴都姝眷戀便殿宴逡巡新春人轉面見戰箭

紅櫳通東風翠珥醉易墜平明兵盈城棄置遂至地

奉和疊韻吴宫詞二首　　日休

侵深尋嶔岑勢厲衛睥睨荒王將鄉亾細麗蔽袂逝

柃楢替製曳康莊傷荒凉主虜部伍苦嫱亾房廊香

閒居雜題五首以題十五字離合　　龜蒙

鳴蜩早

閒來倚杖柴門口鳥下深枝啄晚虫周步一池銷

半日十年聽此鬢如蓬

野態眞

君如有意耽田里予亦無機向藝能心跡所便唯

是直人間聞道最先憎

松間斟

子山園静憐幽木公幹詞淸詠華門月上風微蕭

灑甚斗醪何惜置盈樽

飲巖泉

巳甘茅洞三君食欠買桐江一朶山嚴子瀨高秋
浪白水禽飛盡釣舟還

當軒鶴

自笑與人乖好尚田家山客共柴車干時未似棲
廬雀鳥道閒携相爾書

奉和雜題五首以題十五字離合　日休

晚秋吟

東皐烟雨歸耕日免去玄冠手刈禾火滿酒爐詩

在口今人無計奈儂何

好詩景

青盤香露傾荷女子墨風流更不言寺寺雲蘿堪

虔日京塵到死撲侯門

醒聞檜

解洗餘酲晨半酉星星仙吹起雲門耳根莫厭聽

佳木會盡山中寂静源

寺鍾瞋

百緣斗藪無塵土寸地章煌欲布金重擊蒲牢唅
山日㝠㝠烟樹覙棲禽

砌思步

𧙤𧙤古薜緔危石切切陰蟄應晩田心事萬端何
處止少夷峰下舊雲泉

藥名離合夏日卽事三首　龜蒙

乘屐着來幽砌滑石甖煎得遠泉甘草堂秪待新
秋景天色微凉酒半酣

避暑最須從朴野葛巾�席更相當歸來又好乘
凉釣藤蔓陰陰著雨香
窻外曉簾還自卷栢烟蘭露思晴空青箱有意終
須續斷簡遺編一半通

奉和　　　　日休

季春人病抛芳杜仲夏溪波繞壞垣衣典濁醪身
倚桂心中無事到雲昏
數曲急溪衝細竹葉舟來往盡能通草香石冷無

辟遠志在天台一遇中
桂葉似茸含露紫葛花如綬蘸溪黃連雲更入幽
深地骨錄閒携相獵郎

懷錫山藥名離合二首　日休

暗竇養泉容決決明園護桂放亭亭歷山居處當
天半夏裏松風盡足聽
曉景半和山氣白薇香清淨雜纖雲實頭自是眠
平石腦側空林看鹿群

奉和　　龜蒙

鶴伴前溪栽白杏人來陰洞寫枯松蘿深境静日欲落石上未眠聞遠鐘

佳句成來誰不伏神丹偷去亦須防風前莫怪携詩藁本是吳吟盪槳郎

懷鹿門縣名離合二首　　日休

山瘦更培秋後桂溪澄閒數晚來魚臺前過雁盈千百泉石無情不寄書

十里松蘿陰亂石門前幽事雨來新野霜濃處憐

殘菊潭上花開不見人

奉和　龜蒙

雲容覆枕無非白水色侵磯直是藍田種紫芝之餐

可壽春來何事戀江南

竹溪深處猿同宿松閣秋來客共登封徑古苔侵

石鹿城中誰解訪山僧

寒日古人名一絶　龜蒙

初寒朗詠徘徊立欲謝玄闗早晩開昨日登樓望
江色魚粱鴻雁幾多來

奉和　日休

北顧懽遊悲沈宋梁武改為北顧南徐陵寢歎齊粱水邊
韶景無窮柳寒被江淹一半黄

胥口即事六言二首　日休

波光杳杳不極霽景澹澹初斜黑蛺蝶粘蓮蘂紅
蜻蜓裛菱花鴛鴦一處兩處舴艋三家五家會把

酒船隈荻共君作去箇生涯

拂釣清風細麗飄蓑暑雨霏微湖雲欲散未散嶼

鳥將飛不飛換酒帩頭把看載蓮艇子撑歸斯人

到死還樂誰道剛須用機

奉和　龜蒙

雨後山容若動天寒樹色如消目送迴汀隱隱心

隨挂鹿搖搖白蘋知秋露裛青楓欲暮烟饒莫問

吳趨行樂酒旗竿倚河橋

把釣絲隨浪遠采蓮衣染香濃綠倒紅飄欲盡風

斜雨細相逢斷岸沈魚笱罶笱罶二音魚網也　鄰村送客

艫舺郎是清霜刮野乘閒莫厭來重

風人詩三首　龜蒙

十萬全師出遥知正憶君一心如瑞麥唯作兩岐

分

破蘗供朝爨須知是苦辛曉天窺落宿誰識獨醒

人

聞道更新幟多應廢舊期征衣無伴擣獨處自然

悲

奉和　　日休

刻石書離恨因成別後悲莫言春璽薄猶有萬重

思

鏤出容刀餙親逢巧笑難日中騷客珮争奈卽闌

干

江上秋聲起從來浪得名逆風猶挂席若不會帆

倩

寄題天台國淸寺齊梁體　　日休

十里松門國淸路飯猿臺上菩提樹怪來烟雨落

晴天元是海風吹瀑布

同前

峰帶樓臺天外立明河色近罘罳溼松間石上定

僧寒半夜檻溪水聲急

寒夜聯句

靜境揖神凝，寒華射林缺。（龜蒙）淸知思緒斷，爽覺心
源澈。（日休）高唱戛金奏，朗詠鏗玉節。（龜蒙）我思方泬寥，
君詞復淒切。（日休）況聞風篁上，擺落殘凍雪。（龜蒙）寂爾
萬籟淸，皎然諸靄滅。（日休）西窗客無夢，南浦波應結。
（龜蒙）河光正如劍，月魄方似玦。（日休）短燼不禁挑，冷毫
看欲折。（龜蒙）何夕重相期，濁醪還爲設。（日休）

開元寺樓看雨聯句

海上風雨來，掀轟雜飛電。登樓一凭檻，滿眼蛟龍

戰龜蒙須臾造化慘倏忽堪輿變萬戶響戈鋋千家
披組練日休群飛拋輪石雜下攻城箭點急似摧胸
行斜如中面龜蒙細灑魂空冷橫飄目能眩垂簷珂
珮喧擺尾珠璣濺日休無言九陔遠瞬息馳應徧畬
處正垂絙微時又懸綫龜蒙寫作玉界破吹爲羽林
旋翻傷列缺勞却怕豐隆倦日休遥瞻山露色漸覺
雲成片遠樹欲鳴蟬深簷尚藏燕龜蒙殘雷隱轔盡
反照依微見天光潔似磨湖彩熟於練日休踈帆逗

前渚晚磬分凉殿接息强揮毫窺詞幾焚硯龜蒙佶
栗烏皮几輕明白羽扇畢景好踈吟餘凉可清宴
日休君攜下高登僧引還深院駁蘚淨鋪筵低松溼
番鬅龜蒙齋明乍虛豁林霽逾蔥蒨早晚重登臨欲
去多離戀日休

北禪院避暑聯句院昔爲戴顒宅後司勳陸郎中居之

歊蒸何處避來入戴顒宅逍遥脱單絞放曠抛輕
策爬搔林下風偃仰澗中石日休殘蟬烟外響野鶴

沙中跡到此失煩襟蕭然揖禪伯藤懸疊霜蛻桂

倚支雲錫龜蒙淸陰豎毛髮爽氣舒筋脉逐幽隨竹

書遐勝鋪菭席魚跳上紫芡蝶化緣青壁日休心是

玉蓮徒耳爲金磬敵吾宗昔高尚志在羲皇易豈

獨斷韋編幾將刓鐵擿龜蒙天書旣屢降野抱難自

適一入承明廬盱衡論今昔流光不容寸斯道甘

枉尺日休旣起謝儒玄亦翻商羽翼封章帷幄偏夢

寐江湖日擺落函谷塵高歆華陽幘龜蒙詔去雲無

信帰來鶴相識半病奪牛公全慵捕魚客少微光
一點落此芒礫索 日休 穉子問池塘門人廢幽賾堪
悲東序寶忽變西方籍不見步兵詩空懷康樂屐
龜蒙 高名不可効勝境徒堪惜墨沼轉踈蕪玄齋踰
閴寂遲遲不能去凉颸滿杉栢 日休 日下洲島清烟
生苾蒭碧俱懷出塵想共有吟詩癖終與凈名遊
還來雪山覓 龜蒙

獨在開元寺避暑頗懷魯望因飛筆聯句

煩暑雖難避僧家自有期泉甘於馬乳苔滑似龍

漦日休任誕襟全散臨幽榻旋移松行將雅拜篁陣

欲交麾龜蒙望塔青髀識登樓白鴿知石經森欲動

珠像儼將怡筒簟臨杉穗紗巾透雨絲静譚蟬噪

少凉步鶴隨遲日休烟重迴蕉扇風輕拂桂帷對碑

吳地說開卷梵天詞積水魚梁壞殘花病枕欹懷

君蕭灑處孤夢繞罘罳龜蒙

寂上人院聯句

瘦床空默坐清景不知斜晴數菩提子閒看薜荔

花日休有情唯墨客無語是禪家背日聊依桂嘗泉

欲試茶龜蒙石形蹲玉虎池影閃金蛇經笥安巖㕒

餅囊挂樹椏日休書傳滄海外龕寄白雲涯竹色寒

凌箔燈光靜隔紗龜蒙趂幽翻小品逐勝講南華莎

彩融黃露蓮衣染素霞日休水堪傷聚沫風合落天

葩若許傳心印何辭古堞賖龜蒙

## 藥名聯句

爲待防風餅須添薏苡杯 張賁 香燃栢子後罇泛菊

花來 日休 石耳泉能洗垣衣雨爲裁 龜蒙 從容犀局靜

斷續玉琴哀 賁 白芷寒猶採青箱醉尚開 日休 馬銜

衰草臥烏啄蠹根廻 龜蒙 雨過蘭芳好霜多桂末摧

賁 朱兒應作粉雲母詎成灰 日休 藝可屠龍膽家曾

近鷰胎 龜蒙 墻高牽薜荔障軟撼玫瑰 賁 鼯鼠啼書

戸蝸牛上硯臺 日休 誰能將藁本封與玉泉才 龜蒙

寒夜文宴聯句

文星今夜聚應在斗牛間日休載石人方至乘槎客

未還貢送觴繁露曲徵句白雲顏龜蒙節奏唯聽竹

從容只話山日休理窮傾祕藏論猛折玄關貢酃酒

分中綠巴牋擘處殷龜蒙清言聞後醒强韻壓來閒

日休犀柄當風揖瓊枝向月攀貢松吟方𤾗𤾗泉夢

憶潺潺龜蒙一會文章草昭明不可删日休

報恩寺南池聯句

古岸涵碧落龜蒙虛軒明素波坐來魚陣變日休吟久

菊□多秋草分杉露（嵩起）危橋下竹坡遠峰青髻並
（龜蒙）□□□髯和趙論寒仍講（日休）支硎僻亦過齋心
曾養鶴（嵩起）揮翰好邀鵝（南峰院郎故相國裴公書額）倚石收奇
藥（龜蒙）臨溪藉淺莎桂花晴似拭（日休）荷鏡曉如磨髻
出牛頭聳（嵩起）苔深馬跡跛（石上有支公馬跡）傘欹從野醉
（龜蒙）巾側任田歌跁跒松形矮（日休）般跚檜樾矬香飛
僧印火（嵩起）泉急使鑣珂蔆鈿真堪帖（龜蒙）蕁絲亦好
拖幾時無一事（日休）相伴著烟蘿（嵩起）

# 夜會問荅十首

寒夜清日休問魯望　簾外迢迢星斗明況有蕭閒洞中

客吟爲紫鳳呼皇聲時華陽廣文先生在焉

癭木杯龜蒙問襲美　杉贅楠瘤刳得來莫怪家人畔邊

笑渠心祇愛黃金罍

落霞琴日休問潤卿　寥寥山水揚清音玉皇仙馭碧雲

遠空使松風終日吟

蓮花燭賁問襲美　亭亭嫩蘂生紅玉不知含淚怨何人

欲問無繇得心曲

金火障　日休問　魯望　紅獸飛光射羅幌夜來斜展掩深
爐半睡芙蓉香蕩漾

憶山月　龜蒙問　潤卿　前溪後溪清復絶看看又及桂花
時空寄子規啼處血

錦鯨薦　賁問　襲美　碧香紅膩承君宴幾度閒眠却覺來
彩鱗飛出雲濤面

懷溪雲　日休問　魯望　漠漠閒籠鷗鷺群有時日暮碧將

合還被漁舟來觸分

霜中笛（龜蒙問襲美）落梅一曲瑤華滴不知青女是何人三奏未終頭已白

月下橋（日休問魯望）風外拂殘衰柳條倚欄干處獨自立青翰何人吹玉簫

古松陵即今之吳江予同年濟寧劉君濟民來爲邑令謂是集爲其邑故物而人未之見授儒士盧雍校勘捐俸刻之予觀唐詩人多尚次韻

至元白而益盛其萃而成編則有漢上題襟斷金及是三集按皮氏自序謂一歲之中詩凡六百五十八首其富如此則又題襟斷金之所無者況其遊燕題詠類多吳中之作後之希賢懷古者將於是乎攷固吳人所當寶也劉君為政不減古人其刻是集豈直私於一邑盖將公之天下者也弘治壬戌九月二日前進士吳都穆

記

二十五

嘗考皮襲美文藪及陸魯望笠澤叢書，俱不載唱和詩篇。因襲美從事鄭牧之，魯望酬贈積成十通，分爲一冊，名曰松陵，爲吳中一時雅話。不千百年後，僅印諸，百重梓，又湮滅不可得，使海内慕皮陸之風而願見茲集者，謂吾吳好事何人？特購宋刻而刻諸棗，不特松陵爲吾吳之雅話，庶幾志風雅通是，亦如兩公者，可以知我哉。

海虞毛晉識

國家出版基金項目

詹福瑞　陳紅彥　主編

松陵集

# 歷代唐詩珍稀選本彙編

（唐宋金元卷）

17

鳳凰出版社

# 目次

# 松陵集

國家圖書館藏明毛氏汲古閣本

# 松陵集序

前進士皮日休　撰

詩有六義其一曰比比者定物之情狀也則必謂之才才之備者於聖爲六藝在賢爲聲詩噫春秋之後頌聲亡寢降及漢氏詩道若作然二雅之風委而不興矣在詩有三言四言五言六言七言九言之作三言者曰振振鷺鷺于飛是也五言者曰誰謂雀無角何以穿我屋是也六言者曰我姑酌

彼金罍是也七言者曰交交黄鳥止于桑是也九言者曰洞酌彼行潦挹彼注兹是也蓋古詩率以四言爲本而漢氏方以五言七言爲之也其句亦出於毛詩五言者李陵曰攜手上河梁是也七言者漢武曰日月星辰和四時是也爾後盛於建安建安以降江左君臣得以浮艷之然詩之六義微矣逮及吾唐開元之世易其體爲律焉始切於儷偶拘於聲勢然詩云見憪既多受侮不少其對也

工矣堯典曰聲依永律和聲其爲律也甚矣由漢
及唐詩之道盡矣吾又不知千祀之後詩之道止
於斯而已耶後有變而作者余不得以知之夫才
之備者猶天地之氣乎氣者止乎一也分而爲四
時其爲春則煦枯發枿如育如護百蘤融冶酣人
肌骨其爲夏則赫曦朝升天地如窒草焦木渴若
燎毛髮其爲秋則涼飀高瞥若露天骨景爽夕清
神不蔽形其爲冬則霜陣一捷萬物昔率雲沮日

慘若憚天責夫如是豈拘於一哉亦變之而已人之有才者不變則已苟變之豈異於是乎故才之用也廣之爲滄溟細之爲溝竇高之爲山嶽碎之爲瓦礫美之爲西子惡之爲敦治壯之爲武賁弱之爲處女大則八荒之外不可窮小則一毫之末不可見苟其才如是復能善用之則庖丁之牛慶之輪郢之斤不足謂其神解也意古之士窮達必形於歌詠苟欲見乎志非文不能宣也於是爲其

詞詞之作固不能獨善必須人以成之昔周公爲
詩以貽成王吉甫作頌以贈申伯詩之酬贈其來
尚矣後每爲詩必多以斯爲事咸通七年今兵部
令狐員外在淮南今中書舍人弘農公守毗陵日
休皆以詞獲幸悉蒙以所製命之和各盈編軸亦
有名其首者十年大司諫清河公出牧於吴日休
爲部從事居一月有進士陸龜蒙字魯望者以其
業見造凡數編其才之變眞天地之氣也近代稱

溫飛卿李義山爲之最俾陸生參之未知其孰爲之後先也太玄曰稽其門闢其戶眼其鍵然後乃應況其不者乎余遂以詞誘之果復之不移刻由是風雨晦冥蓬蒿翳薈未嘗不以其應而爲事苟其詞之來食則輟之而自飲寢則閒之而必驚凡一年爲往體各九十三首今體各一百九十三首雜體各三十八首聯句問答十有八篇在其外合之凡六百五十八首南陽廣文潤卿隴西侍御德

帥或旅泊之際善其所爲皆以詞致師詞之不多
去之速也大司諫清河公有作或命之和亦著焉
其餘則吳中名士又得三十首除詩外有序十九
首總錄之得十通載詩六百八十五首漢書曰古
者諸侯卿大夫交以鄰國以微言相感當揖讓之
時必稱詩以喻其志蓋以别賢不肖也余之與生
道義志氣窮達是非莫不見於是士君子或爲之
覽賢不肖可不别乎哉噫古之將有交綏而退者

今生之於余豈是耶生既編其詞請於余曰爾有
文當爲我序詩道兼十通以名之曰休曰諾由是
爲之序松江吳之望也别名曰松陵請目之曰松
陵集

# 松陵集目錄

卷第一

人無言不酬之義也次韻　皮日休

魯望昨以五百言見貽過有褒美内揣庸陋

彌增愧悚因成一千言上述吾唐文物之

盛次叙相得之歡亦迭和之微旨也

皮日休

襲美先輩以龜蒙所獻五百言既蒙見和復

示榮唱至於千字提獎之重蔑有稱實再

抒鄙懷用伸酬謝　陸龜蒙

徐詩

任詩

奉和二遊詩　陸龜蒙

徐詩

任詩

卷第二

追和武丘寺清遠道士詩并序　皮日休

清遠道士同沈恭子遊武丘寺有作

追和幽獨君詩次韻二首　皮日休

同前次韻二首　陸龜蒙

讀黄帝陰符經寄鹿門子　陸龜蒙

奉和讀陰符經見寄　皮日休

初夏遊楞伽精舍　皮日休

奉和初夏遊楞伽精舍次韻　陸龜蒙

公齋四詠　皮日休

小松

小柱

新竹

鶴屏

奉和公齋四詠次韻　陸龜蒙

小松

小桂

新竹

鶴屏

覽皮先輩盛製因作十韻以寄用伸歎仰　崔璐

奉酬次韻　皮日休

奉和因贈至一百四十言　陸龜蒙

卷第三

太湖詩幷序　皮日休

初入太湖

曉次神景宫

入林屋洞

雨中遊包山精舍

遊毛公壇

三宿神景宫

以毛公泉一缾獻上諫議因寄

縹緲峯

桃花塢

明月灣

練瀆

投龍潭

孤園寺

上眞觀

銷夏灣

包山祠

聖姑廟

太湖石

三宿神景宫

以毛公泉獻大諫淸河公

縹緲峯

桃花塢

明月灣

練瀆

投龍潭

孤園寺

上眞觀

銷夏灣

包山祠

聖姑廟

太湖石

崦裏

石板

卷第四

漁具詩 并序　　陸龜蒙

網

罩

罶

䉶筒

釣車

魚梁

叉魚

射魚

鳴根

滬

篴

種魚

藥魚

舴艋

笭箵

奉和漁具十五詠　皮日休

網

罩

罶

釣筒

釣車

魚梁

叉魚

射魚

鳴根

滬

簃

種魚

藥魚

舴艋

笭箵

添漁具詩并序　皮日休

漁菴

釣磯

蓑衣

篛笠

背篷

奉和添漁具五篇　陸龜蒙

漁菴

釣磯

蓑衣

篛笠

背篷

樵人十詠并序　陸龜蒙

樵谿

樵家

樵叟

樵子

樵徑

樵斧

樵擔

樵風

樵火

樵歌

奉和樵人十詠　皮日休

樵谿

樵家

樵叟

樵子

樵徑

樵斧

樵檐

樵風

樵火

樵歌

酒中十詠 幷序　　皮日休

酒星

酒泉

酒篘

酒牀

酒壚

酒樓

酒旗

酒樽

酒城

酒鄉

奉和酒中十詠　陸龜蒙

酒星

酒泉

酒務

酒牀

酒壚

酒樓

酒旗

酒樽

酒城

酒鄉

添酒中六詠并序　陸龜蒙

酒池

酒龍

酒甕

酒船

酒鎗

酒杯

奉和添酒中六詠　皮日休

酒池

酒龍

酒甕

酒船

酒鎗

酒杯

茶中雜詠幷序　皮日休

茶塢

茶人

茶筍

茶籯

茶舍

茶竈

茶焙

茶鼎

茶甌

煑茶

奉和茶具十詠　陸龜蒙

茶塢

茶人

茶筍

茶籝

茶舍

茶竈

茶焙

茶鼎

茶甌

煑茶

卷第五

武丘寺殿前有古杉一本形狀醜怪圖之不

盡況百卉競媢若妬若娟唯此杉死抱奇

節髐然闖然不知雨露之可生也風霜之

可瘁也乃造化者方外之材乎遂賦三百

言以見志　皮日休

奉和古杉三十韻　陸龜蒙

四明山詩并序　陸龜蒙

石窗

過雲

雲南

雲北

鹿亭

樊榭

潺湲洞

青櫺子

鞠侯

奉和四明山九題　皮日休

石窗

過雲

雲南

雲北

鹿亭

樊榭

潺湲洞

青檽子

鞠侯

五貺詩并序　皮日休

五瀉舟

華頂杖

太湖硯

烏龍養和

訶陵樽

奉和五貺詩　陸龜蒙

五瀉舟

華頂杖

太湖硯

烏龍養和

訶陵樽

早春病中書事寄魯望　皮日休

奉酬　陸龜蒙

又寄次前韻　皮日休

又酬次韻　陸龜蒙

新秋言懷寄魯望三十韻　皮日休

奉和新秋言懷三十韻次韻　陸龜蒙

秋日遣懷十六韻寄道侶　陸龜蒙

奉和次韻　皮日休

江南書情二十韻寄秘閣韋挍書貽之商洛

宋先輩垂文二同年　皮日休

奉和次韻　陸龜蒙

憶洞庭觀步十韻　皮日休

奉和次韻　陸龜蒙

秋晚留題魯望郊居二首　皮日休

奉酬秋晚見題二首　陸龜蒙

初冬章上人院　皮日休

奉和次韻　陸龜蒙

臨頓為吴中偏勝之地陸魯望居之不出郛郭曠若郊墅余每相訪欵然惜去因成五言十首奉題屋壁　皮日休

襲美見題郊居十首因次韻酬之以申榮謝

陸龜蒙

卷第六

寒夜同襲美訪北禪院寂上人

陸龜蒙

奉和次韻

皮日休

江南道中懷茅山廣文南陽博士三首

皮日休

奉和次韻三首

陸龜蒙

早春雪中作吳體寄襲美　陸龜蒙

奉和　皮日休

吳中言情寄魯望　皮日休

奉和次韻　陸龜蒙

行次野梅　皮日休

奉和次韻　陸龜蒙

楊州看辛夷花　皮日休

奉和次韻　陸龜蒙

暇日獨處寄魯望　皮日休

奉和　陸龜蒙

屣步訪魯望不遇　皮日休

奉和襲美見訪不遇　陸龜蒙

開元寺客省早景卽事　皮日休

奉和次韻　陸龜蒙

獨夜有懷因作吳體寄襲美　陸龜蒙

奉和次韻　皮日休

病中有人惠海蟹轉寄魯望　皮日休

酬襲美見寄海蟹　陸龜蒙

病中美景頗阻追遊因寄魯望

皮日休

奉酬病中見寄　陸龜蒙

闔閭城北有賣花翁討春之士往往造焉因

招襲美　陸龜蒙

魯望以花翁之什見招因次韻酬之

皮日休

病中庭際海石榴花盛發感而有寄　皮日休

奉和次韻　陸龜蒙

早春以橘子寄魯望　皮日休

襲美以春橘見惠兼之雅篇因次韻酬謝　陸龜蒙

病中書情寄上崔諫議　皮日休

奉和次韻　陸龜蒙

病中孔雀　皮日休

奉和　陸龜蒙

上元日道室焚修寄襲美　陸龜蒙

奉和次韻　皮日休

正月十五日惜春寄襲美　陸龜蒙

奉酬惜春見寄　皮日休

聞魯望遊顏家林園病中有寄

皮日休

襲美病中見寄次韻酬之　陸龜蒙

春雨即事寄襲美　陸龜蒙

奉和次韻　皮日休

魯望春日多尋野景日休抱疾杜門因有是寄　皮日休

奉和次韻　陸龜蒙

偶掇野蔬寄襲美有作　陸龜蒙

魯望以躬掇野蔬兼示雅什用以酬謝　皮日休

臥病感春寄魯望　皮日休

奉和次韻　陸龜蒙

徐方平後聞赦因寄襲美　陸龜蒙

奉和次韻　皮日休

襲美以魚牋見寄因謝成篇　陸龜蒙

奉酬見答魚牋之什　皮日休

病後春思　皮日休

奉和次韻　陸龜蒙

襲美以公齋小宴見招因代書寄之　陸龜蒙

偶成小酌招魯望不至以詩爲解因次韻酬之　皮日休

以紗巾寄魯望因而有作　皮日休

襲美以紗巾見惠繼以雅音因次韻酬謝

陸龜蒙

聞襲美有親迎之期因以寄賀

陸龜蒙

臨頓宅將有帰于之日曾望以詩見貺因抒懐酬之

皮日休

襲美以巨魚之半見分因以酬謝

陸龜蒙

奉和

皮日休

館娃宮懷古　皮日休

奉和次韻　陸龜蒙

襲美以紫石硯見贈以詩迎之　陸龜蒙

以紫石硯寄魯望兼酬見贈　皮日休

同襲美遊北禪院　陸龜蒙

奉和　皮日休

孫發百篇將遊天台請詩贈行因以送之

第七卷

奉詶次韻　陸龜蒙

新夏東郊閑泛有懷襲美　陸龜蒙

奉和次韻　皮日休

四月十五日道室書事寄襲美　陸龜蒙

奉和　皮日休

看壓新醅寄懷襲美　陸龜蒙

奉和次韻　皮日休

登初陽樓寄懷北平郎中　皮日休

奉和　陸龜蒙

夏初訪魯望偶題小齋　皮日休

奉和次韻　陸龜蒙

所居首夏水木尤清適然有作　皮日休

奉和次韻　陸龜蒙

重玄寺元達年逾八十好種名藥凡所植者

多至自天台四明包山句曲叢萃紛糅各
可指名余奇而訪之因題二章　皮日休
奉和題達上人藥圃二首　陸龜蒙
懷華陽潤卿博士三首　皮日休
奉和三首　陸龜蒙
以竹夾膝寄贈襲美　陸龜蒙
魯望以竹夾膝見寄因次韻訓謝

皮日休

夏景無事因懷章來二上人　皮日休

奉和次韻　陸龜蒙

寄瓊州楊舍人　皮日休

奉和　陸龜蒙

魯望以輪鈎相示緬懷高致因作三篇　皮日休

龜蒙埧自桐江得一釣車以襲美樂烟波之

思因出以爲覦俄辱三篇復抒訓荅　陸龜蒙

吳中書事寄漢南裴尚書　皮日休

奉和　陸龜蒙

夏景冲澹偶然作二首　皮日休

奉和次韻　陸龜蒙

送李明府之任南海　皮日休

奉和　陸龜蒙

寄題羅浮軒轅先生所居　皮日休

奉和　陸龜蒙

宿報恩寺水閣　皮日休

奉和　陸龜蒙

醉中偶作呈魯望　皮日休

奉和次韻　陸龜蒙

寄滑州李副使員外　皮日休

奉和　陸龜蒙

傷史拱山人　皮日休

奉和　陸龜蒙

吴中言懷寄南海二同年　皮日休

奉和　陸龜蒙

胥門閑泛　皮日休

奉和　陸龜蒙

木蘭後池三詠　皮日休

重臺蓮花

浮萍

白蓮

奉和三詠　陸龜蒙

重臺蓮花

浮萍

白蓮

重題後池　皮日休

奉和　陸龜蒙

第八卷

白鷗詩并序　陸龜蒙

奉和　皮日休

懷楊台文楊鼎文二秀才　陸龜蒙

奉和次韻　皮日休

友人以人參見惠因以詩謝之　皮日休

奉和　陸龜蒙

傷進士嚴子重詩并序　皮日休

嚴子重以詩遊於名勝間舊矣余晚於江南相遇甚樂不幸且没襲美作詩序而弔之其名眞不朽矣又何戚其死哉余因息悲而爲之和　陸龜蒙

早秋吳體寄襲美　陸龜蒙

奉和次韻　皮日休

秋賦有期因寄襲美　陸龜蒙

皮日休

代廣文先生訓次韻　陸龜蒙

寄毗陵魏處士朴　皮日休

奉和　陸龜蒙

初冬偶作寄南陽潤卿　皮日休

奉和次韻　陸龜蒙

冬曉章上人院　皮日休

奉和　陸龜蒙

寄題鏡巖周尊師所居詩并序　皮日休

奉和　陸龜蒙

寒夜文宴　皮日休

同前　陸龜蒙

庚寅歲十一月新羅弘惠上人與本國同書

請日休爲靈鷲山周禪師碑將還以詩送

之　皮日休

奉和　陸龜蒙

送潤卿博士還華陽　皮日休

同前　陸龜蒙

寒食書齋即事三首　皮日休

奉和每篇各用一韻三首　陸龜蒙

臈後送內大德從勗遊天台　皮日休

奉和　陸龜蒙

寄題玉霄峰葉涵象尊師所居　皮日休

奉和　陸龜蒙

南陽廣文博士還雷平後寄　陸龜蒙

奉和次韻　皮日休

題支山南峯僧　皮日休

奉和次韻　陸龜蒙

送董少卿遊茅山　皮日休

同前　陸龜蒙

襲美將以綠罽爲贈因成四韻

陸龜蒙

詶魯望見迎緑罽次韻　皮日休

寄懷南陽潤卿　皮日休

奉和　陸龜蒙

天竺寺八月十五日夜桂子　皮日休

奉和　陸龜蒙

釣侶二章　皮日休

奉和次韻二首　陸龜蒙

寄同年韋校書　皮日休
奉和　陸龜蒙
初冬偶作　皮日休
奉和次韻　陸龜蒙
醉中寄魯望一壺并一絕　皮日休
走筆次韻奉訓　陸龜蒙
更次來韻寄魯望　皮日休
又和次韻　陸龜蒙

第九卷

和張處士詩 并序　陸龜蒙

魯望憫承吉之孤爲詩序邀余屬和欲用余道振其孤而利之噫承吉之困身後乎魯望視余困與承吉生前孰若哉未有已困而能振人者然抑爲之詞用塞良友之意

皮日休

旅泊吳門呈一二同志　張賁

奉詶次韻　陸龜蒙

賁中間有吳門旅泊之什多垂見和更作一

章以伸詶謝　　張　賁

更次韻奉詶　　陸龜蒙

魯望示廣文先生吳門二章情格高散可醒

俗態因追想山中風度次韻屬和存于詩

編魯望之命也　　皮日休

寄潤卿博士　　皮日休

詶襲美先輩見寄倒來韻　　張　賁

奉和襲美寄廣文先生　陸龜蒙

軍事院霜菊盛開因書一絶寄上諫議　皮日休

奉詶霜菊見贈之什　崔璞

奉和諫議詶先輩霜菊　陸龜蒙

幽居有白菊一叢因而成詠呈一二知巳　陸龜蒙

奉和　張賁

奉和　皮日休

奉和　鄭璧

奉和　司馬都

華亭鶴聞之舊矣及來吳中以錢半千得一隻養之始經歲不幸爲飲啄所誤經夕而卒悼之不已遂繼以詩南陽潤卿博士浙東德師侍御毘陵魏不琢處士東吳陸魯望秀才及厚於余者悉寄之請垂見和

皮日休

奉和襲美先輩悼鶴二首　李縠

奉和　張賁

奉和　陸龜蒙

奉和　魏朴

傷開元觀顧道士　皮日休

奉和　張賁

奉和　陸龜蒙

奉和　鄭璧

醉中即席贈潤卿博士　皮日休

奉和次韻　張賁

奉和次韻　陸龜蒙

偶留羊振文先輩及一二文友小飲日休以眼病初平不敢飲酒遣侍密歡因成四韻　皮日休

奉和襲美見留小讌次韻　羊昭業

襲美留振文小宴龜蒙抱病不赴猥示倡和
因次韻仰訓　陸龜蒙
醉中襲美先起因成戲贈　李縠
走筆奉訓次韻　皮日休
奉和次韻　張賁
奉和次韻　陸龜蒙
奉送浙東德師侍御罷府西歸　張賁

同前　陸龜蒙

同前　皮日休

浙東罷府西歸道經吳中廣文張博士皮先輩陸秀才皆以雅篇相送不量荒詞亦用

詶別　李縠

送羊振文先輩往桂陽歸覲　陸龜蒙

同前　皮日休

同前　顔萱

同前　司馬都

褚家林亭　皮日休

奉和　張賁

奉和　陸龜蒙

送圓載上人歸日本國　皮日休

重送　皮日休

同前　陸龜蒙

聞圓載上人挾儒家書洎釋典以行更作一

絕以送　陸龜蒙

同前　顔萱

文讌招潤卿博士辭以道侶將至因書一絕寄之　陸龜蒙

奉和　皮日休

再招　陸龜蒙

奉和　皮日休

偶約道流終乖文會因成一絕用荅四篇

張賁

以青䭀飯分送襲美魯望因成一絕

張賁

潤卿遺青䭀飯兼之一絕聊用荅謝

皮日休

同前　陸龜蒙

酒病偶作　皮日休

奉和次韻　陸龜蒙

奉和次韻　張　賁

潤卿魯望寒夜見訪各惜其志遂成一絶　皮日休

奉和次韻　張　賁

奉和次韻　陸龜蒙

玩金鸂鶒戲贈襲美　陸龜蒙

奉和　皮日休

奉和　張　賁

友人許惠酒以詩徵之　皮日休

奉和　鄭　壁

奉和　陸龜蒙

寒食文讌潤卿有期不至　皮日休

奉和　陸龜蒙

奉和　鄭　壁

蒙恩除替將還京洛偶叙所懷因成六韻呈

軍事院諸公郡中一二秀才

第十卷

齊梁怨別　陸龜蒙

奉和次韻　皮日休

曉起卽事因成廻文寄襲美　陸龜蒙

奉和曉起廻文　皮日休

夏日閑居作四聲詩寄襲美　陸龜蒙

平聲

平上聲

平去聲

平入聲

奉詶夏日四聲四首　皮日休

平聲

平上聲

平去聲

平入聲

苦雨中又作四聲詩寄魯望　皮日休

平聲

平上聲

平去聲

平入聲

奉詶苦雨四聲重寄三十二句

陸龜蒙

平聲

平上聲

平去聲

平入聲

疊韻雙聲二首　陸龜蒙

疊韻山中吟

雙聲溪上思

奉和疊韻雙聲二首　皮日休

疊韻山中吟

雙聲溪上思

疊韻吳宮詞二首　陸龜蒙

奉和疊韻吳宮詞二首　皮日休

閑居雜題五首　陸龜蒙

鳴蜩早

野態真

松間斟

飲巖泉

當軒鶴

奉和雜題五首　皮日休

晚秋吟

好詩景

醒聞檜

寺鍾暝

砌思步

藥名離合夏日即事三首　陸龜蒙

奉和三首　皮日休

懷錫山藥名離合二首　皮日休

奉和三首　皮日休

寄題天台國清寺齊梁體　皮日休

同前　陸龜蒙

寒夜聯句

開元寺樓看雨聯句

北禪院避暑聯句

獨在開元寺避暑頗懷魯望因飛筆聯句

寂上人院聯句

藥名聯句

寒食文宴聯句

報恩寺南池聯句

夜會問荅十首

# 松陵集卷第一

往體詩一十二首

讀襄陽耆舊傳因作詩五百言寄皮襲美

鄉貢進士陸龜蒙

漢皋古來雄山水天下秀高當軫翼分化作英髦囿暴秦之前人灰滅不可究自從宋生賢特立冠耆舊離騷既日月九辯即列宿卓哉悲秋辭合在風雅右龐公樂幽隱辟聘無所就秖愛鹿門泉泠

泠倚巖㵾孔明臥龍者潛伏躬耕耨忽遭玄德雲
遂起麟角鬭三胡節皆峻二習名亦茂其餘文武
家相望如斥堠緬思齊梁降寂寞寡凊胄疑融爲
漪瀾復結作瑩琇不知粹和氣有得方大授將生
皮夫子上帝可其奏并包數公才用以殿厥後嘗
聞兒童歲嬉戲陳組豆積漸開詞源一泒分萬流
先崇丘旦室大懼驟結搆次補荀孟垣所貴亡鎒
漏仰瞻三皇道蟣虱在宇宙却視五霸圖股掌弄

孩幼或能醢髖髀或與翼雛鷇或喜掉直舌或樂
斬斜脰或耨鉏蘙薈或整理錯謬或如百千騎合
沓原野狩又如曉江平風死波不皺幽埋力須掘
遺落貲必購乃於文學中十倍猗頓富囊乏向咸
鎬馬重遲步驟專塲射策時縛虎當羿彀歸來把
通籍且作高堂壽未足逞戈矛誰云被文繡從知
偶東下帆影拂吳岫物象悉摧藏精靈與雕鏤伊
予抱沈疾顛頓守圭竇方推洪範疇更念太玄首

去聲陳詩採風俗學古窮篆籀朝朝貫薪米往往逢
責詬旣被鄰里輕亦爲妻子陋持冠適甌越敢怨
不得售窘若曬沙魚悲如哭霜狖唯君枉車轍以
逐海上臭披襟兩相對半夜忽白晝執熱濯清風
忘憂飲醇酎驅爲文翰侶駑皁參驥麍有時諧宮
商自喜眞邂逅道孤情易苦語直詩還瘦藻匠如
見訓終身置懷袖

陸魯望讀襄陽耆舊傳見贈五百言過襃庸

氣陵之報

材靡有稱是然襄陽曩事歷歷在目夫耆
舊傳所未載者漢陽王則宗社元勳孟浩
然則文章大匠予次而贊之因而寄荅亦
詩人無言不詶之義也次韻

皮日休

漢水碧於天南荆廓然秀盧羅遵古俗鄢郢迷昔
囿幽奇無得狀巉絶不能究興替忽矣新山川悄
然舊班班生造士一一應玄宿巴庸乃嶮岨屈景

實豪右是非旣自分涇渭不相就粤自靈均來淸
才若天漱偉哉泂上隱卓爾隆中耨始將麋鹿狎
遂與麒麟鬬萬乘不可謁千鍾固非茂爰從景升
死境上多兵堠檀溪試戈船峴嶺屯貝胄寂寞數
百年質唯包礫琇上玄賞唐德生賢命之授是爲
漢陽王帝曰俞爾奏巨德聳神鬼宏才轢前後勢
端唯金莖質古乃玉豆行業蔭大椿詞源吐洪流
六成淸廟音一柱明堂構在昔房陵遷圓穹正中

漏繫王揭然出上下拓宇宙俯視三事者騤騤若
童幼低摧護中興若鳳視其鷇遇險必伸足逢誅
將引脰既正北極尊遂治衆星謬重闓章陵幸再
見岐陽狩日似新刮膜天如重熨皺易政疾似欬
求賢甚於購化之未朞年民安而國富翼衞兩舜
趨鈞陳十堯驟忽然遺相印如羿御其彀姦倖却
乗轝播遷遂終壽遺廟屹崢嶸功名紛組繡開元
文物盛孟子生荆岫斯文縱奇巧秦璽新雕鏤甘

窮臥牛衣受辱對狗竇思變如易爻才通似玄首
祕於龍宮室怪郎天篆籒知者競欲戴嫉者或將
詬任達且百觚遂爲當時陋既作才鬼終恐爲仙
籍售予生二賢末得作升木犹兼濟與獨善俱敢
懷其臭江漢稱炳靈克明嗣清晝繼彼欲爲三如
醨和醇酎既見陸夫子鶱心却伏廐結彼世外交
遇之於邂逅兩窪思競閒雙松格爭瘦唯恐别仙
才漣漣涕襟袖

陸魯望昨以五百言見貽過有褒美內揣庸
陋彌增愧悚因成一千言上述吾唐文物
之盛次敘相得之懽亦迭和之微旨也
日休
三辰至精氣生自蒼頡前粵從有文字精氣銖於
縣所以楊墨後文詞縱横顛元狩富材術建安儼
英賢厥祀四百餘作者如排穿五馬渡江日羣魚
食蒲年大風蕩天地萬陣黄鬚羶縱有命世才不

所謂文運關乎國運也

如一空夸後至陳隋世得之拘且緩太浮如瀲灩
太細如蚔蝝太亂如靡靡太輕如芊芊流之爲酌
齒變之爲遊畋百足雖云衆不救殺馬蛭君臣作
降虜北走如獼猴所以文字妖致其國朝遷吾唐
華其弊取士將科懸文星下爲人洪秀窟於纏大
開紫宸扉來者皆詳延日晏朝不罷龍姿懽輈輈
音田呂氏春秋云天子輈輈 於焉周道反繇是秦法悛射洪陳
子昂其聲亦喧闐惜哉不得時將奮猶拘攣玉壘

千唐萬祀
幼玉論僕
其在斯識
多情如我
結局千古
痛惜

李太白銅隄孟浩然李寬包堪輿孟澹凝漪漣埋骨採石壙酉神鹿門埏俾其羈旅死實覺天地屛猗歟子美息不盡如轉軨音笭縱爲三十車一字不可捐旣作風雅主遂司歌詠權誰知耒陽土埋卻眞神仙當於李杜際名輩或泝沿良御非異馬繇弓非他弦其物無同異其人有媸姸自開元至今宗匠紛如烟爽若沆瀣英高如崑崙巔百家囂浮説諸子卒寓篇築之爲京觀解之爲牲牷各持天

地維率意東西牽競抵元化首爭扼眞宰咽或作
制誥藪或爲宫體淵或堪被金石或可投花鈿或
爲輿隸唱或被兒童憐烏壘虜亦寫雞林夷爭傳
披猖覆載樞捭闔神異鍵力掀尾閭立息軋大塊
旋降氣或若虹耀影或如蘂萬象瘡復痏百靈瘠
且癵謂乎數十公筆若明堂椽其中有擬者不絕
當如綖齊驅不讓策並駕或爭駢所以吾唐風直
將三代甄被此文物盛綠乎聲詩宣採彼風人謠

侃〻言之是而
孫日仲氣

輶軒輕似鶡麗者固不捨鄙者亦爲銓其中有鑒
戒一二堪雕鐫乙夜以觀之吾君無釋焉遂命大
司樂度之如星躔播於樂府中俾爲萬代籥吹彼
圓丘竹誦兹清廟絃不惟娛列祖兼可格上玄粤
予何爲者生自江海堧騃騃自懸肉不甘耕一壥
諸昆指倉庫謂我死道邊何爲不力農稽古眞可
嗎遂與襏襫著兼之簦笠全風吹蔓草花颭颭盈
荒田老牛瞪不行力弱誰能鞭乃將耒與耜竝換

槧與鉛閲彼圖籍肆致之千百編携將入蘇嶺鹿門別名不就無出緣堆書塞低屋添硯涸小泉對燈任鬈爇憑案從肘研苟無圾玉乃難除指上胼爾來五寒暑試藝稱精專昌黎道未著文教如欲騫其中有聲病於我如蜒蠷天蟬二音語不正貌是敢驅穎波歸之於大川其文如可用不敢佞與便明水在藁秸大羹臨豆籩將來示時人猰㺄垂饞涎亦或尚華縟亦會爲便嬛亦能制灝灝亦解攻翩翩惟思逢

陣敵與彼爭後先避兵入句吳窮悴秪自跧平原
陸夫子投刺來蹁躚開卷讀數行爲之加敬虔忽
窮一兩首反顧唯曲拳始來遺巾幗乃敢排戈鋋
或爲拔幟走或遭劘壘還不能收亂轍豈暇重爲
篝雖然未三北亦可輸千鋋丑專反尚書云贖罪千鋋向來說
文士爾汝名可聯聖人病沒世不患窮而顛我未
九品位君無一囊錢相逢得何事兩籠訓唱戕無
顏解媮合底事居冗員方知萬鍾祿不博五湖船

夷險但明月死生應白蓮吟餘凭几飲釣罷喂籛
眠終拋峴山業相共此罍連

襲美先輩以龜蒙所獻五百言既蒙見和復
示榮唱至於千字提獎之重蔑有稱實再
抒鄙懷用伸訓謝　龜蒙

洪範分九疇轉成天下規河圖孕八卦煥作玄中
奇先開否臧源次築經緯基粤若魯聖出正當周
德衰越疆必載質歷國將扶危諸侯恣𡰱强王室

方陵遲歌鳳時不偶獲麟心益悲始嗟吾道窮竟
使空言垂首贊五十易又删三百詩遂令篇籍光
可竝日月姿向非筆削功未必無瑕疵迨至夫子
没微言散如枝所宗既不同所得亦異宜名法在
深刻虚玄致希夷自從戰伐來一派從衡馳寒谷
生豔木沸潭結流澌驚奔失壯士好惡隨纖兒嬴
氏并六合勢尊丞相斯加于挾書律盡取坑焚之
南勤會稽頌北恢胡亥既猶懷徧巡狩不暇親維

持及漢文景後鴻生方鉅視簸揚堯舜風反作三
代吹飄鏑四百載左右爲藩籬鄴下曹父子獵賢
甚熊羆發論若霞駮（魏文帝著典論有論文一篇）裁詩如錦摛
徐王應劉輩頭角咸相衰或有妙絶賞或爲獨步
掯或許潤色美或嫌詆訶癡倏以中利病且非混
醇醨雅當乎魏文麗矣哉陳思不肯少遥妄恐貽
後世嗤吾祖仗才力（士衡文賦）華車蒙虎皮手持一白
旄直向文場麾輕（去聲）若脫鉗鈦豁如抽綦屐精鋼

迸祖德有氏
數語大為
生色
住墨不同

不足利驟裹何勞追大可畢山岳徹堪析毫釐十
體免貧贅百家咸起瘦爭入鬼神奧不容天地私
一篇邁華藻萬古無孑遺刻鵠尚未已雕龍奮而
爲劉緫有文心雕龍劉生吐英辯上下窮高卑下臻宋與
齊上指軒從羲豈但標八索殆將包兩儀人謠洞
野老騷怨明湘纍立本以致詰驅宏來抵巇清如
朔雪嚴緩若春烟羸或欲開戶牖或將飾纓緌雖
非倚天劍亦是囊中錐皆繇內史意致得東莞詞

銘起晋唐一代之篇可見氣概下不必分敘一回別立標榜見藏點避實就虛之法

粱元盡索虜後主終亡隋哀音但浮脆豈望分雄
雌吾唐揖讓初陛列森咎夔作頌媲吉甫直言過
祖伊明皇踐中日墨客肩參差岳淨秀擢削海寒
光陸離皆能取穴鳳盡擬乘雲螭邇來二十祀俊
造相追隨予生落其下亦值文明時少小不好弄
逡巡奉弓箕雖然苦貧賤未省親嚅唲秋倚抱風
桂曉烹承露葵窮年只敗袍積日無晨炊遠訪賣
藥客閒尋捕魚師歸來蠹編上得以含情窺抗韻

唐之菁淩
文選風行
所以將昭明
一再稱揚
也

吟比雅罥思念梘櫪因知昭明前剖石呈濤琪又
嗟昭明後敗葉埋芳蘙縱有月旦評未能天下知
徒爲强貔豹不免參狐狸誰蹇行地足誰抽刺天
鬈誰作河畔草誰爲洞中芝誰若靈囿鹿誰猶清
廟犧誰輕如舉毛誰密如凝脂誰比蜀嚴靜誰方
巴賓貲誰能釣抃鼇誰能灼神龜誰肯如水火誰
同若塤篪誰可作梁棟誰敢驅谷蠡音鹿黎用此常
不快無人動交鈹空鎖病裏骨柱臼愁中髭鹿門

先生才大小無不怡就彼六籍内說詩直解顚顏
我迷未遠開懷潰其疑初看鑿本源漸乃疏旁支
邃古派汜濫皇朝光赫曦揣摩是非際一一如襟
期李杜氣不易孟陳節難移信知君子言可並神
明蓍枯腐尚求律膏肓猶謁醫况將太牢味見啗
逋懸飢今來置家地正枕吳江湄餌薄鈎不曲蹉
然守空坻默坐無影響唯君欸茅茨柚書亂籤帙
酌茗煩甌犧或伴補缺衲或偕詣荒祠孤筇倚烟

蔓細木横風滴觸雨妨扉屨臨流泥江蘺既狎野
人調甘爲豪士嗤不敢負建鼓唯憂掉降旗希君
念餘勇挽袖登文陴

吳中苦雨因書一百韻寄魯望　日休

全吳臨巨溟百里到滬瀆海物競駢羅水怪爭滲
漉狂蜃吐其氣千尋勃然蹙一刷半天墨架爲歊
危屋怒鯨瞪相向吹浪山轂轂倏忽腥杳冥須臾
坼崖谷帝命有嚴程慈物敢潛伏噓之爲玄雲彌

亘千萬幅直拔倚天劍又建橫海纛化之爲暴雨
潨潨射平陸如將月窟寫似把天河撲著樹勝戟
支中人過箭鏃龍光倏閃照虬角擲琤觸此時一
千里平下天台瀑雷公恣其志礮礰裂電目蹋破
霹靂車折却三四輻雨工避罪者必在蚊睫宿狂
發鏗訇音不得懈怠傪頃刻勢稍止尚自傾蔌蔌
不敢履洿處恐蹋爛地軸自爾凡十日茫然晦林
麓只是遇滂沱少曾逢霡霂伊予之廨宇古製拙

卜築頹簷倒菌黄破砌頑莎綠只有方丈居其中
踦且跼朽處或似醉漏時又如沃堦前平泛濫墻
下深趨趚唯堪著籉笠復可乘艒艪雞犬竝淋漓
兒童但咿噢勃勃生溼氣人人牢於鋦鬚眉漬將
斷肝膈蒸欲熟當庭死蘭芷四垣盛蒼菉解帙展
斷書拂牀安壞犢跳梁老蛙黽直向牀前浴蹲前
但相聒似把白丁辱空廚方欲炊漬米未離箅薪
蒸溼不着白晝須燃燭汗萊旣已濘買魚不獲鯫

竟未成麥饘安能得粱肉更有陸先生荒林抱窮
蹙壞宅四五舍病篠三兩束蓋簷低碍首蘚地滑
澾足注欲透承塵溼難庇廚簏低摧在圭竇索漠
拋偏髮手指既已胼肌膚又將瘯一庵勢欲隊將
撐之寸木盡日欠束薪經時無斗粟螔蝓將入甑
鬵蜞巳臨鍑（音腹說文云如釜而大口）嬌兒未十歲枵然自啼
哭一錢買粔籹數里走病僕破碎舊鶴籠狼籍晚
蠶簇千卷素書外此外無餘蓄着處紵衣裂戴次

紗帽醆惡陰潛過午未及烹葵菽吳中銅臭戶七
萬沸如朧啇止甘蟹觧侈惟僭車服皆希尉吏官
盡怕里胥錄仾眉事庸奴開顔納金玉唯到陸先
生不能分一觧先生之志氣薄漠如鴻鵠遇善必
孳跽見才輒馳逐廉不受一芥其餘安可黷如何
鄉里輩見之乃蝟縮粤予苦心者師仰但踖踧受
易旣可注請玄又堪卜百家皆搜蕩六藝盡翻覆
似餒見太牢如迷遇華燭半年得訓唱一日屢往

復三秀間稂莠九成雜巴濮奔命既不暇乞降但
相續吟詩口吻嗚把筆指節瘃君才既不窮吾道
繇是篤所益諒弘多厥交過親族相逢似丹漆相
望如朓朒論業敢竝驅量分合繼躅相違始兩印
忡忡想華縟出門泥漫漶恨無直轅轒十錢賃一
輪篷上鳴斛觫赤脚枕書帙訪予穿詰曲入門且
抵掌大噱時碌碌茲淋既浹旬無乃害九穀予唯
餓不死得非道之福手中捉詩卷語快還共讀解

帶似歸來脫巾若沐浴踈如松間篁野甚麋對鹿
行譚弄書籤臥話桃棊局呼童具盤飧撅衣換鷄
鶩或蒸一升麻或煠兩把菊用以閱幽奇豈能養
口腹十分煎皐盧半榼挽鄠醁高談緊無盡晝漏
何太促我公大司諫一切從民欲梅潤侵束杖和
氣生空獄而民當斯時不覺有煩溽念澇爲之災
拜神再三告太陰霍然收天地一澄肅燔炙既芬
芬威儀乃毣毣音木須權元化柄用拯中夏酷我顧

薦先生左右輔司牧茲雨何足云唯思舉顏歜

奉訓龔美先輩吳中苦雨一百韻見寄

龜蒙

徵生參最靈天與意緒拙人皆機巧求百徑無一達家爲唐臣來奕世唯稷卨只垂淸白風凛凛自貽厥（龜蒙六代祖五代祖皇朝繼在台輔）猶殘賜書在編簡苦斷絕其間忠孝字萬古光不滅孱孫誠瞢昧有志嘗榾榾敢云嗣良弓但欲終守節謏諓不入耳讒佞不

挂舌仰詠堯舜言俯遵周孔轍所貪既仁義豈暇理生活縱有舊田園抛來亦蕪沒因之成否塞十載眞契濶凍骭一襜褕飢腸少糠籺甘心付天壤委分任迴斡笠澤臥孤雲桐江釣明月盈筐盛芡芰滿釜煮鱸鱖酒幟風外䬹茶槍露中擷江南謂茶芽未展者曰槍巳展者曰旗也歌謠非大雅捃摭爲小說上可補薰莖傍堪跐牙蘖龜蒙嘗著稗說三卷方當賣罶罩盡以易紙札蹤跡尚吳門夢魂先魏闕尋聞天子詔赫怒誅

叛卒宵旰憫烝黎謨明問征伐王師雖繼下賊壘
未郎拔此時淮海波半是生人血霜戈驅少壯敗
屋棄羸耋踐蹋比塵埃焚燒同蒿秸吾皇自神聖
執事皆閒傑射策亦何爲春卿遂聊輟伊予將貢
技术有耻可刷刼問漁樵津重耕烟雨墢諸矦急
兵食冗賸方翦截不可把詞章巡門事干謁歸來
闇蓬楗壁立空裋褐煖手抱孤烟披書向殘雪幽
[illegible]悱憤懣忽忽自驚蹶文兮之寸毫武也無尺鐵

平生所韜蓄到死不開豁念此令人悲翕然生内
熱加之被皴瘃况復久藜糲既爲霜露侵一卧增
百疾筋骸將束縛腠理如箠撻初謂抵狂癡又疑
當毒蝎江南多事鬼巫覡連甌粤可口是妖訛恣
情專賞罰良醫只備位藥肆或虚設而我正萎瘵
安能致訶咄椒蘭任芳苾糈粣從羅列醆斝既屢
傾錢刀亦隨爇兼之瀆財賄不止行諂竊天地如
有知微妖豈逃殺其時心力憒益使氣息惙永夜

應亦有道
其所得

更呻吟空牀但皮骨君來贊賢牧野寉聊籍笏謂
我同光塵心中有溟渤輪蹄相壓至問遺無虛月
直到春鴻濛猶殘病根茇看花雖眼暈見酒忘肺
渴隱几還自怡逢盧亦爭喝抽毫更唱和劍戟相
磨戛何大不包羅何微不挑刮今來值霖雨晝夜
無暫歇雜若碎淵淪高如破轇轕何勞鼉吼岸詎
要鸛鳴垤秖意江海翻更愁山岳裂初驚蚓尤陣
虎豹爭摶噬又疑伍胥濤蛟蜃相礎拨千家濛瀑

練忽似好披拂萬尾垂玉繩如堪取縈結泥尋屋
低下本是蛙蚓窟遞來增號呼得以恣唐突先夸
屋舍好又恃頭角凸厚地雖直方身能徧穿穴常
參莊辯裏亦造揚玄末偃仰縱無機形容且相忽
低頭增嘆咤到口復咽嗢沮洳漬琴書苺苔染巾
襪解衣換倉粟秕稗猶未脫飢烏屢窺臨泥童昔
春師或聞秋稼穡太半沈澎汃耕父蠹齊民農夫
恩旱魃吾觀天之意未必洪水劇且要虐飛龍又

圖滋跛鼈三吳明太守左右皆儒哲有力卽扶危
懷仁過救竭鹿門皮夫子氣調眞俊逸截海上雲
鷹橫天下鞲鶻文壇如命將可以持玊鉞不獨扆
義軒便當城老佛領予爲山者所得才簣撮譬如
飾箭材尚欠鏃與筈閒將俞兒唱強倚帝子瑟幸
得遠瀟湘不然嗤賈屈開緘窺寶肆璣貝光比櫛
朗詠衝樂懸陶匏響鏗鞨古來愁霖賦不是不清
越非君頓挫才沴氣難擺拆馳情扣虛寂力盡無

絶好穠艳与
陸夫子共之

所掇不足謝徽音秖令彫鬢髪

初夏即事寄魯望　日休

夏景恬且曠遠人疾初平黄鳥語方熟紫桐陰正
清廨宇有幽處私遊無定程歸來閉雙關亦忘枯
與榮土室作深谷蘚垣爲干城敧杉突杝架迸筍
支檐楹片石共坐穩病隺同喜晴癭木四五器筇
杖一兩莖泉爲葛天味松作羲皇聲或看名画徹
或吟閒詩成忽枕素琴睡時把仙書行自然寡儔

侶莫說更紛爭具區包地髓震澤含天英粤從三讓來俊造紛然生顧予客茲地薄我皆為傖唯有陸夫子盡力提客卿各負出俗才俱懷超世情駐我一棧車啜君數藜羹敲門若我訪倒屣欣逢迎胡餅蒸甚熟貊盤舉尤輕茗脆不禁炙酒肥或難傾掃除就藤下移榻尋虛明惟共陸夫子醉與天壤并

奉訓襲美先輩初夏見寄次韻　龜蒙

積雨晦臯圃門前烟水平蘋蘅增遥吹桃席分餘
湾村旆詫酒美賒來滿鏗程未必減宣子何羨謝
公榮借宅去人遠敗墻連古城愁鴟占枯桃野鼠
趨前楹昨日雲破損晚林先覺晴幽篁倚微照碧
粉含疎莖蠹簡有遺字疣琴無泛聲蠶寒蠒尚薄
燕喜雛新成覽物正搖思得君初夏行誠明復散
誕化匠安能爭海浪刷三島天風吹六英洪崖領
玉節坐使虛音生吾祖傲洛客因言幾爲傖末裔

實濵者敢懷千墨卿唯思釣璜老遂得持竿倩何
須乞鵝炙豈在斟羊羹哇蔬與甕醁便可相携迎
蟠木几甚曲筍皮冠且輕閒心放羈靮醉脚從欹
傾一逕有餘遠一窗有餘明秦皇苦不達天下何
足并

二遊詩 并序　日休

吳之士有恩王府參軍徐修矩者守世書萬卷優
㠯適余假其書數千卷未一年悉償夙志酣飫

經[illegible]妄忘飲食次有前涇縣尉任晦者其居

在[illegible]泳曲沼危亭幽砌余並次以見之或退公之

暇必造以息焉林泉隱事恣用研詠大凡遊於二

君宅無浹旬之間因作詩以留贈目之曰二遊兼

寄陸魯望

徐詩

東莞爲著姓奕代皆雋喆强學取科第名聲盡孤

揭自爲方州來清操稱凛冽唯寫墳籍多必云清

尊崇書籍
所以重賢哲
前輩可敬愛

俸絕宣毫利若風剡紙光於月扎吏指欲胼萬通
排未闋樓船若夏屋欲載如垤塿轉徙入吳都縱
橫礙門闌縹囊輕似霧緗帙殷於血以此爲基構
將斯用貽厥重於通侯印貴却全師節我愛參卿
道承家能介潔潮田五萬步草屋十數椽微宦不
能一去歸來坐如刖係兹萬卷書守慎如羈紲念我
曾苦心相逢無間別引之看祕寶任得窮披閱軸
閒翠鈿剝籤古紅牙折帙解帶芸香卷開和桂屑

心遊光明胸
襟曠遠

桄兼石鋒刃榻共松瘡癬一臥寂無諠數編看盡
徹或携埽廨宇或把穿林樾挈過太湖風抱宿文
硎雪如斯未星紀悉得分毫末蘸除幽僻數滌蕩
玄微窟學海正狂波孑頭向中領烏沒反聖人患不
學垂誡尤爲切苟昧古與今何殊瘠共聵五滑反昔
之慕經史有以傭筆札何況遇斯文借之不曾輟
吾衣任穀纑吾食甘糠覈其道苟可光斯文那自
伐何竹青堪殺何蒲重好截如能盈兼兩便足詶

飢渴有此競苟榮聞之兼可蠲東皐耨烟雨南嶺
提薇蕨何以謝徐君公車不聞設

任詩

任君恣高放斯道能寡合一宅閒林泉終身遠囂
雜嘗聞佐浩穰散性多儑佁（上五盍反下音沓不著事貌）欻爾
解其綬遺之如棄靸歸來鄉黨內却與親朋洽開
溪未讓丁列第方稱甲入門約百步古木聲霎霎
篔擔小山欹斜廊怪石夾白蓮倚欄楯翠鳥緣簾

隱居之樂
取此數語
令人神往

押地勢似五瀉巖形若三峽猿眠但膃肭晁食時
嗹嗖撥荇下文竿結藤縈桂檝門亞竪樹客壁倚
栽花鋪度歲止褐衣經旬唯白帢多君方閉戶顧
我能倒屣請題在茅棟亞坐於石榻魂從淸景遷
衣任烟霞裛堦墀黿任上梳席鷗方狎沼似頗黎
鏡當中見魚䀹杯村悉杉癭盤筵盡荷葉閒斟不
置罰閒奕無爭刼閒日不整冠閒風無用箑以斯
爲思慮吾道寧疲苶衮衣競繦緣鼓吹爭鞺鞳欲

者解擠排詬者能詰譏權豪暫翻覆刑禍相塡壓此時一圭竇不肯饒閶闔有第可棲息有書可漁獵吾欲與任君終身以斯愜

奉和二遊詩　龜蒙

徐詩

嘗聞四書曰經史子集焉苟非天祿中此事無緜全自從秦火來歷代逢迍邅漢祖入關日蕭何爲收年盡力取圖籍遂持天下權中興延嘉時教化

還相宜立石刻五經置於太學前賊莽亂王室君臣如轉圜洛陽且煨燼載籍宜爲烟逮晉武革命生民纔息肩惠懷亟寡昧戎羯俄腥羶巳覺天地閉競爲東南遷且既不暇給墳索何繇專爾後國脆弱人多尚虛玄任學者得謗清言者爲賢直至沈范輩沈約范雲皆藏書數萬卷始家藏簡編御府有不足仍令就之傳梁元渚宮且盡取如蚳蝝兵威忽破碎焚爇無遺篇近者隋後主搜羅勢駢闐寶函映玉

軸彩翠明霞鮮伊唐受命初載史聲連延砥柱不我助驚波湧淪漣遂令因去書半在餘浮泉貞觀購亡逸蓬瀛漸周旋炅然東壁光與月爭流天偉夫開元中王道真平平八萬五千卷一一皆塗鉛（案開元麗正殿書錄云）人間盛傳寫海内奔窮研目云西齋書有過東皐田吾聞徐氏子奕世皆才賢因知遺孫謀不在黄金錢插架幾萬軸森森若戈鋋風吹籤牌聲滿室鏗鏘然佳哉鹿門子好問如除痟倏

來參卿處遂得參卿憐開懷展厨簏唯在性所便
素業已千仞今爲峻雲巔雄才舊百派相近浮日
川君苞王佐圖縱步凌陶甄他時若報德誰在參
卿先

任詩

吳之辟疆園在昔勝槩敵前聞富修竹後説紛怪
石竟陵子陸羽玩月詩云辟疆舊林園怪石紛相向風烟慘無主載祀將
六百草色與行人誰能問遺迹不知清景在盡付

任君宅却是五湖光偷來傍簷隙出門向城路車
馬聲轔轢入門望亭隈水木氣岑寂雙牆繞曲岸
勢似行無極十步一危梁乍疑當絕壁池容澹而
古樹意蒼然僻魚驚尾半紅鳥下衣全碧斜來島
嶼隱恍若瀟湘隔雨靜挂殘絲烟消有餘脉竭來
任公子擺落名利役雖將祿代耕頗愛巾隨策秋
籠支遁隺夜榻戴顒客說史足爲師譚禪差作伯
君多鹿門思到此情便適偶蔭桂堪帷縱吟苔可

席顧予眞任誕雅遂中心獲但喜醉還醒豈知玄
尚白甘閒在雞口不貴封龍頟即此自怡神何勞
謝公屐

松陵集卷第一

虞山毛晋挍刊　男扆再挍

# 松陵集卷第二

## 往體詩二十八首

### 追和虎丘寺清遠道士詩 并序　日休

聖人爲春秋凡諸侯有告則書無告則不書蓋所以懲其僞而敦其實也夫怪之與神雖曰不言在傳則書之者。亦擴其實而爲之也。若然者神之與怪果安邪噫聖賢有不得其志者則必垂之於言也大則爲經誥。小則爲歌詠。蓋不信於當時。則取

愬於後世抑鬼神有生不得其志者死亦然邪若
憑而宣之則石言乎晉物吽于宋是也若夢而辯
之則良夫有昆吾之歌聲伯有瓊瑰之謠是也自
兹巳後人倫不修神藻益熾在君人者悟之則爲
瑞逆之則爲妖其實諷昧剌時出於世者則與騷
人狎客往往敵於忽微焉虎丘山有淸遠道士詩
一首其所稱自殷周而歷秦漢迄于近代抑二千
年末以鬼神自謂亦神怪之甚者格之以淸徤飾

之以俊麗一句一字若奮若搏彼建安詞人儻在
不得居其右矣顔太師魯公愛之不暇遂刻于巖
際幷有繼作李太尉衛公欽淸遠之高致慕魯公
之素尚又次而和之顔之叙事也典李之屬思也
麗並一時之寡和又幽獨君詩二首亦甚奇愴予
嗜古者觀而樂之因總而爲和答幽獨君一篇不
知孰氏之作其詞古而悲亦存于篇末太玄曰大
無方易無時然後爲鬼神也噫淸遠道士果鬼神

况數語絕稱似不能道今古諸人謹於拘例

平抑道家者流乎抑隱君子乎詞則已矣人則吾不知也

清遠道士同沈恭子遊虎丘寺有作

我本長殷周遭罹歷秦漢四瀆與五岳名山盡幽竄及此寰區中始有近峯玩近峯何鬱鬱平湖渺瀰漫吟挽川之陰步上山之岸山川共澄澈光彩交凌亂白雲蓊欲歸青松忽消半客去川島靜人來山鳥散谷深中見日崖幽曉非旦聞子盛遊遨

風流足詞翰嘉茲好松石一言常累歎勿謂予鬼
神欣君共幽讚

刻清遠道士詩因而繼作　太師魯公

不到東西寺于今五十春朅來從舊賞林壑宛相
親吳子多藏日秦皇厭勝辰劒池穿萬仞盤石坐
千人金氣騰爲虎琴臺化若神登壇仰生一捨宅
歎珣珉中嶺分雙樹迴巒絕四鄰窺臨江海接崇
飾四時新客有神仙者於茲雅麗陳名高清遠峽

文聚斗牛津跡異心寧間聲同質豈均悠然千載
後知我揖光塵

追和太師魯公刻清遠道士詩

太尉衛公

茂苑有靈峯嗟予未遊觀藏山在平陸壑谷爲高
岸岡繞數仞墻巖潛千丈幹乃知造化意迴斡資
奇玩鏐騰昔虎踞劒没常龍煥瀰黛入海底螢岑
聳霄半層巒未昇日哀狖寧知旦綠篠夏凝陰碧

林秋不換冥搜旣窈窕迴望何蕭散川昳嵐氣收
江春雜英亂逸人綴淸藻前哲留篇翰共抱哀玉
音皆舒文繡段難追彥囘賞（褚彥囘曰凡人所稱常過其實唯見虎丘則逾其所聞）
徒起與公歎一夕如再升含毫星斗爛

追和淸遠道士詩兼次本韻　　曰休

成道自袁周避世竄炎漢荊杞雖云梗烟霞尚容
竄茲岑信靈異吾懷愜流玩石澁古鐵鉎嵐重輕
埃濕松膏膩幽徑蘋沫著孤岸諸蘿幄幕暗衆鳥

十字精妙
前詩皆平衍

脫然生累

陶匏亂巖罅地中心海光天一半玄猿行列歸白
雲次第散蟾蜍生夕景沆瀣餘清旦風日採幽仕
墨客學靈翰嗟予慕斯文一詠復三歎顯晦雖不
同茲吟粗堪讚

同前亦次本韻　　龜蒙

一代先後賢聲容劇河漢況茲邁古士復歷蒼崖
竄辰經幾十萬邈與靈壽玩海嶽尚推移都鄙固
蕪漫羸僧下高閣獨鳥沒遠岸嘯初風雨來吟餘

絶人攀躋

鍾唄亂如何鍊精魄萬祀忽欲半[illegible]爲斷臂憂肯作秋栢散吾聞鄴宮内日月自昏日左右修文郎縱橫灑篇翰斯人久冥漠得不垂慨歎庶或有神交相從重與讃

補沈恭子詩并序　　龜蒙

按淸遠道士詩題中有沈恭子同遊旣爲神怪之儔得非姓氏謚爲恭子乎一作若趙宣子韓獻子之類邪恭子美謚也而詩中有風流詞翰之稱豈獨

唱而不和者歟疑闕其文以爲恭子之恨乃作一
章存於編中亦補亡之義也
靈質貫軒昊遐年越商周自然失遠裔安得怨寡
儔我亦小國僻易名懸見優雖非放曠懷雅奉逍
遥遊攜手桂枝下屬詞山之幽風雨 以過林麓
颯然秋落日倚石壁天寒登古丘荒烏已無夕敗
葉翳不流亂翠缺月隱哀紅淸露愁 見物性未逸
反爲情所囚冀才偶絕境佳藻竆寘 援虛傾寂寞

音敢作雜珮詶

幽獨君詩　二首

幽明雖異路平昔忝工文欲知潛昧處山北有孤
墳

高松多悲風蕭蕭清且哀南山接幽隴幽隴空雀
嵬白日徒昭昭不照長夜臺雖知生者樂魂魄安
能迴況復念所親慟哭心肝摧慟哭更何言哀哉
復哀哉

濃然惻然
想見淵明
挽歌並傳
不朽

答幽獨君

神仙不可學形化空遊魂白日非我朝青松爲我門雖復隔幽顯猶知念子孫何以遣悲惋萬物歸其根寄語世上人莫厭臨芳樽莊生問枯骨三樂成虛言

追和幽獨君詩次韻　　日休

念爾風雅魄幽咽猶能文空令傷魂鳥啼破山邊墳

恨劇但埋土聲幽難放哀墳古春自晚愁緒空崔嵬白楊老無花枯根侵夜臺天高有時裂川去何時迴雙睫不能濡六藏無可摧不聞搴蓬事何必深悲哉

同前次韻　　龜蒙

靈氣獨不死尚能成綺文如何孤窆裏猶自讀三墳

落日送萬古秋聲含七哀枯株不蕭瑟枝榦虛崔

卓爾不群

二詩起處

無人能道

嵬伊昔臨大道歌鍾醉高臺臺今已平地秪有春
風迴明月白草死積陰荒隴摧聖賢亦如此慟絶
眞悠哉

讀黄帝陰符經寄鹿門子　　龜蒙

清晨整冠坐朗詠三百言備識天地意獻詞犯乾
坤何事不隱德降靈生軒轅口銜造化斧鑿破機
關門五賊忽迸逸萬物爭崩奔虛施神仙要莫救
華池源但學戰勝術相高甲兵屯龍蛇競起陸鬬

道破機關
在此十字

生死互根
要從生死之
說到知千古
之生死即附
之生死兩端

血浮中原成湯與周武反覆更爲尊下及秦漢得
瀆弄兵亦煩姦强自林據仁弱無枝蹲狂喉恣吞
噬逆翼爭飛翻家家伺天發不肯匡淫昏生民墜
塗炭比屋爲寃魂秖爲讀此書大樸難久存微臣
與軒轅亦是萬世孫未能窮意義豈敢求瑕痕曾
亦愛兩句可與賢達論生者死之根死者生之根
方寸了十字萬化皆胚渾身外更何事眼前徒自
喧黃河但東注不見歸崐崘晝短苦夜永勸君傾

一樽

奉和讀陰符經見寄　日休

三百八十言出自伊祁氏上以生神仙次云立仁義玄機一以發五賊紛然起結爲日月精融作天地髓不測似陰陽難名若神鬼得之昇高天失之沈厚地具茨雲木老大塊烟霞委自顓頊以降賊爲聖人軌堯乃一庶人得之賊帝摯摯見其德尊脫身授其位舜惟一鰥民冗冗作什器得之賊帝

堯白丁作天子禹本刑人後以功繼其嗣得之賊
帝舜用以平洚水自禹及文武天機愔然弛姬公
樹其綱賊之爲聖智聲詩川競大禮樂山爭峙爰
從幽厲餘宸極若孩稚九伯眞犬彘諸侯實虎兕
五星合其耀白日下闕里繇是生聖人於焉當亂
紀黃帝之五賊拾之若青紫高揮春秋筆不可刊
一字賊子虐甚斯姦臣痛於箠至今千餘年蚩蚩
受其賜時代更復改刑政崩且隊予將賊其道所

動多訕毀叔孫與臧倉賢聖多如此如何黄帝機
吾得多坎躓縱失生前禄亦多身後利我欲賊其
名垂之千萬祀

初夏遊楞伽精舍　　日休

越舼輕似萍漾漾出烟郭人聲漸踈曠天氣忽寥
廓伊予愜斯志有似劀癃瘼遇勝即夷猶逢幽且
淹泊俄然棹深處虛無倚巖崿霜毫一道人引我
登龍閣當中見壽象欲禮光紛箔珠幡時相鏗恐

是諸天樂樹杪見觚稜林端逢赭堊千尋井猶在
萬祀靈不涸下通蛟人道水色黮而惡欲照六藏
驚將窺百骸愕竭去山南嶺其險如邛筰悠然放
吾與欲把青天摸紫藤垂蜀珥紅荔縣纓絡蘚厚
滑似豨峰尖利如鍔斯須到絕頂似愈漸離㸑一
片太湖光只驚天漢落梅風脫綸帽乳水透芒屩
嵐姿與波彩不動渾相著旣不暇供應將何以酬
酢却來穿竹徑似入青油幕穴恐水君開龕如鬼

工鑿窮幽入茲院前楯臨巨壑遺画龍奴獰殘香
蟲篆薄褫魂窺玉鏡澄處聞金鐸雲態共縈留鳥
言相許諾古木勢如虺近之恐相蠚怒泉聲似激
鬪之意爭愽時會倏巳默衆籟蕭然作遂令不羈
性戀此如纆縛念彼上人者將生付寂寞曾無膚
撓事肯把心源度胡爲儒家流浚齒勤且恪沐猴
本不冠未是謀生錯言行既與謂棲遲亦同託願
力儻不遺請作華林鶴

起極精

鍛鍊

精巧重複

天趣不

奉和初夏遊楞伽精舍次韻　　龜蒙

吳都涵汀洲碧液浸郡郭微雨蕩春醉上下一清廓奇蹤欲探討靈物先㾷瀵飄然蘭葉舟旋倚烟霞泊吟談亂篙櫓夢寐雜巘崿纖情不可逃洪筆難暫閣豈知楞伽會乃在山水箔金仙著書日世界名極樂薝蔔冠諸香琉璃代華堊禽言經不輟象口川寧涸萬善峻爲城巉巉扞羣惡清晨欲登造安得無自愕險穴駭坤牢高蘿挂天笮池容澹

奇情奇境
得未曾有

相向蛟怪如可摸苔蔽石髓根蒲差水心鍔嵐侵
答摩髻日照狻猊絡仰首乍眩旋迴睇更煇爟簷
端凝去聲飛羽磴外浮碧落到迴解風襟臨幽濯雲
屩塵機性非便靜境心所著自取海鷗知何煩尸
祝酢峯圍震澤岸翠浪舞綃幕瀲灩豈堯遭巇嶮
非禹鑿潛聽鍾梵處別有松桂鬱靄重燈不光泉
寒網猶薄僮能躡孤刹鳥慣親摐鐸服道身可遺
乞閒心巳諾人間亦何事萬態相毒蠢戰壘競高

深儒衣謾褒博宣尼名位違未必春秋作管氏包
伯圖須人解其縛伊予采樵者蓬藋方索漠近得
風雅情聊將聖賢度多君富適采識度兩清恪詎
寵生滅詞肯敎夷夏錯未爲堯舜用且向烟霞託
我亦擺塵埃他年附鴻鶴

公齋四詠　日休

小松

婆娑只三尺移來白雲徑亭亭向空意已解凌遼

篗葉健似虬鬚枝脆如鶴脛清音猶未成紺彩空
不定險圓小芝蓋鱗澁修荷柄先愁被鶂搶預恐
遭蝸病結根幸得地且免離離映磦砢不難遇在
保晩成性一日造明堂爲君當畢命

小桂

一子落天上生此青壁枝欻從山之幽斸斷雲根
移勁挺隱珪質盤珊緹油委葉彩碧髓融花狀白
毫毵稜層立翠節偃蹇樛青螭影澹雪霽後香汎

風和時吾祖在月窟孤貞能見怡願老君子地不
敢辭喧畀

新竹

笠澤多奧竹移之植後楹一架三百本綠沈森冥
冥圓緊珊瑚節釤利翡翠翙巉若青帝仗矗如紫
姑屏槭槭微風度漠漠輕靄生如神語鈞天似樂
奏洞庭一玩尤藏冷再聞百骸醒有根可以執有
篴音福譜云竹實可以聲願禀君子操不敢先凋零

鶴屏

三幅吹空縠孰寫仙禽狀𣯛耳側似聽相鶴經云𣯛刺𣯛耳則聽嚮遠赤精矑如塑露眼赤精則視遠引吭看雲勢趐足臨池樣頗似近莓苔還如入方丈盡日空不鳴窮年但相向未許子晉乘難教道林放貌既合羽儀骨亦符法相願升君子堂不必恖崐閬

奉和公齋四詠次韻　龜蒙

小松

擢秀逋客巖遺根飛鳥徑因求飾淸閟遂得辭危
篔貞同栢有心至若珠無脛枝形短未怪鬣數差
難定（名山記云松有兩鬣三鬣七鬣者言如馬鬣形也言粒者非）況密三天風
方遵四時柄那與培塿歎免答鄰里病微霜靜可
分片月疎堪映奇當虎頭筆韻叶通明性會拂陽
烏胄掄材膺帝命

小桂

諷賦輕八植擅名方一枝才高不滿意更自寒山

移宛宛別雲態蒼蒼出塵姿烟歸助華杪雪點迎
芳蕤青條坐可結白日如奔螭諒無劉（音鶯）翦憂郎
是蕭森時洛浦雖有陰騷人聊自怡終爲濟川檝
豈在論高畢

新竹

別塢破苔蘚嚴城樹軒楹恭聞蓂璇璣化質離青
冥（竹璇璣玉精受氣于玄軒之宿）色可定雞頸實堪招鳳翎立窺
五嶺秀坐對三都昇晴月窈窕入曙烟霏微生昔

者尚借宅況來處賓庭金壘縱傾倒碧露還鮮醒
若非抱苦節何以偶惟馨徐觀稚龍出更賦錦苞
零

鶴屏

時人重花屏獨卽胎化狀叢毛練分彩疎節節相
望八公和雀經云大毛落叢毛生其色如雪又云高脚疎節則多跛也曾無氄氉態
頗得連軒樣勢擬搶高尋身猶在函丈如憂雞鶩
闞似憶烟霞向塵世任縱橫霜襟卽開放空資明

遠思不待浮丘相何繇振玉衣一舉棲瀛閬

覽皮先輩盛製因作十韻以寄用伸歎仰

前進士崔璐

河嶽挺靈異星辰精氣殊在人爲英哲與國作禎符襄陽得奇士俊邁真龍駒勇果魯仲繇文賦蜀相如渾浩江海廣葩華桃李敷小言入無閒大言塞空虛幾人遊赤水夫子得玄珠鬼神爭奧秘天地惜洪罏既有曾參行仍兼君子儒吾知上帝意

將使居黃樞好保千金體須爲萬姓謨

奉酬次韻　日休

伊余幼且賤所禀自以殊弱歲謬知道有心匡皇
符意超海上鷹運跼轅下駒縱性作古文所爲皆
自如但恐才格劣敢誇詞彩敷句句考事實篇篇
窮玄虛誰能變羊質競不獲驪珠粤有造化手曾
開天地鑪文章鄴下秀氣貌淹中儒展我此志業
期君持中樞蒼生眼穿望勿作磻溪謨

奉和因贈至一百四十言　龜蒙

孔聖鑄顔事垂之千載餘其間王道乖化作荆榛墟天必授賢哲爲時攻翦除軻雄骨已朽百氏徒趑趄近者韓文公首爲開闢鋤夫子又繼起陰霾終廓如搜得萬古遺裁成十編書南山盛雲雨東序堆璚琚偶此眞籍客悠揚兩情攄清辭忽窈窕雅韻何虛徐唱旣野芳坼酬還天籟疎輕波掠翡翠曉露披芙蕖儷曲信寡和末流難嗣初空持一

竿餌有意獻鯨魚

松陵集卷第二

虞山毛晋挍刊　男扆再挍

# 松陵集卷第三

往體詩二十首

太湖詩 并序　　日休

余頃在江漢嘗耨鹿門㰤泂湖然而未能放形者抑志於道也爾後以文事造請於是南浮至二別涉洞庭迴觀敷淺源登廬阜濟九江繇天社抵霍嶽又自箕潁轉樊鄧陟商顔入藍關凡自江漢至于京師者十數侯繞者二萬里道之不行者有困

辱危殆志之可適者有山水遊玩則休戚不孤矣
咸通九年自京東遊復得宿太華樂荆山賞女几
度轘轅窮嵩高入京索浮汴渠至揚州又航天塹
從北固至姑蘇噫江山幽絶見貴于地誌者余之
所到不翅于半則烟霞魚鳥林壑雲月可為屬厭
之具矣尚枵然於志者抑古聖人所謂獨行之性
乎逸民之流乎余真得而為也爾後聞震澤包山
其中有靈異學黄老徒樂之多不返益欲一觀豁

平生之欝欝焉。十一年夏六月，會大司諫清河公憂霖雨之爲患，乃擇日休將公命禱于震澤祀事。既畢，神應如響。於是太湖之中，所謂洞庭山者，得以恣討。凡所歷，皆圖籍稱爲靈異者。遂爲詩二十章，以志其事，兼寄天隨子。

初入太湖 從胥口入去州五十里

聞有太湖名，十年未曾識。今朝得遊泛，大笑稱平昔。一舍行胥塘，盡日到震澤。三萬六千頃，千頃頗

入自境自日
佳趣

黎色連空淡無纇照野平絶隟好放青翰舟堪弄白玉笛疎岑七十二矍矍露矛戟悠然嘯傲去天上搖画鵲西風午獵獵驚波罨涵碧倏忽雪陣吼須臾玉崖拆樹動爲蜃尾山浮似鼇脊落照射鴻溶淸輝蕩拋捲雲輕似可染霞爛如堪摘漸暝無處泊挽帆從所適桅下聞澎汎肌上生瘆瘃討異足邅廻尋幽多阻隔顧風與良便吹入神仙宅甘將一蘊書永事嵩山伯

神仙所居
靈氣自隔

曉次神景宮

夜半幽夢中扁舟似鳬躍曉來到何許俄倚包山
脚三百六十丈攢空利如削遐瞻但徙倚欲上先
矍鑠濃露濕莎裳淺泉漸（音尖）草屩行行未一里節
境轉寂寞靜徑侵泬寥仙扉傍巖崿松聲正凊絶
海日方照灼欻臨幽虛天萬想皆擺落壇靈有芝
菌殿聖無鳥雀瓊幃自迴旋錦旌空爍錯鼎氣爲
龍虎香烟混丹雘凝看出次雲默聽語時鶴綠書

仙字仙子何
羽章靈藥
之不待求也

不可注雲笈應無鑰晴來烏息喜巻裏花光弱天籟如擊琴泉聲似擬鐸清齋洞前院敢負玄科約空中悉羽章地上皆靈藥金醴可酣暢玉豉堪咀嚼存心服燕胎叩齒讀龍蹻福地七十二茲焉堪永託在獸之虎貙於蟲不毒蠚嘗聞擇骨籙仙誌非可作綠腸既朱髓青肝復紫絡伊余之此相天與形貌惡每嗟原憲瘇常苦齊侯瘧終然合委頓剛亦慕寥廓三茅亦嘗仕竟與珪組薄欲問包山

欲尋靈異
焉辭險惡

神來賒少巖谿

入林屋洞

齋心已三日筋骨如烟輕腰下佩金獸手中持火
鈴幽塘四百里中有日月精連亘三十六各各爲
玉京自非心至誠必被神物烹顧余慕大道不能
惜微生遂招放曠侶同作幽憂行其門纔函丈初
若盤薄硎洞氣黑朕眹苔髮紅鬡鬖試足値坎窞
低頭避峥嵘攀緣不知倦怪異焉敢驚匍匐一百

林屋真境隨筆寫來自是奇氣雲漿未到口已覺仙氣襲襲

步稍稍策可横忽然白蝙蝠來撲松炬明人語散
須洞石響高玲玎脚底龍蛇氣頭上波濤聲有時
若服匿偪仄如見緗俄爾造平澹豁然逢光晶金
堂似鑄出玉座如琢成前有方丈沼凝碧融人情
雲漿湛不動裔露涵而馨潄之恐減筭勺之必延
齡愁爲三官責不敢携一瓢昔云夏后氏於此藏
眞經刻之以紫琳祕之以丹瓊期之以萬祀守之
以百靈焉得彼丈人竊之不加刑石簣一以出左

所謂之僊不老也

神俄不扃禹書既云得吳國繇是傾蘚縫纔半尺
中有怪物腥欲去既嚄唶將廻又伶傳却遵舊時
道半日出杳冥㲫泥去聲惹石髓衣濕沾雲英玄籙
乏仙骨青文無絳名雖然入陰宮不得朝上清對
彼神仙窟自厭濁俗形却憎造物者遣我騎文星

雨中遊包山精舍

松門亘五里彩碧高下絢幽人共躋攀勝事頗清
便妟妟林上雨隱隱湖中電薜帶輕束腰荷笠低

靈氣流入心脾

遮面濕㶑黏烟露穿衣落霜霰笑次度巖磴困中
遇臺殿老僧三四人梵字十數卷施稀無夏屋境
僻乏朝膳散髮抵泉流支頤數雲片坐石忽忘起
捫蘿不知倦異蝶時似錦幽禽或如鈿篥旁還戞
刃栟櫚自搖扇俗態旣斗藪野情空眷戀道人摘
芝菌爲予備午饌渴與石榴羹饑愜胡麻飯如何
事于役茲遊急於傳却將塵土衣一任瀑絲濺

遊毛公壇

却上南山路松行儼如廡松根礙幽徑孱顔不能
斧擺屨跨亂雲側巾蹲怪樹三休且半臣始到毛
公塢兩水合一澗潨崖却爲浦相敵百千戟共攂
十萬鼓噴散日月精射破神仙府唯愁絕地脉又
恐折天柱一窺耳目眩再聽毛髮監次到鍊丹井
井榦翳宿莽下有菭剛丹勺之百疾愈凝於白癩
髓湛似桐馬乳黄露醒齒牙碧粘甘脉腑檜巢松
復怪枯疎互撑拄乾蛟一百丈髐然半天舞下有

苔蘚含烟山中常有入先生筆端傳成異趣

毛公壇壇方不盈畝當時雲龍篆一片苔蘚古有劉先生鎮壇符今存于堂時時仙禽來忽忽祥烟聚我愛周息元忽起應明主周徵君名曰息元三諫却歸來迴頭唾珪組伊余何不幸斯人不復覩如何大開口與世爭枯腐將山待夸娥以肉投猰貐欻坐侵桂陰不知已與午茲地足靈境他年終結宇敢道萬石君輕於一絲縷

三宿神景宮

古觀岑且寂幽人情自怡一來包山下三宿湖之
湄況此深夏夕不逢清月姿玉泉浣衣後金殿添
香時客省高且敞客牀蟠復奇石杭冷入腦笋席
寒侵肌氣淸瘵不着起坐臨堦墀松陰忽微照獨
見螢火芝素鶴警微露白蓮明暗池窗櫺帶乳蘚
壁縫含雲蒸聞磬走魍魎見燭奔鼯鼪沆瀣欲滴
瀝芭蕉未離披五更山蟬響醒發如吹篪杉風忽
然起飄破步虛詞道客巾屨樣上清朝禮儀明發

異樣出色

奇妙

作此事豈復甘趨馳

以毛公泉一缾獻上諫議因寄

劉根昔成道茲塢四百年毿毿被其體號爲綠毛仙因息清泠汲鑿彼岸嶺巔五色既鍊矣一勺方鏗然既用文武火俄窮雌雄篇赤鹽撲紅霧白花飛素烟服之生羽翼倏爾冲玄天眞隱尚有迹厥祀將近千我來討靈勝到此期終焉滴苦破竇淨蘚深餘甃圓澄如玉髓潔沘若金精鮮顏色半帶

倏忽變化
神來其間

乳氣味全和鉛飲之融痞蹇濯之伸拘攣有時之琬
者觸倏忽風雷顛素綆絲不短越瞿腹甚便汲時
月液動擔處玉漿旋敢獻大司諫置之鈴閣前清
如介潔性滌比掃蕩權炙背野人輿亦息侯伯憐
也知飲氷苦願受一缾泉

縹緲峰

頭戴華陽帽手拄大夏筇清晨陪道侶來上縹緲
峰帶露鱮藥蔓和雲尋鹿蹤時驚鼯鼪鼠飛上千

可驚可喜奇趣筆端莫可思議寫得活現非筆下奇氣者能到此
圓環曲折異常紛披

丈松翠碧内有室叩之虚硿隆上戸冬反下音隆古穴下
徹海視之寒鴻濛遇歇有佳息緣危無倦客須臾
到絶頂似鳥穿樊籠恐足蹈海日疑身凌天風衆
岫點巨浸四方接圓穹似將青螺髻撒在明月中
片白作越分孤嵐爲吳宮一陣鬖髿氣隱隱生湖
東激雷與波起狂電將日紅磬磬雨點大金鶬轟
下空暴光隔雲閃髣髴亘天龍連拳百丈尾下拔
湖之洪捽爲一雪山欲與昭回通移時却擂下細

到底不憐

碎衡與嵩神物諒不測絶景尤難窮杖策下返照
漸聞仙觀鍾烟波漬肌骨雲壑闘心胸竟死愛未
足當生且歡逢不然把天爵自拜太湖公

桃花塢

夤緣度南嶺盡日穿林樾窮深到茲塢逸興轉超
忽塢名雖然在不見桃花發恐是武陵溪自閉仙
日月倚峰小精舍當嶺殘耕垈將洞任廻環把雲
恣披拂閒禽啼叫窱險狖眠硉矶微風吹重嵐碧

埃輕勃勃清陰減鶴睡秀色治人渴敲竹鬬錚縱
弄泉爭咽嗢空齋蒸栢葉野飯調石髮空美塢中
人終身無屐韈

明月灣

曉景澹無際孤舟恣廻環試問最幽處號爲明月
灣半巖翡翠巢望見不可攀栖弱下絲綱藤深垂
花鬘松瘿忽似狖石文或如戲釣壇兩三處苔老
腥媥斑沙雨幾處霧水禽相向閒野人波濤上白

屋幽深問曉培橋栽去暮作魚梁還清泉出石砌
好樹臨柴關對此老且死不知憂與患好境無處
住好處無境刪赧然不自適脉脉當湖山

練瀆吳王所開

吳王厭得國所玩終不足一上姑蘇臺猶自嫌局
促艅艎六宮鬧艨衝後軍肅一陣水麝風空中蕩
平淥島困避錦帆龍跧防鐵軸流蘇惹烟浪羽葆
飄岩谷靈境太蹂踐因兹塞林屋空闊嫌太湖崎

倏然神遊都似天隨先生

嶇開練瀆三尋齾石齒數里穿山腹底静似金膏
礫碎如丹粟波殿鄭妲醉蟾閣西施宿幾轉含烟
舟一唱來雲曲不知欄楯上夜有越人鏃君王掩
面死嬪御不敢哭艷魄逐波濤荒宫養麋鹿國破
溝亦淺代變草空緑白鳥都不知朝眠還暮浴

投龍潭在龜山

龜山下最深惡氣何洋溢涎木爆龍巢腥風卷蛟
室曉來林岑静獰色如怒日氣涌撲炱煤波澄掃

辭奇光怪
絕妙生發

純漆下有水君府貝闕光櫛比左右列介臣縱橫
守鱗卒月中珠母兒烟際楓人出生犀不敢燒水
怪恐摧踤時有慕道者作彼投龍術端嚴持碧簡
齊戒揮紫筆兼以金蜿蜒投之光燦律琴高坐赤
鯉何許縱仙逸我願與之遊茲焉託靈質

孤園寺　梁散騎常侍吳猛宅

艇子小且兀緣湖蕩白芷縈紆泊一碕宛到孤園
寺蘿島凝清陰松門湛虛翠寒泉飛碧螭古木鬪

蒼兕鐘梵在水魄樓臺入雲肆岩邊足鳴鼉樹杪
多飛鶻香莎滿院落風汎金霍靡靜鶴啄栢蠹開
猱弄榲倚小殿薰陸香古經貝多紙老僧方㝠坐
見客還强起指兹正險絶何以來到此先言洞壑
數次話眞如理磬韻醒閒心茶香凝皓齒中之刼
貝布饌以旃檀餌數刻得清淨終身欲依止可憐
陶侍讀身列丹臺位雅號曰勝力亦聞師佛氏陶隱
居嘗夢見佛像謂巳曰爾當七地大王號曰勝力也今日到孤園何妨稱弟

子

上眞觀

徑盤在山肋繚繞窮雲端擿菌杖頭紫緣崖屐齒

刓半日到上眞洞宮知造難雙戶啟眞景齋心方

可觀天鈞鳴響亮天祿行蹣跚琪樹夾一徑萬條

青琅玕兩松峙庭際怪狀吁可歎大螾騰共結修

蛇飛相盤皮膚坼甲冑枝節擒貙犴鎛處似天裂

朽中如毋脊䙰襹風聲疵𧿒䟫地力痑（音灘）根上露

想當不同

奇情奇境一路寫來很光怪陸離

鉗釱空中狂波瀾合時若莽蒼闘處如轘轅儼對
無霸陣靜問巖陵灘靈飛一以護山都焉敢干兩
廊潔寂歷中殿高巑岏靜架九色節閒懸十絶幡
微風時一吹百寶清闌珊昔有葉道士位當昇靈
官欲箋紫微志唯食虹景丹既逐隱龍去道風猶
此殘猶聞絳目草往往生空壇羽客兩三人不上
譚泥丸謂我或龍胄絜然與之懽衣巾紫華冷食
次白芝寒自覺有眞氣恐隨風力搏明朝若更住

秦道便覧
活朗
小生点任

必擬寮儒冠

銷夏灣

太湖有曲處其門爲兩崖當中數十頃別如一天池號爲銷夏灣此名無所私赤日莫斜照清風多逢吹沙嶼掃粉墨松竹調塤篪山果紅靺鞨水苔青鬖髿木陰厚若瓦岩磴滑如飴我來此遊息夏景方赫曦一坐盤石上肅肅寒生肌小艇或可泥方言云小舸謂之艇短策或可支行驚翠羽起坐見白蓮披

斂袖弄輕浪解巾敵凉颸但有水雲見更餘沙禽知京洛往來客暍死緣奔馳此中便可老焉用名利爲

包山祠

白雲最深處像設盈岩堂村祭足茗橅水奠多桃漿箸邋窔古砌薜荔綳頽墻爐灰寂不然風送杉桂香積雨晦州里流波漂稻粱公惟大司諫憫此如發狂命予傳明禱祇事實不遑一奠若肸蠁再

仙骨犬吠白雲鄉

祝如激揚出廟未半日隔雲逢澹光雙雙雨點少
漸收羽林槍忽然山家犬起吠白日傍公心與神
志相向如玄黃我願作一疏奏之于穹蒼晋神千
萬祀永福吳封疆

聖姑廟 在大姑山晋王彪二女相次而殁有靈因而廟焉

洛神有靈逸古廟臨空渚暴雨駁丹青荒蘿繞梁
梠野風旋芝蓋飢烏銜椒糈寂寂落楓花時時鬪
鼯鼠常云三五夕盡會妍神侶月下晋紫姑霜中

召青女俄然響環珮倏爾嗚機杼樂至有聞時香
來無定處目瞪如有待魂斷空無語雲雨竟不生
疊情在何處

太湖石 出黿頭山

茲山有石岸抵浪如受屠雪陣千萬戰蘚岩高下
刳乃是天詭怪信非人功夫白丁一云取難甚網
珊瑚厥狀復若何鬼工不可圖或拳若虺蜴或蹲
如虎貙連絡若鉤鏁重疊如萼跗或若巨人骼或

以奇筆寫奇物自然出奇秀豔

如太帝符降肛質當筭格磔琅玕株斷處露海眼移來和沙鬚求之煩毳倪載之勞舳艫通傒一以聘貴却驪龍珠厚賜以賧囊遠去窮京都五傒土山下要爾添品題賞玩若稱意爵祿行斯須苟有工佐士崛起於太湖試問欲西笑得如茲石無

菴裏 傍龜山下有良田二十頃

菴裏何幽奇膏腴二十頃風吹稻花香直過龜山頂青苗細膩臥白羽悠溶靜塍畔起鸊鶒田中通

突然而起
驚人心目

舴艋幾家傍潭洞孤戍當林嶺罷釣時煮菱停繅或焙茗峭然八十老生計於此永苦力供征賦怡顔過朝暝洞庭取異事包山極幽景念爾飽得知亦是遺民幸

石坂在石公山前

翠石數百步如极漂不流空疑水妃意浮出青玉洲中若瑩龍劍外唯疊蛇矛狂波忽然死浩氣清且浮似將翠黛色抹破太湖秋安得三五夕携酒

步步引人入勝韻奇香渺不可端倪先生得力於楚詞故能如此如斯二十首雖不及先生獨力為之未能稍勝也

棹扁舟召取月夫人嘯歌於上頭又恐霄景闊虛皇拜仙僕欲建九錫碑立當十二樓瓊文忽然下石板誰能留此事少知者唯應波上鷗

奉和太湖詩二十首　龜蒙

初入太湖

東南具區雄天水合爲一高帆大弓滿羿射爭箭疾時當暑雨後氣象仍鬱密乍如開彫篋（音奴籠也）聳翅忽飛出行將十洲近坐覺八極溢耳目駭鴻濛

依昂原律
自設奇趣

精神寒佶栗坑來斗呀谽涌處驚崖崒嶮巽拔龍
湫喧如破蛟室斯須風妥帖若受命平秩徵蒞識
端倪遠嶠疑格音閣筆巉巉見銅闘湖中穹崇山有銅闘左右
皆輔𡽱盤空儼相趨去勢獨橫逸當聞咸池氣下
注作清質至今涵赤霄尚且浴白日太湖上稟咸池五車之氣
故一水五名也又云構浮玉宛與崑閬匹肅爲靈官家此
事難致詰太湖乃仙家浮玉之北堂纔迎沙嶼好指顧俄巳失
山川互蔽虧魚鳥空聱語虓反耶魚乙反何當授真檢

細膩精到　而神氣自別

得召天吳術一一問朝宗方應可譚悉

曉次神景宮

曉帆逗碕岸高步入神景灑灑襟袖清如臨蕋珠

屏雖然群動息此地常寂靜翠鑷有寒鏘碧花無

定影憑軒羽人傲夾戶天獸猛稽首朝元君褰衣

就虛省呀空雪牙利漱水石齒冷香母未垂嬰芝

田不論頃遙通河漢口近撫松桂頂飯薦七白蔬

杯釃九光杳人間附塵躅固陋眞鉗頸肯信抃鼇

飛仙不能窺
即窺之亦
無甚領
略靈亭
亦殘夜

頃猶疑夏蟲永玄津蕩瓊甕紫汞啼金鼎盡出氷

霜書期君一披省

入林屋洞

知名十小天林屋當第九人間三十六洞天知名者十耳餘二十六天出九微志未行於世題之爲左神理之以天后林屋洞爲左神幽虛之天即天后眞君之便闕魁堆辟邪輩左右專備守卽非方瞳人

不敢窺洞口惟君好奇士復嘯忘情友致傘在風

林低冠入雲竇巾深劇苔井傍坎纔藥臼石角忽

寰嶸不能一至廢境因昔仙骨靈氣故也天生而先生藥草將從妙斯東方不死夫不死之得神仙詎必以形軀論哉

支頤藤根時東肹初爲大幽怖漸見微明訝屹若造靈封森如逹仙藪嘗聞白芝秀狀與琅花偶又坐紫泉光甘如酌天酒（白芝紫泉皆此洞所出乃神仙之飲餌非常人所能得）何人能挹嚼餌以代漿糗却笑探五符徒勞步雙斗眞君不可見焚盥空遲久眷戀玉碣文行行但廻首

雨中遊包山精舍

包山信神仙主者上眞職及棲鐘梵侶又是清凉

域乃知烟霞地絶俗無不得岩開一徑分栢擁深
殿黑僧閒若圖畫像古非雕刻海客施明珠湘綵
料平聲淨食有魚皆玉尾有鳥盡金臆手携鞞鐸佉
唐言楊枝若在中印國千峯殘雨過萬籟清且極此時
空寂心可以遺智識知君戰未勝尚倚功名力却
下聽經徒生公有聽經石孤帆有行色

毛公壇

古有韓終道授之劉先生身如碧鳳凰羽翼披輕

仙人仙境仙
筆翁録步
分傳不能到
此地位

輕先生盛驅役臣伏甲與丁勢可倒五岳不唯鞭
群靈飄飊駕翔螭白日朝太淸空遺古壇在稠疊
烟蘿屏遠懷步罡夕列宿森然明四角鎮露獸三
層差羽嬰廻睥睨七炁運足馳踈星象外眞既感
區中道俄成邇來向千祀雲嶠空峥嶸石上橋花
落石根瑶草青時時白鹿下此外無人行我訪岑
寂境自言齋戒精如今君安死（字君安）魂魄猶羶腥
有笈皆綠字有芝皆紫莖相將望瀛島浩蕩凌滄

濵

三宿神景宫

靈蹤未遍尋不覺溪色暝廻頭問棲所稍下杉蘿徑岩居更幽絶澗户相隱映過此即神宫虛堂慽雲性四軒盡踈達一榻何清零（去聲）髣髴聞玉笙敲鏗動凉磬風凝古松粒露壓修荷柄萬籟旣無聲澄明但心聽希微辨眞語若授虛皇命尺宅按來平華池漱餘淨頻窺宿羽麗三吸晨霞盛豈獨冷

衣襟便堪遺造請徒探物外趣未脱塵中病舉手
謝靈峰徜徉事歸榜

以毛公泉獻大司諫清河公

先生鍊飛精羽化成翩翻荒壇與古甃隱軫清冷
存四面蹙山骨中心含月魂除非紫水脉即是金
沙源香實灑桂蕊甘唯漬雲根向來探幽人酌罷
袪蒙昏况公珪璋質近處諫諍垣又聞虚静姿早
挂氷雪痕君對瑶華味重獻蘭薰言當應滌煩暑

朗詠暈飛軒我願得一掬攀天吽重闍霏霏散爲雨用以移焦原

縹緲峰

左右皆跳岑孤峰挺然起因息縹緲稱乃在虛無裏清晨躋磴道便是孱顔始據石卽更歌遇泉還徙倚花奇忽如薦樹曲渾成几樂靜烟靄知忘機猿狖喜頻攀峻過斗末造平如砥舉首閟青冥廻睥聊下睩高帆大於鳥廣墠徒旦反纔類蟻就此微

莅中爭先未嘗巳葛洪話剛氣去地四十里苟能乗之遊止若道路耳吾將自峰頂便可朝帝扆盡欲活群生不唯私一巳超騎明月翰復弄華星蕋却下蓬萊巔重窺淸淺水身爲大塊客自號天隨子他日向華陽敲雲問名氏

桃花塢

行行問絶境貴與名相親空經桃花塢不見秦時人願此爲東風吹起枝上春願此作流水潛浮蕋

閱此但覺烟霞滿身我亦欲御風飛去

中塵願此爲好鳥得棲花際鄰願此作幽蝶得隨
花下賓朝爲照花日暮作泂花津試爲探花士出
作偷桃臣桃源不我棄庶可全天眞

明月灣

昔聞明月觀（在建業故臺城）秖傷荒野基今逢明月灣不
値三五時撑此二明月洞庭看最奇連山忽中斷
遠樹分毫釐周廻二十里一片澄風漪見說秋半
夜淨無雲物欺兼之星斗藏獨有神仙期初聞鏘

淩霄參漢
不復問訊人
間

鐐銚音姚積漸調參差空中卓羽衛波上停龍螭縱
舞玉烟節高歌碧霄詞清光悄不動萬象寒咿咿
此會非俗致無繇得旁窺但當乘扁舟酒甕仍相
隨或徹三弄笛或成數聯詩自然瑩心骨何用神
仙爲

練瀆一云吳王開以練兵

越恃君子衆大將壓全吳越有私卒君子六千人吳將派天
澤以練舟師徒一鏡止千里支流忽然迂蒼鼉東

洪波坐似馮夷軀戰艦百萬輩浮宮三十餘平川
盛丁寧絶島分儲胥鳳押牛鶴滕錦杠雜肥胡香
烟與殺氣浩浩隨風驅彈射盡高鳥杯觥醉潛魚
山靈恐見鞭水府愁爲墟兵利德日削反爲儲國
胥至今鈎鏃殘尚與泥沙俱照此月倍苦來玆烟
亦孤丁魂尚有淚合灑青楓枯

接龍潭

名山潭洞中自古多祕邃君將接神物聊用申祀

事鎔金象牙角尺木無不備亦既奉眞官因之徇
前志持來展明誥敬以授嘉瑞鱗光煥水容目色
燒山翠吾皇病秦漢豈獨探怪異所貴風雨時民
皆受其賜良田爲巨浸汚澤成赤地掌職一不行
精靈又何寄唯貪血食飽但據驪珠睡何必費黃
金年年授星使

孤園寺

浮屠從西來事者極梁武岩幽與水曲結構無遺

土窮山林榦盡竭海珠璣聚兕即侍從臣敢愛烟
波塢幡條玉龍扣殿角金虬舞釋子厭樓臺生人
露風雨今來四百載像設藏雲浦輕鴿亂馴鷗鳴
鍾和朝櫓庭蕉裂旗旆野蔓差纓組石上解空人
窗前聽經虎林虛葉如織水淨沙堪數徧問得中

天峰修釋迦譜

上眞觀

嘗聞昇三清眞有上中下官居乘佩服一一自相

絶無塵土
氣將此身
已昇三清矣

亞霄裾或霞棨侍女忽玉妃坐進金碧腴去馳飇
欻駕今來上眞觀恍若心靈訝秪恐暫神遊又疑
新羽化風餘撼朱草雲破生瑤樹望極覺波平行
虛信烟藉閒開飛龜帙靜倚宿鳳架俗狀旣能遺
塵冠聊以卸人間方大火此境無朱夏松蓋蔭日
車泉紳拖天罅窮幽不知倦復息芝園舍鏘珮引
凉姿焚香禮遥夜無情走聲利有志依閒暇何處
好迎僧希將石樓借

銷夏灣

霞島焰難泊雲峰奇未收蕭條千里灣獨自淸如秋古岸過新雨高蘿蔭橫流遥風吹蒹葭折處鳴颵颵昔予守圭竇過於回祿囚日爲籧篨渠曲二音簟之異名分作衹裯襶低刀二音並單衣顛狎寒水怪不封朱轂侯豈知烟浪涯坐可思重裘健若數尺鯉泥然雙白鷗不識號火井孰問名焦丘我眞魚鳥家盡室營扁舟遺名復避世消夏還消憂

頗驗九歌之遺　用陸　雨先生妙手　往往相合　元凡

包山祠

静境林麓好古祠烟靄濃自非通靈才敢陟群仙峰百里波浪沓中堂簫鼓重眞君貝瓊肇髣髴來相從清露濯巢鳥陰雲生画龍風飄橘柚香日動幡蓋容將命禮且潔所祈年不凶終當以疏聞特用諸侯封

聖姑廟

渺渺洞庭水盈盈芳嶼神因知古佳麗不獨湘夫

辭旨錯落情思綿邈楚楚辭妍娩也此首更得其骨髓

人流蘇蕩遙吹斜嶺生輕塵蜀綵駮霞碎吳綃盤霧匀可憐飛燕姿合是乘鸞賓坐想烟雨夕兼之花草春空登油壁車窈窕誰相親好贈玉條脱堪携紫綸巾慇勤撥香池重薦汀洲蘋明朝動蘭檝不翅星河津

太湖石

他山豈無石厥狀皆可薦端然遇良工坐使天質變或裁基棟宇礧砢成廣殿或剖出温瑜精光具

華瑱或將破仇敵百礟資苦戰或用鏡功名萬古
如會面今之洞庭者一以非此選槎牙貞不朽反
作天下彥所奇者嵌崆所尚者葱蒨旁穿參洞穴
內竅均環釧刻削九琳窓玲瓏五明扇新雕碧霞
段旋剖秋天片無力置池塘臨風只流聘
菴裏
山橫路若絕轉檝逢平川川中水木幽高下兼良
田溝塍隱微濶桑柘含疎烟處處倚蠶箔家家下

新雕碧窗
殷七字紀仙
人不能道

宛然石目萬古浮濤痕無人道得出來

魚筌駃犢臥新菽野禽爭折蓮試招搔首翁共語
殘陽邊今來九州內未得皆恬然賊陣始吉語狂
波又凶年吾翁欲何道守此常安眠笑我棹頭去
蘆中聞刺船余知隱地術可以齊眞仙終當從之
遊廐復全於天

石板

一片倒山屏何時隳洞門屹然空澗中萬古波濤
痕我意上帝命持來壓泉源恐為庚辰宮囚怪力

所掀又疑廣袤次零落潛驚犇不然遭霹靂强半

沉無垠如何造化首便截秋雲根往事不足問奇

蹤安可論吾今病煩暑據簟常昏昏欲從石公乞

石板在石公山前　瑩理平如璊前後植桂檜東西置琴樽

盡攜天壤徒浩唱羲皇言

松陵集卷第三

虞山毛晉挍刊　男扆再挍

太湖爲吳中靈區勝境仙棄
所棲甫里先生毛公時出入其
間湛氏高人東隱綠蘿拝氏
者代不乏人而家湖寫之經之寄
興湖陸兩先生尤篤之者兩公品
格學問兼之宋賢五隨先生名出
湖上兩詩名之助雲霧隨身仙
不食人間煙火者晚書數語以志私淑

# 松陵集卷第四

往體詩一百十二首

## 漁具詩 幷序

龜蒙

天隨子漁于海山之顔有年矣矢魚之具莫不窮極其趣大凡結繩持綱者總謂之網罟網罟之流曰罛曰罾曰罺側交反圓而縱捨曰罩挾而昇降曰罱女減反緡而竿者總謂之筌筌之流曰筒曰車橫川曰梁承虛曰笱編而沈之曰箄音畀矛而卓之曰

矠（音冊矛也）棘而中之曰叉鏃而綸之曰射扣而駭之曰根（以薄板置瓦器上擊之以驅魚）罾而守之曰神（鯉魚滿三百六十歲蛟龍輒率而飛去置一神守之則不能去矣神龜也）列竹於海澨曰滬（吳之滬瀆是也）錯薪於水中曰篸（音糝）所載之舟曰舴艋所貯之器曰笭箵其他或術以招之或藥而盡之皆出于詩書雜傳及今之聞見可考而驗之不誣也今擇其任詠者作十五題以諷噫矢魚之具也如此予既歌之矣矢民之具也如彼誰其嗣之鹿門子有高

摩寫物情體妙

灑之才必爲我同作

網

大罟網目繁空江波浪黑沈沈到波底恰共波同
色牽時萬鬐入已有千鈞力尚悔不横流恐他人
更得

罩

左手揭圓罛輕橈弄舟子不知潛鱗處但去籠烟
水時穿紫屏破忽値朱衣起（松江有朱衣鮒）貴得不貴名

敢論魴與鯉屏一作萍

囮

有意烹小鮮乘流駐孤棹雖然煩取舍未肯求津要多爲蝦蜆誤已分鵁鶄笑寄語龍伯人荒唐不

同調

釣筒

短短截筠光悠悠卧江色蓬差橼相應雨慢烟交織須臾中芳餌迅疾如飛翼彼竭我還浮君看不

新鮮

争得

釣車

溪上持隻輪溪邊指茅屋閒乘風水便敢議朱丹轂高多倚衡懼下有折軸速曷若載逍遥歸來臥雲族

魚梁

能編似雲薄横絶清川口缺處欲隨波波中先置笱投身入籠檻自古難飛走盡日水濱吟殷勤謝

漁叟

又魚

春溪正含緑良夜才參半持矛若羽輕列燭如星爛傷鱗跳密藻碎首沈遥岸盡族滐東流傍人作佳翫

射魚

彎弓注碧潯掉尾行涼沚青楓下晚照正在澄明裏抨絃斷荷扇濺血殷菱葉若使禽荒聞移之暴

烟水

鳴根

水淺藻荇澁鉤罩無所及鏗如木鐸音勢若金鉦急颭之就深處用以資俯拾捜羅爾甚微遁去將何入

滬　吳人今謂之斷

萬植禦洪波森然倒林薄千顱咽雲上過半隨潮落其間風信背更值雷聲惡天道亦哀多吾將移

海若

**罧**吴人今謂之叢

斬木置水中枝條互相蔽寒魚遂家此自以爲生

計春氷忽融冶盡取無遺脅所託成禍機臨川一

凝睇

種魚

鑿池收頳鱗疎疎置雲嶼還同汗漫遊遂以江湖

處如非一神守潛被蛟龍主蛟龍若無道跛鱉亦

淸肆暴悅
意絕奇

情景絕妙

可欒

藥魚

香餌綴金鉤日中懸者幾盈川是毒流細大同時
死不唯空飼犬便可將貽蟻苟負竭澤心其他盡
如此

舴艋

蓬棹兩三事天然相與閒朝隨稚子去暮唱菱歌
還倚石遲後侶徐橈供遠山君看萬斛載沈溺須

臾聞

笭箵

誰謂笭箵小我謂笭箵大盛魚自足飱寘壁能爲
害時將刷蘋瀵又取懸藤帶不及腰上金何勞問
蓍蔡

奉和漁具十五詠　　日休

網

晩挂溪上網映空如霧縠閒來發其機旋旋沈平

寫得十分著力

轉二收拾

緣下處若烟雨牽時似崖谷必若遇鯤鮞從教通

一目

罩

芒鞋下葑中步步沈輕罩既爲淩浪颭亦被蓮泥
膠人立獨無聲魚煩似相抄滿手搦霜鱗思歸舉
輕棹

罟

烟雨晚來好東塘下罟去網小正星穗舟輕欲騰

蓊誰知荇深後恰值魚多處浦口更有人停橈一
延竚

釣筒

籠鐘截數尺標置能幽絶從浮笠澤烟任臥桐江
月絲隨碧潭漫餌逐清灘發好是趂筒時秋聲正
清越

釣車

得樂湖海志不厭華輈小月中抛一聲驚起灘上

桐江笠澤
妙境相合
但只如復
風雅於尔

活潑

身心將潭底測手把波文裊何處覓奔車平波今
渺渺

魚梁

波際插翠筠離離似清籞遊鱗到溪口入此無逃
所斜臨楊柳津靜下鸕鷀侶編此欲何之終焉富
春渚

又魚

列炬春溪口平潭如不流照見遊泳魚一一如清

畫中目碎瓊碧毀鱗殷組繡樂此何太荒居然愧川后

射魚

注矢寂不動澄潭晴轉烘下窺見魚樂恍若翔任空驚羽決凝碧傷鱗浮殷紅堪將指杯術授與太湖公

鳴根

盡日平湖上鳴根仍動槳丁丁入波心澄澈和清

鸒鷺聽獨寂寞魚驚昧來往盡水無所逃川中有

鉤黨

滬

波中植甚固礫礫如蝦鬚濤頭倏爾過數頃跳鯆

鮮音逋夫不是細羅密自爲朝夕驅空憐指魚命遣

出海邊租

𥵃

伐彼槎蘖枝放於氷雪浦遊魚趍暖處忽爾來相

聚徒爲棲託心不問庇庥主一旦懸鼎鑊禍機眞
自取

種魚

移土湖岸邊一半和魚子池中得春雨點點活如
蟻一月便翠鱗終年必赬尾借問兩綬人誰知種
魚利

藥魚

吾無竭澤心何用藥魚藥見說放溪上點點波光

妙想不巤(?)　幽境

惡食時競夷猶死者爭紛泊何必重傷魚毒涇猶
可作

舴艋

闊處只三尺翛然足吾事低篷挂釣車枯蚌盛魚
餌只好攜橈坐唯堪盡簑睡若遣遂平生艅艎不
如是

笭箵

朝空笭箵去暮實笭箵歸歸來倒却魚挂在幽窻

扉但則蝦蜆氣欲生蘋藻衣十年佩此處烟雨苦霏霏

添漁具詩 幷序　　日休

天隨子爲漁具詩十五首以遺余凡有𤁋已來術之與器莫不盡於是也噫古之人或有溺於漁者行其術而不能言用其器而不能狀此與澤助之𤁋者又何異哉如吟魯望之詩想其致則江風海雨槭槭生齒牙間真世外漁者之才也余昔之漁

所在泂上則爲菴以守之居峴下則占磯以待之江漢間時候率多雨唯以簦笠自庇每伺魚必多俯簦笠不能庇其上繇是織篷以障之上抱而下仰字之曰背篷今觀魯望之十五篇未有是作因次而詠之用以補其遺者漁家生具獲足於吾屬之文也

漁菴

菴中只方丈恰稱幽人住枕上悉魚經門前空釣

具東竿將倚壁曬網還侵戶上凋有楊顒須留徃

來路

釣磯

盤灘一片石置我山居足窪處著篘笓桂苑云取蝦具竅

中維艄艢多逢沙鳥汚愛被潭雲觸狂奴臥此多

所以踏帝腹

蓑衣

一領蓑正新著來沙塢中隔溪遙望見疑是綠毛

翁襟色褭褋直葉反靄袖香襹褷風前頭不施蓑何

以爲三公

篛笠

圓似寫月魂輕如織烟翠涔涔向上雨不亂窺魚

忽攜來沙日微挂處江風起縱戴二梁冠終身不

忘爾

背篷

儂家背篷樣似個大龜甲雨中蹁躚時一向聽霎

婁甘從魚不見亦任鷗相狎深擁竟無言空成睡

齁齁上虚溝反下虚甲反

奉和添漁具五篇　龜蒙

漁菴

結茅次烟水用以資嘯傲豈謂釣家流忽同禪室號閒憑山叟占晚有溪禽嫪華屋莫相非各隨吾所好

釣磯

揀得白雲根秋潮未曾没坡陁坐鰲背散漫垂龍髮持竿從掩霧罝酒復待月即此放神情何勞適吳越

蓑衣

山前度微雨不廢小澗漁上有青襏襫下有新腒疎滴瀝珠影泫離披嵐彩虛君看荷製者不得安吾廬

篛笠

描寫入神
惟世外神
仙足此樂

朝攜下楓浦晚戴出烟艇目雪或平簷聽泉時及頂颸移靄然色波亂危如影不識九衢塵終年居下洞

背篷

斂手劈江筠隨身織烟縠沙禽固不知釣伴猶初覺閒從翠微拂靜唱滄浪灘見說萬山潭漁童盡能學

## 樵人十詠 并序

龜蒙

環中先生謂天隨子曰子與鹿門子應和爲漁具詩信盡其道而美矣世言樵漁者必聯其命稱且常爲隱君子事詩之言錯薪禮之言負薪傳之言積薪史之言束薪非樵者之實乎可不足以寄與詠獨鈌其詞耶退作十樵以補其闕漏寄鹿門子

樵谿

山高谿且深蒼蒼但羣木抽條欲千尺衆亦疑樸樕一朝蒙翦伐萬古辭林麓若遇燎玄穹微烟出

妙契天開

雲族

樵家

草木黃落時，比鄰見相喜。門當清澗盡，屋在寒雲裏。山棚日纔下，野竈烟初起。所謂順天民，唐堯亦如此。

樵叟

自小即胼胝，至今凋鬢髮。所圖山褐厚，所愛山爐熱。不知冠蓋好，但信烟霞活。富貴如疾顛，吾從老

字字難妙
入神通仙
出凡脫俗
生男之

岩穴

樵子

生自蒼崖邊能諳白雲養（去聲山家謂養柴地爲養）纔穿遠林去已在孤峯上薪和野花束步帶山詞唱日暮不歸來柴扉有人望

樵徑

石脉青靄間行行自幽絕方愁山繚繞更値雲遮截爭推好林浪共約歸時節不似名利途相期覆

以樵斧比
秉鉞者皆
讒諂而心
安足貴也

車轍

樵斧

淬礪秋水淸攜持遠山曙丁丁在前澗杳杳無尋處巢傾鳥猶在樹盡猿方去授鉞者何人吾方易共慮

樵擔

輕無斗儲價重則筋力絶欲下半巖時憂襟兩如結風高執還却雪厚疑中折負荷誠獨難移之贈

來哲

樵風

朝隨早潮去暮帶殘陽返向背得清飈相追無近
遠採山一何遂服道常苦蹇仙術信能爲年華未
將晚

樵火

積雪抱松塢蠹根然草堂深爐與遠燒此夜仍交
光或似坐奇獸或如焚異香堪嗟宦遊子凍死道

路傍

樵歌

縱調爲野吟徐徐下雲磴因知負樵樂不減援琴興出林方自轉隔水猶相應但取天壤情何求郢人稱

奉和樵人十詠　日休

樵谿

何時有此谿應便生幽木橡實養山禽藤花蒙澗

鹿不止產蒸薪願當歌棫樸君知天意無以此安吾族

樵家

空山最深處太古兩三家雲蘿共夙世猨鳥同生涯衣服濯春泉盤飧烹野花居兹老復老不解歎年華

樵叟

不曾照青鏡豈解傷華髮至老未息肩至今無病

骨家風是林嶺世祿爲薇蕨所以兩大夫天年爲

自伐

樵子

相約曉樵去跳踉上山路將花餌鹿麛以果投猨

父束薪白雲濕負擔春日暮何不壽童烏果爲玄

所誤

樵徑

蒙籠中一徑繞在千峯裏歇處遇松根危中値石

齒花穿梟衣落雲拂芒鞵起自古行此途不聞與隧

樵斧

腰間揷大柯直入深谿裏空林伐一聲幽鳥相呼起倒樹去李父傾巢啼木魅不知仗鉞者除害誰如此

樵擔

不敢量樵重唯知益薪束軋軋下山時彎彎向身

曲清泉洗得潔翠靄侵來綠看取荷戈人誰能似
吾屬

樵風

野船渡樵客來往平波中縱橫清飈吹旦暮歸期
同蘋光惹衣白蓮影涵薪紅吾當請封爾直作鏡
湖公

樵火

山客地爐裏燃薪如陽輝松膏作滲息有反瀡杉子

爲珠璣響誤擊刺鬧焰疑孛彗飛傍邊暖白酒不覺瀑冰垂。

樵歌

此曲太古音繇來無管奏多云採樵樂或說林泉候一唱疑閒雲再謡悲顧獸若遇採詩人無辭收鄙陋。

酒中十詠并序　日休

鹿門子性介而行獨於道無所全於才無所全於

進無所全於退無所全豈天民之惷者耶然進之
與退天行未覺於余也則有窮有厄有病有殆果
安而受耶未若全於酒也夫聖人之誡酒禍也大
矣在書爲沈湎在詩爲童羖在禮爲豢豕在史爲
狂藥余飲至酣徒以爲融肌柔神消沮迷喪頹然
無思以天地大順爲隄封傲然不持以洪荒至化
爲爵賞抑無懷氏之民乎葛天氏之臣乎苟沈而
亂狂而詬禍而族眞蚩蚩之爲也若余者於物無

所斥於性有所適眞全於酒者也噫天之不全余也多矣獨以麴蘖全之抑天猶幸於遺民焉太玄曰君子在玄則正在福則沖在禍則反小人在玄則邪在福則驕在禍則窮余之於酒得其樂人之於酒得其禍亦若是而已矣於是徵其具悉爲之詠用繼東皐子酒譜之後夫酒之始名天有星地有泉人有鄉令總而詠之者亦古人初終必全之義也天隨子深於酒道寄而請之和

酒星

誰遣酒旗耀，天文列其位。彩微嘗似酣，芒弱偏如醉。唯憂犯帝座，只恐騎天駟。若遇卷舌星，讒君應墮地。

酒泉

羲皇有玄酒，滋味何太薄。玉液是澆瀉，金沙乃糟粕。春從野鳥沽，晝任閒猨酌。我願葺茲泉，醉魂似鳧躍。

酒篘

翠筤初織來，或如古魚器。新從山下買，靜向甗中試。輕可網金醅，疎能容玉蟻。自此好成功，無貽我罍恥。

酒牀

糟牀帶松節，酒腻肥於羜。滴滴連有聲，空疑杜康語。開眉既壓後，染指偷嘗處。自此得公田，不過渾種黍。

酒鑪

紅鑪高幾尺頗稱幽人意火作縹醪香灰爲冬醞氣有鎗盡龍頭有主皆犢鼻倘得作杜根傭保何足愧

酒樓

鈎楯跨通衢喧閙當九市金罍瀲灧後玉斝紛綸起舞蝶傍應酣啼鸎聞亦醉野客莫登臨相譬多失意

酒旗

青幟闊數尺懸於往來道多爲風所颺時見酒名號拂拂野橋幽翻翻江市好雙眸復何事終竟望君老

酒樽

犧樽一何古我抱期幽客少恐消醍醐滿疑烘琥珀猨窺曾撲瀉鳥踏經欹仄度度醒來看皆如死生隔

酒城

萬仞峻爲城，沈酣浸其俗。香侵井幹過，味滲濠波淥。朝傾踰百榼，暮壓幾千斛。吾得隸此中，但爲闍者足。

酒鄉

何人置此鄉，杳在天皇外。有事忘哀樂，有時忘顯晦。如尋罔象歸，似與希夷會。從此共君遊，無煩用冠帶。

此獨得其妙，鄉其可終老乎

奉和酒中十詠　　龜蒙

酒星

萬古醇酎氣結而成晶熒降爲嵇阮徒動與樽罍并不獨祭天廟亦應邀客星何當八月槎載我遊青冥

酒泉

初懸碧崖口漸注青谿腹味旣敵中山飲寧拘一斛春疑浸花骨暮若酣雲族此地得封侯終身持

美祿

酒篘

山齋醞方熟野童編迮成持來歡伯內坐使賢人清不待盎中滿旋供花下傾汪汪日可挹末羨黃金籭

酒牀

六尺樣何奇溪邊濯來潔糟深貯方半石重流還咽閒移秋病可偶聽寒夢鉄往往枕眠時自疑陶

小細切上語學

令人神往

靖節

酒壚

錦里多佳人當壚自沽酒高低過反坫大小隨圓甌數錢紅燭下滌器春江口若得奉君歡十千求一斗

酒樓

百尺江上起東風吹酒香行人落帆上遠樹涵殘陽凝睇復凝睇一觴還一觴須知凭欄客不醉難

爲鵬

酒旗

搖搖倚青岸遠蕩遊人思風歛翠竹杠雨澹香醪字纔來隔烟見巳覺臨江遲大旆非不榮其如有王事

酒樽

黃金即爲侈白石又太拙斲得奇樹根中如老蛟穴時招山下叟共酌林間月盡醉兩忘言誰能作

趣倚石同風歛翠竹杠雨澹香醪字神來之筆亦何須大旆以榮自哉想想到老樹根妙：

天舌

酒城

何代驅生靈，築之爲釀地。殊無甲兵守，但有糟漿氣。雉堞屹如狂，女墻低似醉。必若據而爭，先登儀狄氏。

酒鄉

誰知此中路，暗出虛無際。廣莫是鄰封，華胥爲附麗。三杯聞古樂，伯雅逢遺裔。自爾等榮枯，何勞問

玄弟

添酒中六詠 并序　　龜蒙

鹿門子示予酒中十詠物古而詞麗旨高而性眞可謂窮天人之際矣予既和而且曰昔人之於酒有注爲池而飲之者象爲龍而吐之者親盜甕閒而臥者將實舟中而浮者可爲四荒矣徐景山有酒鎗嵇叔夜有酒杯皆傳於後代可謂二高矣四荒不得不刺二高不得不頌更作六章附於末云

言之無罪
聞者足戒
寫來足力

酒池
萬斛輸曲沼千鍾未爲多殘霞入醍齊遠岸澄白贇后土亦沉醉姦臣空浩歌邇來荒淫君尚得乘餘波

酒龍
銅雀羽儀麗金龍光彩奇潛傾鄴宮酒忽似商庭漦若怒鱗甲赤如酣頭角垂君臣坐相滅安用驕奢爲

酒甕

候煖麴蘗調覆深苦蓋淨溢處毎淋漓沈來還濕
瀅嘗聞淸涼酎可養希夷性盜飮以爲名得非君
子病

酒船

昔人性何誕欲載無窮酒波上任浮身風來卽開
口荒唐意難遂沈湎名不朽千古如比肩問君能
繼不

酒鎗

景山實名士所玩垂清塵嘗作酒家語自言中聖人奇器質含古挫糟味應醇唯懷魏公子即此飛觴頻

酒杯

叔夜傲天壤不將琴酒疎製爲酒中物恐是琴之餘一弄廣陵散又裁絕交書頹然擲林下身世俱何如

奉和添酒中六詠　日休

酒池

八齊競奔注不知深幾丈竹葉島紆徐鳧花波蕩漾（鳧花酒名出梁簡文帝集）醺應爛地軸浸可柔天壤以此獻吾君願銘於几杖

酒龍

銅爲蚴蟉鱗鑄作鱙鏐角吐處百里雷瀉時千丈壑初疑潛苑囿忽似拏寥廓遂使銅雀臺香消野

於甕上生
新出青

花落

酒甕

堅淨不苦窳陶於醉封疆臨溪刷舊痕隔屋聞新香移來近麴室倒處臨糟牀所嗟無比鄰余亦能偷嘗

酒船

剡桂復刳蘭陶陶任行樂但知涵泳好不計風濤惡嘗行麴封內稍繫糟丘泊東海如可傾乘之就

斟酌

酒鎗

象鼎格仍高其中不烹飪唯將煑濁醪用以資酬
飲偏宜旋樵火稍近餘醒枕若得伴琴書吾將著
閒品

酒杯

昔有嵇氏子龍章而鳳姿手揮五絃罷聊復一樽
持但取性澹泊不知味醇醨兹器不復見家家唯

妙極自然

玉卮。

茶中雜詠并序　日休

案周禮酒正之職辯四飲之物其三曰漿又漿人之職共王之六飲水漿醴涼醫酏入于酒府鄭司農云以水和酒也蓋當時人率以酒醴爲飲謂乎六漿酒之醨者也何得姬公製爾雅云檟苦茶即不擷而飲之豈聖人純於用乎。抑草木之濟人。取捨有時也。自周已降。及于國朝。茶事、竟陵子、陸季

疵言之詳矣然季疵以前稱茗飲者必渾以烹之
與夫瀹蔬而啜者無異也季疵之始爲經三卷繇
是分其源制其具敎其造設其器命其煑俾飲之
者除痟而去癘雖疾醫之不若也其爲利也於人
豈小哉余始得季疵書以爲備矣後又獲其顧渚
山記二篇其中多茶事後又太原溫從雲武威段
碣之各補茶事十數節並存於方冊茶之事繇周
至于今竟無纖遺矣昔晉杜育有荈賦季疵有茶

歌余䏌然於懷者謂有其具而不形於詩亦季疵之餘恨也遂爲十詠寄天隨子

茶塢

閑尋堯氏山遂入深深塢種荈已成園栽葭寧記畒石窪泉似掬岩罅雲如縷好是夏初時白花滿烟雨茶經云其花白如薔薇

茶人

生於顧渚山老在漫石塢語氣爲茶荈衣香是烟

别是一境界
羨寫殺絶

霧庭從𣝉子遮（女耿及其木如玉色渚人以爲杖）果任孺師虜日晩相笑歸腰間佩輕籆

茶筍

褭然三五寸生必依岩洞寒恐結紅鉛暖疑銷紫汞圓如玉軸光脆似瓊英凍每爲遲之疎南山挂幽夢

茶籯

筤篣曉攜去驀個山桑塢開時送紫茗負處沾清

露歇把傍雲泉婦將挂烟樹滿此是生涯黃金何
足數

茶舍

陽崖枕白屋幾口嬉嬉活棚上汲紅泉焙前蒸紫
蕨乃翁研茗後中婦拍茶歇相向掩柴扉清香滿
山月

茶竈

南山茶事動竈起岩根傍水煮石髮氣薪然杉脂

香青瓊蒸後凝綠髓炊來光如何重辛苦一一輪
膏粱

茶焙

鑿彼碧岩下恰應深二尺泥易帶雲根燒難礙石
脉初能燥金餅漸見乾瓊液九里共杉林（皆焙名）相
望在山側

茶鼎

龍舒有良匠鑄此佳樣成立作菌蠢勢煎爲潺湲

聲草堂暮雲陰松窗殘雪明此時勺複茗野語知
逾清

茶甌

邢客與越人皆能造兹器圓似月魂墮輕如雲魄
起棗花勢旋眼蘋沫香沾齒松下時一看支公亦
如此

煑茶

香泉一合乳煎作連珠沸時看蟹目濺乍見魚鱗

起聲疑帶松雨餑恐生烟翠儻把瀝中山必無千
日醉

奉和茶具十詠　　　　龜蒙

茶塢

茗地曲隈回野行多繚繞向陽就中密背澗差還
少遙盤雲髻慢亂簇香篝小何處好幽期滿巖春
露曉

茶人

閑口便佳

字二全玉比元昭為勝

天賦識靈草，自然鍾野姿。閒來北山下，似與東風期。雨後探芳去，雲間幽路危。唯應報春鳥，得共斯人知。顧渚山有報春鳥

茶筍

所孕和氣深，時抽玉苕短。輕烟漸結華，嫩蘂初成管。尋來青靄曙，欲去紅雲煖。秀色自難逢，傾筐不曾滿。

茶籝

風流宛在
别有姿態

金刀劈翠筠織似波文斜製作自野老攜持伴山娃昨日鬬烟粒今朝貯緑華爭歌調笑曲日暮方還家

茶舍

旋取山上材架爲山下屋門因水勢斜壁任岩隈曲朝隨鳥俱散暮與雲同宿不憚採掇勞秪憂官未足

茶竈 經云茶竈無突

無窮抱輕嵐有烟映初旭盈鍋玉泉沸滿甑雲芽熟奇香襲春桂嫩色凌秋菊煬者若吾徒年年看不足

茶焙

左右擣凝膏朝昏布烟縷方圓隨樣拍次第依層取山謠縱高下火候還文武見說焙前人時時炙花脯紫花焙人以花爲脯

茶鼎

新泉氣味良古鐵形狀醜那堪風雪夜更值烟霞友曾過赬石下又住清溪口赬石清溪皆江南出茶處且共薦皐盧茶名何勞傾斗酒

茶甌

昔人謝塸埞徒爲妍詞飾劉孝威集有謝塸埞啟豈如珪璧姿又有烟嵐色光參筵席上韻雅金罍側直使于闐君從來未嘗識

煑茶

始知居茗勝玉醴遠矣

閒來松間坐看煑松上雪時於浪花裏併下藍英末傾餘精爽健忽似氛埃滅不合别觀書但宜窺玉札

松陵集卷第四

虞山毛晉挍刊　男扆再挍

# 松陵集卷第五

今體五言詩六十八首

武丘寺殿前有古杉一本形狀醜怪圖之不盡況百卉競媚若妒若娟唯此杉死抱奇節髐然闖然不知雨露之可生也風霜之可瘁也乃造化者方外之材乎遂賦三百言以見志　日休

種日應逢晉枯來必自隋鰐狂將立處螭鬬未開

精刊

隨義點染
皆成奇趣

時卓犖擲槍幹，义牙束戟枝。初驚蟉篆活，復訝獝狂癡。勁質如堯瘦，貞容學舜黴。勢能擒土伯，醜可駭山祇。虎爪拏岩穩，虬身脫浪欹。槎頭秃似刷，杭觜利於錐。突兀方相脛，鱗皴夏氏胝。根應藏鬼血，柯欲漏龍漦。拗似神荼怒，呀如猰貐飢。朽癰難可吮，枯瘇不堪治。一炷玄雲拔，三尋黑稍奇。狼頭敎窣竪，蠆尾掘彎垂。目燥那逢爟，心開豈中鈹。任苔爲疥癬，從蠹作瘡痍。品格齊遼寉，年齡等寶龜。將

青古

懷縮地力欲負拔山姿未倒防風骨初僵負貳屍
漆書明古本鐵室抗全師磈礧還無極伶俜又莫
持堅應斂駿骨文定寫虦皮蟠屈愁凌刹騰驤恐
攫池搶咽寒嶱嵲披蔦靜襹褷威仰誠難識勾芒
恐不知好燒胡律看堪共達多期寡色諸芳笑無
聲衆籟疑終添入柱位未要一繩維盡日來唯我
當春翫更誰他年如入用直構太平基

奉和古杉三十韻　　　龜蒙

衆木盡相遺孤杉獨任奇揷天形硉兀當殿勢攲
危恐是夸娥怒教臨巀嶭衺節穿開耳目根瘦坐
熊羆世只論榮落人誰問等衺初危反有巔從日上
無藥與秋欺虎搏應難動鵰蹲不敢遲戰鋒新缺
齾燒岸黑黸[illegible]鬭死龍骸雜爭奔鹿角差脿銷洪
水騰稜聳芃天眘礫索珊瑚湧森嚴獬豸窺向空
分犖指衝浪出鯨鬐揚僕船橦在蚩尤陣纛燎下
連金粟固高用鐵蔆抜挺若荷堅棰浮於祖納椎

崢嶸驚露雀趯趚閿雲螭傍宇將支壓撐霄欲扺

蠘背交蟲臂揭相向鶻拳追格音閣筆茬初加反猶立

階干卓末麾鬼神應暗畫風雨恐潛移已覺寒松

伏偏宜后土疲奸邀清嘯傲堪映古茅茨林大應

容蝎年深必孕孽後雕依佛氏初植必僧彌寺郎東晉

王家別墅僧彌王珉小字擁腫煩莊辯槎牙費庚詞詠多靈府

困搜苦化權舁頪既區中寡朋當物外推蟠桃標

日域殊草侍仙犀真宰誠求夢春工幸可毉若能

嘘嶰竹猶足動華滋

四明山詩 并序　龜蒙

謝遺塵者有道之士也嘗隱於四明之南雷一旦訪予來語不及世務且曰吾得於玉泉生知子性誕逸樂神仙中書探海岳遺事以期方外之交雖銅墻鬼炊虎獄劒餌無不窺也已上八言謝語不知所謂者何一云出隱中書今爲子語吾山之奇者有峯最高四穴在峯上每天地澄霽望之如牖戶相傳謂之石窗即四

明之目也山中有雲不絕者二十里民皆家雲之南北每相從謂之過雲有鹿亭有樊榭有潺湲洞木實有青檽子味極甘而堅不可卒破有猿山家謂之鞠侯其他在圖籍不足道也凡此佳處各爲我賦詩予因作九題題四十字謝省之曰玉泉生眞不誣矣好事者爲予傳之因呈襲美

石窗

石窗何處見萬仞倚晴虛積靄迷青璅殘霞動綺

語思妙想
寫氣逼人

疎山應列圓嶠宮便接方諸秖有三奔客時來教
隱書

過雲

相訪一程雲雲深路僅分嘯臺隨日辨樵斧帶風
聞曉著衣全溼寒衝酒不醺幾廻歸思靜髣髴見
蘇君

雲南

雲南更有溪丹礫盡無泥藥有巴賓賣枝多越鳥

啼夜清先月午秋近少嵐迷若得山顔佳芝䇲手

自攜

雲北

雲北是陽川人家洞壑連壇當星斗下樓撥翠微

邊一半遥峯雨三條古井烟金庭如有路應到左

神天

鹿亭

鹿亭巖下置時領白鷴過草細眠應久泉香飲自

多認聲來月塢尋跡到烟蘿早晚吞金液騎將上絳河

樊榭

樊榭何年築人應白日飛至今山客說時駕玉麟⿰山帚乳帶懸松嫩芝臺出石微憑欄虛目斷不見羽華衣

㵪湲洞

石淺洞門深㵪㵪萬古音似吹雙羽管如奏落霞

僊人窟宅
人所難到

琴倒穴漂龍沫穿松濺雀襟何人乘月弄應作上清吟

青襦子

山實號青襦環岡次第生外形堅綠㲉中味敵璚英墮石樵兒拾敲林宿鳥驚亦應仙吏守時取薦層城

鞠侯

何事鞠侯名先封在四明但爲連臂飲不作斷腸

聲野蔓垂纓細寒泉佩玉淸滿林遊宦子誰爲作君卿

奉和四明山九題　日休

石窗

窗開自眞宰四達見蒼崖苔染渾成綺雲漫便當紗檽巾空吐月扉際不扃霞未會通何處應連玉女家

過雲

粉洞二十里當中幽客行岂時迷鹿跡寸步隱人聲以杖探虛翠將襟惹薄明經時未過得恐是入層城

雲南

雲南背一川無鴈到峰前墟里生紅藥人家發白泉兒童皆似古婚嫁盡如仙共作眞官戶無繇稅石田

雲北

仙都剪且
境界

雲北書冥冥空疑背壽星犬能諳藥氣人解寫芝
形野歇遇松葢醉書逢石屛焚香住此地應得入
金庭

鹿亭

鹿群多此住因構白雲楣待侶傍花久引麛穿竹
遲經時掊玉澗盡日嗅金芝爲在石窗下成仙自
不知

樊榭

主人成列仙故樹獨依然石洞閑人笑松聲驚鹿眠井香爲大藥雀語是靈篇欲買重樓隱雲峯不售錢

潺湲洞

陰宮何處源到此洞潺湲敲碎一輪月鎔銷半段天響高吹谷動勢急歕雲旋料得深秋夜臨流盡古仙

青檽子

不免垂涎

山風熟異果應是供眞仙味似雲腴美形如玉腦圓銜來多野雀落處半靈泉必共玄都㮈花開不記年

鞠侯

堪羨鞠侯國碧巖千萬重烟蘿爲印綬雲壑是隄封泉遺狙公護果教獋子供爾徒如不死應得躡玄蹤

五貺詩并序

口休

毗陵處士魏君不琢氣眞而志放居毗陵凡二紀閉門窮學是乎里民不得以師之非乎里民不得以訾之用之不難進利之被人也捨之不難退辱非及巳也噫古君子處乎進退而全者繇此道乎抑夷之隘惠之不恭不能造于是也江南秋風時鱸肥而難釣菰脆而易挽不過乘短艄方言曰船短而深者謂之艄音步載一甑酒加以隱具繇五瀉涇入震澤穿松陵抵杭越耳日休嘗聞道於不琢敢不求雅物

成雅息乎於是買釣船一修二丈闊三尺施篷以
庇烟雨謂之五瀉舟天台杖一色黳而力遒謂之
華頂杖有龜頭山疊石硯一高不二寸其仞數百
謂之太湖硯有桐廬養和一怪形拳跼坐若變去
謂之烏龍養和有南海鸒魚殼樽一澀鋒𪘏角内
玄外黄謂之訶陵樽皆寄于不琢行以資雲水之
興止以益琴籍之玩眞古人之雅貺也因息乘韋
之義不過于詞遂爲五篇目之曰五貺兼請魯望

同作

五瀉舟

何事有青錢因人買釣船闊容兼餌坐深許共蓑眠短好隨朱鷺輕堪倚白蓮自知無用處却寄五湖仙

華頂杖

金庭仙樹枝道客自携持探洞求丹粟挑雲覓白芝量泉將濯足闌雀把支頥以此將爲贈唯君盡

得知

太湖硯

求於花石間，怪狀乃天然。中瑩五寸劍，外差千疊蓮。月融還似洗，雲溼便堪研。寄與先生後，應添內外篇。

烏龍養和

壽木拳數尺，天生形狀幽。把疑傷虺節，用恐破蛇瘤。置合月觀內，買須雲肆頭。料君攜去處，烟雨太

湖舟

訶陵樽

一片鱟魚殼，其中生翠波。買須饒紫貝，用合對紅螺。盡瀉判狂藥，禁敲任浩歌。明朝與君後，爭那玉山何。

奉和五覗詩　龜蒙

五瀉舟

樣自桐川得，詞因隱地成。好漁翁亦喜，新白鳥還

驚沙際擁江沫渡頭横雨聲尚應嫌越相遺禍不遺名

華頂杖

萬古陰崖雪靈根不爲枯瘦於霜隺脛奇似黑龍鬚拄訪譚玄客持看潑墨圖湖雲如有路兼可到仙都

太湖硯

誰截小秋灘閒窺四緒寬繞爲千嶂遠深置一潭

寒坐久雲應出詩成墨未乾不知新博物何處擬

重刊

烏龍養和

養和名字好偏寄道情深所以親逋客兼能助五禽倚肩滄海望鉤膝白雲吟不是逍遙侶誰知世外心

訶陵樽

魚骼匠成樽猶殘海浪痕外堪欺玳瑁中可酌崑

篘酒名水繞苔磯曲山當草閣門此中醒復醉何必
問乾坤

早春病中書事寄魯望　日休

眼暈見雲母耳虛聞海濤惜春狂似蝶養病躁於
猱桉靜方書古堂空藥氣高可憐眞宰意偏解困
吾曹

奉訓　龜蒙

秖貪詩調苦不計病容生我亦休文瘦君能叔寶

清藥須勤一服春莫累多情欲入毗耶問無人敵
淨名

又寄次前韻　日休

病根冬養得春到一時生眼暗憐晨慘心寒怯夜
清妻仍嫌酒癖醫又禁詩情應被高人笑憂身不
似名

又訓次韻　龜蒙

從來多遠思尤向靜中生所以令心苦還應是骨

清酒香偏入夢花落又關情積此風流事爭無後
世名

新秋言懷寄魯望三十韻　日休

新秋入破宅疎澹若平郊戶牖深如窟詩書亂似
巢移牀驚蟋蟀拂匣動蠨蛸靜把泉華掬閒拈乳
管敲檜身渾箇瘦石面得能皺小桂如拳葉新松
似手梢隺鳴轉清角鶻下撲金髇合藥還慵服爲
文亦懶抄煩心入夜醒疾首帶涼抓杉葉尖於鏃

藤絲靭似鞘債田含紫芋低蔓隱青匏老栢渾如
疥陰苔忽似膠王餘落敗壍胡孟入空庖度日忘
冠帶經時憶酒肴有心同木偶無舌竝金鐃與欲
添玄測狂將換易爻達人唯落落俗士自譊譊底
力將排難何顏用解嘲欲銷毁後骨空轉坐來胞
猶豫應難抱狐疑不易包等間逢毒螫容易遇咆
哮時事方千蝎公途正二崤名微甘世棄性拙任
時拋白日須投分青雲合定交仕應同五柳歸莫

捨三茅凋鹿從來去烟蘿任溷殽狙公鬬後戲雲

母病來攘從此居方丈終非競斗筲道窮應鬼遺

性拙必天教無限疎慵事憑君解一匏

奉和新秋言懷三十韻次韻　龜蒙

身閒唯愛靜籬外是荒郊地僻憐同巷庭喧厭累

巢岸聲搖舴艋窗影辨蠨蛸徑秖溪禽下關唯野

客敲竹岡從古凸池緣本來𪋾早藕擎霜節涼花

束紫梢漁情隨鏁網獵興起鳴髇好夢經年說名

芳藤鎮蟄
加上山衣天
籟異蕃生
色

方著處抄才疎惟自補技癢欲誰抓甯靜常懸薙
鞭閒不正鞘山衣輕斧藻天籟逸絃匏蕙展風前
帶桃烘雨後膠蘚乾粘晚砌烟溼動晨庵浣約便
圖籍楊雄重酒肴目曾窺絕洞耳不犯征鐃脣外
鴿飛翔蓍中記伏爻石林空寂歷雲肆肯嘵譊松
桂何妨蠹龜龍亦任嘲未能丹作髓誰相紫為胞
莫把榮枯與但平聲和大小包由弓猿不捷梁圈虎
忘攄舊友懷三盍關山阻二崤道隨書簏古時共

釣輪抛好作忘機士須爲莫逆交看君馳諫艸憐
我臥衡茅出處雖冥默薰蕕肯溷殽岸沙從雀印
崖蜜勸人饑白菌盈枯杭黃精滿綠笥仙因隱居
信禪是淨名教勿謂江湖永終淨一大咆

秋日遣懷十六韻寄道侶　龜蒙

盡日臨風坐雄詞妙畧兼共知時世薄寧恨歲華
淹且把靈方試休憑吉夢占夜然燒汞火朝鍊洗
□有路求真隱無媒舉孝廉自然成嘯傲不是

學沈潛水恨同心隔霜愁兩鬢霑雀屏憐掩扇烏
帽愛垂簷雅調宜觀樂清才稱典籤冠欹玄髮少
書健紫毫尖故疾因秋召塵容畏日黔壯圖須行
行儒服謾襜襜片石聊當枕横烟欲代簾蠹根延
穴蟻疎葉漏庭蟾藥鼎高低鑄雲菴早晚苫胡麻
如重寄從誚我無厭

奉和次韻　　　　日休

高蹈爲時背幽懷是事兼神仙君可致江海我能

淹共守庚辰夜同看乙巳占藥囊除紫蠹丹灶拂紅鹽與物深無競於生亦太廉瀉災因足警魚禍爲稀潛筆硯秋光洗衣巾夏蘚霑酒甌香竹院魚籠挂茅簷琴忘因拋譜詩存爲致籤茶旗經雨展石笋帶雲尖鶴共心情慢烏同面色黔向陽裁白帢終歲憶貂襜取嶺爲山障將泉作水簾溪晴多晚鷺池廢足秋蟾破衲雖云補閒齋未辦苫共君還有役竟夕得厭厭

江南書情二十韻寄秘閣韋挍書貽之商洛

宋先輩垂文二同年　日休

四載加前字今來未改銜君批鳳尾詔我住虎頭巖季氏唯謀逐臧倉只擬讒時訛輕五羖俗淺重三緘瘦去形如鶴憂來態似獑才非師趙壹直欲效陳咸孤竹寧收笛黃琮未要瑊作羊寧免狠爲兎郎須毚桃戸梶從亞侵堦草嬾芟壅泉教咽咽壘石放巉巉掣釣隨心動抽書任意枕茶教弩父

摘酒遣僮監黙坐看山困清齋飲水巖蘚生天
竺屐烟壞洞庭帆病久新烏帽閒多省白衫藥苞
陳雨匳詩草蠹雲函遣客呼林狖辭人寄海蛾室
唯搜古器錢只買秋杉寡合無深契相期有至誠
他年如訪問烟蔦暗髟髟

奉和次韻　龜蒙

我志如魚樂君詞稱鳳銜暫來從露冕何事買雲
巖水石應容病松篁未聽讒罐香松蠹膩山信藥

佳境

茁絨愛鷺欹危立息猨夔鑠獑謝才偏許䏘阮放

最憐咸大樂寧忘缶奇工肯顧瑊客愁迷舊隱鷹

健想秋毚硯缺猶慵琢文繫却要蔓雨餘幽沼淨

霞散遠峰巉洗筆烟成段培花土作枕訪僧還覓

佯醫霍自須監荒廟猶懷季清灘幾夢嚴背風開

蠹簡衝浪試新帆悶憶年支酒閒裁古樣衫鈎家

隨野舫仙蘊逐雕函度歲賒羸馬先春買小蛾共

疏泉入竹同坐月過杉染喻窟高敬懷賢發至誠

古字加大
字上亦極

不堪潘子鬢愁促易髟髟

憶洞庭觀步十韻　日休

前時登觀步暑雨正錚摐上戍看綿蕝登村度石矼庵花時有蔟溪鳥不成雙遠樹點黑豨遙峰露碧幢巖根瘦似殼杉腹破如腔衩衧紋了二音漁人服笴篅野店窗多携白木鍾愛買紫泉缸仙犬聲音古遺民意緒厖何文堪緯地底策可經邦自此將妻子歸山不姓龐

奉和次韻　　龜蒙

聞君遊靜境，雅具更㧞㧞。竹傘遮雲徑，藤鞋踏蘚紅。杖斑花不一，樽大瘦成雙。水鳥行沙嶼，山僧禮石幢。已甘三秀味，誰念百牢腔。遠棹投何處，殘陽到幾窗。仙謠珠樹曲，村餉白醪缸。地里方吳會，人風似冉厖。探幽非遯世，尋勝肯迷邦。爲讀江南傳，何賢過二龐。

秋晚留題魯望郊居二首　　日休

妙境寫
出來

竹樹冷溲落入門神已清寒蛩傍枕響秋菜上墻
生黃犬病仍吠白驢飢不鳴唯將一杯酒盡日慰
劉禎
冷臥空齋內餘酲夕未消秋花如有恨寒蝶似無
憀簷上落鬪雀籬根生晚潮若論羈旅事猶自勝
皐橋
奉詶秋晚見題二首　龜蒙
爲愛晚窗明門前亦嬾行圖書看得熟隣里見還

生鳥啄琴材響僧傳藥味精緣君多古思携才上
空城
何事樂漁樵巾車或倚橈和詩盈古篋賒酒半寒
瓢失雨園蔬赤無風軵葉彫淸言一相遺吾道未
全消

初冬章上人院　日休

客到無妨睡僧吟不廢禪尚關經病隺猶濾欲枯
泉靜桉貝多紙閒爐波律烟淸譚兩三句相向自

翛然

奉和次韻　　　　龜蒙

毎伴來方丈還如到四禪菊承荒砌露茶待遠山泉畫古全無跡林寒却有烟相看吟未竟金磬已泠然

臨頓里名爲吳中偏勝之地陸魯望居之不出郛郭曠若郊墅余毎相訪欵然惜去因成五言十首奉題屋壁　日休

一方瀟灑地之子獨深居繞屋親栽竹堆牀手寫書高風翔砌鳥暴雨失池魚暗識歸山計村邊買鹿車

籬疎從綠槿簷亂任黃茅壓酒移溪石煎茶拾野巢靜窗懸雨笠閒壁挂烟匏支遁今無骨誰爲世外交

繭稀初上簇醅盡未乾牀盡日留蠶母移時祭麴王趁泉澆竹急候雨種蓮忙更葺園中景應爲顧

辟疆
靜僻無人到幽深每自知鶴來添口數琴到益家
貲壞壍生魚沫頹簷落燕兒空將綠蕉葉來往寄
閒詩
夏過無擔石日高開板扉僧雖與簡籜人不典蕉
衣鶴靜共眠覺鷺馴同釣埽生公石上月何夕約
譚微
經歲岸烏紗讀書三十車水痕侵病竹蛛網上衰

花詩任傳漁客衣從遞酒家知君秋晚事白幘刈

胡麻

寂歷秋懷動蕭條夏思殘久貧空酒庫多病束漁

竿玄想凝鶴扇清齋拂鹿冠夢魂無俗事夜夜到

金壇

閑門無一事安穩卧涼天砌下翹飢鶴庭陰落病

蟬倚杉閒把易燒术静論玄賴有包山客時時寄

紫泉

病起扶靈壽翛然强到門與杉除敗葉爲石整危根薜蔓狂遮壁蓮莖臥枕盆明朝有忭事召客略桐孫

緩頰稱無利低眉號不能世情都大薄俗意就中憎雲態不知驟鶴情非會徵晝臣誰奉詔來此寫姜肱

襲美見題郊居十首因次韻詶之以伸榮謝

龜蒙

近來唯樂靜移傍故城居閒打修琴料時封謝藥

書夜停江上島晴曬篋中魚出亦圖何事無勞置

棧車

倩人醫病樹看僕補衡茅散髪還同阮無心敢慕

巢簡便書露竹樽待破霜匏日好林間坐烟蘿僅

欲交

倭僧誑海紙山匠製雲牀嬾外應無敵貧中直是

王池平鷗息喜花盡蜨情忙欲問新秋計菱絲一

畞疆
故山空自擲當路竟誰知秪有經時策全無養拙
貧病深憐灸客炊晚信樵兒謾欲陳風俗周官未
採詩
福地能容壍玄關詎有扉靜息瓊版字閒洗鐵節
衣鳥破涼烟下人衝暮雨歸故園秋艸夢猶記綠
微微
水影沈魚器鄰聲動緯車鷺輕撈墜葉蜂嬾臥樵

花說史評諸例論兵到百家明時如不用歸去種
桑麻
禹穴奇編缺雷平異境殘靜吟封籙檢歸興削帆
竿白石堪爲飯青蘿好作冠幾時當斗柄同上步
罡壇
强起披衣坐徐行處暑天上階來鬬雀移樹去驚
蟬莫問鹽車駿誰看醬瓿玄黃金如可化相近買
雲泉

野入青蕪巷陂侵白竹門風高開栗刺沙淺露芹根迸鼠緣藤桁飢烏立石盆東吴雖不攺誰是武王孫

踈慵眞有素時勢盡無能風月雖爲敵林泉幸未憎酒材經夏闕詩債待秋徵秪有君同癖閒來對曲肱

松陵集卷第五

虞山毛晉挍刊　男扆再挍

松陵集卷第六

今體七言詩九十二首

寒夜同襲美訪北禪院寂上人　龜蒙

月樓風殿静沉沉披拂霜華訪道林鳥在寒枝棲影動人依古堞坐禪深明時尚阻青雲步半夜猶追白石吟自是海邊鷗伴侣不勞金偈更降心

奉和次韻　日休

院寒清靄正沉沉霜棧乾鳴入古林數葉貝書松

火暗一聲金磬檜烟深陶潛見社無妨醉殷浩譚經不廢吟何事欲攀塵外契除君皆有利名心

江南道中懷茅山廣文南陽博士三首

日休

寒嵐依約認華陽遥想高人卧草堂半日始齋青飿飯移時空印白檀香鶴雛入夜歸雲屋乳管逢春落石牀誰道夫君無伴侶不離窗下見羲皇

住在華陽第八天望君唯欲結良緣堂扃洞裏千

秋燕厨薟巖根數斗梟壇上古松疑度世觀中幽鳥恐成仙不知何事迎新歲鳥納裘中一覺眠鳥納裘出王筠集

五色香烟惹內文許遠遊燒香五色烟石飴初熟酒初醺將開丹竈那防鶴欲算碁圖却望雲海氣半生當洞見瀑氷初拆隔山聞如何世外無交者許邁與王羲之父子爲世外之交一臥金壇只有君

奉和次韻　龜蒙

仙骨珊二

組綬一解矣乃有壽兮也

一片輕帆背夕陽望三峯拜七眞堂三茅二許一陽一郭是謂七眞天寒夜漱雲牙凈雪壞晴梳石髮香自拂烟霞安筆格獨開封撿試砂牀莫言洞府能招隱會輾飈輪見玉皇

壺中行坐可移天何況林間息萬緣組綬任垂三品石珮環從落四公泉丹臺已運陰陽火碧簡須雕次第仙廣文王季潸在場中想得雷平春色動五芝烟中又芊眠

嘗先覺鶴
共聞下此三
字還上四字
皆活結更
悠然神遠
不特為懷人
著意也

良常應不動移文金醴從酸亦自醺（蓬萊公洛廣文以金醴四升待主簿主簿恨其味酸）
桂父舊歌飛絳雪桐孫新韻倚玄雲
春臨柳谷鶯先覺曙醮蕪香鶴共聞珍重雙雙玉
條脫盡憑三島寄羊君

早春雪中作吳體寄襲美　龜蒙

迎春避臘不肯下欺花凍草還飄然光塡馬窟蓋
塞外勢壓鶴巢偏殿巔山爐瘦節萬狀火墨突乾
裒孤穗烟君披鶴氅獨自立何人解道眞神仙

奉和　日休

威仰噤死不敢語瓊花雲魄清珊珊溪光冷射觸

[illegible]瑒栖帶凍脆攢闌干竹根乍燒玉節快酒面新

潑金膏寒全吳縹瓦十萬戶惟君與我如袁安

吳中言情寄魯望　日休

古來傖父愛吳鄉一上胥臺不可忘愛酒有情如

手足除詩無計似膏肓宴時不輟琅書味齋日難

判玉鱠香為說松江堪老處滿船烟月溼莎裳

奉和次韻　　龜蒙

菰烟蘆雪是儂鄉，釣線隨身好坐忘。徒愛右軍遺點畫，閒披左氏得膏肓。無因月殿聞移屧，祗有風汀去採香。莫問江邊漁艇子，玉皇看賜羽衣裳。

行次野梅　　日休

蔦拂蘿捎一樹梅，玉妃無侶獨徘徊。好臨王母瑤池發，合傍蕭家粉水開。共月已爲迷眼伴，與春先作斷腸媒。不堪便向多情道，萬片霜華雨損來。

奉和次韻　　　　　　　　龜蒙

飛棹參差拂早梅，強欺寒色尚低徊。風憐薄媚留香與，月會深情借艷開。粱殿得非蕭帝瑞，齊宮應是玉兒媒。不知謝客離腸醒，臨水剛添萬恨來。

揚州看辛夷花　　　　　　日休

臘前千朵亞芳叢，細膩偏勝素㯋功。螓首不言披曉雪，麝臍無主任春風。一枝拂地成瑤圃，數樹參庭是蕊宮。應爲當時天女服，至今猶未放全紅。

説以何等
自在

奉和次韻　　　　　　　　龜蒙

栁跌梅墮少春叢天遣花神別致功高處朶稀難避日動時枝弱易爲風堪將亂蕋添雲肆若得千株便雪宮不得群芳應有意等閑桃杏卽爭紅

暇日獨處寄魯望　　　　日休

幽慵不覺耗年光犀柄金徽亂一牀野客共爲賒酒計家人同作借書忙園蔬預遣分僧料廪粟先教筭鶴糧無限高情好風月不妨猶得事吾王

儘有幽趣
未妨學懶

奉和　龜蒙

謝府殷樓少暇時又抛清宴入書帷三千餘歲上下古八十一家文字奇（司馬遷書上下紀三千餘歲太玄有八十一家率多奇字）冷蓡漢皐懷鹿隱靜憐烟島覺鴻離知君滿篋前朝事鳳諾龍奴借與窺

屣步訪魯望不遇　日休

雪晴墟里竹欹斜蠟屐徐吟到陸家荒徑掃稀堆栢子破扉開澁染苔花壁閒定欲圖雙檜厨靜空

如飯一麻擬受太玄今不遇可憐遺恨似侯芭

奉和襲美見訪不遇　龜蒙

爲愁烟岸老神藂扶病呼兒劚翠莕秪道府中持簡牘不知林下訪漁樵花盤小壜晴初壓葉擁踈籬凍未燒倚杖徧吟春照午一池氷段幾多消

開元寺客省早景卽事　日休

客省蕭條柹葉紅樓臺如画倚霜空銅池數滴桂上雨金鐸一聲松杪風鶴静時來珠像側鴿馴多

結更有情味

想見古松 提筆起舞

在寶幡中如何塵外虛爲契不得支公此會同

奉和次韻　　龜蒙

日上罘罳疊影紅一聲清梵萬緣空襳褷滿地貝多雪料峭入樓于闐風水樹初抽寥泬思竹窓猶掛夢魂中靈香散盡禪家接誰共殷源小品同辨正

獨夜有懷因作吳體寄襲美　　龜蒙

論亦有九流一曰禪家者流殷浩讀小品經下二百籤疑義以問支道林

人吟側景抱凍竹鶴夢缺月沉枯梧清澗無波鹿

不無一精光道

骽呈意

無魄白雲有根虬有鬚雲虬澗鹿眞逸調刀名錐

利非良圖不然快作燕市飲笑撫肉枅音馨㬵酒壚

奉和次韻　日休

病鶴帶霜傍獨屋破巢含雪傾孤梧濯足將加漢

光腹抵掌欲捋梁武鬚隱几清吟誰敢敵枕琴酣

臥眞堪圖此時枉欠高散物楠瘤作樽石作壚

病中有人惠海蟹轉寄魯望　日休

紺甲青筐染菭衣島夷初寄北人時離居定有石

大雅不群

異樣出色

帆覺失伴唯應海月知族類分明連璅蛣璅蛣似小蚌有一小蟹在腹中蛣出求食故淮海之人呼爲蟹奴形容好箇似蟛蜞病中無用雙螯處寄與夫君左手持

訓襲美見寄海蟹　龜蒙

藥杯應阻蟹螯香却乞江邊採捕郎自是揚雄知郭索太玄經云蟹之郭索且非何胤敢餦餭何胤侈于食味稍欲去其甚者猶有組腊糟蟹骨清猶似含春靄沫白還疑帶海霜强作南朝風雅客夜來偷醉早梅傍

病中美景頗阻追遊因寄魯望　日休

瘦牀閒臥晝迢迢唯把眞如慰寂寥南國不須收

薏苡百年終竟是芭蕉藥前美祿應難斷枕上芳

辰豈易銷看取病來多少日早梅零落玉華樵

奉詶病中見寄　龜蒙

逢花逢月便相招忽臥雲疏隔野橋春恨與誰同

酩酊玄言何處問逍遥題詩石上空廻筆拾蕙汀

邊獨倚橈早晚却還岩上電襲美時有眼疾共尋芳徑結

烟條

闔閭城北有賣花翁討春之士往往造焉因招襲美　龜蒙

故城邊有賣花翁水曲舟輕去盡通十畝芳菲爲舊業一家烟雨是元功閒添藥品年年别笑指生涯樹樹紅若要見春歸處所不過携手問東風

魯望以花翁之什見招因次韻訓之　日休

通首有靈氣

九十携鋤傴僂翁小園幽事盡能通劚烟栽藥爲
身計負水澆花是世功婚嫁定期杉葉紫蓋藏應
待桂枝紅不知家道能多少只在勾芒一夜風

病中庭際海石榴花盛發感而有寄
日休

一夜春工綻絳囊碧油枝上晝煌煌風勻舐似調
紅露日暖唯憂化赤霜火齊滿枝燒夜月金津含
蕋滴朝陽不知桂樹知情否無限同遊阻陸郎

當於出色

下半殊覺精神逸發

奉和次韻　龜蒙

紫府眞人餉露囊猗蘭燈燭未熒煌丹華乞曙先淩日金焰欺寒却照霜誰與佳名從海曲秪應芳裔出河陽那堪謝氏庭前見一段淸香染郄郎

早春以橘子寄魯望　日休

箇箇和枝葉捧鮮彩凝猶帶洞庭烟不爲韓嫣金丸重直是周王玉果圓剖似日魂初破後弄如星髓未銷前知君多病仍中聖盡送寒苞向枕邊

襲美以春橘見惠兼之雅篇因次韻訓謝

龜蒙

到春猶作九秋鮮，應是親封白帝烟。良玉有漿須讓味，明珠無纇亦羞圓。堪居漢苑霜梨上，合在仙家火棗前。珍重更過三十子，不堪分付野人邊。王僧辯嘗爲荆南得橘一蔕三十子以獻梁元帝

病中書情寄上崔諫議時眼疾未平　日休

十日來來曠奉公，閉門無事忌春風。蟲絲度日縈

琴薦蛀粉經時落酒筒馬足歌從殘漏外魚須拋
在亂書中殷勤莫怪求醫切只爲山櫻欲放紅

奉和次韻　　龜蒙

或偃虛齋或在公藹然林下昔賢風庭間有蝶爭
烟蕊簾外無人報水筒行藥不離深幌底時患眼疾寄
書多向遠山中西園夜燭偏堪憶曾爲題詩刻半
紅

病中孔雀　　日休

烟花雖媚思沉冥猶自擡頭護翠翎强聽紫簫如
欲舞困眠紅樹似依屏因思桂蠹傷肌骨爲憶松
鵝損性靈盡日春風吹不起鈿毫金縷一星星

奉和　龜蒙

懶移金翠傍簷楹斜倚芳叢舊態生唯奈瘴烟籠
飲啄可堪春雨滯飛鳴鴛鴦水畔廻頭羨荳蔻圖
前舉眼驚爭得鷓鴣來伴著不妨還挍有心情

上元日道室焚修寄襲美　龜蒙

活潑
子堪春雨滯
形惜物情文

三清今日聚靈官玉刺齊抽謁廣寒執蓋昌花香
寂歷侍晨交珮響闌珊執蓋侍晨皆仙之貴侶矣將排鳳節分
階易欲挍龍書下筆難唯有世塵中小兆夜來心
拜七星壇

奉和次韻　日休

明眞臺上下仙官玄藻初吟萬籟寒飈御有聲時
杳杳寳衣無影自珊珊蕊書乞見齋心易玉籍求
添拜肯難端簡不知清景暮靈蕪香燼落金壇

正月十五日惜春寄襲美　　龜蒙

六分春色一分休滿眼東波盡是愁花匠礙寒應
束手酒龍多病尚垂頭無窮懶惰齊中散有底機
謀敵右侯見織短篷裁小檝挐烟閒弄個漁舟

奉訓惜春見寄　　日休

十五日中春日好可憐沈痼冷如灰以前雖被愁
將去向後須教醉領來梅片盡飄輕粉靨柳芽初
吐爛金醅病中無限花番次爲約東風且住開

聞魯望遊顏家林園病中有寄　日休

一夜韶姿着水光謝家春草滿池塘細挑泉眼尋新脈輕把花枝嗅宿香蝶欲試飛猶護粉鶯初學囀尚羞簧分明不得同君賞盡日傾心羨索郎

襲美病中見寄次韻訓之　龜蒙

日華風蕙正交光過末相携藉草塘（過謝玄小字　末謝川小字）佳酒旋傾醽醁嫩短船閑弄木蘭香烟絲鳥拂來縈帶藍檻人收去約黃今日好爲聯句會不成剛

爲欠檀郎

春雨卽事寄襲美　　龜蒙

小謝輕埃日日飛小謝詠雨詩有散漫似輕埃句城邊江上阻春暉。雖愁野岸花房凍，還得山家藥筍肥。雙屐着頻看齒折，敗裘披苦見毛稀。比鄰釣叟無塵事，灑笠鳴蓑夜半歸。

奉和次韻　　日休

織恨凝愁映鳥飛，半旬飄灑掩韶暉。山容洗得如

烑瘦地脉流來似乳肥野客正閒移竹遠幽人多
病探花稀何年細濕華陽道兩乘巾車相並歸

魯望春日多尋野景日休抱疾杜門因有是

寄　日休

野侶相逢不待期半緣幽事半緣詩烏紗任岸穿
筋竹白袷從披趂肉芝數卷蠹書碁處展幾勝菰
米鈞前炊病中不用君相憶折取山櫻寄一枝

奉和次韻　龜蒙

上別韻

蕭灑出塵
想見林下風
味非世上人
能嘗

雖失春城醉上期下帷裁徧未裁詩因吟郢岸百畝蕙欲采商崖三秀芝棲野鶴籠寬使織施山僧飯別教炊但醫沈約重瞳健不怕江花不滿枝

偶掇野蔬寄襲美有作　龜蒙

野園煙裏自幽尋嫩甲香蕤引漸深行歇每依鶗鴂影挑頻時見鼠姑心凌風藹彩初攜籠帶露虛疎或貯襟欲助春盤還愛否不妨蕭灑似家林

魯望以躬掇野蔬兼示雅什用以詶謝

未是不同　能此佳作　難爲酬和

寫病意雖　能脫俗

日休

杖擿春烟暖向陽煩君爲我致盈筐深挑乍見牛脣液（爾雅云蕒牛脣一名水蕮）細掐徐聞鼠耳香（本草云葉似鼠耳莖赤可生食）紫甲采從泉脉畔翠牙搜自石根傍彫胡飯熟餖飣軟不是高人不合嘗

臥疾感春寄魯望　日休

烏皮几上困騰騰玉柄清羸愧不能昨夜眠時稀似鶴今朝餐數減於僧藥銷美祿應天折醫過芳

辰定鬼憎任是雨多遊未得也須收在探花朋

奉和次韻　龜蒙

共尋花思極飛騰病帶春寒去未能烟徑水涯多

好鳥竹牀蒲椅但高僧須知日富爲神授秪有家

貧免盜憎除却數函圖籍外更將何事結良朋

徐方平後聞赦因寄襲美　龜蒙

新春旒扆御翬軒海內初傳渙汗恩秦獄已收爲

厲氣瘴江初返未招魂英材盡作龍蛇蟄時停貢舉戰

地多成虎豹村除却數般傷痛外不知何事及王
孫

奉和次韻　　　　日休

金雞烟外上臨軒紫誥新垂作解恩涿鹿未銷初
敗血新安頓雪巳坑魂空林葉盡蝗來郡腐骨花
生戰後村未遣蒲車問幽隱共君應老抱桐孫

襲美以魚牋見寄因謝成篇　　　龜蒙

擣成霜粒細鱗鱗知作愁吟幸見分向日乍驚新

蠒色臨風時辨白萍文魚子曰白萍　好將花下承金粉堪送天邊詠碧雲見倚小窻親襞染盡圖春色寄夫君

奉詶見荅魚牋之什　日休

輕如隱起膩如飴除却鮫工解製稀欲寫恐成河伯詔試裁疑是水仙衣毫端白獺脂猶濕指下冰蠶子欲飛若用莫將閒處去好題春思贈江妃

病後春思　日休

仙趣

連錢錦暗麝氛氳荆思多才詠鄂君孔雀鈿寒窺
沼見石欄紅重墮堦聞牢愁有度應如月春夢無
心秪似雲應笑病來慙滿願花牋好作斷腸文

奉和次韻　　龜蒙

氣和靈府漸氤氳酒有賢人藥有君七字篇章看
月得百勞言語傍花聞閒尋古寺銷晴日最憶深
溪枕夜雲早晚共擡孤艇去紫屏風外碧波文

襲美以公齋小宴見招因代書寄之

龜蒙

早雲纔破漏春陽野客晨興喜又忺自與酌量煎藥水別教安置曬書牀依方釀酒愁遲去借樣裁巾怕索將唯待數般幽事了不妨還入少年塲

偶成小酌招魯望不至以詩爲解因次韻訓之

日休

醉侶相邀愛早陽小筵催辦不勝忺衝深柳駐吳娃幰倚短花排羯鼓牀金鳳欲爲鸎引去鈿蟬疑

被蝶勾將如何共是忘形者不見漁陽摻一場

以紗巾寄魯望因而有作　日休

周家新樣替三梁頭巾起後周武帝 裹髮偏宜白面郎掩歛乍疑裁黑霧輕明渾似戴玄霜今朝定見看花昃明日應聞漉酒香更有一般君未識虎文巾在絳霄房

襲美以紗巾見惠繼以雅音因次韻訓謝　龜蒙

别有一種
風情

薄如蟬翅背斜陽不稱春前贈罽女斌反郎初嚲項
寒生遠吹頹憂頭白透新霜堪鏡水檻澄波影好
拂花牆亞蕋香知有芙蓉晒自戴桐柏真人戴芙蓉冠也欲
莪烟霧訪黃房

聞襲美有親迎之期因以寄賀　龜蒙

梁鴻夫婦欲雙飛細雨輕寒拂雉衣初下雪窗應
眷戀次乘烟幰奈光輝參差扇影分華月斷續簫
聲落翠微見說春風偏有賀露花千朵照庭闈

臨頓宅將有歸于之日曾望以詩見貺因抒

懷訓之　　　　　　　日休

共老林泉忍暫分此生應不識廻文幾枚竹筒送

德曜一乘柴車迎少君舉案品多緣澗藥承家事

少爲溪雲居然自是幽人事輒莫教他孫壽聞

襲美以巨魚之半見分因以訓謝

龜蒙

誰與春江上信魚可憐霜刃截來初鱗隳似撤騷

人屋腹斷疑傷遠客書避網幾跳山影破逆風曾
蹙浪花虚今朝最是家童喜免泥荒畦掇野蔬

奉和　日休

釣公來信自松江三尺春魚撥剌霜腹內舊鉤苔
染澁腮中新餌藻和香冷鱗中斷榆錢破寒骨平
分玉筋光何事貺君偏得所秖緣同是越航郎

館娃宮懷古　日休

艷骨已成蘭麝土宮墻依舊壓層崖弩臺雨壞逢

金鏃香徑泥銷露玉釵硯沼秪留溪鳥浴屧廊空
信野花埋姑蘇麋鹿眞閒事須爲當時一愴懷

奉和次韻　　龜蒙

鏤楣消落濯春雨蒼翠無言空斷崖草碧未能忘
帝女燕輕猶自識宫釵汀山秖有愁容在劒珮應
和愧色埋賴有伍員騷思少吳王纔免似荆懷

襲美以紫石硯見贈以詩迎之　　龜蒙

霞骨堅來玉自愁琢成飛燕古釵頭澄沙脆弱聞

應伏青鐵沈埋見亦羞最稱風亭批碧簡好將雲
竇漬寒流君能把贈閒吟客徧寫江南物象酬

以紫石硯寄魯望兼訓見贈　日休

樣如金蹙小能輕微潤將融紫玉英石墨一研爲
鳳尾寒泉半勺是龍睛騷人白芷傷心暗狎客紅
筵奪眼明兩地有期皆好用不須空把洗溪聲

同襲美遊北禪院院即故司勳陸郎中舊宅　龜蒙

連延花蔓映風廊岸幘披襟到竹房居士稱今開

花處先生曾是草玄堂清樽林下看香印遠岫窗中挂鉢囊今日有情消未得欲將名理問恩光

日休

奉和

戚歷杉陰入艸堂老僧雖見似相忘吟多幾轉蓮花漏坐久重焚栢子香魚慣齋時分淨食鴿能閒處傍禪牀雲林滿眼空羈滯欲對彌天却自傷

日休

孫發百篇將遊天台請詩贈行因以送之

日休

孫子荆家思有餘元戎曾薦入公車百篇宫體喧
金屋一日官銜下玉除紫府近通齋後夢赤城新
有寄來書因逢二老如相問正滯江南爲鱠魚

奉和　龜蒙

直應天授與詩情百詠唯消一日成去把彩毫揮
下國歸參黄綬别春卿閒窺碧落懷烟霧暫向金
庭隱姓名珍重與公徒有賦石梁深處是君行

薔薇　龜蒙

倚墻當戶自橫陳致得貧家似不貧外布芳菲雖笑曰中含芒刺欲傷人清香徃徃生遙吹狂蔓看看及四鄰遇有客來堪玩處一端晴綺照烟新

奉和次韻　日休

誰繡連延滿戶陳暫應遮得陸郎貧紅芳掩斂將迷蝶翠蔓飄颻欲挂人低拂地時如墮馬高臨墻處似窺鄰袛應是董雙成戲剪得神霞寸寸新

聞開元寺開笋園寄章上人　日休

園鏁開聲駭鹿羣滿林鮮籜水犀文森森競泫林
梢雨㩳㩳爭穿石上雲並出亦如鵷管合各生還
似犬牙分折烟束露如相遺何必明朝不茹葷

奉和　　　　　　　　　　　　龜蒙

春龍爭地養檀欒況是雙林雨後看迸出似毫當
垤塊孤生如恨倚欄干凌虚勢欲齊金剎折贈光
宜照玉盤更待錦苞零落後粉環高下搨烟寒

春夕陪崔諫議櫻桃園宴　　　　日休

萬樹香飄水麝風蠟燻花雪盡成紅夜深歡態狀
不得醉客圖開明月中衛協畫醉客圖

奉和　　龜蒙

佳人芳樹雜春蹊花外烟濛月漸低幾度艷歌清
欲轉流鶯驚起不成棲

松江早春　　日休

松陵清淨雪消初見底新安恐未如穩凭船舷無
一事分明數得鱠殘魚

奉和　　　　　　　　龜蒙

栁下江飡待好風暫時還得狎漁翁一生無事烟波足唯有沙邊水勃公

女墳湖即吳王葬女之所　　　　日休

萬貴千奢已寂寥可憐幽憤爲誰嬌須知韓重相思骨直在芙蓉向下消

奉和　　　　　　　　龜蒙

水平波淡繞迴塘鶴殉人沉萬古傷應是離魂雙

不得至今沙上少鴛鴦

泰伯廟　日休

一廟爭祠兩讓君幾千年後轉清芬當時盡解稱
高義誰敢教他莽卓聞

奉和　龜蒙

故國城荒德未荒年年椒奠溼中堂邇來父子爭
天下不信人間有讓王

宿木蘭院　日休

木蘭院裏雙棲鶴長被金鉦聒不眠今夜宿來還似爾到明無計夢雲泉

奉和次韻　龜蒙

苦吟清漏迢迢極月過花西尚未眠猶憶故山欹警枕夜來嗚咽似流泉

重題薔薇　日休

濃似猩猩初染素輕於燕燕欲凌空可憐細麗難勝日照得深紅作淺紅

先生兄絶更覺迷離氣息

奉和次韻　　龜蒙

穠華自古不得久况是倚春春已空更被夜來風雨惡滿堦狼籍没多紅

春夕酒醒　　日休

四絃纔罷醉蠻奴酃醁餘香在翠爐夜半醒來紅蠟短一枝寒淚作珊瑚

奉和　　龜蒙

幾年無事傍江湖醉倒黄公舊酒壚覺後不知新

月上滿身花影倩人扶

松陵集卷第六

虞山毛晉挍刊　男扆再挍

# 松陵集卷第七

今體七言詩九十首

開元寺佛鉢詩 幷序　　日休

按釋法顯傳云佛鉢本在毗舍離今在乾陀衛竟若干百年當復至西月支國若干百年至于闐國若干百年當至屈茨國若干百年當復來漢地晉建興二年二聖像浮海而至滬瀆僧尼輩取之以歸今存于開元寺後建興八年漁者於滬瀆沙汭

上獲之以爲臼類乃葷而用焉俄有佛像見于外漁者始爲與意滬瀆二聖之遺祥也乃以鉢供之迄今尚存余遂觀而爲之詠因寄天隨子

帝青石作綠氷姿（佛律云此鉢帝青石也四天王所獻也）曾得金人手自持拘律樹邊齋散後提羅花下洗來時乳麋味斷中天覺麥麨香消大刼知從此共君親頂戴針風應不等閒吹

奉和　龜蒙

空王初受逞神功四鉢須臾現一重至今鉢緣有四重也持次想添香積飯覆時應帶步羅鍾光寒好照金毛鹿響靜堪降白耳龍從此寶函香裏見不煩西去詣靈峰

夏首病愈因招魯望　日休

曉入清和尚袷衣夏陰初合掩雙扉一聲撥穀桑柘晚數點舂鋤烟雨微貧養仙禽能箇瘦病關芳草就中肥明朝早起非無事買得蓴絲待陸機

奉酬次韻　　　　　　　　　　　　龜蒙

雨多青合是垣衣一幅䜌牋夜欵扉蕙帶又聞寬沈約茅齋猶自憶王微方靈紙在君臣正篆古須抛點畫肥除却伴談秋水外野鷗何處更忘機

新夏東郊閒泛有懷襲美　　　　　龜蒙

遲於春日好於秋野客相攜上釣舟經暑衫時冠暫亞佩箵笭箵後帶頻搊蒹葭鷺起波搖笠村落蠶眠樹挂鉤料得秪君能愛此不爭烟水似封侯

別有一種

奉和次韻　　日休

水物輕明澹似秋多情才子倚蘭舟碧莎裳下攜
詩草黃篾樓中挂酒𧄍蓮葉蘸波初轉棹魚兒簇
餌未諳鈎共君莫問當時事一點沙禽勝五侯

四月十五日道室書事寄襲美　　龜蒙

烏飯新炊芼臛香道家齋日以爲常月苗杯舉存
三洞雲蘂函開叩九章一掬陽泉堪作雨數銖秋
石欲成霜可中值著雷平信爲覓閒眠苦竹牀

飲食起居
不是人間
境界

千前古態
世上愁痕
還他清現
本相

奉和　日休

望朝齋戒是尋常靜啟金根第幾章竹葉飲爲甘露色蓮花鮓作肉芝香松膏背日凝雲磴丹粉經年染石牀剩欲與君終此志頑仙唯恐鬢成霜

看壓新醅寄懷襲美　龜蒙

曉壓糟牀漸有聲旋如荒澗野泉清身前古態熏應出世上愁痕滴合平飲啄斷年同雀儉風波終日看人爭樽中若使常能淥兩綬通侯總强名

奉和次韻　日休

一篑松花細有聲，旋將渠椀撇寒清。秦吳只恐篘來近，劉項真應釀得平。酒德有神多客頌，醉鄉無貨沒人爭。五湖烟水郎山月，合向樽前問底名。

登初陽樓寄懷北平郎中　日休

危樓新製號初陽，白粉青薂射沼光。避酒幾浮輕舴艋，下棊曾覺睡鴛鴦。投鉤列坐圍華燭，格簺分朋占靚粧。莫怪重登頻有恨，二年曾侍舊吳王。

奉和　龜蒙

遠窗浮檻亦成年幾伴楊公白晝筵日煖烟花曾撲地氣和星象却歸天閒將水石侵軍壘醉引笙歌上釣船無限恩波猶在目東風吹起細漪漣

夏初訪魯望偶題小齋　日休

半里芳陰到陸家藜牀相勸飯胡麻林閒度宿抛棋局壁上經旬挂釣車野客病時分竹米鄰翁齋日乞藤花踟蹰未放閒人去半岸紗帩待月華

奉和次韻　龜蒙

四鄰多是老農家百樹雞桑半頃麻盡趁晴明修網架每和烟雨掉繰車啼鸎偶坐身藏葉餉婦歸來鬢有花不是對君吟復醉更將何事送年華

所居首夏水木尤清適然有作　日休

病來無事草堂空晝永休聞十二筒桂靜似逢青眼客松閑如見綠毛翁潮期暗動庭泉碧梅信微侵地障紅盡日枕書慵起得被君猶自笑從公

奉和次韻　　　　　　　龜蒙

柹陰成列藥花空却憶桐江下釣筒亦以魚蝦供熟鷺近緣櫻筍識鄰翁閒分酒劑多還少自記書籤白間紅更愛夜來風月好轉思玄度對支公

重玄寺元達年逾八十好種名藥凡所植者多至自天台四明包山句曲叢萃紛糅各可指名余奇而訪之因題二章

日休

雨蓧烟鋤傴僂賁紺牙紅甲兩三畦藥名却笑桐
君少年紀翻嫌竹祖低白石靜敲蒸朮火濤泉開
洗種花泥怪來昨日休持鉢一尺彫胡似掌齊
香蔓蒙龍覆昔邪檜烟杉露濕袈裟石盆換水撈
松藥竹徑遷牀避筭茅藜杖移時挑細藥銅鉼盡
日灌幽花支公謾道憐神駿不及今朝種一麻

奉和題達上人藥圃二首　龜蒙

藥味多從遠客賫旋添花譜旋成畦三椏舊種根

隨手攝來自覺異色不同不知詩者子多詆排矣

應與九節初移葉尚低山葵便和幽澗石水芝須帶本池泥從今直到清秋日又有香苗幾番齊

淨名無語示清羸藥草搜來喻更微一雨一風皆遂性花開花落盡忘機教疏兎縷金絃亂（兎絲別名）自擁龍芻紫汞肥莫怪獨親幽圃坐病容銷盡欲依端

懷華陽潤卿博士三首　日休

先生一向事虛皇天市壇西與世忘環堵養龜看

氣訣刀圭餌犬試仙方誰採石腦衣裾潤閑鍊松
脂院落香聞道徵賢須有詔不知何日到良常
冥心唯事白英君不問人間爵與勳林下醉眠仙
鹿見洞中閑話隱芝聞石牀臥苦渾無蘇藤簟開
稀恐有雲料得虛皇新詔樣青瓊板上綠爲文
鳳骨輕來稱瘦容華陽館主未成翁陶隱居昔爲華陽館主
數行玉札存心久一掬雲漿漱齒空白石煑多熏
屋黑丹砂埋久染泉紅他年欲事先生去十賚須

加陸逸沖逸沖甞事隱居隱居錫名棲静處士十賚猶人間九錫也

奉和三首　　龜蒙

幾降眞官授隱書洛公曾到夢中無眉間入静三
辰影肘後通靈五岳圖北洞樹形如曲蓋東凹山
色似蘘爐金墟福地能容否願作岡前蔣負芻
火景應難到洞宮蕭閒堂冷任天風談玄麈尾拋
雲底服散龍胎在酒中有路還將赤城接無泉不
共紫河通奇編早晚教傳授免以神仙問葛洪

終日焚香禮洞雲更息琪樹轉勞神曾尋下泊宮名常經月不到中峰又累春仙道最高黄玉籙署天偏稱白綸巾清齋若見茅司命乞取朱兒十二斤

以竹夾膝寄贈襲美　　龜蒙

截得篔簹冷似龍翠光横在暑天中堪臨薤簟閒憑月好向松窗臥跂風持贈敢齊青玉案醉吟偏稱碧荷筒添君雅具教多著爲著西齋譜一通

魯望以竹夾膝見寄因次韻酬謝

日休

圓於玉柱滑於龍來自衡陽彩翠中拂潤恐飛清夏雨叩虛疑貯碧湘風大勝書客裁成簡頗賽溪翁截作筒從此角巾因爾戴俗人相訪若爲通

夏景無事因懷章來二上人　日休

澹景微陰正送梅幽人逃暑瘿楠杯水花移得和魚子山蕨收時帶竹胎嘯館大都偏見月醉鄉終竟不聞雷更無一事唯留客却被高僧怕不來

隹樹盤珊枕草堂此中隨分亦閒忙平鋪風簟尋琴譜靜掃烟窗著藥方幽鳥見貧留好語白蓮知臥送淸香從今有計消閒日更爲支公置一牀

奉和次韻　　龜蒙

簷外靑陽有二梅折來堪下凍醪杯（離騷注云盛夏以醇酒置氷上）高杉自欲生龍腦小弁誰能寄鹿胎麗事肯教饒沈謝談微何必減宗雷還聞擬結東林社爭奈淵明醉不來

忽憶高僧坐夏堂厭泉聲鬧笑雲忙山重海澹懷中印月冷風微宿上方病後書求嵩少藥定迴衣染貝多香何時更問逍遙義道林有逍遙遊別義五粒松陰半石牀

寄瓊州楊舍人　　日休

德星芒彩瘴天涯酒樹堪消謫宦嗟行遇竹王因設奠居逢木客又遷家清齋淨溲桄榔麵遠信閒封荳蔻花清切會須歸有日莫貪句漏足丹砂

奉和　　龜蒙

明時非罪謫何偏鵩鳥巢南更數千酒滿椰杯消毒霧風隨蕉扇下瀧船人多藥户行狂蠱吏有珠官出俸錢秪以直誠天自信不勞詩句詠貪泉

魯望以輪鉤相示緬懷高致因作三篇　　日休

角柄孤輪細膩輕翠蓬十載伴君行撚時解轉蟾蜍魄拋處能啼絡緯聲七里灘波喧一舍五雲溪

月靜三更朱衣斛足和蓑睡誰信人間有利名

一線飄然下碧塘溪翁無語遠相望蓑衣舊去烟披重篛笠新來雨打香白鳥白蓮爲夢寐淸風淸月是家鄉明朝有物克君信橊酒三甁寄夜航　橊酒出沈約集

盡日悠然舴艋輕小輪聲細雨溟溟三尋絲帶桐江闊一寸鈎含笠澤腥用近詹何傳釣法收和范蠡養魚經孤蓬半夜無餘事應被嚴灘聒酒醒

頃自桐江得一釣車以襲美樂烟波之思因
出以爲玩俄辱三篇復抒酬答

龜蒙

旋屈金鈎劈翠筠手中盤作釣魚輪忘情不效孤
醒客有意閒窺百丈鱗雨似輕埃時一起雲如高
蓋强相親任他華轂低頭笑此地終無覆敗人

曾招漁侶下清潯獨蠒初隨一錘深細輾烟華無
轍跡靜含風力有車音相呼野飯依芳草迭和山

得意之作
分外出色

歌逗遠林得失任渠但取樂不曾生個是非心

病來縣著脆緡絲獨喜高情爲我持數輻尚凝烟

雨態三篇能賦蕙蘭詞雲深石靜閒眠穩月上江

平放溜遲第一莫教諳此境倚天功業待君爲

吳中書事寄漢南裴尚書　日休

萬家無事鏁蘭橈鄉味腥多厭紫蘄江文通集云紫蘄石刼也

水似棋文交度郭柳如行障儼遮橋青梅蔕重初

迎雨白鳥羣高欲避潮唯望舊知憐此意得爲傖

絕妙

鬼也道遙

奉和　　　　　　　　龜蒙

風清地古帶前朝遺事紛紛未寂寥三泖涼波漁

蕝動遠祖士衡對晋武帝以三泖冬温夏涼五茸春草雉媒嬌五茸吳王獵所石各有名雲藏野寺分金刹月在江樓倚玉簫不用

懐帰忘此景吳王看即奉弓招

夏景冲澹偶然作二首　　　　日休

秪隈蒲褥岸烏紗味道澄懐景便斜紅印寄泉慚

郡守青筐與笋槐僧家茗爐盡日燒松子書按經
時剃花園吏暫棲君莫笑不妨猶更著南華
一室無喧是事幽還如貞白在高樓天台畫得千
廻看湖目芳來百度遊（湖目茸蓮子也）無限世機吟處息
幾多身計釣前休他年謁帝言何事請贈劉伶作
醉侯

奉和次韻　　龜蒙

蟬雀參差在扇紗竹襟輕利籜冠斜壚中有酒文

園會琴上無絃靖節家芝晚烟霞全覆穗橘洲風
浪半浮花間恩兩地忘名者不信人間髮解華
秖於池曲象山幽便是瀟湘浸石樓斜拂茨盤輕
鷺下細穿蔆線小鯢遊閒開茗焙嘗須徧醉撥書
帷臥始休莫道仙家無好爵方諸還拜碧琳侯

送李明府之任南海　日休

五羊城在蜃樓邊墨綬垂腰正少年山靜不應聞
鶌鳥草深從使翳貪泉蟹奴晴上臨潮檻燕婢秋

對句尤佳

隨過海船一事與君消遠宦乳蕉花發訟庭前

奉和　　龜蒙

春盡之官直到秋嶺雲深處凭瀧樓居人愛近沈珠浦候吏多來拾翠洲賓稅盡應輸紫貝蠻童多學佩金鉤知君不戀南枝久拋却經冬白罽裘

寫之新妙

寄題羅浮軒轅先生所居　　日休

亂峯四百三十二羅浮山峯數欲問徵君何處尋紅翠山鳥名數聲瑤室響山有璇房瑤室七十有二眞檀一炷石樓深

山都遣負沽來酒樵客容看化後金從此謁師知
不遠求官先有葛洪心

奉和　　　　　　　　　　　　龜蒙

鼎成仙馭入崆峒百世猶傳至道風暫應青詞爲
穴鳳却思丹徼伴冥鴻金公的的生爐際瓊刃時
時到夢中預恐浮山歸有日載將雲室十洲東

宿報恩寺水閣　　　　　　　　日休

寺鏁雙峯寂不開幽人中夜獨徘徊池文帶月鋪

金簟蓮朶含風動玉杯往往竹梢搖翡翠時時杉子擲莓苔可憐此際誰曾見唯有支公盡看來

奉和　龜蒙

峯抱池光曲岸平月臨虛檻夜何淸僧穿小檜纔分影魚擲高荷漸有聲因憶故山吟易苦各橫秋簟夢難成周顒不用裁書勸自得涼天證道情

醉中偶作呈魯望　日休

谿雲澗鳥本吾儕剛爲浮名事事乖十里尋山爲

思役五更看月是情差分將吟詠華雙鬓力以壺
觴固百骸爭得草堂歸卧去共君同作太常齋

奉和次韻　　　　　　　　龜蒙

海隺飄飄韻莫儕在公猶與俗情乖初呈酒務求
專判合禱山祠請自差永夜譚玄侵罔象一生交
態忘形骸憐君醉墨風流甚幾度題詩小謝齋

寄滑州李副使員外　　　　日休

兵繞臨淮數十重鐵衣才子正從公軍前草奏施

頭下城上封書箭簳中圍合只應聞曉雁血腥何
處避春風故人勲重金章貴猶在江湖積釣功

奉和　　　　　　　　　　　　　　龜蒙

洛生閒詠正抽毫忽傍旌旗著戰袍檄下連營皆
破膽劒離孤匣欲吹毛清秋月色臨軍壘半夜淮
聲入賊壕除却征南爲上將平徐功業更誰高

傷史拱山人　　　　　　　　　　　日休

一緘幽信自襄陽上報先生去歲亡山客爲醫翻

貰藥野僧因弔却焚香峯頭孤冢爲雲穴松下靈筵是石牀宗炳死來君又去終身不復到柴桑

奉和　龜蒙

曾說山棲欲去尋豈知霜骨葬寒林常依淨住師冥目兼事容成學算心史學浮圖兼善算術逋客預齋還梵唱老猿窺祭亦悲吟唯君獨在江雲外誰誄孤貞置峴岑

吳中言懷寄南海二同年　日休

曲水分飛歲已賖東南爲客各天涯退公秖傍蘇
勞竹移宴多隨末利花銅鼓夜敲溪上月布帆晴
照海邊霞三年謾被鱸魚累不得橫經侍絳紗

奉和　　　　　　　　　　　　　　　　龜蒙

曾具凌風上赤霄盡將華藻赴嘉招城連虎踞山
圖麗路入龍編海舶遙江客漁歌衝白荇野禽人
語映紅蕉庭中必有君遷樹莫向空臺望漢朝交州
記云有君遷樹有朝
臺尉陀望漢所築

胥門閙泥　　日休

青翰[illegible]徐夏思清愁烟漠漠荇花平醉來欲把田

田[illegible]盡裏當時醒酒鯖

奉和　　龜蒙

細槳輕橈下白蘋故城花謝綠陰新豈無今日逃

名士試問南塘著屧人

木蘭後池三詠　　日休

重臺蓮花

欹紅矮婧力難任每葉頭邊半米金可得教他水妃見兩重元是一重心

浮萍

嫩似金脂颺似烟多情渾欲擁紅蓮明朝擬附南風[illegible]寄與湘妃作翠鈿

白蓮

但恐醍醐難並潔秖應薝蔔可齊香半垂金粉知何似靜婉臨溪照額黃

奉和三詠　龜蒙

重臺蓮花

水國烟鄉足芰荷，就中芳瑞此難過。風情爲與吴王近，紅蕚常教一倍多。

浮萍

晚來風約半池明，重疊侵沙綠罽成。不用臨池重相笑，最無根蔕是浮名。

白蓮

素蘤多蒙别艷欺此花眞合在瑶池還應有恨無
人覺月曉風清欲墮時

重題後池　日休

細雨闌珊眠鷺覺鈿波悠漾並鴛嬌適來會得荆
王意秖爲蓮莖重細腰

奉和　龜蒙

曉烟清露暗相和浴雁浮鷗意緒多却是陳王詞
賦錯枉將心事託微波

襲美庭中初植松桂偶題　　龜蒙

軒陰冉冉移斜日，寒韻泠泠入晚風。烟格月姿曾不改，至今猶似在山中。

奉和次韻　　日休

毿毿綠髮垂輕露，獵獵丹華動細風。恰似青童君欲會，儼然相向立庭中。

戲題襲美書印囊　　龜蒙

鵲銜龜顧妙無餘，不愛封侯愛石渠。應笑休文過

萬卷至今誰道沈家書

奉和次韻　　　　　　　　　　　　日休

金篆方圓一寸餘可憐銀艾未思渠不知夫子將心印印破人間萬卷書

館娃宮懷古五絶　　　　　　　　　日休

綺閣飄香下太湖亂兵侵曉上姑蘇越王大有堪羞處秖把西施賺得吴

鄭妲無言下玉墀夜來飛箭滿罘罳越王定指高

臺笑却見當時金鏤楣
半夜娃宫作戰塲血腥猶雜宴時香西施不及燒
殘蠟猶爲君王泣數行
素襪雖遮未掩羞越兵猶怕伍員頭吴王恨魄今
如在秖合西施瀨上遊
響屧廊中金玉步采蘭山上綺羅身不知水葬今
何處溪月彎彎欲效顰

奉和五絶　　龜蒙

五首深悟
絕調孤詣
正所能及

三千雖衣水犀珠半夜夫差國暗屠猶有八人皆
二八獨教西子占亡吳
一宮花渚漾漣漪倭墮鴉鬟出繭眉可料坐中歌
舞袖便將殘節拂降旗
幾多雲榭倚青冥越焰燒來一片平此地最應沾
恨血至今春草不勻生
江色分明練繞臺戰帆遙隔綺疏開波神自厭荒
淫主句踐樓船穩帖來

寶袜香綦碎曉塵亂兵誰惜似花人伯勞應是精
靈使猶向殘陽泣暮春

虎丘寺西小溪閒汎三絕　日休

鼓子花明白石岸桃枝竹覆翠嵐溪分明似對天
台洞應厭頑仙不肯迷

絕壑秪憐白羽傲窮谿唯覺錦鱗癡更深尚有通
樵處或是秦人未可知

高下不驚紅翡翠淺深還礙白薔薇船頭繫個松

根上欲待逢仙不擬歸

奉和三絕大韻　　龜蒙

樹號相思枝拂地鳥語提壺聲滿溪雲涯一里千萬曲直是漁翁行也迷

荒柳卧波渾似困宿雲遮塢未全癡雲情柳意蕭蕭會若問諸餘總不知

毎逢孤嶼一倚檝便欲狂歌同採薇仕足烟蘿中待月不妨欹枕扣舷歸

卷第七終

# 松陵集卷第八

今體七言詩八十四首

白鷗詩 幷序　　龜蒙

樂安任君嘗爲涇尉居吳城中地纔數畝而不佩俗物有池池中有島嶼池之南西北邊合三亭修篁嘉木掩隱隈奥處其一不見其二也君好奇樂異喜文學名理之士所得皆清散凝瑩襲美知而偕詣既坐有白鷗翩然馴於砌下因請浮而翫之

主人曰池中之族老矣每以豪健據有鷗之始浮輒逐而害之今鳧不敢入吁昔人之心蓄機事猶或舞而不下況害之哉且羽族麗於水者多矣獨鷗爲閒暇其致不高邪一旦水有鯨鯢之患陸有狐狸之憂儔侶不得命嘯塵埃不得澡刷雖蒙人之流賞亦天地之窮鳥也感而爲詩邀龔美同作

慣向溪頭漾淺沙薄烟微雨是生涯時時失伴沉山影往往爭飛雜浪花晚樹清涼還鷿鵜舊巢零

落寄蒹葭池塘信美應難戀針在魚脣劍在鰕

奉和　　日休

雪羽襹褷半惹泥海雲深處舊巢迷池無飛浪爭

教舞洲少輕沙若遣棲烟外失羣鶼鷹鶖波中得

志羨鳧鷖主人恩重眞難遇莫爲心孤憶舊溪

懷楊台文楊鼎文二秀才　　龜蒙

秋早相逢待得春崇蘭清露小山雲崇蘭小山郡中二堂寒

花獨自愁中見曙角多同醒後聞釣具每隨輕舸

去詩題閒上小樓分重思醉墨縱橫甚書破羊欣白練裙

奉和次韻　日休

羊曇醑我昔經春各以篇章鬪五雲賓草每容閒處見擊琴多任醉中聞釣前青翰交加倚醉後紅魚取次分爲說風標曾入夢上仙初著翠霞裙

友人以人參見惠因以詩謝之　日休

神艸延年出道家神艸別名是誰披露記三椏開時的

定涵雲液斸後還應帶石花名士寄來消酒渴野人煎處撇泉華從今湯劑如相續不要金山焙上茶

奉和　龜蒙

五葉初成椵樹陰紫團峰外卽雞林名參鬼蓋須難見材似人形不可尋品第已聞升碧簡攜持應合重黃金殷勤潤取相如肺封禪書成動帝心

傷進士嚴子重詩并序　日休

余爲童在鄉校時簡上抄杜舍人牧之集見有與進士嚴惲詩後至吳一日有客曰嚴其余志其名久矣遽懷文見造於是樂得禮而觀之其所爲工於七字往往有清便柔媚時可軼駭於常軌其佳者曰春光冉冉歸何處更向花前把一杯盡日問花花不語爲誰零落爲誰開余美之諷而未嘗怠生舉進士亦十餘計偕余方寃之謂乎竟有得於時也未幾歸吳興後兩月咸通十一年也霅人至云生以

疾亡於所居矣噫生徒以詞聞於士大夫竟不名而逝豈止此而湮沒耶江湖間多美利士君子苟樂退而有文者死無不爲時惜可勝言耶於是哭而爲詩會望生之友也當爲我同作

十哭都門榜上塵蓋棺終是五湖人生前有敵唯丹桂沒後無家秖白蘋箬下漸新醒處月江南依舊詠來春知君精爽應無盡必在酆都頌帝晨梁成

酆都官頌紂

絕標帝晨

嚴子重以詩遊於名勝間舊矣余晚於江南相遇甚樂不幸且沒襲美作詩序而弔之其名眞不朽矣又何戚其死哉余因息悲而爲之和　龜蒙

每值江南日落春十年詩酒愛逢君芙蓉湖上吟船倚翡翠岩前醉馬分秪有汀洲連舊業豈無章疏動遺文猶憐未卜佳城處更斷要離冢畔雲

早秋吳體寄襲美　龜蒙

緶字押口哥

荒庭古樹只獨倚敗蟬殘蛩苦相仍雖然詩膽大
於斗爭奈愁腸牽似繩短燭初添蕙幌影微風漸
折蕉衣稜安得彎弓似明月快箭拂下西飛鵬

奉和次韻　日休

書淫傳癖窮欲死譊譊何必頻相仍日乾陰蘚厚
堪剝藤把歘松牢似繩擣藥香侵白袷袖穿雲潤
破烏紗稜安得瑤池飲殘酒半醉騎下垂天鵬

秋賦有期因寄襲美　時將主試貢士　龜蒙

雲似無心水似閒忽思名在貢書間烟霞鹿弁聊
懸著鄰里漁舠暫解還文草病來猶滿篋藥苗衰
後郎離山廣寒宮樹枝多少風送高低便可攀
奉和次韻　　　　　　　　日休
十載江南盡是閒客兒詩句滿人間郡侯聞譽親
邀得鄉老知名不放還應帶瓦花經汴水更携雲
實出包山太微宫裏環岡樹無限瑶枝待爾攀
病中秋懷寄襲美　　　　　　龜蒙

病容愁思苦相兼，清鏡無情未我嫌。貪廣異蔬行徑窄，故求偏藥出錢添。同人散後休賒酒，雙燕辭來始下簾。更有是非齊未得，重憑詹尹拂龜占。　日休

奉和次韻

貧病於君亦太兼，才高應亦被天嫌。因分鶴料家資減，爲置僧餐口數添。靜裏改詩空凭几，寒中注易不開簾。清詞一一侵眞宰，甘取窮愁不用占。　日休

新秋即事三首

癡號多於顧愷之更無餘事可從知酒坊吏到常
先見鶴料符來每探支吳郡有鶴料案涼後每謀清月社
晚來專赴白蓮期共君無事堪相賀又到金虀玉
鱠時

堪笑高陽病酒徒幅巾蕭灑在東吳秋期淨掃雲
根瘦山信迴緘乳管麤白月半窗抄朮序清泉一
器授芝圖乞求待得西風起盡去聲挽烟帆入太湖
露槿風杉滿曲除高秋無事似雲廬醉多已任家

人厭病久還甘吏道踈青桂巾箱時寄藥白綸臥
具半拋書君卿脣舌非吾事且向江南問鰒魚

奉和次韻　　　　　龜蒙

心似孤雲任所之世塵中更有誰知愁尋冷落驚
雙鬢病得淸涼减四支懷舊藥溪終獨往宿枯杉
寺已頻期兼須爲月求高處即是霜輪殺滿時
帆檝衣裳盡釣徒往來蹤跡徧三吳閒中展卷典
亡小醉後題詩點畫麤松島伴譚多道氣竹窗孤

高雍絶倡

夢豈良圖還須待致昇平了郎任扁舟放五湖

聲利從來解破除秋灘唯憶下桐廬鸕鷀陣合殘

陽少蜻蜓吟高冷雨疎辯伏南華論指指才非玄

晏借書書當時任使眞堪笑波上三年學炙魚

南陽潤卿將歸雷平因而有贈　日休

借問山中許道士此迴歸去復何如竹屏風扇抄

遺[illegible]石步輿竿繫隱書絳樹實多分紫鹿丹沙泉

淺種紅魚東卿施節看看至靜啟茅齋愼掃除

奉和　　龜蒙

朝市山林隱一般，却歸那減臥雲權。墮堦紅葉誰
收得，半盎清醪客醉乾。玉笈詩成吟處曉，金沙泉
落夢中寒。眞仙若降如相問，曾步星罡繞醮壇。

訪寂上人不遇　　日休

何處尋雲暫廢禪，客來還寄草堂眠。桂寒自落翻
經案，石冷空消洗鉢泉。爐裏尚飄殘玉篆，龕中仍
鏁小金仙。須將二百籖迴去，待得支公恐隔年。

穩愜

奉和　龜蒙

芭蕉霜後石欄荒林下無人閉竹房經抄未成拋素几錫環應撼過寒塘蒲團爲拂浮埃散茶器空懷碧餑香早晩却還宗炳社夜深風雪對禪牀

顧道士亡弟子乞銘於襲美既而奉以束帛因賦戲贈　龜蒙

童初真府召爲郎君與抽毫刻便房亦謂神仙同許郭不妨才力似班揚比於黃絹詞尤妙酬以霜

縑價未當唯我有文無賣處筆鋒銷盡墨池荒

奉和　日休

師去東華却鍊形門人求我誌金庭大椿枯後新爲記仙鶴亡來始有銘（刪朝文集未有道士銘誌）瓊版欲刊知不朽冰紈將受恐通靈君才莫歎無茲分合注神玄劍解經

秋夕文宴（得遥字）　日休

啼螿衰葉共蕭蕭文宴無喧夜轉遥高韻最宜題

雪讚逸才偏稱和雲謠風吹翠蠟應難刻月照清香太易消無限玄言一盃酒可能容得蓋寬饒

同前 得成字　龜蒙

筆陣初臨夜正清擊銅遥認小金鉦飛觥壯若遊燕市覓句難於下趙城隔嶺故人因會憶傍簷棲鳥帶吟驚梁王座上多詞客五韻甘心第七成 梁昭明嘗文晏賦詩各五韻劉孝威第七方成

南陽廣文欲於荆襄卜居因而有贈

日休

地肺從來是福鄉廣文高致更無雙青精飯熟雲侵竈白㪺裘成雪濺窗庋日竹書千萬字經冬朮煎兩三缸鱸魚自是君家味莫背松江憶漢江

代廣文先生訓次韻　　龜蒙

不知天隱在何鄉且欲烟霞跡暫雙寉廟未能齊月馭鹿門聊擬並雲窗蘚銜荒磴移桑屐花浸春醪挹石缸莫惜㯶頭容釣伴也應東印有餘江

寄毗陵魏處士朴　　日休

文籍先生不肯官，絮巾衝雪把漁竿。一堆方册爲侯印，三級幽巖是將壇。醉少最因吟月冷，瘦多偏爲卧雲寒。兎皮衾煖篷舟穩，欲共誰遊七里灘。

奉和　　龜蒙

經苑初成墨沼開，何人林下肯尋來。若非宗測圖山後，即是韓康賣藥迴。溪籟自吟朱鷺曲，沙雲還作白鷗媒。唯應地主公田熟，時送君家麯蘖材。

初冬偶作寄南陽潤卿　日休

寓居無事入清冬，雖設樽罍酒半空。白菊爲霜翻帶紫，蒼苔因雨却成紅。迎潮預遣收魚笱，防雪先教葢鶴籠。唯待支硎最寒夜，共君披氅訪林公。

奉和次韻　龜蒙

逐日生涯敢計冬，可嗟寒事落然空。怹憐反照緣書小，庭喜新霜爲橘紅。衰柳尚能和月動，敗蘭猶擬倩烟籠。不知海上今清淺，試與飛書問洛公。

冬曉章上人院　日休

山堂冬曉寂無聞一句清言憶領軍琥珀珠粘行
處雪椶櫚箒掃臥來雲松扉欲啟如鳴鶴石鼎初
煎若聚蚊不是戀師歸去晚陸機茸内足毛群

奉和　龜蒙

山寒偏是曉來多况值禪窗雪氣和病客功夫經
未演故人書信納新磨閒臨靜案修茶品獨傍深
溪記藥科從此逍遥知有地更乘清月伴君過

寄題鏡巖周尊師所居詩并序　日休

處州仙都山，山之半有洞，户下望之如鑑，目之曰鏡巖。下去地二百尺，上者以竹梯爲級，中如方丈，内有乳水滴瀝嵌罅。黄老徒周君景復居焉，迨八十年不食乎粟，日唯焚降眞香一炷，讀靈寶度人經而已。東牟段公柯昔爲州，日聞其名，梯其室以造之，且曰：君居此久矣，乳水之滴晝夜可知量乎？周君曰：某常揣之，盡晝與夜，一斛加半焉。公異而禮之後柯別十二年、日休至吳處人過說周君尚存。吟想其道無繇以覩。因寄題是詩云。

八十餘年住鏡巖，鹿皮巾下雪髟髟。床寒不奈雲縈枕，經潤何妨乳滴函。飲澗猿迴窺絕洞，緣梯人歇倚危杉。如何討吏窺於鳥，欲望仙都舉一帆。

奉和　龜蒙

見說身輕鶴不如，石房無侶共雲居。清晨自削靈香柹，獨夜空吟碧落書。十洞飛精應徧吸，一壺秋

仙界仙詩

髪未曾梳知君便入懸珠會早晚東騎白鯉魚

寒夜文宴 得泉字　　日休

分朋競襞七香牋王朗風姿盡列仙盈篋共開華頂藥滿鉼同坼惠山泉蟹因霜重金膏溢橋爲風多玉腦鮮吟罷不知詩首數隔林明月過中天

同前 得驚字　　龜蒙

各將寒調觸詩情旋見微澌入硯生霜月滿庭人暫起汀洲半夜鴈初驚三清每爲仙題想一日多

因累句傾千里建康衰草外含毫誰是憶昭明

庚寅歲十一月新羅弘惠上人與本國同書請日休爲靈鷲山周禪師碑將還以詩送之　日休

三十麻衣弄渚禽豈知名字徹鷄林勒銘雖即多遺草越海還能抵萬金鯨鬣曉掀峯正燒鼇睛夜没島還陰三千餘字終天別東望辰韓淚灑襟

奉和　龜蒙

一函迢遰過東瀛祗爲先生處乞銘已得雄詞封
靜撿却懷孤影在禪庭春過異國人應寫夜讀滄
洲怪亦聽遙想勒成新塔下盡望空碧禮文星

送潤卿博士還華陽　日休

雪打蓬舟離酒旗華陽居士半酣歸逍遙只恐逢
雲將恬澹眞應降月妃仙市鹿胎如錦嫩陰宮燕
肉似蘇肥公車草合蒲輪壞爭不教他白日飛

同前　龜蒙

何事輕舟近臘廻茅家兄弟欲歸來茅司命以三月十八日十二月二日會于華陽天封題玉洞虛無奏點撿霜壇沆瀣杯雲肆先生分氣調山圖公子愛詞才殷勤爲向東卿鷹灑掃含眞雪後臺

寒日書齋卽事三首　日休

參佐三間似艸堂恬然無事可成忙移時寂歷燒松子盡日殷勤拂乳牀將近道齋先衣褐欲清詩思更焚香空庭好待中宵月獨禮星辰學步罡

不知何事有生涯皮褐親裁學道家深夜數甌唯柏葉清晨一器是雲華雲母別名盆池有鷺窺蘋沫石版無人埽桂花江漢欲歸應未得夜來頻夢赤城霞

方朔家貧未有車肯從榮利捨樵漁從公未怪多侵酒見客唯求轉借書暫聽松風生意足偶看溪月世情疎如鉤得貴非吾事合向烟波為玉魚松江有玉魚

奉和每篇各用一韻　龜蒙

不必探幽上鬱岡公齋吟嘯亦何妨唯求薏苡供
僧食别著氍毹待客牀春近帶烟分短蕙曉來衝
雪撼疏篁餘杭山酒猶封在遥囑高人未肯嘗
已上星津八月槎文通猶自學丹砂江文通有丹砂可學賦
仙經寫得空三洞隱士招來別九華靜對眞圖呼
綠齒偶開神室問黄牙方諸更是憐才子錫賚於
君合有差

名價皆酬百萬餘尚憐方丈講玄虚西都賓問曾
成賦東海人求近著書（襲美嘗作弔江都賦又新羅僧請爲太師碑銘）茅
洞烟霞侵窟寵檀溪風月挂樵漁清朝還要廷臣
在兩地寧容便結廬

臈後送内大德從勗遊天台　日休

講散重雲下九天大君恩賜許隨緣霜中一鉢無
辭乞湖上孤舟不廢禪夢入瓊樓寒有月（天台山有金庭不死之鄉及瓊樓玉室）
行過石樹凍無烟（桼消山有石樓樹吳大皇元年郡吏）

伍曜于海際得之枝莖紫色有光南越謂之石連理也他時瓜鏡知何用吳越風光滿御筵

奉和　　龜蒙

應緣南國盡南宗欲訪靈溪路暗通溪在天台山下啼息不離雙闕下去程猶在四明東銅缾淨貯桃花雨金策閒搖麥穗風上人指期國清過夏若戀吾君先拜疏爲論台岳未封公

寄題玉霄峰葉涵象尊師所居　日休

神氣完備

清空一氣 意含蓄 長

青冥向上玉霄峰元始先生戴紫蓉曉案瓊文光
洞壑夜壇香氣惹杉松閒迎仙客來爲霍靜唳靈
符去是龍子細捫心無偃骨欲隨師去肯相容偃骨
在胸者名入牙骨

奉和　　　　　　　　　　　　龜蒙

天台一萬八千丈師在浮雲端掩扉永夜秖知星
斗大深秋猶見海山微風前幾降青毛節雪後應
披白羽衣南望烟霞空再拜欲將飛魄問靈威

南陽廣文博士還雷平後寄　龜蒙

微微春色染林塘親撥烟霞坐澗房陰洞雪膠知
未入濁醪風破的偷嘗芝臺曉用金鐺煮星度開
將玉鈴臺幾遍侍晨官欲降曙壇先起獨焚香

奉和次韻　日休

春彩融融釋凍塘日精閒嚥坐巖房瓊函靜啟從
猿覷金液初開與鶴嘗八會舊文多搭寫七眞遺
語剩思量不知夢到爲何處紅藥滿山烟月香

唐音

題支山南峯僧　日休

雲侵壞衲重隈肩不下南峰不記年池裏羣魚曾
受戒林間孤鶴欲參禪鷄頭竹上開危徑鴨脚花
中摘廢泉無限吳都堪賞事何如來此看師眠

奉和次韻　龜蒙

眉毫霜細欲垂肩自說初棲海嶽年萬壑烟霞秋
後到一林風雨夜深禪時翻貝葉添新藏閒捕松
枝護小泉好是清冬無外事匡牀齋罷向陽眠

送董少卿遊茅山　　日休

名卿風度足杓斜　一舸閒尋二許家　天影曉通金
井水　山靈深護玉門沙　空壇禮後銷香母　陰洞緣
時觸乳花　盡待于公作廷尉（卿嘗爲大理用法有廉平之稱）　不須
從此便餐霞

同前　　龜蒙

威輦高縣度世名　至今仙裔作公卿　將隨羽節朝
珠闕　曾佩魚符管赤城（董嘗判台州）　雲凍尚含孤石色

雪乾猶墮古松聲應知四扇靈方在待取歸時綠
髮生

襲美將以綠罽爲贈因成四韻　龜蒙

三徑風霜利若刀襜褕吹斷罥蓬蒿病中秖自悲
龍具世上何人識羽袍狐貉近懷珠履貴薜蘿遥
羨白巾高陳王輕暖如相遺免製衰荷效廣騷

詶魯望見迎綠罽次韻　日休

輕裁鴨綠任金刀不怕西風斷野蒿酬贈旣無青

玉案織華猶欠赤霜袍烟披怪石難同逸竹映仙禽未勝高成後料君無别事只應酬飲詠離騷

寄懷南陽潤卿　日休

鹿門山下捕魚郎今向江南作渴羌無事只陪看藕樣有錢唯欲買湖光醉來渾忘移花處病起空聞焙藥香何事對君猶有愧一篷衝雪返華陽

奉和　龜蒙

高抱相逢各絶塵水經山疏不離身才情未擬湯

從事玄解猶嫌竺道人霞染洞泉渾變紫雪披江

樹半和春誰憐故國無生計唯種南塘二畝芹

天竺寺八月十五日夜桂子　　日休

玉顆珊珊下月輪殿前拾得露華新至今不會天

中事應是嫦娥擲與人

奉和　　龜蒙

霜實常聞秋半夜天台天竺墮雲岑（每拱中天台桂子落一十餘日方止）如何兩地無人種却是湘灕是桂林

釣侶二章　　日休

趂眠無事避風濤一斗霜鱗換濁醪吳中賣魚論斗驚怪兒童呼不得盡衝烟雨漉車螯

嚴陵灘勢似雲崩釣具歸來放石層烟浪濺篷寒不睡更將枯蚌點漁燈

奉和次韻　　龜蒙

一艇輕撶看晚濤接䍦抛下漉春醪相逢便倚蒹葭泊更唱菱歌擘蟹螯

唐人絶妙
載內

雨後沙虛古岸崩魚梁移入亂雲層歸時月墮汀
洲暗認得妻兒結網燈

寄同年韋挍書　日休

二年疎放飽江潭水物山容盡足耽唯有故人憐
未替欲封乾鱠寄終南

奉和　龜蒙

萬古風烟滿故都淸才搜括妙無餘可中寄與芸
香客便是江南地里書

初冬偶作　日休

豹皮茵下百餘錢劉墮閒沽盡醉眠酒病校來無一事鶴亡松老似經年

奉和次韻　龜蒙

桐下空堦疊緑錢貂裘初綻擁高眠小爐低幌還遮掩酒滴清香似去年

醉中寄魯望一壺并一絶　日休

門巷寥寥空紫苔先生應渴解醒杯醉中不得親

相倚故遣青州從事來

走筆次韻奉訓　龜蒙

酒痕衣上雜莓苔猶憶紅螺一兩杯正被繞籬荒
菊笑日殘還有白衣來

更次來韻寄魯望　日休

蕭蕭紅葉擲蒼苔玄晏先生欠一杯從此問君還
酒債顏延之送幾錢來

又和次韻　龜蒙

堦下飢禽啄嫩苔野人方倒病中杯寒蔬賣卻還

沽喫可有金貂换得來

重玄寺雙矮檜　　　　日休

撲地枝回是翠鈿碧絲籠細不成煙應如天竺難

陀寺一對狻猊相枕眠

奉和　　　　　　　　龜蒙

可憐烟刺是青螺如到雙林誤禮多更憶早秋登

北固海門蒼翠出晴波

醉中戲贈襲美　龜蒙

南北風流舊不同傖吳今日若相通病來猶伴金杯滿欲得人呼小褚公

奉詶次韻　日休

秦吳風俗昔難同唯有才情事事通剛戀水雲歸不得前身應是太湖公

皐橋　日休

皐橋依舊綠楊中閭里猶生隱士風唯我到來居

上館不知何道勝梁鴻

奉和　　　龜蒙

橫絶春流架斷虹凭欄猶想五噫風今來未必非梁孟却是無人繼伯通

松陵集卷第八

虞山毛晉挍刊　男扆再挍

# 松陵集卷第九

今體五七言詩八十六首

過張祜處士丹陽故居并序　進士顏萱

萱與故張處士祜世家通舊尚憶孩稚之歲與伯氏嘗承處士撫抱之仁目管轄爲神童期孔融於偉器光陰徂謝二紀于兹適經其故居已易他主訪遺孤之所止則距故居之右二十餘步荆榛之下蓽門啟焉處士有四男一女男曰椿兒桂子椅

兒杞兒問之三已物故唯杞爲遺孕與其女尚存
欲揖杞與言則又求食於汝墳矣但有霜鬢而黄
冠者杖策迎門乃昔時愛姬崔氏也與之話舊歷
然可聽嗟乎蔦帔練裙兼非所有琴書圖籍盡屬
他人又云横塘之西有故田數百畆力旣貧窶十
年不耕唯歲賦萬錢求免無所嗚呼昔爲穆生置
醴鄭公立鄉者復何人哉因吟五十六字以鬮好
事者

豈是者不
是也當路
公卿復何
固哉

憶昔爲兒逐我兄曾抛竹馬拜先生書齋已換當時主詩壁空題故友名豈是爭權留怨敵可憐當路盡公卿柴扉草屋無人問猶向荒田責地征

和張處士詩并序　　龜蒙

張祜字承吉元和中作宫體小詩辭曲艷發當時輕薄之流能其才合譟得譽及老大稍窺建安風格誦樂府録知作者本意短章大篇往往間出講諷怨譎時與六義相左右善題目佳境言不可刊

置别處此爲才子之最也繇是賢俊之士及高位
重名者多與之游謂有鵠鷺之野孔翠之鮮竹柏
之貞琴磬之韻或薦之於天子書奏不下亦受辟
諸侯府性狷介不容物輒自劾去以曲阿地古澹
有南朝之遺風遂築室種樹而家焉性嗜水石常
悉力致之從知南海間罷職載羅浮石笋還不蓄
善田利産爲身後計死未二十年而故姬遺孕凍
餒不暇前所謂鵠鷺孔翠竹柏琴磬之家雖朱輪

尚棄遺編尚吟未嘗一省其孤而恤其窮也噫人假之爲戲翫好不根於道義耶懼其怨刺於神明耶天果不愛才沒而猶譴耶吾一不知之友人顏弘至行江南道中訪其廬作詩弔而序之屬予應和予泪沒者不足哀承吉之道邈襲美同作庶乎承吉之孤倚其傳而有憐者

勝華通子共悲辛荒徑今爲舊宅鄰一代交遊非不貴五湖風月合教貧魂應絕地爲才鬼名與遺

編在史臣聞道平生偏愛石至今猶泣洞庭人

魯望憫承吉之孤爲詩序邀予屬和欲用予道振其孤而利之噫承吉之困身後乎魯望視予困與承吉生前孰若哉未有已困而能振人者然抑爲之辭用塞良友之意

日休

先生清骨葬烟霞業破孤存孰爲嗟幾篋詩編分貴位一林石笋散豪家兒過舊宅啼楓影姬繞荒

生涯者當
知所戒哉

田泣稗花唯我共君堪便戒莫將文譽作生涯

旅泊吴門呈一二同志　前廣文博士張賁

一舸吴江晚堪憂病廣文鱸魚誰與伴鷗鳥自成
羣反照縱横水斜空斷續雲異鄉無限思盡付酒
醺醺

奉訓次韻　龜蒙

高秋能叩觸天籟忽成文苦調雖潛倚靈音自絶
羣茅峰曾醮斗笠澤久眠雲許伴山中躅三年任

一醺

賁中間有吳門旅泊之什多垂見和更作一

章以伸訓謝　　　　　　　　龜蒙

偶發陶匏響皆蒙組繡文清秋將落帽子夏正離

羣有恨書燕雁無聊賦郢雲徧看心自醉不是酒

能醺

更次韻奉訓　　　　　　　　龜蒙

獨倚秋光岸風漪學篳文玄堪教鳳集書好换鵞

羣葉墮平臺月香消古徑雲强歌非白紵聊以送

餘醺

魯望示廣文先生吳門二章情格高散可醒

俗態因追想山中風度次韻屬和存于詩

編魯望之命也　　　　日休

我見先生道休思鄭廣文祗翻希作伴鷗却覓爲

羣逸好冠清月高宜著白雲朝庭未無事爭任醉

醺醺

此首重覚粗
神骨清

寫得周到

能諳肉芝樣解講隱書文終古神仙窟窮年麋鹿
羣行廚煮白石臥具拂青雲應在雷平上支頤復
半醺

寄潤卿博士　日休

高眠可爲要玄纁鶡尾金爐一世焚陶貞白有金鶡尾香爐
塵外鄉人爲許掾山中地主是茅君將收芝菌唯
防雪欲曬圖書不奈雲若便華陽終臥去漢家封
禪用誰文

訓襲美先輩見寄倒來韻　張賁

尋疑天意喪斯文故遜茅峰寄白雲洒後只罍滄海客香前唯見紫陽君近年已絶詩書癖今日兼將筆硯焚爲有此身猶苦患不知何者是玄纁

奉和襲美寄廣文先生　龜蒙

忽辭明主事眞君直取姜巴路入雲龍篆拜時輕誥命霓襟披後小玄纁峰前北帝三元會石上東卿九錫文應笑世間名利火等閒靈府剩先焚

軍事院霜菊盛開因書一絶寄上諫議

日休

金華千點曉霜凝獨對壺觴又不能已過重陽二

十日至今猶自待王弘

奉詶霜菊見贈之什　蘇州刺史崔璞

菊花開晚過秋風聞道芳香正滿叢爭奈病夫難

強飲應須速自召車公

奉和諫議詶先輩霜菊　龜蒙

紫莖芳艷照西風秖怕霜華掠斷叢雖伴應劉還
强醉路人終要識山公

幽居有白菊一叢因而成詠呈一二知已

龜蒙

還是延年一種材（菊之別名）即將瑶朶冒霜開不如紅
艷臨歌扇欲伴黄英入酒盃陶令接離堪岸著梁
王高屋好欹來（梁朝有白紗高屋帽）月中若有閒田地爲勸
嫦娥作意裁

白字亦是大雅

續要悠然神遠

奉和　張賁

雪彩氷姿號女華寄身多是地仙家有時南國和霜立幾處東籬伴月斜謝客瓊枝空貯恨袁郎金鈿不成夸自知終古淸香在更出梅妝弄晚霞

奉和　日休

已過重陽半月天琅華千點照寒烟蕊香亦似浮金靨花樣還如鏤玉錢翫影馮妃堪比艷錬形蕭史好爭姸無緣摘向牙箱裏飛上方諸贈列仙

句〻作意
恐乖大雅
可

奉和　　進士鄭璧

白艷輕明帶露痕，始知佳色重難羣。終朝凝笑梁王雪，盡日慵飛蜀帝雲。燕雨似翻瑤渚浪，鴈風疑卷玉綃紋。瓊妃若會寬裁翦，堪作蟾宮夜舞裙。

奉和　　進士司馬都

恥共金英一例開，素芳須待早霜催。遶籬看見成瑤圃，泛酒初迷傍玉盃。映水好將蘋作伴，犯寒疑與雪爲媒。夫君每尚風流事，應爲徐妃致此栽。

華亭鶴聞之舊矣及來吳中以錢半千得一隻養之殆經歲不幸為飲啄所誤經夕而卒悼之不已遂繼以詩南陽潤卿博士浙東德師侍御毗陵魏不琢處士東吳陸魯望秀才及厚於余者悉寄之請垂見和　日休

池上低摧病不行誰教仙魄反層城陰苔尚有前朝跡皎月新無昨夜聲菰米正殘三日料筠籠休礙九霄程不知此恨何時盡遇著雲泉即愴情

莫怪朝來淚滿衣，墮毛猶傍水花飛。遼東舊事今千古，却向人間葬令威。

奉和襲美先輩悼鶴二首

前浙東觀察推官兼殿中侍御史李穀

才子襟期本上清，陸雲家鶴伴閑情。猶憐反顧五六里，何意忽歸十二城。露滴誰聞高葉墜，月沉休藉半堦明。人間華表堪留語，剩向秋風寄一聲。

道林曾放雪翎飛，應悔庭除閉羽衣。料得王恭披

鶴氅倚吟猶待月中歸

奉和　　　　　　　　　　張賁

池塘蕭索掩空籠玉樹同嗟一土中莎徑罷鳴唯泣露松軒休舞但悲風丹臺舊氅難重緝紫府新書豈更通雲減霧消無處問只留華髮與衰翁

奉和　　　　　　　　　　龜蒙

渥頂鮮毛品格馴莎庭閑暇重難羣無端日暮東風起飄散春空一片雲

一夜圓吭絕不鳴八公虛道得千齡方添上客雲
眠思忽伴中仙劍解形但掩叢毛穿古堞永畱寒
影在空屏君才幸自清如水更向芝田爲刻銘
鄴都香稻字重思遥想飛魂去未飢爭奈野鴉無
數健黄昏來占舊棲枝

奉和　　魏朴

直欲裁詩問杳冥豈教靈化亦浮生風林月動疑
畱魄沙島烟愁似縕情雪骨夜封蒼蘚冷練衣寒

三四重有言外之思

神清意遠

在碧塘輕人間飛去猶堪恨況是泉臺遠玉京

經秋宋玉已悲傷況報胎禽昨夜亡霜曉起來無問處伴僧彈指繞荷塘

傷開元觀顧道士　日休

協晨宮上啟金扉詔使先生坐蜕歸寉有一聲應是哭丹無餘粒恐潛飛烟凄玉笥封雲篆月慘琪花葬羽衣腸斷雷平舊遊處五芝無影草微微

奉和　張賁

閑適中更有遐思

鳳麟膠盡夜如何共歎先生劍解多幾度弔來唯
白隺此時乘去必青騾圖中含景隨殘照琴裏流
泉寄逝波悵望真靈又空返玉書誰授紫微歌

奉和　　　　　　　　　　　　龜蒙

何事神超入杳冥不騎孤隺上三清多應白簡迎
將去即是朱陵鍊更生藥奠肯同椒醑味雲謠空
替薤歌聲武皇徒有飄飄思誰問山中宰相名

奉和　　　　　　　　　　　　鄭璧

斜漢銀瀾一夜東飄飄何處五雲中空留華表千年約纔畢丹爐九轉功形蜺遠山孤壙月影寒深院曉松風門人不覩飛升去猶與浮生哭恨同

醉中卽席贈潤卿博士　　日休

適越遊吳一散仙銀餅玉柄兩翛然茅山頂上携書簏笠澤心中漾酒船桐木布溫吟倦後桃花飯熟醉醒前謝安四十餘方起猶自高閒得數年

奉和次韻　　張賁

杜枝新下月中仙學海詞鋒譽藹然文陣已推忠
信甲窮波猶認孝廉船清標稱住羊車上俗韻懸
居雀鑾前共許逢蒙快弓箭再穿楊葉在明年

奉和次韻　　　　　　　　　　　　　龜蒙

共是虛皇簡上仙清詞如羽欲飄然登山凡著幾
量屐破浪欲乘千里船遠夢只留丹井畔閒吟多
在酒旗前誰知海上無名者只記漁歌不記年

偶留羊振文先輩及一二文友小飲日休以

眼病初平不敢飲酒遣侍密歡因成四韻

謝莊初起怯花晴強侍紅筵不避觥久斷杯盂華蓋喜忽聞歌吹谷神驚䍦褷正重新開梱呫囁難通乍囀鸎猶有儈虔多蜜炬不辭相伴到天明

奉和襲美見留小讌次韻　　羊昭業

澤國春來少遇晴有花開日且飛觥王戎似電休推病周顗纔醒衆却驚芳景漸濃偏屬酒暖風初暢欲調鸎知君不肯燃官燭爭得華筵徹夜明

襲美醑振文小宴龜蒙抱病不赴猥示倡和

因次韻仰詶

綺席風開照露晴秖將荼荈代雲觥繁絃似玉紛紛碎佳妓如鴻一一驚毫健幾多飛藻客羽寒寥落映花鸎幽人獨自西窗聯閒凭香欆反照明

醉中襲美先起因成戲贈　李縠

休文雖即逃瓊液阿鶩還須掩玉閨月落金鷄一聲後不知誰悔醉如泥

走筆奉詶次韻　日休

麝烟苒苒生銀兎蠟淚漣漣滴繡閨舞袖莫欺先醉去醒來還解驗金泥

奉和次韻　張賁

何事桃源路忽迷唯留雲雨怨空閨仙郎共許多情調莫遣重歌濁水泥

奉和次韻　龜蒙

莫唱艷歌凝翠黛已通仙籍在金閨他時若寄相

風調雅絶

息淚紅粉痕應伴紫泥

奉送浙東德師侍御罷府西歸　　張賁

孤雲獨鳥本無依江海重逢故舊稀楊柳漸疎蘆葦白可堪斜日送君歸

同前　　龜蒙

王謝遺蹤玉籍仙三年閒上鄂君船詩懷白閣僧吟苦俸買青田鶴價偏行次野楓臨遠水醉中衰菊臥涼烟芙蓉散盡西歸去唯有山陰九萬牋

意新詞
愜

同前　日休

建安才子太微仙暫上金臺許二年形影欲歸溫室樹夢魂猶傍越溪蓮空將海月爲京信尚使樵風送酒船從此受恩知有處免爲傖鬼恨吳天

浙東罷府西歸道經吳中廣文張博士皮先輩陸秀才皆以雅篇相送不量荒詞亦用訓别　李縠

豈有頭風筆下痊浪成蠻語向初筵蘭亭舊址雖

曾見柯笛遺音更不傳照曜文星吳分野霅連花
月晉名賢相逢只恨相知晚一曲驪歌又幾年

送羊振文先輩往桂陽歸覲　龜蒙

風雅先生去一麾過庭才子趣歸期時使君丈人自毛詩博士出牧
讓王門外開帆葉義帝城中望戟枝郢路漸寒
飄雪遠湘波初暖漲雲遲靈均精魄如能問又得
千年賈傅詞

同前　日休

桂陽新命下彤墀彩服行當欲雪時登第已聞傳

禰賦問安猶聽講韓詩竹人臨水迎符節曹毘湘中賦云篔簹食人風母穿雲避信旗桂陽山中有風母獸擊殺向風輒活無限湘

中悼騷恨憑君此去謝江蘺

同前　顏萱

高挂吳帆喜動容問安歸去指湘峰懸魚庭內芝

蘭秀馭隺門前薜荔封蘇耽舊宅任柳州紅旆正憐棠茇

茂綵衣偏帶桂香濃臨岐獨有霑襟戀南巷當年

褚家林亭今不知何在衹以蕭灑脫俗地以詩傳矣

共化龍 先輩與拾遺叔父同年也

同前　司馬都

此去懽榮冠士林，離筵休恨酒杯深。雲梯萬仞初高步，月桂餘香尚滿襟。鳴犉曉衝蒼靄發，落帆寒動白華吟。君家祖德惟清苦，却笑當時問絹心。

褚家林亭　日休

廣亭遥對舊娃宫，竹島蘿溪委曲通。茂苑樓臺低檻外，太湖魚鳥徹池中。蕭疏桂影移茶具，狼籍蘚

迷鶴飄渺
筆有化工
魯望先生

花上釣筒爭得共君來此住便披寉氅對清風

奉和　張賁

疎野林亭震澤西朗吟閒步喜相攜時時風折蘆花亂處處霜摧稻穗低百本敗荷魚不動一枝寒菊蝶空迷今朝偶得高陽伴從放山公醉似泥

奉和　龜蒙

一陣西風起浪花遶欄干下散瑤華高窗曲檻仙侯府臥葦荒芹白鳥家孤島待寒凝片月遠山終

日送餘霞若知方外還如此不要乘秋上海槎

送圓載上人歸日本國　日休

講殿談餘著賜衣椰帆却返舊禪扉貝多紙上經文動如意瓶中佛爪飛颶母影邊持戒宿波神宮裏受齋歸家山到日將何入白象新秋十二圍

重送　日休

雲濤萬里最東頭射馬臺深玉署秋射馬臺郎今王城也無限屬城爲鰈國幾多分界是亶州州在會稽海外傳是徐福之裔

取經海底開龍藏誦咒空中散蜃樓不奈此時貧
且病乘桴直欲伴師遊

同前　　　　　　　　　　　　　　龜蒙

老思東極舊巖扉却待秋風泛舶歸曉梵陽烏當
石磬夜禪陰火照田衣見翻經論多盈篋親植杉
松大幾圍遥想到時思魏闕秪應遥拜望斜暉

聞圓載上人挾儒家書洎釋典以行更作一
絕以送　　　　　　　　　　　　　龜蒙

得體

九流三藏一時傾，萬軸光凌渤澥聲。從此遺編東去後，却應荒外有諸生。

同前　顏萱

師來一世恣經行，却汎滄波問去程。心靜已能防渴鹿，鼙喧時爲駭長鯨（師云每遇鯨，舟人必鳴鼓而恐之）。禪林幾結金桃重（日本有金桃，實重一斤），梵室重修鐵瓦輕（以鉄爲瓦，輕于陶者）。料得還鄉無別利，只應先見日華生。

文讌招潤卿博士辭以道侶將至因書一絕

寄之　龜蒙

仙客何時下崔鄭方瞳如水腦華凊不過傳達楊君夢從許人間小兆聽

奉和　日休

癭木樽前地胏圖爲君偏輟俗功夫靈眞散盡光來此莫戀安妃在後無

再招　龜蒙

遙知道侶譚玄次又是文交麗事時雖是寒輕雲

重日也留花篳待徐擒

奉和　日休

飈御已應歸杳眇博山猶自對氛氲不知入夜能來否紅蠟先教刻五分

偶約道流終乖文會因成一絶用荅四篇　張賁

仙侶無何訪蔡經兩煩韶濩出彤庭人間若有登樓望應怪文星近客星

以青餌飯分送龔美魯望因成一絶

張賁

誰屑瓊瑤事青餵舊傳名品出華陽應宜仙子胡麻拌因送劉郎與阮郎

潤卿遺青餵飯兼之一絶聊用荅謝

日休

傳得三元餌飯名大宛聞說有仙卿(案西梁子文撰黄錦素書十通其二傳大宛北谷子自號青精先生)分泉過屋舂青稻(此飯以青龍稻爲之)

仙家飲食寫來神氣自足

皮氏詩骨不難飛上霞端

拂霧彩衣折紫莖（南燭莖微紫色）蒸處不教雙雀見服來

唯怕五雲生艸堂空坐無飢色時把金津漱一聲

同前　龜蒙

舊聞香積金仙食今見青精玉斧餐自笑鏡中無

骨錄可能飛上紫霞端

酒病偶作　日休

鬱林步障晝遮明一炷濃香養病酲何事晚來還

欲飲隔牆聞賣蛤蜊聲

奉和次韻　龜蒙

椰疎桐下晚窗明，秪有微風爲梲醒，唯欠白綃籠解散，解散王儉髻名，時人皆慕之也。洛生閒詠兩三聲。

奉和次韻　張賁

白編椰席鏤冰明，應助楊青解宿醒，難繼二賢金玉倡，可憐空作斷猿聲。

潤卿魯望寒夜見訪各惜其志遂成一絶　日休

仙侶傳境
直超群

羲皇世上人
要向在眼前
人自不肯為
了

世外爲交不是親醉吟俱岸白綸巾風凊月白更
三點未放華陽鶴上人
奉和次韻　張賁
雲孤隺獨且相親倣效從他折角巾不用吳江歎
罶滯風姿俱是玉凊人
奉和次韻　龜蒙
醉韻飄飄不可親掉頭吟側華陽巾如能跂脚東
窗下便是羲皇世上人

翫金鸂鶒戲贈襲美　龜蒙

曾向溪邊泊暮雲至今猶憶浪花羣不知鏤羽凝香霧堪與鴛鴦覺後聞

奉和　日休

鏤羽雕毛迥出羣溫磨飄出麝臍薰夜來曾吐紅茵畔猶似溪邊睡不聞

奉和　張賁

翠羽紅襟鏤彩雲雙飛常笑白鷗羣誰憐化作雕

金質從惜沈檀十里聞

友人許惠酒以詩徵之　日休

野客蕭然訪我家霜殘白菊兩三花子山病起無餘事只望蒲臺酒一車庾信集云蒲州刺史中山公許酒一車未送

奉和　鄭璧

乘興閒來小謝家便裁詩句乞擂花邴原雖不無端醉也要臨風從鹿車

奉和　龜蒙

詭以風韻

壽常出色

凍醪初漉嫩如春輕蟻漂漂雜蕋塵得伴方平同

一醉明朝應作蔡經身

寒夜文讌潤卿有期不至　　　　日休

艸堂虛灑待高眞不意淸齋避世塵料得焚香無

別事存心應降月夫人

奉和　　　　　　　　　　　　　　龜蒙

細雨輕觴玉漏終上淸詞句落吟中松齋一夜懷

貞白霜外空聞五粒風

異想

奉和　　　　　　　　　　鄭璧

已知羽駕朝金闕，不用燒蘭望玉京。應是易遷明月好，玉皇畱看舞雙成。

蒙恩除替將還京洛偶敘所懷因成六韻呈軍事院諸公郡中一二秀才　　崔璞

兩載求人瘼，三春受代歸。務繁多簿籍，才短乏恩威。共理乖天獎，分憂值歲饑。遷蒙交郡印，（到郡十二箇月除替，未及二年。）安敢整朝衣。作牧慚爲政，思鄉念式微。儻

容還故里高臥掩柴扉

諫議以罷郡將歸以六韻賜示因佇詶獻

日休

欲下持衡詔先容解印歸露濃春後澤霜薄霽來威舊化堪治疾餘恩可療飢隔花攀去棹穿柳挽行衣佐理能無取酬知力甚微空將千感淚異日拜黃扉

謹和諫議罷郡敘懷六韻

龜蒙

已報東吳政初捐左契歸天應酬苦節人不犯寒威江上思重借朝端望載飢紫泥封夜詔金殿賜春衣對酒情何遠裁詩思極微待升鎔造日江海問漁扉

松陵集卷第九

虞山毛晉挍刊　男扆再挍

# 松陵集卷第十

## 雜體詩八十六首

### 雜體詩序

皮日休

案舜典帝曰夔命汝典樂教胄子詩言志歌永言在焉周禮太師之職掌教六詩諷賦既興風雅互作雜體遂生焉後繫之於樂府蓋典樂之職也在漢代李延年爲協律造新聲雅道雖缺樂府乃盛鐃歌鼓吹拂舞予俞因斯而興詞之體不得不因

時而易也。古樂書論之甚詳。今不能備載。載其他
見者案漢武集元封三年作栢梁臺詔群臣二千
石有能爲七言詩者乃得上坐帝曰日月星辰和
四時梁王曰驂駕駟馬從梁來緐是聯句與焉。孔
融詩曰漁父屈節水潛匿方作郡姓名字離合也
緐是離合與焉。晉傳咸有廻文反覆詩二首云反
覆其文者。以示憂心展轉也。悠悠遠邁獨煢煢是
也緐是反覆與焉。晉溫嶠有廻文虛言詩云寧神

靜泊損有崇亾繇是迴文與焉梁武帝云後牖有
朽栁沈約云偏眠船舷邊繇是叠韻與焉詩云蝃
蝀在東又曰鴛鴦在梁繇是雙聲與焉詩云維南
有箕不可以簸揚維北有斗不可以挹酒漿近乎
戲也古詩或爲之葢風俗之言也古有採詩官命
之曰風人圍棊燒敗襖看子故依然繇是風人之
作與焉梁書云昭明善賦短韻吴均善壓强韻今
亦効而爲之存于編中陸生與予各有是爲凡八

十六首至如四聲詩三字離合全篇雙聲叠韻之作悉陸生所爲又足見其多能也案齊竟陵王郡縣詩曰追芳承荔浦揖道信雲丘縣名繇是興焉案梁元藥名詩曰戍客恒山下當思衣錦歸藥名繇是興焉陸與予亦有是作至如鮑昭之建除沈炯之六甲十二屬梁簡文之卦名陸惠曉之百姓梁元帝之鳥名龜兆蔡黄門之口字古兩頭纖纖藁砧五雜組已降非不能也皆鄙而不爲噫繇古

至律。絲律至雜詩之道盡乎此也。近代作雜體唯劉賓客集中有廻文離合雙聲叠韻如聯句則莫若孟東野與韓文公之多。他集罕見足知爲之之難也。陸與予竊慕其爲人。遂合已作爲雜體一卷。囑予序雜體之始云

苦雨雜言寄魯望　　皮日休

吳中十日涔涔雨。歊蒸庳下豪家苦。可憐臨頓陸先生。獨自翛然守環堵。兒飢僕病漏空廚。無人肯

典破衣裾蟲蠹時時上几案壼𨜸往往跳琴書桃
花米斗半百錢枯荒溼壞炊不然兩牀莞席一素
几仰臥高聲吟太玄知君志氣如鐵石甌冶雖神
銷不得乃知苦雨不復侵枉費畢星無限力鹿門
人作州從事周章似鼠唯知醉府金廩粟虛請來
憶著先生便知愧愧多饋少真徒然相見唯知携
酒錢豪華滿眼語不信不如直上天公牋天公牋
方修次且榜鳴蓬來一醉

奉訓苦雨見寄　　龜蒙

松篁交加午陰黑別是江南烟靄國頑雲猛雨更相欺聲似虓虢色如墨茅茨裛爛簷生衣夜夜化爲螢火飛螢飛漸多屋漸薄一注愁霖當面落愁霖愁霖爾何錯滅頂於余奚所作既不能賦似陳思王又不能詩似謝康樂曹有愁霖賦謝有愁霖詩昔年嘗過杜子美亦得高歌破印紙慣曾掀攪大筆多爲我才情也如此高揖愁霖詞未已披文忽自皮夫子

奇情奇象

哀絃怨柱合爲吟侘我窮棲蓬藋裏初悲涇翼何
繇起末欲箋天叩天耳其如玉女正投壺笑電霏
霏作天喜我本曾無一稜去聲田平生嘯傲空漁船
有時赤脚弄明月踏破五湖光底天去歲王師東
下急輸兵粟盡民相流伊予不戰不耕人敢怨烝
黎無糝粒不然受性圓如規千姿萬態分毫釐唾
壺虎子盡能執舐痔折枝無所辭有頭强方心强
直撑拄頹風不量力自愛垂名野史中寧論抱困

荒城側唯君浩歎非庸人分衣輟飲來相親橫眠木榻忘華薦對食露葵輕八珍欲窮玄鳳未白欲懷仙鯨尚隔不如驅入醉鄉中只恐醉鄉田地窄

齊梁怨别　　龜蒙

寥寥缺月看將落簷外霜華染羅幕不知蘭棹到何山應倚相思樹邊泊

奉和次韻　　日休

芙蓉泣恨紅鉛落一朵别時烟似幕鴛鴦剛解惱

離心夜夜飛來棹邊泊

曉起即事因成廻文寄襲美　　龜蒙

平波落月吟閒景暗幌浮烟思起人清露曉垂花

謝半遠風微動蕙抽新城荒上處樵童小石蘚分

來宿鷺馴晴寺野尋同去好古碑苔字細書勻

奉和曉起廻文　　日休

孤烟曉起初原曲碎樹微分半浪中湖後釣筒移

夜雨竹傍眠几側晨風圖梅帶潤輕露墨畫蘚經

蒸半失紅無事有杯持永日共君唯好隱墻東

夏日閒居作四聲詩寄襲美　　龜蒙

平聲

荒池菰蒲深閒堦莓苔平江邊松篁多人家簾櫳

淸爲書凌遺編調絃夸新聲求懽雖殊途探幽聊

怡情

平上聲

朝烟涵樓臺晚雨染島嶼漁童驚狂歌艇子喜野

別趣

天素爛熳

語山容堪停杯栁影好隱暑年華如飛鴻斗酒幸
且舉

平去聲

新開窓猶偏自種蕙未徧書籤風搖聞釣榭霧破
見耕耘間之資嘯詠性最便希夷全天眞詎要問
貴賤

平入聲

端居愁無涯一夕髮欲白因爲鸞章吟忽憶鶴骨

客手披丹臺文脚着赤玉舄如蒙清音訓若渴吸
月液

奉詶夏日四聲四首　　　　　　日休

平聲

塘平芙蓉低庭閒梧桐高清烟埋陽烏藍空含秋
毫冠傾慵移簪杯乾將餔糟傛然非隨時夫君眞
吾曹

平上聲

溝渠通疎荷浦嶼隱淺篠舟閒攅輕蘋藥動起靜
鳥陰稀餘乗閒縷盡晚蠒小吾徒當斯時此道可
以了

平去聲

怡神時高吟快意乍四顧杪深啼愁鵑浪霽醒睡
鷺書疲行終朝旱困臥至暮吁哉當今交暫貴便
異路

平入聲

先生何違時一室習寂歷松聲將飄堂岳色欲壓
席彈琴奔玄雲斷藥折白石如教題君詩若得札
玉册

苦雨中又作四聲詩寄魯望　日休

平聲

涔涔將經旬昏昏空迷天鸕鷀成群嬉芙蓉相偎
眠漁通蓑衣城帆過菱花田秋收吾無望悲之真
徒然

平上聲

河平州橋危壘晚水島上衝崖搜松根點沼寫熒

響舟輕通縈紆棧墮阻指掌携橈將尋君渚滿坐

可往

平去聲

狂霖昏悲吟瘦桂對病臥簷虛能影斜舍蠹易漏

破宵愁將琴攻書晝悶用睡過堆書仍傾觴富貴未

換箇

平入聲

羈棲愁霖中鈌宅屋木惡荷傾還驚魚竹滴復觸

鶴閒僧干聲琴宿客一笈藥悠然息夫君忽憶蠟

屐着

奉訓苦雨四聲重寄三十二句　龜蒙

平聲

幽棲眠踈窓豪居憑高樓浮漚驚跳丸寒聲思重

裘牀前垂文竿巢邊登輕舟雖無東皋田還生魚

十字尤難

出奇無窮
精轉入妙

平憂

平上聲

層雲愁天低久雨倚檻冷綠禽藏荷香錦鯉繞島
影心將晴人乖道與隱者靜桐陰無深泉所以逞
短綆

平去聲

烏蟾俱沉光晝夜恨暗度何當乘雲螭面見上帝
愬臣言陰雲欺詔用利劍付廻車誅群姦自散萬

籟怒

平入聲

危簷仍空堦十日滴不歇青莎看成狂白菊即欲

沒吳王荒金樽越妾挾玉瑟當時雖愁霖亦若惜

落月

疊韻雙聲二首　　龜蒙

疊韻山中吟

瓊英輕明生石脉滴瀝碧玄鉛仙偏憐白幘客亦

惜

雙聲溪上息

溪空唯容雲木密不隕雨迎漁隱映間妄問謳鴉

樓

奉和疊韻雙聲二首　日休

疊韻山中吟

穿烟泉潺湲觸竹犢觳觳荒篁香墻匡熟鹿伏屋

曲

雙聲溪上思

疎杉低通灘冷鷺立亂浪草彩欲夷猶雲容空澹蕩

疊韻吳宮詞二首　龜蒙

膚愉吳都姝眷戀便殿宴逡巡新春入轉面見戰箭

紅櫳通東風翠珥醉易墜平明兵盈城棄置遂至地

奉和疊韻吴宫詞二首　日休

侵深尋嶔岑勢厲衛睥睨荒王將鄉亾細麗蔽袂逝

柃棤替製曳康莊傷荒凉主虜部伍苦嬙亾房廊香

閒居雜題五首以題十五字離合　龜蒙

鳴蜩早

閒來倚杖柴門口鳥下深枝啄晩虫周步一池銷

半日十年聽此鬢如蓬

野態眞

君如有意耽田里予亦無機向藝能心跡所便唯是直入間鬪道最先憎

松間斟

子山園靜憐幽木公幹詞清詠華門月上風微蕭灑甚斗醪何惜置盈樽

飲巖泉

巳甘茅洞三君食欠買桐江一朶山嚴子瀨高秋
浪白水禽飛盡釣舟還

當軒鶴

自笑與人乖好尚田家山客共柴車干時未似棲
廬雀烏道閒携相爾書

奉和雜題五首以題十五字離合　日休

晚秋吟

東皋烟雨歸耕日免去玄冠手刈禾火滿酒爐詩

在口今人無計奈儂何

好詩景

青盤香露傾荷女子墨風流更不言寺寺雲蘿堪

度日京塵到死撲侯門

醒聞檜

解洗餘酲晨半酉星星仙吹起雲門耳根莫厭聽

佳木會盡山中寂静源

寺鍾瞋

百緣斗藪無塵土寸地章煌欲布金重擊蒲牢唅
山日冥冥烟樹靚棲禽

砌思步

𥘵𥘵古薜緇危石切切陰螿應晚田心事萬端何
處止少夷峰下舊雲泉

藥名離合夏日即事三首　　龜蒙

乘屐着來幽砌滑石甖煎得遠泉甘草堂秖待新
秋景天色微凉酒半酣

避暑最須從朴野葛巾欹席更相當歸來又好乘
凉釣藤蔓陰陰著雨香
窓外曉簾還自卷栢烟蘭露思晴空青箱有意終
須續斷簡遺編一半通
奉和　　　　　　　　　　　日休
季春人病抛芳杜仲夏溪波繞壞垣衣典濁醪身
倚桂心中無事到雲昏
數曲急溪衝細竹葉舟來往盡能通草香石冷無

辭遠志在天台一遇中

桂葉似茸含露紫葛花如綬蘸溪黄連雲更入幽

深地骨錄閒携相獵郎

懷錫山藥名離合二首　　日休

暗竇養泉容决决明園護桂放亭亭歷山居處當

天半夏裏松風盡足聽

曉景半和山氣白薇香清淨雜纖雲實頭自是眠

平石腦側空林看鹿群

奉和　龜蒙

鶴伴前溪栽白杏人來陰洞寫枯松蘿深境靜日欲落石上未眠聞遠鍾

佳句成來誰不伏神丹偷去亦須防風前莫怪携詩藁本是吳吟盪槳郎

懷鹿門縣名離合二首　日休

山瘦更培秋後桂溪澄閒數晚來魚臺前過雁盈千百泉石無情不寄書

天然妙境

十里松蘿陰亂石門前幽事雨來新野霜濃處憐

殘菊潭上花開不見人

奉和　　　　　　　　　　龜蒙

雲容覆枕無非白水色侵磯直是藍田種紫芝餐

可壽春來何事戀江南

竹溪深處猿同宿松閣秋來客共登封徑古苔侵

石鹿城中誰解訪山僧

寒日古人名一絶　　　　　龜蒙

初寒朗詠徘徊立欲謝玄關早晚開昨日登樓望江色魚梁鴻雁幾多來

奉和　　　　　　　　　　日休

北顧懽遊悲沈宋梁武改為北顧南徐陵寢歎齊梁水邊韶景無窮柳寒被江淹一半黄

胥口即事六言二首　　　　日休

波光杳杳不極霽景澹澹初斜黑蛺蝶粘蓮蘂紅蜻蜓裹菱花鴛鴦一處兩處舴艋三家五家會把

酒船隈荻共君作去箇生涯

拂釣清風細麗飄蓑暑雨霏微湖雲欲散未散嶼

鳥將飛不飛換酒帩頭把看載蓮艇子撐歸斯人

到死還樂誰道剛須用機

奉和　　　　　　　　　　龜蒙

雨後山容若動天寒樹色如消目送迴汀隱隱心

隨挂鹿搖搖白蔣知秋露裛青楓欲暮烟饒莫問

吳趨行樂酒旗竿倚河橋

自述

把釣絲隨浪遠采蓮衣染香濃綠倒紅飄欲盡風
斜雨細相逢斷岸沈魚罶罶約罶二音魚網也鄰村送客
艭舺即是清霜刮野乘閒莫厭來重

風人詩三首　龜蒙

十萬全師出遥知正憶君一心如瑞麥唯作兩岐
分
破蘗供朝爨須知是苦辛曉天窺落宿誰識獨醒
人

聞道更新幟多應廢舊期征衣無伴擣獨處自然
悲

奉和　　　　　　　　　　　　日休

刻石書離恨因成别後悲莫言春璽薄猶有萬重
思

鏤出容刀飾親逢巧笑難日中騷客珮爭奈即闌
干

江上秋聲起從來浪得名逆風猶挂席若不會帆

情

寄題天台國清寺齊梁體　　曰休

十里松門國清路飯猿臺上菩提樹怪來烟雨落

晴天元是海風吹瀑布

同前

峰帶樓臺天外立明河色近罘罳溼松間石上定

僧寒半夜櫺溪水聲急

寒夜聯句

靜境揖神凝寒華射林缺龜蒙清知思緒斷爽覺心源澈日休高唱戛金奏朗詠鏗玉節龜蒙我思方泬寥君詞復凄切日休況聞風篁上擺落殘凍雪龜蒙寂爾萬籟清皎然諸靄滅日休西窗客無夢南浦波應結龜蒙河光正如劍月魄方似玦日休短燼不禁挑冷毫看欲折龜蒙何夕重相期濁醪還爲設日休

開元寺樓看雨聯句

海上風雨來掀轟雜飛電登樓一凭檻滿眼蛟龍

功力悉敵

戰 龜蒙 須臾造化慘倏忽堪輿變萬戶響戈鋋千家
披組練 日休 群飛拋輪石雜下攻城箭點急似摧胸
行斜如中面 龜蒙 細灑魂空冷橫飄目能眩垂簷珂
珮喧擦亂珠璣濺 日休 無言九陔遠瞬息馳應徧竅
處正垂絙微時又懸綫 龜蒙 寫作玉界破吹爲羽林
旋翻傷列缺勞却怕豐隆倦 日休 遙瞻山露色漸覺
雲成片遠樹欲鳴蟬深簷尚藏燕 龜蒙 殘雷隱轔盡
反照依微見天光潔似磨湖彩熟於練 日休 踈帆逗

前渚晚磬分凉殿接息强揮毫窺詞幾焚硯龜蒙佶

栗烏皮几輕明白羽扇畢景好踈吟餘凉可清宴

日休君携下高登僧引還深院駮蘚淨鋪筵低松溼

垂鬚龜蒙齋明乍虚豁林霽逾葱蒨早晚重登臨欲

去多離戀日休

北禪院避暑聯句院昔爲戴顒宅後司勲陸郎中居之

欹蒸何處避來入戴顒宅逍遥脫單絞放曠抛輕

策爬搔林下風偃仰澗中石日休殘蟬烟外響野鶴

寫景極佳

沙中跡到此失煩襟蕭然揖禪伯藤懸疊霜蛻桂
倚支雲錫龜蒙清陰豎毛髮爽氣舒筋脉逐幽隨竹
書選勝鋪茵席魚跳上紫芡蝶化緣青壁日休心是
玉蓮徒耳爲金磬敵吾宗昔高尚志在羲皇昜豈
獨斷韋編幾將刓鐵擿龜蒙天書既屢降野抱難自
適一入承明廬盱衡論今昔流光不容寸斯道甘
枉尺日休既起謝儒玄亦翻商羽翼封章帷幄徧夢
寐江湖日擺落函谷塵高歆華陽幘龜蒙詔去雲無

自適

信帰來鶴相識半病奪牛公全慵捕魚客少微光一點落此芒礫索日休釋子問池塘門人廢幽賾堪悲東序寶忽變西方籍不見步兵詩空懷康樂屐龜蒙高名不可効勝境徒堪惜墨沼轉疎蕪玄齋踰閒寂遲遲不能去凉颸滿杉栢日休日下洲島淸烟生苾蒻碧俱懷出塵想共有吟詩癖終與淨名遊還來雪山覓龜蒙

獨在開元寺避暑頗懷魯望因飛筆聯句

煩暑雖難避僧家自有期泉甘於馬乳苔滑似龍

漦日休任誕襟全散臨幽榻旋移松行將雅拜篁陣

欲交麾龜蒙望塔青髣識登樓白鴿知石經森欲動

珠像儼將怡筒簟臨杉穗紗巾透雨絲靜譚蟬噪

少涼步鶴隨遲日休烟重迴蕉扇風輕拂桂帷對碑

吳地說開卷梵天詞積水魚梁壞殘花病枕攲懷

君蕭灑處孤夢繞罘罳龜蒙

寂上人院聯句

癭床空默坐清景不知斜暗數菩提子閒看薜荔
花日休有情唯墨客無語是禪家背日聊依桂嘗泉
欲試茶龜蒙石形蹲玉虎池影閃金虵經笥安巖匼
餅囊挂樹椏日休書傳滄海外龕寄白雲涯竹色寒
凌箔燈光靜隔紗龜蒙趂幽翻小品逐勝講南華莎
彩融黃露蓮衣染素霞日休水堪傷聚沫風合落天
葩若許傳心印何辭古堞賒龜蒙

## 藥名聯句

爲待防風餅須添薏苡杯張賁　香燃栢子後罇泛菊花來日休　石耳泉能洗垣衣雨爲裁龜蒙　從容犀局靜斷續玉琴哀賁　白芷寒猶採青箱醉尚開日休　馬御衰草臥烏啄蠹根迴龜蒙　雨過蘭芳好霜多桂末摧賁　朱兒應作粉雲母詎成灰日休　藝可屠龍膽家曾近鸑胎龜蒙　墻高牽薜荔障軟撼玫瑰賁　鼺鼠啼書戶蝸牛上硯臺日休　誰能將藁本封與玉泉才龜蒙

寒夜文宴聯句

文星今夜聚應在斗牛間日休載石人方至乘槎客
未還責送觴繁露曲徵句白雲顔龜蒙節奏唯聽竹
從容只話山日休理窮傾祕藏論猛折玄關責鄙酒
分中綠巴牋擘處殷龜蒙清言聞後醒强韻壓來閒
日休犀柄當風揖瓊枝向月攀責松吟方嘹嘹泉夢
憶潺潺龜蒙一會文章草昭明不可删日休

報恩寺南池聯句

古岸涵碧落龜蒙虚軒明素波坐來魚陣變日休吟久

菊口多秋草分杉露並嵩起危橋下竹坡遠峰青髻並

龜蒙口口口髯和趙論寒仍講日休支硎僻亦過齋心

曾養鶴嵩起揮翰好邀鵝南峰院郎故相國裴公書額倚石收奇

藥龜蒙臨溪藉淺莎桂花晴似拭日休荷鏡曉如磨琴

出牛頭聳嵩起苔深馬跡跛石上有支公馬跡傘歙從野醉

龜蒙巾側任田歌跁跒松形矮日休般跚檜樾矬香飛

僧印火嵩起泉急使鑣珂蔆鈿眞堪怗龜蒙蕁綵亦好

拖幾時無一事日休相伴著烟蘿嵩起

夜會問荅十首

寒夜清 日休問 魯望 簾外迢迢星斗明況有蕭閒洞中客吟爲紫鳳呼皇聲 時華陽廣文先生在焉

瘦木杯 龜蒙問 襲美 杉贅楠瘤刳得來莫怪家人畔邊笑渠心祗愛黃金罍

落霞琴 日休問 潤卿 寥寥山水揚清音玉皇仙馭碧雲遠空使松風終日吟

蓮花燭 賁問 襲美 亭亭嫩蘂生紅玉不知含淚怨何人

欲問無繇得心曲

金火障 日休問 魯望 紅獸飛光射羅幌夜來斜展掩深

爐半睡芙蓉香蕩漾

憶山月 龜蒙問 潤卿 前溪後溪清復絶看看又及桂花

時空寄子規啼處血

錦鯨薦 賁問 襲美 碧香紅膩承君宴幾度閒眠却覺來

彩鱗飛出雲濤面

懷溪雲 日休問 魯望 漠漠閒籠鷗鷺群有時日暮碧將

合還被漁舟來䌉分

霜中笛龜蒙問襲美　落梅一曲瑤華滴不知青女是何人三奏未終頭已白

月下橋日休問魯望　風外拂殘衰柳條倚欄干處獨自立青翰何人吹玉簫

古松陵即令之吳江予同年濟寧劉君濟民來爲邑令謂是集爲其邑故物而人未之見授儒士盧雍挍勘捐俸刻之予觀唐詩人多尚次韻

異想天開

至元白而益盛其萃而成編則有漢上題襟斷金及是三集按皮氏自序謂一歲之中詩凡六百五十八首其富如此則又題襟斷金之所無者況其遊燕題詠類多吳中之作後之希賢懷古者將扵是乎攷固吳人所當寶也劉君為政不減古人其刻是集豈直私扵一邑蓋將公之天下者也弘治壬戌九月二日前進士吳都穆記

嘗攷皮襲美文藪及陸魯望笠澤叢書俱不
載唱和詩卷因襲美從事郡牧與魯望酬贈
積成十通勒爲一册名曰松陵爲吳中一時雅語爾
千百年後僅弘治間重梓又漫滅不可乃使海
內慕皮陸之風而願見茲集者謂吾吳好事
何人特購宋刻而剞諸棗不特松陵爲吾吳之
雅道以載志乘竊通是亦如兩公者可以知幾矣
海虞毛晉識